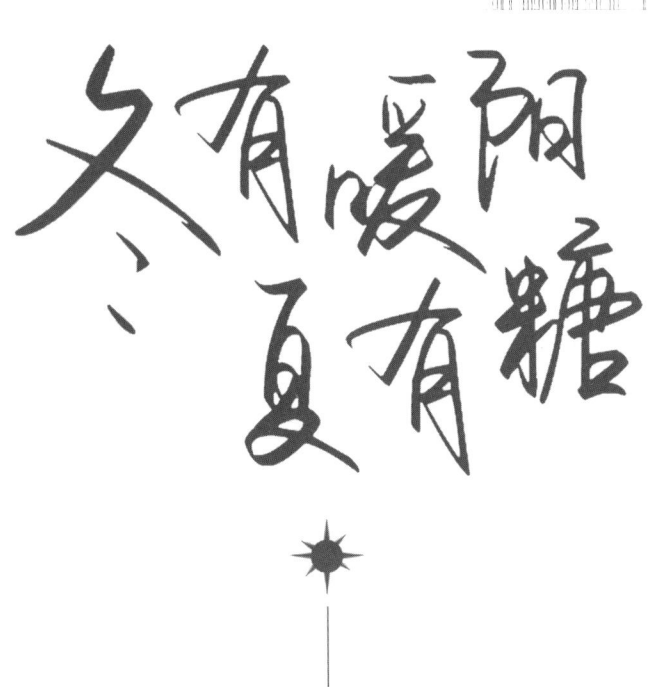

冬有暖阳夏有糖

童敏敏 著

中国文联出版社

图书在版编目（CIP）数据

冬有暖阳夏有糖 / 童敏敏著. -- 北京：中国文联出版社，2023.3
  ISBN 978-7-5190-5025-2

Ⅰ．①冬… Ⅱ．①童… Ⅲ．①长篇小说－中国－当代 Ⅳ．① I247.5

中国版本图书馆 CIP 数据核字（2022）第 222179 号

著　　者　童敏敏
责任编辑　刘　旭
责任校对　秀点校对
装帧设计　中尚图

出版发行　中国文联出版社有限公司
社　　址　北京市朝阳区农展馆南里 10 号　　邮编　100125
电　　话　010-85923025（发行部）　010-85923091（总编室）
经　　销　全国新华书店等
印　　刷　廊坊佰利得印刷有限公司

开　　本　710 毫米 ×1000 毫米　1/16
印　　张　19.75
字　　数　300 千字
版　　次　2023 年 3 月第 1 版第 1 次印刷
定　　价　49.00 元

版权所有·侵权必究
如有印装质量问题，请与本社发行部联系调换

目 录

第一章	粗暴的相亲	001
第二章	是不是骗婚？	005
第三章	婚后协议	010
第四章	婚后"三不"	013
第五章	新婚夫妻大作战	020
第六章	老公是仆人	041
第七章	诈骗案	060
第八章	老公的真实身份	077
第九章	人间温暖	090
第十章	奇怪的关系	110
第十一章	愿你永向光明	123
第十二章	合法妻子	139
第十三章	魔鬼教官	157
第十四章	藏不住的爱意	188
第十五章	帮他破案	229
第十六章	蜜月旅行	244
第十七章	我养你	267
第十八章	她是他的糖	286

第一章　粗暴的相亲

　　金秋十月，一轮半圆的明月挂在城市的上方，在海边投下泠泠水光，荡漾着 M 市的繁华。

　　天气微冷，冷风带着桂花的香味儿，钻入裙中，顺着两条修长的腿往上爬，一直爬到线条优美的后腰上。

　　透心凉！

　　唐锦花拿着手机，沿着海边的林荫小道慢慢走着，边走边在她们专用的通讯软件 Blue Bird 里的今日工作小群里发消息："诗雨，看到了吗？"

　　她在心里诅咒着那个该死的流氓，又急切地期盼着他快点出现。

　　黄诗雨："没呢，我都冻死了！你说嫌犯是不是也出去度假了？"

　　丁子易："两个姐姐，注意脚下安全。"

　　唐锦花愤愤地输入一行字："我今天还有约会……"

　　她眼神猛然一凛，放慢了脚步，依然拿着手机打着字，警惕又不着痕迹地看着身后慢慢盖过来的影子。

　　"小妹妹？"身后戴着连帽衫的黑影伸出了一只手，正要搭在她的肩膀上，突然"咔嚓"一声，手腕就折了。

　　痛感神经还没上传到大脑，黑影就被一个过肩摔，扔趴下了。

　　随后这个身材曼妙的小妹妹，左膝凶狠地顶在他的肚子上，轻斥一声："警察！"

　　"唐锦花！小姑奶奶！你给我慢一点！你倒是回头看一眼，你要是抓错人……"组长大杨急忙开着停在隐蔽处保护她的警车赶过来，看到那一脸被摔懵表情的嫌疑人，松了口气——和他们视频捕捉到的是一个人。

　　"怎么可能抓错，我看影子对比身高和体型就知道没错。"唐锦花露出一丝甜甜的笑容，和她利落凶狠的身手完全不相符合。

　　她是谁啊，警校连续四年打破各项运动纪录的优秀毕业生！

　　这种脚步身影比对判断，是小儿科啦。

　　"我晚上还有个重要约会，头儿，快快快，赶紧送我去海滨一号咖啡厅。"

　　唐锦花一边说，一边给不停微信催促她的老妈回消息："我就到了，我已经到门口了，我看到人了，先不说了！"

这是国庆节的最后一天，大多数人还在享受假期的美好，可唐锦花已经连续加班三天。

她倒宁愿每天出警抓人，也不想宅在家里被老妈一天安排八次相亲。

"唐姐，别约了，咱们内部消化一下不行吗？"坐在后排押着嫌疑犯的丁子易，诚恳地开口。"No！我只是应付一下我妈。"唐锦花对办公室恋情毫无兴趣，即使丁子易一脸小奶狗的乖巧表情，她也懒得多看一眼。

唐锦花的人生只有"坏人"这个对象，她只对嫌疑犯感兴趣。

"那你是不是换个衣服？穿成这样一点也不像应付。"丁子易从后排看着她修长的后脖和漂亮的曲线，酸溜溜地说道。

"丁同学，你的犯罪心理学有没有及格？我穿这样，男人谁敢娶回去放家里？"唐锦花扯了扯唇角，顺便再补个大红口红，一张甜软的小脸看上去很不好惹。

"那……可能有人是变态，就喜欢警官你这样的……"

后面的犯罪嫌疑人弱弱开口，还没说完，就被唐锦花回头一个凌厉的眼神，吓得闭嘴。

小姑娘长得有多甜，下手就有多狠，他腕骨还没接回去，痛感提醒他不要惹这个外表可爱的女人。

警车顺路停在滨海一号咖啡厅门口，随后副驾驶车门打开，一条又直又长肌肉线条特别漂亮的长腿迈了出来，引得咖啡厅门口的服务员看直了眼。

紧接一张清纯甜美，满是胶原蛋白，甚至还带点婴儿肥的幼嫩脸蛋露出来，这大眼萌妹的脸，和性感的腰腿，还有她眼里的气势完全不搭，像完美的矛盾体……

咖啡厅靠窗的位置，坐着一位高大冷峻的男人，他看着警车，再看看从警车下来的故意穿得无比暴露的女孩，眯起了眼睛。

这个点还在出警，真够拼命的。

她确实不适合结婚，否则以她工作后的出警次数，一年下来，也没两次机会能在睡前见到丈夫。

唐锦花用她那侦探般的眼神扫了一眼幽暗的咖啡厅，立刻锁定目标——她老妈只给她看过照片，一个看上去很成熟英俊的男人。

没想到本人比照片还要好看，轮廓硬朗，五官生得精致耐看，沉稳淡定，戴着金丝眼镜，挡住了那双深不可测没有温度的眼睛，多了几分儒雅和……斯文败类的气质，但盯着她的时候，竟像审讯犯人的目光，让人不由得心虚。

不对！她才是正义使者！怎么会被一个素不相识的陌生人看得心虚？

"对不起，我迟到了！"唐锦花快步走到他面前，冲他露出一个甜甜的笑容，伸出手，"唐锦花，你的相亲对象。"

"我知道。"许嘉允没有伸手过去，眼神在她纤细的手指上轻轻扫了眼，看到她掌心因为常年锻炼留下的薄茧。

他的声音很低沉好听，却透着利落和冷酷，"你迟到两个小时。"

"抱歉啊，没有你的联系方式，本来以为你不会等我了……"唐锦花嘴上道歉，眼睛却滴溜溜地在他脸上放肆地打量。

这个相亲对象质量太高了，让唐锦花觉得不科学。

老妈当时说的是，广场舞的老朋友的远房表姐妹给介绍的邻居的儿子，大龄单身，年纪太大找不到老婆……

当时看照片大概30多岁，毕竟现在有美颜相机，磨皮加滤镜，P掉皱纹，唐锦花从照片里他双阅尽千帆深沉的眼睛判断，可能40多岁！

但没想到，这年头还能有比照片好看几倍的本人！

以唐锦花学过人体医学的知识，也没法断定他的年龄，撇去那双有点冷的眼睛，从肌肤状态看，他最多二十七八岁。

当然，也有可能是他脸上几乎没有细微的表情变化，不容易长皱纹。

"所以唐小姐还要赶下一场相亲吗？"许嘉允确实不喜欢有太多面部表情和肢体语言暴露内心，作为一个每天研究犯罪者的专家，他知道如何观察别人，更知道怎样隐蔽自己的内心。

"呃……先给我来杯拿铁。"唐锦花对服务员招手说道。

"给这位小姐来一杯金桔柠檬。"许嘉允淡淡发话。

服务员看了看唐锦花，她看上去甜美性感又很不好惹的样子，但旁边那位英俊的先生更为可怕，一双冷酷的眸子在他脸上轻轻一点，他就觉得被刀子捅了似的，赶紧点头："好的，金桔柠檬。"

"哎！我要喝咖啡。"唐锦花没有意识到，她从此刻开始，就被某人牢牢控制住了人生。

"这么晚了喝咖啡，你是准备和我熬夜处对象吗？"许嘉允唇角扯出一个似笑非笑的弧度，问道。

"也是，都九点半了，我该回家睡觉了。"唐锦花被他那少有的表情弄得很不舒服，感觉和这么优质的帅哥不会有结果，不想浪费时间。

她家工薪阶层，单亲，要给妈妈养老，在M市这种发达地区，薪水

还行,刚工作一年,也靠着拼命精神拿了一些奖金,但不能和本身中产阶级的家庭相比,而且职业又忙碌危险。

性格更是不讨男人喜欢,之前的相亲对象稍微了解她一点后,美色都不敢图,离她远远的。

眼前这位先生,一看就是不缺钱又挑剔的人,唐锦花这双扫描仪般的眼睛,把他从头到脚扫了一遍,这身衣服绝对是高定,手表看着挺低调,但价格不菲,连袜子的质地都很精良,很有钱,也很有品位。

最重要的是,他的眼神看上去就不好惹!

"你让我等了两个小时,聊两分钟就想撤?"许嘉允静静看着她,"唐小姐,你也太不尊重相亲对象的时间了。"

明明他没有其他动作,可唐锦花只觉得无言的压迫感直逼面门,只好摊牌:"许先生,坦白说,我对处对象谈恋爱没兴趣,咱们又不可能结婚,所以,浪费了您两个小时,我和你道歉,我真的是工作太忙……"

"恰好我也工作很忙。"许嘉允打断她的话,语气依然利落又带着力量感,"我听介绍人说过,唐小姐是民警,平时要二十四小时待命,没时间处理私人感情。"

"没错,所以和你坦白,我是被我妈逼得没办法……"

"我也被父亲严令今年要完婚,而我对婚姻同样不感兴趣,对浪费时间在维系男女关系上更是厌恶,"许嘉允的目光透过镜片,落在她嫩生生的脸上,她有一双明亮坚定的双眸,再往深处看,是一片令人心动的干净纯粹,他淡淡说道,"所以,我想要的就是唐小姐这种结婚对象。"

唐锦花愣住,捧着刚端上来的金桔柠檬,半天才吸了一口,冰冰凉凉的,和他那藏在眼镜后的锐利眼神一样冷,比夜风撩起小裙子还透心冷。

第二章　是不是骗婚？

唐锦花问她妈要户口本时，唐妈妈差点在家门口放鞭炮。

从警校毕业时就开始被安排的相亲，屡试屡败，没想到啊，国庆节的相亲，居然能成！而且发展神速，短短十来天，就要户口本去领证。

唐妈妈惊喜激动之余很担心，临出门前拉着女儿反复问了好几次真的没骗她领证吧，不放心想跟着一起去民政局亲眼见证。

"妈，你怎么不担心他是骗子啊！担心我骗你……"唐锦花很无语，真是亲妈，做梦都想着把她嫁出去，"你放心，他要是骗婚的，正好给我送业绩。"

"阳阳的条件，骗你什么？你别骗他就行。"唐妈妈一脸熟稔地说出许嘉允的小名。

"阳阳是谁？"唐锦花愣了愣，看到妈妈惊讶的表情，用反侦察思维倒推了一下，一脸惊讶地问道，"妈，你没事还和他聊天？"

这几天她加班出警都会说和男朋友在约会，其实她只和许嘉允微信上联系了几次，主要为了确定婚前协议内容，昨晚双方打印出婚前协议签了字拍了照片给对方，约好今天上午领证交换协议书，然后拿着结婚证回家交差。

他俩根本没聊过私事，协议上也规定不聊私事……

"那是我女婿，我当然要了解一点，还真的要为了抓骗婚的把我女儿都贴进去？当初就不该让你上警校……"唐妈妈心痛地跟着女儿下楼，正在碎碎念，突然看到楼道门口停着一辆她没见过的车，车窗滑下，露出有点眼熟的英挺侧脸。

"啊！许先生……"唐锦花看到驾驶位上的英俊男人，过了几秒才反应过来，立刻改口，"许先生……嘉允，你看，怎么还来接我了？妈，你快回去吧，别担心我了，看我男朋友多体贴，我让他别来接我，他非要来……"

唐锦花不等他俩说话，赶紧把老妈推回楼道，自己一个闪身，就上了车，对她招招手，"等我领证回来啊！"

"哎哟不得了啊，唐丫头这是什么时候找的对象？"

"这车不少钱吧?"

"噢哟,我看到了,看到了,女婿长得真好看!我就说锦花长得这么乖,有的是人喜欢!"

老小区的邻里氛围很好,大家都互相认识,这个点,都买菜回来,纷纷围上来七嘴八舌地八卦。

唐锦花一路出小区,觉得所有认识的不认识的都在盯着他们看,耳朵发烫,她找着车里的空调控制开关并打开,有点热,喘不过气来。

平生第一次做坏事,有点心虚。

"干嘛来接我,不是说了各自行动?"

"顺路。"许嘉允伸手把空调关闭,车窗打开了一点,让凉爽的秋风吹进来。

"以后不准来我家小区,都说尽量不见对方家人,不给人添麻烦,我回去又得被我妈拷问犯人一样问半天。"唐锦花扯开衣领灌着风,才觉得凉快点。

第一次相亲,他俩婚姻观念相同,两个人也都是高效率的人,当天晚上就敲定了很多细节,然后是许嘉允开车送她回去的,知道她的家庭地址。

"初衷不就是让老人家放心吗?一直不出现不科学,每年见面次数控制在个位数上算是正常。"许嘉允没什么表情地说道。

"再说,领证之后搬到一起住,不用担心被拷问。"许嘉允慢悠悠地补充一句。

"停车!"唐锦花没理他,一直盯着外面,突然喊道。

许嘉允一个急刹车,停在了路边,看着小姑娘拉开车门,箭一般地冲了出去。

远处在上班人群里挤来挤去的一个夹克衫男子见到她突然拔腿就跑。

真行,领证路上还要去捉惯偷。

许嘉允看了眼时间,他今天特意抽出上午半天领证,要是被一个小偷给毁了,太辱没他的"魔鬼大队长"名号了。

"你给我站住,别跑!"唐锦花虽然个子不高,腿速快得很,风一样地追上夹克衫。

"姐姐,放了我吧,我今天又没偷,我已经洗心革面准备去送外卖了,真的,我今天就是去面试的……"夹克衫被她拧住了手,差点给跪下,喘着粗气说道。

"昨天下午三点,商南步行街,你在那干嘛?"唐锦花一边揪着他,一边给诗雨发消息，让她过来带人。

旁边不少人拿着手机在拍摄，这是这两个月很火的开发区最美女民警啊！

唐锦花和黄诗雨有一次出警被人拍下来放到网上之后，因为两个人长相出众，就在社交平台上慢慢火起来了，抖音上还有后援团呢。

许嘉允见过不少"最美民警"的新闻推送，看过她各种抓贼救人的视频，可真是拼命三娘。

"我昨天下午一直在家睡觉没出门。"夹克衫叫苦不迭，现在看到她就腿抖，因为三个月来，他已经被她抓了两次。

"别狡辩，去局子里好好看看录像。"唐锦花对自己负责的辖区惯犯套路很熟，刚才看他在那堆人里瞄来瞄去就知道要下手了。

"嘟！"

一声短短的喇叭催促声，许嘉允的车已经转过来了，眼里有一丝被耽误时间的不耐烦，但他没打开车窗，因为看到不少人在拿手机拍摄小姑娘，深深觉得基层民警太不容易，被这么多眼睛盯着，错都不敢犯。

"你先去民政局等我，快去，我同事马上就过来，别让人看到。"唐锦花按着嫌犯不松手，拿起手机，给许嘉允发了条语音消息。

夹克衫听到她的话，正要扭头看是谁，被唐锦花一把抓住下巴扣下脸，压低声音威胁："看什么看？敢多嘴我废了你。"

"姐，你今天大喜啊？能不能放了我，给你冲冲喜……"

"谁大喜？我是去民政局办案，给我闭嘴。"唐锦花狠狠瞪他一眼。

领证对她来说，就像办个案，心情毫无波动。

如果一定要说有什么感觉，大概就是轻松……终于给老妈一个交代，以后都不会被逼婚了。

唐锦花拿着结婚证和许嘉允签字的婚前协议，再看了眼他的身份证号，31岁了，比她大七岁。

反正两人也不相处，甚至聊天都很少，也不在乎年龄差。

"这两天我稍微空一点，我会去帮你把东西搬过去，新家地址和密码锁密码我已经发给你了，朝南那间房是你的。书房是我的办公区，除了借书，尽量不要去，其他公共区域都可以用。还有，这辆车会放家里给你用。"许嘉允送她到地铁口，他俩就像完成了一笔普通交易，只想把手续尽快交接掉，恢复正常生活。

"不用开车，看了下导航，正好门口有地铁直达，我也没什么东西，

我妈那边你搞定就行。"唐锦花下了车,对他挥挥手,"拜。"

许嘉允看着她消失在地铁口,低头微微一笑,调转车头,往她家驶去。

唐锦花一天出了八次警,直到晚上八点多才回家。

她平时都是早出晚归,唐妈妈习惯早睡,可每天也会留着灯等她,今天却门廊黑漆漆的,没留灯,进屋一看,也没给她留饭。

就在唐锦花在厨房找吃的时,唐妈妈提着一根晾衣棍打开房门,还以为家里进贼了。

"花花?你怎么回来了?你不是跟阳阳领证了吗?他今天都把你东西收拾过去了,这……这就不要你了?"唐妈看到是自己女儿,更加惊诧——还不如进贼!

"妈,我……我还有点东西没拿……"唐锦花忙了一天,完全忘了自己和人领证的事,呆滞了几秒,才想到包里的红本本。

"你还有什么东西?都搬空了!"唐妈妈打开所有的灯,把她房门推开,里面就剩下一张床一个书桌,书柜和衣柜全清空了。

许先生做事效率真高!

"我……这不是舍不得你嘛!"唐锦花立刻一脸不舍地凑到妈妈面前,邀功似的把结婚证和户口本拿给她,"顺便给你送证。"

唐妈担心女儿骗婚,要求她把结婚证放家里,她来保管。

"那也不用大晚上地送过来,赶紧回去陪阳阳,没事别回来。"唐妈拿过户口本和结婚证,看了眼他俩的结婚照片,郎才女貌格外般配,脸色稍微缓和了点,"我有空去看你们。"

唐锦花猜想许嘉允应该把岳母哄得很好,看老妈急着赶她出去的样子,一点也不担心她遇到人渣。

不过黄诗雨说的没错,唐锦花遇到人渣,那都是她的业绩啊!

这么一折腾,唐锦花十点多才找到许嘉允的新家。

他家在开发区的隔壁高新区,这是国家第一批重点新区试验点,和正在开发的开发区相比,更为繁华,和老小区相比,像两个世界。

站在高档小区门口,唐锦花真想利用职务之便,查查她老公的底,看看是做什么大生意的,有没有偷税漏税,让她抓点业绩……

但做人还是要有诚信,她的优点就是忠诚。既然签了婚前保密协议,那她就会遵守协议,不去调查许嘉允到底是何方神圣,也不去问他任何私事,甚至连怎么搞定老妈的,她都不会过问。

许嘉允住的是顶层，有个阁楼做书房，还有个大露台花园，但他和唐锦花在微信上强调过，楼上书房和他的卧室不准进，那是他的私人领域，借书可以，但不能在书房逗留。

所以，唐锦花回来后，直接推开那间属于自己的卧室，看一眼里面全是娘家的东西，倒也有种熟悉的感觉，她坐床上脱了裤子，觉得床比自己家的要软多了，想躺着试试床垫，结果一躺就睡死过去。

凌晨两点，许嘉允才从总部回来。

他一开房门，就听到了香甜的鼾声。

走到她半掩的房门前，静静看着四仰八叉睡相极差的女人，根本不盖被子，两条线条漂亮的长腿大咧咧地叉着，浑身上下没一丝赘肉，尤其是露出一截的小蛮腰，马甲线结实又好看，看来没少锻炼。

许嘉允果断地关上她的房门，鼾声立刻被隔断，房间又恢复了夜的静谧。

唐锦花其实很少打鼾，只有累极了，才会这样。

国庆节这段时间太累，市里有大佬巡查，基层的安保工作十分辛苦，她还得帮负责社区安全的黄诗雨做摸排工作。

能抽空领个证已经不错了。

至于办酒席，她和许嘉允的一致口径都以工作太忙，抽时间两家吃个饭，以后再补上。

反正唐锦花这边几乎没什么亲戚可走，父亲去世之后，她和妈妈相依为命，只要把妈妈哄好就行。

至于许嘉允，他父亲在国外，前几天拉了个"亲家群"，只有他们四个人，唐锦花猜想许嘉允也是单亲。

然后许父还给她转了一个超级大红包，18.8万，说是儿媳改口费，唐锦花哪敢收啊，可许嘉允让她收下后转给他……

某位先生结婚还白赚他爸18.8万！唐锦花算是看出来了，有钱的人是她公公，许嘉允就是靠爹敛财发家的。

第三章　婚后协议

"花花，海辰小区有人报警要自杀，快走。"

这天唐锦花刚出警回来，还没停好车，就看到黄诗雨冲出来，往她车上一坐。

"我刚从海辰小区回来，哪一户啊？"唐锦花刚去海辰小区解决广场舞纠纷，这片辖区因为新旧交替，人多杂乱。

"33栋201。"黄诗雨刚系好安全带，警车就冲了出去，"也不用这么快……我的命也是命啊！"

黄诗雨的长相和软甜的唐锦花相反，她更英气点，个子也高，一米七一，一张凌厉的女王脸，可性格却一点也不御姐，说话看着温柔，但动不动就"开车"，闷骚至极。

"报警怎么说的？"唐锦花问道。

"哭哭啼啼地说老公养小三，不活了，要一起死。"黄诗雨捆好自己的头发，叹气，"肯定又是情情爱爱的事。你说结婚有什么意思？每天出警一半都是男女吵架……"

"没意思，反正我是不会浪费时间在婚姻上。"唐锦花像是忘了自己也是领过结婚证的人，大言不惭地说道。

两人赶到现场，调停完小三事件，已经到了下班的点。

"明天中秋节假期，你要不要跟我吃个团圆饭啊？"黄诗雨坐在副驾驶笑眯眯地问道。

"明天就是中秋节？"

"你加班加傻了？！别太拼，好歹也要享受一下自己的生活。"

黄诗雨和她同窗四年，又是一个城市的，假期还经常去她家住几天，作为死党闺蜜，其实她知道唐锦花心底的隐疾。

那么拼命，是真的痛恨坏人，恨不得将所有的坏人都抓干净。

因为她的父亲，当年就是被暴徒行凶，惨死在她面前。

那场暴乱已经过去十多年了，当时造成了很大轰动，如今人们渐渐淡忘，但这些家庭破碎的人永远都不会忘记。

唐锦花忘了明天中秋节，许嘉允的爸爸要回国，和他们团聚！

这是两家人第一次正式会餐，她一点也不想参加。

领证后，几天没见到自己"老公"，她在新家感觉就和出国交流时的大学宿舍一样，设备好，房间舒适，不会被打扰，多晚回来都没关系，自由得让她忘了自己"结婚"的事。

"明天是不是老王值班？"唐锦花前言不搭后语地问道。

"是啊，怎么了？"

"我去和他调休，他年纪这么大，该回去和家人多团圆……"

"他一个单身46年的单身狗，父母都不在，你让他和谁团圆？"黄诗雨瞥了眼唐锦花，"是不是你妈又逼你明天相亲？"

比相亲恐怖多了。

她除了收钱时和公公说了几句客套话之外，平时根本没聊过天。

就算唐锦花心理素质过硬，也觉得这是场难挨的仗，因为她不知道自家老公的演技怎么样，会不会给自己拖后腿。

唐锦花罕见地准点下班，回家收拾屋子。

至少要把家里布置得像新房……

许嘉允的屋子，设计得很冷硬，黑白灰三色，没有什么温暖的色彩，线条也都是极简风，厨房很大，但他俩都从没用过，冰箱里只有几瓶咖啡饮料，厨房的油烟机连点油烟都没沾上……

客厅也是跟售楼处样板间一样，沙发上都没坐过的痕迹，就算是唐锦花的卧室，也都只有床上和书桌前有点使用痕迹。

她平时早出晚归，把这里当宿舍当酒店，住一晚就走，如果一定要找点烟火气，大概就是卧室和厕所能看出两人生活的痕迹。

唐锦花在沙发上打了几个滚，试图压出点两人经常在这里相依看电视的痕迹。

身为侦探小能手，她要把现场布置得和新婚洞房一样，不露出任何马脚，应付明天家里的聚餐。

还有，要买菜！

妈妈之前很关心地问过她一些婚后细节，唐锦花要么真的在忙，忘了回，要么就随便搪塞一下，说要陪老公看电影之类的情侣之间该做的事，但坚决不接视频和拍照。

她记得自己有天晚上在派出所吃着外卖对妈妈说，老公在家做饭，把她照顾得特幸福。

她连那个人会不会做饭都不知道，看这崭新的厨房，看来要露馅——

因为她不会做饭。

用黄诗雨的话说,她做的饭不能称为饭,只能叫——熟了。

当初警校的野外实战,唐锦花被尊称女版贝爷,倒是知道什么能吃,也知道怎么取火搞熟吃,至于口味嘛,别奢求什么色香味,能吃完不拉肚子就行。

唐锦花推着购物车,在油盐酱醋茶的地方站了许久,她很适合高蛋白低脂肪的健身餐,就是把牛肉鱼肉开水煮熟,不用放任何调料。

调料这种东西,她完全不会挑。

所以唐锦花决定全买了,有备无患。

她扫了满满三辆购物车的食材,估摸着差不多把冰箱塞满,才满意地回家。

超市就在小区的对面,满两百送货上门,唐锦花付完钱,突然看到收银台旁边摆的小东西,眼神闪了闪,伸手拿了两盒,放到柜台上。

杜蕾斯,放卫生间两盒,看着就很小夫妻吧?

唐锦花觉得自己不愧是人民警察,逻辑缜密周详,无懈可击。

还顺手在超市旁边的花店买点鲜花,家里有点花花草草的,看着就不那么冰冷了。

等她抱着花回去时,正好电梯门要关闭。

唐锦花抓贼的腿速可不是吹的,一阵风似的在缓缓闭合电梯门中间轻巧闪进去。

电梯门很灵敏,停滞半秒,开启后再次缓缓闭合。

许嘉允正在看手机短信,感觉到一道带着玫瑰花香的风迎面扑来,他微微往后退了半步,继续回消息。

第四章　婚后"三不"

今天他也难得回来得早，算起来，两个人领证后有一周了，也没见到面，似乎很省心。

电梯里还有其他两个人陆续离开，只有他俩到最后一层顶楼。

许嘉允这才注意到这是自己老婆。

她抱着好几束花，把脸都给挡住了，仅靠身高和体型能勉强辨认出来——她有着锋利的直角肩，穿着有些修身的羊毛衫，手臂肩膀的线条漂亮清晰。

加上她和自己一层楼……

"早！"许嘉允冷不丁在她身后开口，有点好笑地看着她见鬼似的往旁边闪了闪。

看来是还认得自己的声音。

"你回来了？"唐锦花转头看着许嘉允，他今天也穿着高领羊毛衫，外面搭了件西服，没戴眼镜，眼神有点锋利，但整个人还是英挺俊秀，跟电视剧里走出来的都市精英一样。

"嗯，谁送你的花？"许嘉允淡淡问道。

"我自己买……"唐锦花突然觉得不对，打住话头，反问，"就算有人送，也和你没关系吧？别忘了咱们的约定。"

"是没有关系，只要不给我们之间造成麻烦就行。"许嘉允见她机灵得像警犬，觉得很好笑，有点可爱。

"那你还问？"

"如果你不觉得沉默很尴尬的话，我就不问了。"许嘉允说完，果然闭嘴。

一瞬间，电梯的温度似乎都自动下降几度，凝固的空气让人觉得呼吸不畅。

唐锦花只是单纯觉得这个人问话很像审讯人员，即使表情温和，也让人觉得自己像犯了罪，莫名不爽。

"我刚才去超市买了点东西，明天中秋节在家吃饭，那个……你会做饭吗？"电梯门打开之后，唐锦花觉得是有点尴尬，主动问道。

"做饭还行。"许嘉允跟着她一起走出去。

"那太好了,我做饭不行,但我刀工不错,我帮你打下手!"唐锦花松了口气,她只会舞枪弄棒,刀枪功夫都很好。

"不用,我一个人可以。"

"那多不好意思,我总得做点什么吧?不然和你爸聊天,我说错话怎么办?"唐锦花连他的小名都是从妈妈嘴里得知的,除了能背下他身份证号码,就没其他了解了。

"你不会的。"许嘉允语气淡淡的,但很笃定。

过了一会,唐锦花就开始后悔自己在电梯里说的话,因为许嘉允一旦不主动问话,就又变成了高冷又沉默寡言的人,让周围的空气都变得很冷。

要不是为了明天的节日,她都想回所里去。

"要我帮你做点什么吗?"

超市送货员把大袋小袋的东西送过来了,唐锦花看着许嘉允在购物袋旁分拣东西,凑过去想缓和气氛。

"不用。"许嘉允依然很简洁地回答。

"我帮你拿。"唐锦花见他从超市袋里拿出一盒套套,赶紧抢过来。

"这是……你要用?"许嘉允终于再次发问。

"这不是……新婚夫妻嘛,我放厕所给我妈看的。"唐锦花这次没回怼他,怕再次冷场,笑得人畜无害,"回头你要用可以拿去,别放过期浪费了。"

许嘉允看了眼她的甜美笑容,捉弄心突然起了:"和你用吗?"

唐锦花的笑容断崖式下跌:"你开什么玩笑?请认真遵守婚前协议。"

他俩的婚前协议有十条,前三条最重要:

第一,不干涉对方生活;

第二,不主动暴露婚姻对象;

第三,不尽夫妻义务。

形婚加隐婚,除了在父母面前是名义夫妻之外,他们尽量不在对方圈子里出现,就不会有过多的交集,也不会给对方带来麻烦。

这样能节约大量的时间成本,可以尽情享受单身世界,又不会被父母唠叨逼婚。

"你是我名义上的妻子,买了避孕套对我说,要用可以拿去,你觉得是谁先误导?"许嘉允见她垮着张小脸,慢条斯理有理有据地反问。

"还是你觉得,我是那种私生活很混乱的人?在怀疑和指责我的私德?"见她无言以对,许嘉允继续问道。

"这……这不是因为我们俩……婚姻特殊嘛？万一你有什么需要，我也帮不了你……"唐锦花尴尬地挠头，怎么觉得自己老公有点厉害？

他每次都有种咄咄逼人的上位者感觉，很容易操控全场，以前可都是她给别人问讯，习惯了问什么别人回答什么，然后从嫌疑犯或者提供线索的人嘴里找各种漏洞和关系。

"我好像和你说过，我也是因为工作太忙，没空花时间在男女关系上，所以，你是什么样的，我就是什么样的。"许嘉允将另一盒拿出来，递给她，眼眸深沉，"我俩是同类，才会一起站在这里。"

没有什么难言之隐才结婚，也没有什么狗血的感情世界，这倒让唐锦花心底松了口气，对这段关系更加放松起来。

再偷偷看看许嘉允，这人长得真是好看！

而且，他仪态特别好，永远都很挺拔，身上有股军人的气质。

这也是为什么第一次看到他，即使他眼里有一点点危险的光，唐锦花心底还是产生了一种信任。

也许就是他说的"同类"。

唐锦花是个遵守协议的人，也许在某些人眼里，她太犟，但这也是优点。

她没有利用职务之便，查一查他有没有犯罪记录，在哪工作这种事，不止是因为他俩的婚前协议，还有他身上那股令人无条件信任的气场。

"亲，你真的不用帮忙？"唐锦花放好套套，见他在厨房忙碌，忍不住问道。

"明天，别用这么傻的称呼。"许嘉允将食物分门别类地放在冰箱里，头也不回地说道。

"呃……阳阳？"唐锦花试探地喊道。

许嘉允眉头微微一皱，很不喜欢被人喊小名。

"那我就喊你阳阳？"唐锦花觉得小名亲密，比老公什么的要更自然，甜甜地喊了句，"阳阳，晚上做饭……"

许嘉允眉头皱得更紧，打断她："喊我嘉允就行。"

"那我喊得还没我妈亲密。"唐锦花觉得说不过去。

"那就喊亲爱的，宝贝儿，老公。"许嘉允很冷酷地丢给她几个更恶心的选项。

"许嘉允同志，为什么不接受阳阳这个称呼？"唐锦花不情愿地问道。

许嘉允没说话，转身沉沉地看着她。

"行，宝贝儿，就这么着吧！"唐锦花被他的眼神看得浑身不自在，举手投降，也不想和他因为这种小事闹得不愉快。

毕竟住在一个屋檐下，抬头不见低头见，她在领证之前就想好了，尽量和"室友"友好相处，就当他是房东，自己是租客，虽然他不收房租，但她负责平时生活用品，就当付房租了。

许嘉允这才收回眼神，开始拆各种调料。

"把锅碗瓢盆过过油，别那么干净，一看就跟从没用过一样，不合理。"唐锦花走过来帮他撕盐袋，倒在盐罐里一大半，剩下的扔垃圾桶里，然后将油盐酱醋也都倒掉一点，留着七八分满，看着就像用过几次似的。

"别过于谨慎，今晚做顿饭就可以了。"许嘉允见她把父母当间谍对待，无语地摇摇头，她弄错了重点。

老人家谁会在意油桶是不是满的，他们更在意的是情感上的交流，眼神和动作的细节。

"你不懂，女人都是福尔摩斯，我第一天回家就被我妈怀疑了，前几天问我怎么不视频拍照发给她看，我说回来太晚，都脱光了拍什么拍，她才没继续要照片。"唐锦花突然想到照片，赶紧凑过来，"等一下，拍两张应付我妈。"

许嘉允倒是挺配合，看着她的手机镜头，微微扬起唇角笑了笑。

"你笑起来真好看啊，比我还好看。"唐锦花看着照片啧啧说道。

许嘉允没理她，继续整理厨房。

"再等我一下啊！"唐锦花还不知道下次什么时候能碰到他，冲回自己屋子，放下头发，自己换了件上衣，又过去和他换个地方合影。

"至少能糊弄一个月吧。"唐锦花满意地看着相册里面十来张照片，别的不说，男帅女美还挺赏心悦目的，像一对正常小夫妻。

她又看到放在客厅的花，这次不麻烦许嘉允了，她自己对着花狂拍几张，又进去加了个外套，还抱着花去顶楼天台摆了几个pose，一脸沉浸在幸福中的表情。

这至少能糊弄半年！

等她拍完下去时，看到许嘉允已经围着围裙在做饭了，她赶紧又是一顿狂拍，背影侧脸各种姿势都拍下来——完美老公！

而且肚子很不适宜地叫了起来。

这香味闻着还真有滋有味。看来她忘了健身餐要克制口腹之欲这事。

许嘉允就做了两菜一汤，一荤一素，他掐算的食物分量和体重所需要的热量很精准，可是某人一阵风卷残云，在他才落下第三筷时，就已经一碗米饭下肚。

"自从跟你结婚后，我好久都没有吃到家里做的饭了！"唐锦花被香喷喷热乎乎的食物慰藉得热泪盈眶，"真好吃！我还能吃两碗！今天就当欺骗餐……"

以前不管回去多晚，都能吃到老妈给她留的饭菜，现在搬到这里，她晚上就只有外卖和泡面。

许嘉允的筷子微微一顿，看了眼她这没出息的样，放下碗筷站起身："你自己吃吧，回头把碗刷了。"

"你不吃了吗？"唐锦花捧着碗问道。

"我有事要出去一趟。"许嘉允要去超市补点货，她根本不会买菜，生活技能太差。

而且看她这一脸饭菜不够的可怜样，他也不和她抢食，自己出去吃点。

"外面冷，记得拿外套。"唐锦花见他不吃了，更加敞开地喝汤。

锅里没饭了，这男人就煮了两碗米饭……太小看她的胃了，唐锦花看着餐桌上许嘉允剩下的大半碗米饭，本着不浪费的原则，也不嫌弃，端过来扫荡进肚。

野外生存过的人，是不会娇气地挑剔食物，更何况人家厨艺还挺好的。

而且她和许嘉允有过婚检——检给家长看的，反正大家都没传染病，健康得很。

等吃光了所有餐桌上的食物，唐锦花摸着肚皮才想到，那个人是嫌弃自己吃相难看不想一起吃饭，还是羞愧他没做够饭菜，都留给她吃？

哦，不是羞愧，是体贴，还挺绅士的！出门还知道把厨房垃圾带走。

看来自己真的嫁了个"如意郎君"，这么省心体贴的房东老公真是太棒了！

许嘉允回来时，"妻子"已经回自己屋里，关上了门，没任何动静，就像他一个人居住似的。

他一眼看到客厅插在花瓶里的鲜花，虽然插花技术有点糟糕，可淡淡的花香味还是让这个冷色调的房间多了几分温暖。

厨房也被收拾得干干净净，料理台上的百合花香味更浓郁。

楼上的露台也是放着各色玫瑰，许嘉允耐着心，把这些花重新插了一遍，才回到自己房间。

许嘉允似乎也找了个最合拍的婚姻搭档，不会对他有任何需求，不用浪费时间在维系婚姻上，比养只小猫小狗还省心。

第二天一早，许嘉允起床煮了几个鸡蛋，煎了个牛排，从冰箱里拿出昨晚去超市买的鲜牛奶，完美的营养早餐。

他很久没有享受过自己下厨的假期了，在明媚的晨光中，看着屋里的鲜花，心情也好了起来。

"嗒嗒！"

密码锁开启的声音，随后大门被推开，穿着运动衣裤满脸汗水的女生跑了进来，看上去气色健康极了，看到他打了个招呼："早。"

然后眼神在他的牛排上逡巡几秒，随后脱下汗湿的外套，往卫生间走去。

许嘉允很佩服她的精力，一大早就起来跑步锻炼身体，基层民警都这么拼吗？

国家有这样的年轻警察，感觉每天都欣欣向荣，蒸蒸日上。

唐锦花冲了个澡，特意吹了个头发，一会要去接老妈，她努力收拾了一下自己，听说结了婚的女人神态会妩媚很多，她抓着蓬松的头发，对着镜子做了个娇媚的表情，恶心得差点吐了。

没事，她和小丁还假扮过夫妻去抓人，也没穿帮过，要对自己演技有信心！

唐锦花看了眼放在洗手台上的套套，想了想，拆开一包，从里面拿掉两个，看上去……很激情啊！

她满意地出来，看到许嘉允已经不在餐厅，家里安静空荡。

唐锦花怀着希望来到厨房，发现房东没给她留一份早餐……

她煮了两个鸡蛋，拿了瓶纯牛奶，再吃个香蕉，一份健康的营养早餐完美出炉。

等许嘉允换好衣服出来，看到唐锦花已经换了件衣服，正蹲在厨房的垃圾桶里看鸡蛋壳和香蕉皮——她还在执着于各种细节漏洞。

"房东？是不是要去接人了？"唐锦花听到身后的声音，转身一看，眼神愣了愣，房东换了一身西装，头发梳得整整齐齐，身材修长，五官精致，帅得惨绝人寰。

虽然她对男人毫无兴趣，但长得好看的人就像花一样，能让人心情愉悦。

"你喊我什么？"许嘉允皱眉，没听错的话，喊他"房东"？

"呃……宝贝儿，是要接咱爸妈吗？"唐锦花转得很快，走到他面前，又打量了一下他，觉得自己应该好好化个妆，不然显得太不精致了。

"嗯。"许嘉允没想到她把自己当租客，不过他俩确实像租赁关系。

"我要不要再收拾一下？换个裙子什么的？"唐锦花站在他身边，罕见的有点自卑，有种和闺蜜出去玩，闺蜜打扮得像仙女似的，她却穿着裤袜拖鞋不修边幅的感觉。

"不用。"许嘉允抬腿就走。

他可不想浪费时间等女孩子打扮，再说，她本身长得就挺可爱，胶原蛋白满满，青春逼人，眼里的神采和精气神就是最好的化妆品。

"我妈会说我配不上你，怕我被你甩了。"唐锦花跟他站在电梯里，对着电梯后的镜子又涂了一次口红，抿了抿红艳艳的嘴唇说道。

许嘉允觉得有点好笑，牵了牵唇角："不会。"

协议夫妻不会有感情纠纷，也不会离婚。

因为，他知道，如果不是她，自己会孤独终老。

"确实啊，你找了个这么年轻可爱又懂事的老婆，怎么舍得离婚？"唐锦花觉得口红真是万能药，她的唇色偏粉，很少女，如果涂点口红，气场就起来了，看着气色也好很多，容光焕发，精致度也上去了。

她平时不化妆，很少买化妆品，口红都是黄诗雨塞她包里的。

这个小玩意儿挺管用，有时候下班太憔悴，只要擦一擦，立马精神万分，老妈看到她那么晚回去，只会有种"我女儿不是在工作，而是去蹦迪"的错觉。

许嘉允瞥了眼她对着电梯镜子洋洋得意的样子，突然想到什么，从口袋里掏出两枚戒指，递给她一枚："戴上。"

"哟，婚戒？"唐锦花拿着戒指看了眼，是最简单的戒指，一颗闪闪发光的钻石镶嵌在戒指里面，内径里还刻了自己的名字，再往手指上一套，嘿，居然正好！

唐锦花佩服地看了眼许嘉允，她很欣赏做事严谨的人，当搭档很安心。

两个人先去开发区接了妈妈，然后去机场接机。

第五章　新婚夫妻大作战

唐妈妈今天喜气洋洋，穿得很隆重，定制的长袖丝绒旗袍，气质高雅，看上去一点也不像住在"贫民小区"的阿姨。

事实上，唐妈妈出身很好，书香世家，只是家道中落，父母早亡，算是没落的贵族之女，稍微收拾一下，气质优雅。

"今天接你爸爸，怎么就穿这样？"唐妈妈在后排轻声数落女儿，对她的休闲打扮不太满意。

"妈，是他给我选的衣服，说都是一家人，不用那么刻意。"唐锦花陪妈妈坐在后面，在她耳边笑着低语，语气间对许嘉允相当亲密。

"那你自己也要稍微注意点，第一次见公公，显得太不庄重了。"唐妈原本嫌弃女儿穿着牛仔裤和一件简单的衬衣加白毛衣，听到是许嘉允选的衣服，也就不说什么了，看向许嘉允，笑道，"阳阳，小花平时工作挺忙，我看她给我发的照片，都是你在照顾她，辛苦了啊。"

"妈，这是我应该做的。"许嘉允开着车，伸手调整了一下后视镜，从后视镜里深情款款地看了眼唐锦花，用磁性温柔的声音说道，"她是我妻子，我说过会好好照顾她。"

唐锦花被他过于真实的眼神和语气杀到，娇羞地低下头，浑身鸡皮疙瘩都起来了，心里忍不住赞了一声——高手啊！要是黄诗雨在车里，准会掀起裙子扑倒他。

唐锦花昨晚还担心他演技拖累自己，结果队友演技是个王者，跟着他能躺赢。

一家人和谐友爱地到达机场，看着女婿爱意满满的眼神，唐妈的心算是彻底放下了。

许云峰在人群里远远就看到帅气的儿子和娇美的儿媳，还有气质优雅的抱着花迎接他的亲家母，一家都是高颜值，在接机的人群中显得鹤立鸡群，特别耀眼。

原以为这小子结婚是骗自己的，没想到许云峰一路上都没看出破绽来。

"爸，东西我来拿，您和妈先上去。"

儿媳妇特别勤快，手脚利索，动作麻溜得很，率先绕到车后拿行李箱。

"给我。"许嘉允从驾驶位上最后一个下来,对妻子说道。

他说话总是很简洁,却有一种让人无法反抗的力量,让唐锦花觉得他是自己的上级,不自觉地去服从他的命令。

这倒也挺省心,外人看着很"夫唱妇随"。

在许嘉允全程掌控下,氛围很和谐美满,可唐锦花吃完午饭刷完碗,就受不了闲聊,更受不了老公一直亲密地紧贴着自己坐着。

尤其是一起坐在沙发上聊天,许嘉允一只手半圈住她的腰,在父母看过来时,还轻轻用手指摩挲她的腰肢,让她痒得差点一拳打过去。

也不用演得这么真实吧?

这种暧昧的小动作加上他深情的眼神,唐锦花只想赶紧逃走。

唐锦花给黄诗雨发了个消息,让她给自己打个电话。电话铃一响,她像抓住一根救命稻草似的,激动地站起来:"我接个电话。"

一会唐锦花走回客厅,满脸歉意地对家人说道:"对不起,我得去加个班,爸,我要失陪了。"

"我送你。"许嘉允立刻站起身,说道。

"不用了,我坐地铁还快一点,你陪爸妈吧。"唐锦花说完就往门口跑,一点也不想留在这修罗场。

"真不用我送吗?"许嘉允走到门口,看着她换鞋。

"真的不用,你今天开了一上午车,也累了,而且爸那么远赶回来,你多陪家人说说话。"唐锦花一脸体贴小媳妇的样子。

"那你注意安全,早点回来。"许嘉允拉住要走的她,捧着她的脸,薄薄的嘴唇压了过去。

唐锦花看着他在眼前放大的俊脸,清晰地闻到他的温热气息,脑子顿时死机。

但许嘉允只是错位地凑近她的脸,嘴唇离她唇边还有两公分时,滑到她耳边,手上微微用力捏了捏她傻掉的脸,低声说道:"太太,注意你的表情,我不是猥亵犯。"

"哈……好了,别这样,爸妈看着多不好。"唐锦花终于回过神,一张小脸红得要滴血了,"娇嗔"地举起拳头,狠狠捶了捶他结实的胸口,然后转身就走。

许嘉允看着她逃兵一样跑走,揉了揉胸口,这妮子力气真大……

不过她离开也好,免得坚持不到最后露出马脚。

唐锦花的演技水平和王者相比,最多是个小钻石。

主要在知女莫过母的妈妈面前，她顾虑得太多，不像在不熟悉的人面前，可以随便扮演角色，反正没人知道她真正是什么样的人。

黄诗雨以为她又在相亲，让她打个电话找借口离开，谁知道唐锦花真去了所里，顺手把黄诗雨的工作也给做了。整理好社区流动人员和上次电信诈骗案件的资料，直到晚饭时间，想到两家长辈都在等她晚上回来吃团圆饭，才如上战场般地拖着沉重的脚步回去。

电梯里，她从口袋掏出那枚戒指戴在左手的无名指上——去所里之前摘下来了，怕同事看到多问。

钻戒上闪着耀眼的光芒，让她又想到今天被许嘉允亲密地碰来摸去，非常不爽。

再忍一忍，熬过这顿饭就行了！

唐锦花不断给自己打气，觉得今天比她值班熬夜还疲惫。

早上去接妈妈的时候，许嘉允说过，他爸爸在这边也有公司和住处，回来吃完饭，应该就要回公司开会，不会和儿子媳妇住在一起。

唐锦花也准备吃完饭送妈妈回家的，结果看两个长辈聊得挺投机，还约好了吃晚饭，她看着情况不对，就借口工作逃出来半天。

晚上大家喝了酒，妈妈难得的健谈，和许云峰聊得特别开心。

"妈，别喝太多。"唐锦花悄悄提醒老妈。

"没事，今晚住这里，明天我再回去。"唐妈妈似乎好久没这么开心过，今天就跟喝女儿的喜酒一样。

"这么晚不回去了，明天早上我送你回去。"许云峰笑着说道，帮唐妈加了点红酒。

唐锦花傻眼了，两个长辈都不回去？

那她睡哪？

她……再借口工作出去？

不行，再去加班有点说不过去，像刻意避开他们，会让人起疑心。

大家吃过晚饭，端着红酒，在天台的沙发上坐着看明月，说着孩子们小时候的趣事。

唐锦花完全没心情看月亮，拼命给许嘉允使眼色。

"爸妈，你们聊一会去休息吧，花花今天加班太累，我陪她先回房。"许嘉允会错意了。

故意会错意的，把她带到自己卧室。

唐锦花第一次来到他的卧室，根本没心情欣赏他的宽敞卧室，关上门后，有些粗鲁甚至粗暴地抓住他的衣领。

"你不是说你爸要回去吗？"

唐锦花虽然才一米六五，和他差二十公分，但拽着他的气势十足，让许嘉允觉得她是只假扮老虎的猫咪。

"再稳妥的计划也潜藏着变化，你难道没有做好他们可能留下来的心理准备？"许嘉允看看她揪着自己领口的手，似笑非笑地问道。

身为警察，应该习惯危险和变化。

"可……我有社恐！"唐锦花烦躁地松开手，揉着头发在他的主卧转来转去。

"你不是社恐，你是心理素质太差，觉得是在欺骗家长，害怕和他们相处。"许嘉允一语中的。

唐锦花一向自诩正义的使者，很少做亏心事，这次的"骗婚"，不，这次有名无实的婚姻，虽然领了证，但总觉得心里发虚。

"你心理素质挺好啊？"唐锦花转过身用侦探的眼神上上下下地打量着他，"你要犯罪，应该能顶得住三轮审讯。"

"你怕什么？怕我袭警？"许嘉允似乎觉得她形容得很有趣，唇角勾了勾，拉开衣柜，从里面拿了件睡袍，往洗手间走去。

唐锦花这才想到自己的衣服都在隔壁房间，她今天下午出了几次警，一身臭汗，她郁闷地看着许嘉允关上主卧自带的卫生间门，这才发现他的主卧好大，有她卧室两个大。

主卧的落地窗伸出去一米多，平时她从自己卧室的窗户看过去，能看到紧闭的深灰色的窗帘，以为也就多出来一米多的空间。

结果发现里面跟五星级套间似的，有卫生间，还有工作书吧，地方宽敞得很。

虽然许嘉允也从不用外面的洗手间，但她昨晚还是买了一根新牙刷放在外面洗手间，显得亲密无间。

许嘉允洗完澡，换了睡衣出来，看到唐锦花坐在阳台边的沙发上烦躁地看手机。

听到开门声，唐锦花立刻转过头，看到刚出浴的帅哥，只觉得无比羡慕——她也想洗澡，可刚才想出去拿衣服，门刚开了一条缝，就听到妈妈和许爸爸在客厅里聊天。

楼上风太冷，两人也下来了。

她不好意思去隔壁拿衣服惊动两个人，就又默默关上门。

"你要去洗澡吗?"许嘉允走到床边坐下,问道。

"我没拿衣服。"唐锦花站起身,像是已经认命了,也不跟他客气,"借我件睡衣。"

许嘉允深深看了她一眼,走到衣柜边,拿了件圆领T恤和一条短裤,丢给她。

唐锦花皱眉看看他的短裤,没要,只拿着T恤进去了。

许嘉允的浴室也是极简风,浴缸的线条冷硬,视野极好,能俯瞰整个高新区最繁华的地方,大理石台面上,跟样板间似的,就放了几件洗漱用品,干净整洁,连一根头发都没有。

唐锦花冲完澡,把自己内衣洗了,用干毛巾卷着拧干,内裤拿着吹风机一吹很快就干,她就挂在毛巾架上,真空套上他的T恤。

他个子高,T恤宽大,正好到大腿中部,跟睡裙没什么区别。

许嘉允正靠在床上,看着笔记本电脑里的文件,听到唐锦花出来,淡淡瞥了眼,见她露着两条又长又直又白的腿,眼神又挪到电脑上。

"我睡哪?"唐锦花见他一脸非礼勿视的正人君子表情,问道。

"你想睡哪?"许嘉允抬了抬眉,见她觊觎大床的眼神,有点好笑。

"算了,我睡地板。但你能关灯吗?有亮光我睡不着。"唐锦花确实想在大床上肆意翻滚,可总不好鸠占鹊巢,再看看床边的地毯上放了一条毯子,勉强凑合着睡吧。

许嘉允似乎没有多备被褥,因为其他两间客房里面都有床褥,他们也不会宴请客人来自己家里过夜,根本不需要备床上用品。

"你睡床。"许嘉允见她穿得这么单薄,毕竟入秋了,夜里凉,他在父母面前表现得疼老婆,背后也不能太过分。

就算普通女同事,也应该照顾一下。

"谢谢宝贝儿。"唐锦花眼睛一亮,随后笑得像月牙,甜甜地说完,扑上了床。

许嘉允被她喊得眼皮跳了跳,起身走到工作台边,将其他灯都关了,继续看文件。

唐锦花钻进被子里,再次感慨好舒服,就是把头埋进枕头里,能闻到不属于自己的男人气息,带着沐浴产品的香味,倒也挺好闻的。

她蒙着头,挡住工作台传来的微弱光线,期盼着明天一早起来,爸妈就已经毫无疑心地离开了。

这么想了几秒,唐锦花就睡着了。

许嘉允才浏览半分钟文件，就听到均匀的鼾声从被子里传出来。

年轻人的睡眠真是好得让人嫉妒！

等他处理完文件，看到床上的女生已经踢了被子，半条腿掉在床边，露出底裤边缘，姿态粗犷，狠狠冲撞了单身30年的男性心灵。

许嘉允站在床边，拿起地上的毯子扔到她身上，挡住了一床春光，心里默默叹气，这可比审讯难挨多了。

第二天早上五点半，唐锦花的生物钟启动，她在黑漆漆的房间里睁开眼睛，伸手去摸床头的灯。

但她没摸到灯，摸到了一张男人的脸。

"谁？"唐锦花心里一惊，顺手往下挪，卡住了对方的脖子，但很快她就松开了，想到了昨晚自己在房东卧室睡的。

但……他不是说床给她睡吗？

"你要谋杀亲夫？"

她听到许嘉允的声音带着一丝困意，低沉的嗓音在黑暗里格外地诱人。

"你怎么上床了？"唐锦花立刻挪到床边，想摸电源开关。

他的窗帘很严实，完全看不到一丝光从外面透进来，她像瞎子摸象一样摸了半天也没找到灯。

许嘉允一抬手，床头灯亮了，温馨的淡黄色光芒照在唐锦花有些紧张的脸上。

"我昨晚让你上床睡，只是分享半张床给你而已。"许嘉允和她相反，睡眠很差，有时候还得借助药物才能睡着，昨晚可能受到她的鼾声影响，好不容易有点困意躺上床，刚刚睡着，就感觉到她蹭过来抢被子。

许嘉允也是服了，被子给她，她就会踢掉，给她毯子，她又来抢被子。

折腾了半夜，好不容易刚睡着，她又来摸脸掐喉咙……

"是这样？"唐锦花倒是不拘小节，只是看着他睡意朦胧的脸，赶紧让他关灯，"那你继续睡，我去下洗手间。"

刚才一开灯，看他这张脸那么好看，唐锦花反而觉得自己占了人家便宜，急忙走进洗手间去，轻手轻脚关上门。

唐锦花穿着许嘉允的上衣，套上自己的牛仔裤，轻手轻脚摸黑走出主卧，到了客厅的卫生间刷牙。

"花花，你怎么在这刷牙？"唐妈妈也每天这个点起床，看到洗手间门开着，女儿正在里面洗漱，有点惊讶地问道。

唐锦花手微微一顿，吐掉嘴里的泡沫："我怕把阳阳吵醒，让他多睡会。"

"还知道疼老公。"唐妈妈挺欣慰，"我去给你做点早餐，吃完去上班。"

"谢谢妈。"唐锦花松了口气，看着妈妈去厨房忙，赶紧溜回自己的房间，想换件衣服。

"花花……"

她刚打开衣柜，就听到妈妈的脚步往这边走来，伴着轻声呼唤。

唐锦花扯下一件外套就关上柜门，走了出去："妈，怎么了？"

"你的饭盒呢？"唐妈妈准备给她带点便当中午吃，没找到饭盒。

"啊……我昨天回来得急，忘在所里了。"唐锦花愣了愣，想到自己之前和妈妈撒谎，说"三好老公"经常早上给她做好便当，让她带去所里吃。

果然撒一个谎要用十个谎来圆，唐锦花决定等老妈彻底放心之后，尽量不说夫妻间的细节，少说少错，不说不错。

"你呀总是粗枝大叶的……外套怎么放这边？"唐妈妈见她手里拿了件风衣，问道。

"呃……我这边放了好多衣服，有时候半夜要出任务，或者回来太晚，怕吵到阳阳，我就在这边换衣服出去。"唐锦花面不改色地说道。

"也是，你这工作，没几个家属能受得了。你也别那么拼，早点生个孩子，相夫教子多好啊。"

"都像你这么想，谁来守家卫国！"唐锦花责任感爆棚地举起手臂，拍了拍自己结实的肱二头肌，"我这身好肉，是为祖国锻炼的，不是为了服侍男人！"

说完，她看到妈妈脸色沉了下去，立刻撒着娇："妈，阳阳就是看上我努力工作，勤奋爱国，才那么快跟我结婚的，他说了，只要我喜欢的事，就会支持我去做，不管我做什么，都不会反对，你看他都这么表态了，你干嘛催我。"

"那是新婚蜜月，他宠着你，时间一久，三年五年，你还是这么不着家，别说妈妈没提醒你，任何感情都要付出时间和精力去维护的，尤其是家庭，你付出多少，才能得到多少……"

"知道了，我饿死了，快做饭吧。"唐锦花可不想讨论家庭和谐的事，她和房东就是因为没空搞男女关系才形婚的。

唐锦花趁着老妈做饭期间，去健身房撸了会儿铁。

楼下是四室一厅，除了两个卧室之外，还有间客房，最后一间屋子铺上了地垫，放了几个健身器械和跑步机在里面，唐锦花一直没空来撸铁。

想到昨晚房东穿着睡袍的样子，身上的肌肉线条不比她差，看来也是个喜欢运动的人，挺好，以后有时间可以和他一起锻炼，让他做辅助。

唐锦花吃了几口和妈妈说了几句话就出门了，生怕那对父子醒了要尬聊。

以前住在开发区的老小区，她上班基本都选择跑步，正好跑二十分钟，当作晨练。

户外运动的人，身体线条更纤细优美一点，她就是这样，虽然有空会去健身房做做力量练习，打打拳击，可肌肉线条并不夸张，充满了健康和力量的美感。

现在住在这里，她也会提前两站下车，在离妈妈住得最近的地铁站或者公交站下车，跑到所里。

大家都是基层民警，个个比警犬还敏锐，一点点不对劲都会被发现。

尽管唐锦花觉得自己反侦察意识非常优秀，可今天她匆忙出门，还是忘了一件事——外套里穿着的是房东的 T 恤。

等到了派出所女更衣室，她刚脱下外套准备换制服，就被推门而入的黄诗雨大喝一声："住手！"

唐锦花正卷起 T 恤下摆，准备脱掉，被她吓了一跳："干吗？"

"你穿的是男人的衣服？"黄诗雨冲到她面前，顺手摸了一把她的奶油腹肌，然后扯着衣服往下放。

"不是……我前段时间批发市场看着打折便宜，随便买的。"唐锦花努力淡定地回答。

"你说在哪买的？批发市场？打折？便宜？你知道这是什么牌子吗？"黄诗雨皱起了鼻子，跟警犬似的凑近她闻了闻，"身上的味道都不一样了！"

完了，昨天她用的是房东的沐浴产品，还钻进他的被窝，香味确实不太一样。

"什么牌子？"唐锦花打着哈哈，"我昨天倒是换了洗发水的牌子，我妈也是超市打折买的。"

"这香味儿很高级，不是超市货。Philip B. 北欧森林？"黄诗雨作为一个天天浸泡在小红书和各种时尚杂志看帅哥的潮流 90 后民警，她对各种品牌如数家珍。

"什么鬼？别瞎猜了，就是超市打折的，别打搅我换衣服。"唐锦花说着，脱掉了T恤，露出结实纤细的身体线条。

"我没买过，但是有次别墅区有个女的报警丢了包，我去她家时，闻过一次……"黄诗雨记忆力好得惊人，她伸手拿起那件T恤，翻来覆去地看，"你这件T恤是今年春天GUCCI家的限量版，售价两千美金，白天看着平平无奇，但到了晚上夜场，灯光一打，你就是整条街最靓的仔了！"

说着，她关了更衣室的灯，拿着警灯往T恤上一照，上面的反光线条显现出来，很未来很赛博。

"坦白从宽，抗拒从严，说吧，你是不是钓到钻石王老五了？"

黄诗雨手上这件T恤被她喜欢的男明星穿过，然后就被抢光了，一万多块的一件衣服，这姐们说是在批发市场打折买的？

骗鬼呢！

"真没有！我哪知道什么品牌，可能是高仿货，最后一件，没码挑了，一百块买的。"唐锦花心虚地抢过那件T恤，心里暗暗骂着房东真闷骚，居然有这么骚的衣服！

还把这么贵的衣服随手扔给她当睡衣！

要是知道这件T恤抵得上她一个多月的工资，她宁可裸睡！

"也是，你天天只知道工作，男人找了你，连睡觉的机会都没有……要不，给你两百，你卖给我吧。我家骏骏同款啊！我要穿这衣服看他的演唱会，灯光一打，我就是他的焦点！"黄诗雨的重点放在了衣服上，完全看不出这件是假货，不管水洗标还是材质，都一模一样。

看到黄诗雨陷入对男明星的花痴里，唐锦花稍微松了口气，立刻把T恤塞进衣柜里，怕她真的两百块拿走："你哪有时间去看演唱会？赶紧换警服，别在这乱想了。"

"假如我能请假去看，衣服记得借给我穿。"黄诗雨也不再追问她，但还是忍不住叨叨，"你呀，以后别买这种奢侈品的高仿，咱们是公务人员，要低调点，要是便衣被人拍到你穿这么贵的衣服，不知道要说什么难听的话。"

"自己赚钱买的，又不偷又不抢，难道人民公仆就得整天穿垃圾吃泡面？什么思想！"唐锦花无语。

"那也得注意点形象，咱俩是经开区的颜值担当，多少人盯着呢。"说到这里，黄诗雨对着镜子飞了个媚眼，让唐锦花打了个冷噤。

她不再怀疑闺蜜瞒着她找男朋友，毕竟唐锦花每天都在出警，根本没空谈恋爱。

而且能随便买得起奢侈品限量版的男人，谁会和一个基层小民警谈恋爱？而且小唐毫无情调可言，有钱人干嘛想不开要独守空房？

下班时间，大家陆陆续续换了便衣下班，只有唐锦花还在收拾办公桌上的文件，不想和黄诗雨一起去换衣服，免得她看到房东的衣服又一顿怀疑。

等大家都走了，唐锦花才往更衣室走去，路过警容镜，她不自觉地站得笔直，整理了一下自己领口。

"小唐，你还没走啊？正好，银杏街有人报警遇到疯狗，快去处理一下。"大杨正好看到唐锦花，说道。

"好嘞。"唐锦花立刻转身。

银杏街顾名思义满是银杏树，两边是高档小区，也是秋天小情侣们最喜欢去的地方，那里的银杏树叶每天不清扫，特意留下成景观道。

唐锦花赶到的时候，看到有不少人围在那里指手画脚地吵着。

小区保安用拦车的那种临时栅栏把狗围在里面，有几个年纪大的业主为狗吵了半天，有的人要把它打死，有的人觉得等警察来了处理比较好。

"大家都散了，别围在这里，你们这么吵，万一把狗惊着了冲出来伤了人怎么办？"唐锦花立刻疏散大家，只留两个保安在一边协助。

因为都下班了，警力不足，平时出警至少两个人，现在只有她一个人来处理，而那条狗脏兮兮的，似乎是掉进了泥坑，完全看不出原来的样子，一双黑灰色的眼睛惊恐地看着外面，显然比刚才的路人还害怕。

"刚才这狗在外面把一个孩子撞倒了……"

"我估摸是饿坏了，那孩子手里拿着面包，它把面包给叼走了……"

"大家要求把这流浪狗击毙，主要太大了，看着吓人……"

两个保安你一言我一语抢着说，末了，对穿着警服英姿飒爽的网红女警求合影。

唐锦花平时执行任务都很忙，基本都是别人在旁边拍照，她也习惯了，觉得大部分人的心理是看热闹，路上遇到个报警的就拍照发发朋友圈。

"这狗有主人啊。"唐锦花指了指也吓得发抖的大狗，它脖子上挂了个狗牌。

"这不是大家不敢靠近嘛？"左边的保安说着，很护花使者挡在唐锦花面前，"警官，你小心一点，别靠近。"

唐锦花一把拨开保安，拿着狗链子打开栏杆走了进去。

她接触过很多警犬，对狗的眼神很了解。

这只狗不是疯狗，就是个二傻子。

她慢慢走到那条半人高的狗面前，伸出手，下命令："握手。"

那只狗愣了愣，过一会犹犹豫豫地抬起一只大泥爪子，放在她的手中。

"行了，你们把这个撤了吧，狗我来处理。"唐锦花牵着这只怂怂的大狗，问了保安最近的宠物店在哪，先把它拽去洗干净。不然这一身泥上了车拉回派出所，保洁阿姨肯定得哭。

她按照狗牌子上留的电话号码打了过去。过了好一会儿，那边才接起电话，一个堪比男主播的磁性声音响起："哪位？"

这是除了房东老公以外，她听到的最好听的声音，比自家老公声音更明亮年轻一点，没那么深沉，也没有压迫力，单纯的好听。

唐锦花简洁地把事情经过说了一遍，然后将宠物店的地址告诉他，让他晚上来领狗。

"等一下警官，能否麻烦你把狗送到我家？"那边顿了顿，用女人无法拒绝的温柔请求语气，"我现在还有其他事，实在不方便过去，我加一下你的微信，把我家地址和宠物店的洗澡费先转给你，你再让他们帮我的狗修修毛，做个美容……"

如果不是他声音好听，不用听到后面这一系列的要求，唐锦花就挂了电话。

她加了狗主人的微信，拿到了地址，就在银杏街附近的竹山别苑。

别墅区，是个有钱人，有大院子，难怪养这么大的狗。

一百来斤重的阿拉斯加跳上她的警车，车轮都往下颤了颤。

这狗洗干净了，看着真威风，一路上把硕大的狗头搭在车窗边，吐着舌头，惹得不少拍金色银杏落叶的小情侣们纷纷拍狗。

唐锦花对辖区的小区都很熟，拐个弯五分钟就到了竹山别苑门口，她还没出示警官证，门卫就放行了。

大家都认识辖区的两个美女警官。

狗主人家的院子很大，临着风景最好的海湾，是地理位置最好的海景别墅，市值上亿了。

唐锦花再次感慨有钱真好，也顺道感恩一下自己的房东老公，让她不用为养家操碎心。

她刚走到院门口，院子的门就自动打开了。

唐锦花把这只大狗拴在院子里的亭子边，拍了照发给失主。

"警官辛苦了，进来喝杯茶吧。"蓦然，一个好听悦耳的声音在她身后响起。

她转过身，看着不知何时站在门口的精致男生。

自家老公长得已经算得上极品帅哥了，但许嘉允虽然眉眼精致，轮廓却充满了男人味的阳刚，可这小哥哥长得更加精美，瓷娃娃一样，轮廓都像女孩子一样柔美，让她怀疑他这么年轻住着豪宅，是什么新晋人气男明星，长了一张日韩美少年的脸。

"你不是说没时间吗？"就算不近男色的唐锦花，被他那双含情脉脉的眼睛盯着，也有种被勾引的错觉。

"我是没时间出门，因为在熬药，生病了，需要像你这么可爱的警官照顾。"美少年一脸病容，我见犹怜。

唐锦花好好"照顾"了他——严肃地批评教育，让他看好自己的宠物，不要给和谐社会添麻烦。

"是，警官，我错了，进来喝杯热茶吧。"美少年笑眯眯地认错，一个劲儿地邀请。

"不了，我还有其他事，再见。"唐锦花说完，就要离开。

"警官，你不是应该下班了吗？"美少年抬手看了看手腕上略显粗犷的劳力士，和他纤细柔美的五官很不搭，问道。

"如果不帮你送狗，我确实已经下班了。"唐锦花想到这里就觉得很郁闷，如果是什么大案让她加班，她乐意得很，可现在整天都在处理这些鸡毛蒜皮捉猫找狗抓小三的事，她都觉得自己大材小用，被浪费警力。

美少年看着唐锦花突然就变了脸，头也不回地上车离开，他脸上露出一丝兴味的笑容，真是有趣啊！

长得这么可爱的女警，没多看他一眼，教育完他她扭头就走，顾勋还真没见过。

他认识这个女孩，之前看过社会新闻上出现过她，在街头巡逻时被记者拦着采访，她身边还有个高挑凌厉的美女，长了一张御姐的脸，两个长相迥异的美少女穿着警服站在一起，被很多人拿去看得津津有味。

其实唐锦花和黄诗雨这两个警队双姝性格和脸蛋完全相反，唐锦花长得甜，看着软萌可爱，但一言不合就撸起袖子，能动手绝不废话。

而看上去冰山女王一样的黄诗雨，外表是高不可攀的女神，私底下看到帅哥就走不动路……

唐锦花本来以为这只是个普通的出警，没想到过了几天，派出所接待大厅一阵骚动，有人给她送锦旗来了。

唐锦花和黄诗雨经常收到各种锦旗和鲜花，以中老年大叔和可爱的女孩为主，没想到这次来了个小鲜肉，还是开个玛莎拉蒂的多金帅哥。

唐锦花出来后，看到那个美男侧过脸来，怎么这么眼熟？

"阿拉斯加？"唐锦花认出来了，那只狗的主人！

"唐唐，人家给你送锦旗来了。"接待员杭柯竹冲着唐锦花眨了眨眼睛，说道。

糖糖，可真甜。

顾勋看着她穿着警服的样子，又甜又酷。

"感谢糖糖帮我找回了爱犬，特意为你定了一面锦旗。"顾勋说着，把锦旗打开，上面写着八个大字——谢谢美女，救我狗命。

"我能拒收吗？"唐锦花低低咕哝一句，看到周围同事都在偷笑，上前把锦旗给卷起来，露出一个标准服务笑容，"不用客气，警民一家人，这是我应该做的事。"

"还有这个，送给你。"顾勋还带了一束花，放在旁边的椅子上，递给她。

"谢谢。没别的事，我去处理工作了。"唐锦花接过花，想到自从过了中秋节，她就没给家里买过花了，正好带回去。

"警官，你有男朋友吗？"顾勋看着她肩膀的三级警司的警衔标志，微笑着问道。

"有什么事儿请直说。"唐锦花有些警惕地反问。

"我猜没有？"顾勋只是顺手查了查她，她还在警校时，有个长跑破纪录的采访，那时候她还是个警校生学员警衔，毕业实习这么快就破格转正，一定是立了不少功。

也就意味着根本没时间谈恋爱。

"跟你没关系。"唐锦花冲他笑了笑，一转身，脸就冷了下来。

黄诗雨从社区刚回来，走到警务厅门口，就看到一个绝品帅哥，她眼睛都直了，这身材这五官，比她追的骏宝还要出色！

怎么可以有这么好看的男孩子啊！

黄诗雨眼睁睁地看着他走到自己面前，差点就忍不住伸手在他脸上摸一把。

"警官，你挡着我了。"顾勋被黄诗雨挡着门，见她清冷又滚烫的眼神停在自己脸上，勾了勾唇角，说道。

天啊，声音都这么好听，这嘴角勾得……黄诗雨觉得自己的魂都被勾去了一半，立刻侧过身，快速走到里面的办公区，才捂着脸撞墙。

她看到帅哥，脸上无论多冷淡，心里其实已经把该做的都做完了，连孩子名字都起好了……

下班了，唐锦花抱着这束花回去的。

她难得回来得早，把那束花扔在客厅，想先洗个澡，再收拾一下家里。

她刚进浴室没三分钟，房门又打开了，许嘉允也回来了。

这段时间秋交会，他们总部为了安保忙得人仰马翻，好在终于结束了，能好好休息几天。

一进门就看到了放在茶几上的鲜花。

许嘉允挂好外套，换了鞋，看到旁边她的运动鞋，终于感觉到他不是单身了。

家里还有个人，虽然同住一屋，见面的次数却少得可怜，但那个人确实存在，而且屋子也渐渐有了她的气息和痕迹。

唐锦花洗完澡出来，随便擦着半长不短的头发，心想还是得找机会剪成男孩头。

之前她在警校一直都是短发，假小子一样，老妈怕她太男性化找不到男朋友，非要让她留长，现在嫁人了，剃光头都没人管……

正想着，唐锦花突然停下脚步，看着厨房冒出的男人，闻到了牛排的香味。

"房东回来啦？"唐锦花穿着睡衣，热情地过去打个招呼，肚子咕咕叫了起来，她按着肚子，尴尬地笑了笑，"你也没吃呀？"

许嘉允冷淡地点点头。

唐锦花眼巴巴地看着平底锅里的牛排，吞了口口水，但实在不好意思让房东请自己吃饭，她费了好大劲儿才控制住自己别再看滋滋冒油的牛排，转身打开冰箱，拿出一桶泡面，再拿两个鸡蛋。

和房东的牛排比起来，晚餐有点凄凉。

"你每天靠吃泡面维持体力？"许嘉允经常夜里回来，看到厨房的垃圾桶里放着泡面盒，这个女人完全不会照顾自己。

"不是，主要靠鸡蛋。"唐锦花晃了晃手里的鸡蛋，笑了。

她每天的营养来源都是鸡蛋！优质蛋白！

泡面是提个味儿的，吃两口就扔了。

许嘉允将牛排装盘，磕了个鸡蛋配上，再切两根青翠的芦笋，米其林大厨的摆盘，放到餐桌上，色香味诱人。

他看见唐锦花又拿出手机。

"别动啊，我拍点照片发给我妈。"唐锦花突然想到要时刻应付老妈的查岗，立刻全方位拍照。

她拍照没什么美感和技巧，就跟现场拍照取证一下，特别写实。

许嘉允等着她拍完，将盘子往她面前一推："给你。"

"给我吃吗？"唐锦花愣了愣，不太确定地问道。

许嘉允只是点点头，又去冰箱拿了一块牛排出来。

唐锦花开心得脸上都笑出一朵花来，甜甜地说了句："谢谢房东！一会我来洗碗。"

虽然两个人互不了解，很少聊天，就像熟悉的陌生人，但唐锦花很记恩，吃了他两次饭，就觉得关系升华了一点，从熟悉的陌生人变成了战友。

再看看茶几上的那束压扁的花被他分了几株插在餐桌的花瓶里，配上摆盘精美的牛排，说是在米其林餐厅约会也不为过。

唐锦花正在想着，手机突然响了起来，是妈妈打过来的视频。

她前几天借口工作和睡着了没接视频，今天正好碰到房东在家，赶紧接通。

"花花，下班了啊？"唐妈妈知道女儿经常加班，每次都等晚点才发消息过去。

"妈，我在家了。"唐锦花晃了晃手机，特意对着正在煎牛排的房东，"阳阳在给我做夜宵，好幸福呀！"

许嘉允的眼色沉了沉，显然不喜欢被她喊小名，可他转过脸打招呼时，一派温柔体贴："妈，还没休息呢？"

"阳阳啊，让花花多练习练习厨艺，别累着自己……"

"妈，我是你亲生的吗？"唐锦花见老妈这么偏心合同老公，心情有点微妙，既开心，又有点担忧未来。

如果一直这么下去就好了。也不用房东天天给她做饭，一年偶尔有个两次，就是完美无缺的家庭。

"我也很怀疑你是不是我亲生的，烧个饭能把厨房点着……"

"行了，你俩聊去。"唐锦花打断老妈的吐槽，她不要面子的啊！

"不打搅你们休息了，周末一起回来吃个饭啊。"唐妈看到小两口在一起这么和谐，就放心了。

她就怕时间久了，女儿天天早出晚归，跟两地分居没什么区别，早晚会因为工作太忙产生矛盾。

虽然许嘉允当时跟她说，自己也很忙，两个人的工作一样辛苦，不必担心这问题，可作为过来人，深谙婚姻之道，那就是——用心用时间去陪伴。

"妈，周末我要值班……"

"你不就值班一天吗？周六还是周日啊？"唐妈问道。

"周六值班一天我也要睡一天啊，再说，阳阳也可能要加班……"

"我没关系，可以陪你回去看妈妈。"许嘉允温和地打断她的话，说道。

好吧，那没什么可说的了，唐锦花看着老妈满意地挂断视频，本来想等许嘉允上桌后一起吃，但又觉得没什么可聊的很尴尬。

加上牛排太香了，如果跟许嘉允一起吃，还得注意点形象，她受不了美食的呼唤，挂了视频就用刀粗犷地切成几大片，眨眼消灭下肚。

"周末我可以一个人回去，就说你出差了，不用陪我回去。"唐锦花吃着说着。

"你嫁过来之后，还没回过娘家，应该回去看看。"许嘉允淡淡说道。

"浪费你的时间，多不好意思啊。"唐锦花觉得就像劳烦同事免费给自己出警一样，两个人婚前约好，不要占用对方的时间和精力，到现在为止，许嘉允都做得很好。

除了中秋节那天一家人团聚，第二天许父就走了，听说公司事情很忙，加上对她似乎也挺满意，安心去忙工作，偶尔在家族群里发发消息，再也没来过。所以她认为妈妈让回去吃饭是件很浪费房东老公时间的事。

"如果需要维护两家关系，有必要牺牲部分时间，不能拒绝合理的家人要求。"许嘉允说道。

这也是两人的婚前协议，为了让老人安心，必要的时候，会抽时间走动一下。

"那麻烦你了。"唐锦花越看他，越觉得这是完美关系，她也得抽空回报。

等许嘉允端着自己的牛排上桌，看到她已经吃得连配菜都不剩，一个空盘子，就差没把上面的汤汁舔干净。

她每次吃干抹净，让做饭的人有种满足感。

"太好吃了，房东你慢慢吃，一会盘子放桌上，我收拾。"唐锦花收了自己的餐具，对许嘉允说完，就撤回自己房间了。

好吃，就是量太少，她这种年轻人，基础代谢好，天天出警跑来跑

去，消耗能量高，怎么也得来个两斤牛肉啊！

唐锦花决定明天也回来早点，去超市多买点牛排放冰箱里，万一哪天又碰到房东做饭，可以厚着脸皮让他多煎两块。

一会等他吃完，再去煮两个鸡蛋补补……

唐锦花躺在床上这么想了几秒，均匀的鼾声就从虚掩的房门传出来了。

洗完澡吃饱饱，再往大床一躺，简直人间天堂！

等生物钟唤醒她，又是第二天五点半。

唐锦花看到厨房已经收拾得干干净净，连同她昨天放在洗碗盆的餐具，一并被房东洗掉了。

还真有点不好意思！

唐锦花想弥补点做个早餐，可觉得以房东的厨艺，吃了她做的会吐。

所以，她还是只煮了自己吃的鸡蛋，喝了杯牛奶，看看家里一尘不染，没什么可收拾的，她就去健身房活动了一会儿，又去上班了。

今天她特意准点下班，从超市买了一堆新鲜蔬果和牛排，准备塞满冰箱。

一回家就发现房东的室内拖鞋不在鞋柜边，看来他已经回来了。

平时唐锦花回来得晚，就算看到房东大衣挂在鞋柜边，也不会看到他——他基本都在卧室里，也可能在楼上书房办公，两人很少打照面。

不过她听到屋里传来的奇怪的喘息声——她立刻竖起了耳朵，站在门口听了一会，不知道该进去还是应该默默出去，体贴地关上门。

就在唐锦花犹豫时，听到哑铃砸在地上的声音。

她松了口气，原来不是她想象的画面，房东只是在健身。

就说嘛，他俩婚前协议约定，不准带外人回一起居住的地方，也就是说，他要是找女人或者男人，得去外面开酒店，不能带回家。

要给法律上的夫妻关系一点尊严和面子。

唐锦花放心地提着东西走到厨房，路过健身房往里面看了眼，房东正赤着上身半跪在垫子上练后背肌肉。

他应该练了好一会儿，肌肉充血胀大，原本结实秀气的线条变得威猛，八块腹肌清晰可见，人鱼线上的汗珠看得她吞了口口水——身材太好了！

相比好看的脸蛋，唐锦花作为一个健身爱好者，对身材线条更加痴迷。

她立刻把东西塞满冰箱，晃到健身室的门口，还想饱饱眼福，结果房东已经撸完铁，穿上了T恤，套上拳击手套，开始有氧搏击。

"咳……要我陪练吗？"唐锦花手痒得不行，隔着紧身衣，盯着他的胸肌问道。

她以前在警校，一周至少五次健身房泡着，还有自己的拳击教练，自从进了黄龙派出所，也就周末有空能去健身，平时全靠上下班路上跑跑步，在楼下公园和老太太们一起用公用健身设施随便练练。

"练拳？"许嘉允停下来，转头看着她娇娇小小的身体，虽然她体能是出了名的好，但女生的力量和男生相比还是有天生的差距，他怕一拳把人家给打晕了。

"来嘛，对着沙袋练多无聊啊。"唐锦花已经跃跃欲试，踢掉拖鞋，已经开始小跳步热身了。

许嘉允也是前段时间太忙，没空锻炼。

他的忙碌和唐锦花不一样。

他忙起来会没日没夜，几天几夜都得不到休息，但就那一阵忙碌，大多时候还是比较清闲的。

而唐锦花是匀称地忙，现在没什么突发事件和重大恶性事件，她是每天上班都要忙各种琐碎的事，和高强度的上班族差不多。

"你行吗？"许嘉允见她脱掉外套，穿着里面的紧身T恤放松手脚，他很少和女学员对练，怕对方受伤。

"泰拳和散打，都是九段，我可是那届警校女子散打冠军。"唐锦花冲他眨了眨眼睛，很自信地说道，"应该是我问你行不行。"

许嘉允见她这么自信，有点想笑。

他当年去泰国把黑市拳王打趴下时，她还没来大姨妈呢。

"待会别哭。"许嘉允幸好买了两副拳击手套，另一副是小号8oz的，她戴上正好。

当初唐妈说女儿喜欢打拳和健身，他在这些小细节也下了功夫。

"看看谁先哭。"唐锦花缠紧绑手带，戴上手套，眼里的杀气就起来了，像是闻到血腥味的野兽，冒着兴奋的光芒。

十分钟后，心率直飙两百的唐锦花更加兴奋了！

她的房东老公比三百块一节课的拳击教练要给力多了，居然还没趴下，而且越战越勇，让她本来试探他的实力，渐渐发了狠，跟上了赛场一样，毫无保留地开始攻击。

而许嘉允的心率大概才上一百六，他一直在防守，偶尔试探地回击，看看她的承受力，发现她确实还挺不错的，这拳速和力度，还有全身的灵敏度，身体素质可以去参加特警选拔了。

一般来说，爆发力强的人，耐力会很差。

因为人体骨骼肌分为慢缩红肌、快缩红肌与快缩白肌三大类，白肌纤维属于运动性运动神经单位，含较多的肌原纤维，而肌红蛋白和细胞色素较少，运动时收缩的速度快而有力，爆发力强，但持久力较差。

红肌纤维属于张力性运动神经元，负责维持张力姿势，里面肌红蛋白和细胞色素较多，肌原纤维较少，在运动时红肌纤维收缩较慢，爆发力不强，但能持久耐劳。

从唐锦花的反应和拳力来看，她的身体里白肌占比更大，速度快，爆发力高，但她居然也很持久——这应该是意志力的加成。

半个小时过去，许嘉允觉得她当个基层小民警太可惜了，这种爆发力和意志力，去做职业运动员都能冲到最前面吧？

看她头发甩出的汗水和依然凶猛的眼神，许嘉允终于开始进攻，心率开始飙升。

唐锦花的反应没有开始那么迅捷了，拳击太消耗体力，加上许嘉允的速度快得她招架不住，手上挡住了他的拳，脚下就空了，被他一个扫腿，直接扫翻在地。

"你……你是在黑市打拳的吧？"唐锦花躺在地上，整个人又爽又累，浑身都是汗水，喘着气，看着许嘉允，眼里都是狼光。

"不是不问私事？"许嘉允脱掉拳套，一层层解开缠着的绑手带，淡淡看了她一眼，"对我有兴趣？"

"没有！我就是好久没被人打趴下了，感觉……好爽！再陪我练一会儿好吗？"唐锦花从地上爬起来，满脸运动后多巴胺飙升的开心，一双乌溜溜的眼睛盯着许嘉允，突然又说道，"你当过兵？"

虽然他穿着衣服很斯文，但眼神和行动上都有一丝军人身上才有的气质，尤其脱了衣服，背上和肩膀还有几道尖锐的伤痕，那不是拳击能留下的伤痕。

"不练了，我累了。"许嘉允摸清了她的体能，觉得她今天透支差不多了，该休息一会儿。

"房东，以后有空的话，带我练拳好吗？"唐锦花见他不回答自己，也不追问，脱掉拳套，伸展着胳膊恳求。

反正房东只要不是坏人，就跟她没关系。

要是作奸犯科，她就大义灭亲。

许嘉允心里也觉得她是个不错的拳伴，和她打拳，比起健身房那些专业教练过瘾，而且，有种在战场遇到敌人的真实感觉。

因为她从眼神到每一拳，都是认真的，认真想把他打趴下。

这种感觉普通陪练给不了。

"我给你教练费，两百一小时，行吗？"见许嘉允盯着自己不说话，唐锦花想到中秋节看到他的肌肉，还想着让他做自己的辅助，现在很是羞愧。

人不可貌相啊！

第一次看到他，戴着金丝眼镜，穿得西装革履，文质彬彬，一副打一拳就死的斯文败类样，没想到脱了衣服，不但打不死，还可能被反杀。

"两百五？"唐锦花觉得谈钱很羞辱有钱有颜的房东，他这种级别的拳师，怎么都得四位数起步啊，"两百五不好听，三百……三百是我的极限了……"

"有时间再说。"

"那你什么时候有时间，提前告诉我，约一下，我早点回来。"唐锦花很兴奋，运动让她心情十分愉快，看他的眼神都热情几分。

许嘉允看了眼她汗湿的头发和红润的脸庞，还有那亮得可怕的眼睛，没再说话，转身离开房间，回自己屋子洗澡。

唐锦花很过瘾，一身大汗，做了几组深蹲，拉伸完才去客厅的洗浴间冲了个澡。

等她洗完澡出来，又闻到了牛肉的香味。

许嘉允这次没等她流口水，就端了两份牛排上桌，上面浇了黑胡椒汁，看着特别诱人。

"谢谢房东！能再帮我煎一块吗？"唐锦花心情好，全程甜到齁人的笑脸。

唐锦花为了保持肌肉含量，平时饮食也很注意，虽然工作繁忙，经常错过食堂饭点只能叫外卖，但她都会尽量补充优质蛋白，外卖也基本叫的牛肉和鸡胸肉，实在太晚没有外卖，吃泡面也就是那两口碳水，不会多吃，饮食习惯和许嘉允倒是很接近。

许嘉允看了眼她的笑容，又煎了两块放盘子里端到餐桌上。

"房东，你手艺太好了，我只会白水煮牛肉。"唐锦花看到多两块牛

排,眼睛都看直了,迅速消灭碗里的牛排,夹了一块,边吃边夸赞。

"真好吃!"唐锦花两块牛排下肚,看到许嘉允一块还没吃完,又伸出筷子。

她每次见许嘉允只吃一块牛排,所以把三块都吃了,运动完就该补充高蛋白长肌肉……

许嘉允第一次见到这么能吃的女人,把他那块牛排也给吃了。

他也是运动完需要补充蛋白质好吗!

"我来收拾,你去歇着吧。"唐锦花吃饱喝足,一脸满足,抢着帮许嘉允收拾餐桌。

许嘉允也不和她抢,转身回房间。

家里有个能帮着刷碗拖地的免费劳动力,也挺好。

而且,治好了他的失眠症。

这么一运动,晚上没有吃药,也睡得格外香甜。

第六章　老公是仆人

唐锦花第二天虽然浑身肌肉酸疼，但运动后的心情特别好，哼着歌，在楼下刷了辆单车，决定从开发区骑到派出所。

同事们都感觉到唐锦花今天的变化，脸色红润，干活很有劲，暴脾气也变得温柔了点，怎么看都觉得像谈恋爱了。

"小唐姐，你这两天心情好像很好啊？回去得也挺早，你妈给你找到合适的相亲对象了？"丁子易和她一起出警，忍不住问道。

"相亲对象哪有撸铁好？你没事去跑跑步健健身，刺激多巴胺，神清气爽。"唐锦花想到这里，拿出手机给房东老公发了条消息，问他晚上有空练拳吗。

"小唐姐，你真不考虑我啊？咱俩白天搭档，晚上一起撸串，多好啊！"丁子易看了眼她的完美身材，怂恿道。

"我不喜欢年纪小的。"唐锦花嫌弃地看了他一眼，她可不想当男朋友的妈。

还是房东老公好，成熟稳重又会做饭，更不会说幼稚的废话，太完美了。

"我就比你小几个月，四舍五入都是同龄人，没代沟！"丁子易是专科毕业，今年24岁，一起考入公安厅，比她早一岁踏入社会。

"别贫了，你这身板能三千米长跑追上我再说。"唐锦花看了眼手机消息，有些失望，房东回了冷淡的两个字：有空。

如果房东周末没空就好了。

她周四要值夜班，周五周六周日三天连休，不想和房东一起回家接受妈妈的审阅。

夜班也是忙得一点都没歇着，一直到早上九点多，唐锦花才困顿地回到家，往沙发上一坐，想歇一会弄点吃的再睡觉，结果屁股挨上沙发，就仰头大睡起来。

许嘉允下午回来时，开门就听到轻微的鼾声。

他一看歪在沙发上呼呼大睡的女生，真羡慕她的睡眠。

许嘉允也熬了一夜，回房拿了条毯子扔她身上，也想回房补觉。

可他没小女生那么好的睡眠质量，随时随地都能秒睡。

许嘉允睡不着，索性去做点吃的。

最近家里多了个人，他做饭的次数也多了起来，花瓶里盛开的鲜花，也让人感觉人生美好，应该对自己更好一点，花多一点的时间照顾自己。

厨师机揉好面，发酵的时候，他从冰箱里拿出牛排解冻，切了水果打成果汁，拌了点玉米蔬菜沙拉——全是低热量的健康食品。

唐锦花是饿醒的。

梦里她掉入了甜品王国，被面包的香味儿引诱得垂涎三尺，肠胃抗议地抽搐起来，让她从美梦中醒来。

真的有面包的香味！

唐锦花睁开眼睛，发现自己在沙发上，口水流了一胳膊……

她赶紧擦掉口水，坐起身，看到身上的毯子——房东回来了？

再寻着香味儿看到烤箱里的面包，饿得胃都泛酸水了。

"还有两分钟。"冷淡的声音从她身后传来。

唐锦花一转头，看到站在楼梯上的房东。

"你回来啦？"唐锦花每次打招呼的时候都很有礼貌，带着甜甜的热情笑容——因为吃人嘴软。

房东就像同事搭档，每天抬头不见低头见的，未来日子那么长，搞好关系互相帮助，会过得轻松很多。

而且房东厨艺这么好，未来漫长的日子，她还要跟着好好蹭饭呢。

偷偷将房东当男仆用，折算下来省一大笔房租和男仆费……

所以唐锦花在其他生活上尽量注意贴补家用，很舍得买好牛肉和蔬果鲜花回来，总之冰箱她会尽量填满，这样房东做吃的的时候，也不好意思不分给自己一点。

"今天晚上有空？"许嘉允今天做的是牛肉汉堡，自己烤的全麦面包片，夹上两块牛排，比汉堡王的双层牛堡还美味，用料十足，再加上蔬菜沙拉和果汁，营养又健康。

"有空，今天我休息，怎么了？"唐锦花已经吃得连个玉米粒都不剩，心里再次感慨生活太完美，甚至希望房东能对自己多提点要求，她能报之以琼瑶。

许嘉允看了眼健身室，用眼神回答她的问题。

"啊！一起打拳嘛？"唐锦花吃饱喝足，还睡好了，现在龙精虎猛地敢单挑十个八个恶霸。

"休息一个小时后。"许嘉允和她相反,又困又累,但就是睡不着。

在楼上书房看了一天的资料,越看脑子越清醒,这么下去又得吃药才能睡。

他想到了那天和唐锦花运动完,洗了个澡,吃完饭就一夜无梦地睡到天亮。

好多年没睡得这么好过,让他把自己体力消耗掉,比吃药还管用。

"你好像没休息好,要不要多休息一会儿再来?"唐锦花看到他眼下淡淡的黑眼圈,关心地问道。

可别状态不好,被她一拳打死!

——唐锦花总是这么不切实际地自信。

谁让许嘉允穿着衬衫优雅吃东西的样子特别像上流社会那些绣花枕头,外表看着漂亮,里面全是草。

两个半小时后,唐锦花浑身汗水地趴在地上,一脸被虐的快乐。

"房东,你真不是打黑拳的?那你是健身教练吗?我不是对你感兴趣啊,我只是好奇你怎么这么厉害……"唐锦花对他伸出手,已经爬不起来了。

"男人的力量和女人相比,本来就是压倒性的,就算你体能再好,面对一个一米八几的男人,如果被压倒,也很难反抗。"许嘉允意味深长地看了她一眼,伸手将她拽起来。

"我不信!"唐锦花被他拉起来后,突然跳起来,一个锁喉,腿也卡住他的小腿往下用力一按。

许嘉允料到了她的攻击,但他竟不想反抗,任由她把自己掀翻在地。

"还不是被我给摔了?"唐锦花压在他身上,偷袭成功后笑开了花,丝毫不在意这姿势有多暧昧。

她今天穿着短裤短袖,结实的长腿和漂亮的臀线压着一个单身30年的男人,还笑得那么猖狂,下一秒就被许嘉允踹飞了。

真是不懂危险!

许嘉允站起身,看着她爬起来还冲着自己笑,觉得身体更热了。

"房东,别生气嘛?我帮你拉伸一下吧。"唐锦花见他沉着脸转身就走,还以为偷袭让他不开心,赶紧说道。

"不用了。"许嘉允丢下这句话就往自己卧室走去。

"不拉伸明天会肌肉酸疼的……"唐锦花见他无情地关上房门,耸了

耸肩，自己在健身室对着大镜子拉伸肌肉。

　　他俩在练拳之前，热身了一会儿，还举了会铁，加上后面近一个小时的有氧搏击，大汗淋漓，浑身的细胞都被激活了，拉伸完，唐锦花只有一个感觉——爽。

　　她觉得自己又精力无限，可以去加个班……

　　上次的电信诈骗案还没有找到幕后主犯，关系网只拉了五层就断了，唐锦花每天都惦记着这事，昨天又有人报案被钓鱼网站骗去了钱，网警一查，这里面有两个案犯是同一人。

　　头儿让他们先不要打草惊蛇，想挖出后面的人来，否则抓几个小喽啰根本没用，也要不回被骗的资金。

　　唐锦花决定再去走访一下受害者找点线索。

　　而许嘉允今晚又是一个好觉。

　　只是到了早晨的浅睡阶段，他做了个梦。

　　梦见合约妻子穿得很暴露，只穿着小内裤和运动内衣在健身室打拳，看到他站在门口，走过来扯住他的领带，把他按在了地上。

　　奇怪的是，他被一个女孩子压着，居然挣扎不动，眼睁睁地看着她娇笑着把自己衬衣解开，柯基一样的圆圆臀部坐在了他肚子上……

　　许嘉允一个激灵，猛然坐起身，一脸难堪。

　　已经八点了。

　　许嘉允很久没有睡过这么长时间的觉，如果不是醒来前的梦，他很感谢陪练拳手耗尽了自己体力，让他睡得这么舒服。

　　等许嘉允冲了个澡，换了身清爽休闲的衣服走出卧室时，看到厨房和客厅的鲜花换成新鲜的了，餐桌上还放了一盘包子。

　　健身室传来微微的喘息声，让他猛然想起早上的梦，想出去冷静一下，消除这种尴尬感。

　　"房东，你醒啦？"

　　偏偏某人耳朵灵敏，听到了客厅动静，从健身房跑出来，冲他笑着。

　　许嘉允低头换鞋，没说话，只觉得她精力太旺盛了，昨晚高强度运动完，一大早又在撸铁，年轻人真凶猛。

　　"我早上去裕安老字号给你买了包子，我给热一下，吃完再出去？"

　　唐锦花见他在换鞋要出门，赶紧又说道。

　　她好不容易有投桃报李的机会，不敢错过。

　　虽然自己不会做饭，但特意去老字号的点心铺买了早点回来给他，也很有诚意了。

"不了,你自己吃吧。"许嘉允见她穿着短款运动Bra,和他梦里差不多的款式,露出一截毫无赘肉马甲线清晰的小腹,下面倒是一条紧身长裤,但勾勒的线条一览无遗,和没穿也没什么区别,他立刻转身关门。

她长得很甜,可特别飒爽,每个动作都很酷,做任何举动从不拖泥带水,迅速准确,再加上蕴含着力量的肌肉线条,中和了甜美的长相,加上那双盯着猎物一样的锐利眼睛,就组成了独特的气质,让人过目难忘。

有时候多看几眼,许嘉允觉得有一种糖吃多了,牙被蛀掉的感觉。

"哎,那你……"唐锦花见房东冷漠地打量着自己,随后用力关上门,她觉得这家伙真是孤僻。

难怪长得这么好看,也没有女人敢嫁给他。

许嘉允晚上回来的时候,听到唐锦花的房间传来嘈杂的对话声。

虽然是休息日,但她还在开网会,拉了几个同事在聊电信诈骗的事。

许嘉允站在门口听了一会儿,突然有种……祖国的未来无限光明的感觉。

这些基层的小民警都这么努力认真,治安会越来越好,所谓的世界和平,就是从这一个地区一条街道一户人家的和平开始……

见惯了黑暗的他,第一次觉得阳光就在身边,还挺暖的。

而且家里特别干净——家里平时白天没人,他请了钟点工隔天来清扫一次,但是今天特别的窗明几净,一尘不染,能想象到活力四射的小民警认真大保洁的样子。

唐锦花又是被香味儿吸引出来的,她看到厨房里系着围裙忙碌的高大男人,眼睛一亮,像只热情的哈士奇冲了出去。

"房东,你回来啦!今晚做什么好吃的呀?"

脆脆甜甜的声音像夏天的雪糕,像秋天的桂花糖,落在他的耳里。

她整个精神面貌特别向上,像飞流而下的瀑布,能把人一身的疲惫给冲走。

"你想吃什么?"锅里不知道煮着什么,香味儿不断传出来,他破天荒地问道。

"房东你做什么我就吃什么!"唐锦花一点也不挑剔,贴过去直盯着锅盖看,"锅里什么这么香?"

房东手艺太好了,她很满足,哪怕煮点粥也是香的。

"红烧肉。"许嘉允见她馋得要流口水了,又想到早上可怕的梦,不动声色地离她远一点。

"热量也太高了吧？"唐锦花这么说着，可想吃的眼神却出卖了自己，喃喃自语，"不过没事，偶尔吃一顿欺骗餐，不会长胖。"

高热量能给人带来快乐。

唐锦花偶尔也会和闺蜜涮顿火锅，涮牛肉羊肉，一次吃个够。

"你运动量这么大，不用担心长胖。"许嘉允觉得她的体脂率能和专业运动员相比了，太低了。

再低下去会月经紊乱，生不了孩子。

不过这好像跟他没什么关系……

但既然是名义上的夫妻，还是希望对方健康活着，要是生病或者有什么意外，还得找人照顾，挺麻烦的。

这么想着，许嘉允又做了一道热量极高的菜——辣子鸡丁。

鸡胸肉的热量虽低，但架不住高油高盐，加上辣味也会让人快乐，会不由自主地多吃两碗饭。

又炒个白灼菜心和西红柿蛋汤，看着又健康不少。

"房东，其实你是个厨子吧？"唐锦花吃得太幸福了，满足地摸着胃，开玩笑地问道。

可惜房东并不喜欢开玩笑，也严格遵守了婚前协议，从不问她的事，也不回答她的私人问题。

"今晚吃得这么饱，要不要运动消化一下啊？"唐锦花收着碗筷，眼里闪着星星，很期待地问道。

"明天早上几点出发？"房东不想动，看上去想早点休息。

许嘉允真想把唐锦花推荐去军队，全年无休地锻炼，从早上起床就开始跑步，到太阳落山还在拉练，生命不息，运动不止，很适合她。

一般家庭受不了这种运动狂魔，从早到晚都想拉着老公陪她做高强度训练……

但唐锦花觉得，保持训练和身体的反应能力，是她的职业需求。

尽管现在科技越来越发达，很多时候，只要用电子眼就能捕捉到罪犯，真正靠肉身去冲场子挡危险的情况越来越少，可唐锦花永远记得当年那一幕——当暴徒行凶时，专门对着老弱病残下毒手，如果当初她有现在的体格，一定能挡住那些刀，那些棍棒……

所以在训练上，她有着军人般的自律和意志力，只要有时间，绝不松懈。

没过一会，许嘉允又走出卧室，看着她还在收拾厨房，每个角落都擦得闪闪发光。

看她做事很治愈，力量感十足，动作行云流水，迅速敏捷又准确，充满了活力，像是有用不完的精力。

许嘉允看了几秒，走进健身室，拨弄了一下器械，果然警犬一样的女生听到声音，立刻风风火火地冲进来，依然热情欢喜的口吻："房东，要一起健身吗？"

许嘉允不是想和她一起健身，只是他太讨厌失眠的感觉了，刚才进了卧室，就一点困意都没有。

让他消耗掉自己的体力，晚上就能睡个好觉，这个诱惑太大。

许嘉允晚上运动完，第二天又是舒舒服服睡到早晨，一起床，就听到健身室传来的击打沙袋的声音。

餐桌上放着一盒锅贴和一杯豆浆。

虽然他早餐不太爱吃中式油条包子，可看得出她挺用心对待这个家，锅贴盒子上的店铺地址，又是老字号，位置还挺远的，来回要跑五六公里。

"房东，你醒啦？"唐锦花听到声音，从健身室里探出头，冲他笑着，"我买了点早点，以后早上你想吃什么，晚上给我发个消息，我反正每天早上要去跑步，顺路给你买回来。"

许嘉允见她头发湿漉漉地贴在脑门上，依然穿着运动背心和紧身裤，曲线毕露，浑身散发着健康阳光的气息，胶原蛋白满满的脸上，一双微微上挑的明亮眼睛像星星一样闪着光，让人觉得外面阴沉沉的天空都变亮了。

他微微颔首："知道了。"

唐锦花看见他往餐桌边走去，又返身回去继续锻炼。

许嘉允吃完早餐，看到她也结束了，将绑着的马尾放下来，似乎对长头发有点心烦。

"房东，我想剪短发。"唐锦花突然对他说道。

"那是你的事。"许嘉允淡淡回答。

"不是，我妈会啰唆我，但如果说你喜欢短发的话，她就不好意思说我了。"唐锦花冲他眨了眨眼睛，一脸狡黠地笑，"回头我妈要是骂我，你帮我美言几句行不？"

"你那么怕你妈？"许嘉允觉得有点好笑，感觉她天不怕地不怕的，可对妈妈的话却奉若圣旨。

"我妈养我不容易，我不想惹她生气。"唐锦花叹气，要不然以她的性

格,怎么可能出来相亲?

爸爸走得早,单亲妈妈过得很艰难,当初为了她,还拒绝了不少条件很好的单身男人,生怕组建了新的家庭,让她受委屈。

唐锦花除了瞒着妈妈偷偷报考了警校之外,就没做过忤逆母上的事。

而她对妈妈的战术就是抓大放小,大事自己做主,比如工作方向,比如婚姻对象。

至于小事,比如发型,比如吃什么喝什么穿什么,都听妈妈的。

"知道了。"许嘉允对她的战术也是抓大放小,小事随她去鼓捣。

至于大事嘛……还没遇到过。

"现在来不及去理发店了吧?我看对面的理发店还得预约,我看到你有推子,帮我推个头。"唐锦花看到过他浴室有理发店推平头的那种推子,猜想他这么全能,应该会用这种傻瓜理发器推头。

"你让我帮你理发?"许嘉允有点讶异地扬起眉,觉得她真有勇气。

也可能是仗着自己骨相好五官漂亮,对托尼老师一点也不尊重。

"来嘛,和你同款夫妻发型。"唐锦花早就想把这头碍事的长发给解决掉了。

"你确定不会后悔?"许嘉允再次问道。

"不推才后悔。"唐锦花运动了一身大汗,头发黏糊糊厚重的感觉让她很不爽,"我去洗个头,马上就出来。"

许嘉允很久没用那把推子了。

那是从越南回来时,带着的纪念品,放浴室里当摆设,偶尔看看,怀念一下。

现在拿着这把理发推,不再是对战友用,而是给自己老婆用,感觉真奇怪。

柔软的发丝掉落在他的手上,像温柔的网,一点点连接住两个本该是陌生人的道路。

"房东,你用剪刀的手法真快,难道以前你是开理发店的?"唐锦花见他先拿着剪刀,三下五除二利落地把她长发剪成齐耳短发,忍不住问道。

越是相处,越觉得她老公是个宝藏男人啊,什么都会,能文能武,长着一张斯文败类的脸,却有黄金般的身材,上帝很偏心,把他的技能点都点满了。

"这么好奇我是做什么的?"许嘉允拿起推子,设置好长度,把她脑后的头发推掉。

"别告诉我，我就是瞎猜猜。"唐锦花想到两人的约定，立刻说道。

他的手从耳后掠过，有些粗糙的指腹偶尔擦着她的脖子，让她忍不住想躲开，笑着说道："好痒。"

许嘉允也尽量小心，不去碰到她那一截雪白如玉的脖子，她皮肤可真白，是天生的奶白色，遗传了她妈妈的细嫩洁白，即使经常在外出警，风吹日晒，也依然嫩嫩的能掐出水。

许嘉允再次在心里感慨，年轻真好。

巴掌脸，满满的胶原蛋白，但骨相清越，脖颈修长，五官精致，带着东方人的灵气，加上她经常健身的漂亮线条，充满了力量感的坚定眼神，短发中和了她的甜美，有一股笔直向上的飒爽，多年训练的刚强气质，让她比男生还帅气，让人过目难忘。

现在很流行的一个词——Alpha，很 A，说的就是她。

"我脖子和耳后很敏感，哈哈哈……别碰到……"又被触碰到两次，唐锦花又咯咯笑着想躲开。

她笑的时候，又放肆明媚，甜得像夏日骄阳下的麦芽糖，快要融到人的心底。

"别动，马上就好。"许嘉允勾起手指，将她小小的线条流畅的下巴抬起，帮她修剪前面。

短发唯一麻烦的就是要经常修理，还有修剪时避免不了的手指接触。

唐锦花顺从地抬起脸，闭上眼睛，免得头发落进眼睛里去。

许嘉允的呼吸微微一滞，她长得太清灵了，仰头闭上眼睛的样子，会让人想到特别美好的初恋时光。

初恋情人应该就是她这样的，小小的，白白的，软软的，又有一点点少年的酷气，阳光明媚，因为对男女感情毫无兴趣，所以脸上永远没有欲望，就像太阳下盛开的花，生命力旺盛，不取悦任何人，也没有任何暧昧朦胧，自顾自地开放着。

他的眼神落在她那颜色偏粉淡却水亮的唇色上，看到她扬起了唇角，弧度特别诱人，又咯咯笑了起来。

"房东，快点，你碰我额头也痒。"

她的脸很少有人碰，被房东粗糙的手指刮到，就想抬手去揉。

"好了。"许嘉允收起心思，从她脸上移开视线，修好刘海，淡淡说道。

这样的女孩子真明媚，脸上没有一丝压抑和隐忍的阴郁，生气的时候表情凛冽，如春风夹了春雪，开心的时候像糖一样，甜得让人想舔一口。

唐锦花哪里知道房东的心思，期待地冲进卫生间，对着镜子尖叫一声："啊！"

帅晕她了！

"我说过我的手艺一般。"许嘉允收拾着地上掉落的长发，说道。

"我真是太好看了！"唐锦花捧着自己的脸，又摸又揉，全方位欣赏了一遍，要是自己再高一点，完全可以扮演花美男骗婚！

她都想嫁给自己！

许嘉允听到她开心地在卫生间自言自语，觉得有点可爱，攥着一缕她的头发，眼里浮起淡淡的微笑。

年轻单纯地生活着真好。

可以为一件这么微小的事情而感到开心，真好。

许嘉允陪她回娘家，竟然早早就准备好了礼物，放在车后备箱里，有一箱燕窝，一个腰背按摩仪，还有一套护肤品。

唐妈妈看到女婿这么贴心，哪有时间骂把头发剪得跟假小子一样的女儿。

再说，当初是担心她没女孩子样，找不到男朋友。现在都顺利嫁人了，唐妈彻底放下心，只要女婿喜欢，剃光头都没事。

许嘉允主动去厨房帮丈母娘打下手，留下唐锦花坐在客厅看市里的新闻。

厨房里传出的香味儿，让唐锦花觉得特别温暖。

家里已经很久没有这么热闹过。

自从她结婚出去住以后，妈妈不但不寂寞，反而像是了结最后一桩心愿，过得更放松起来，看着房东的笑容也是打心底的开心和满足。

唐锦花这一刻很希望能和房东长久保持这么和谐的关系，让老人安心，也让自己安心地在前方冲锋陷阵，不用担心后方失火。

小两口吃完饭就借口下午一起看电影准备离开。

许嘉允突然想到还有个礼物忘了拿上来，对唐妈妈说道："妈，有个东西，我爸放在车里了，让我带给你当见面礼，我下去拿。"

"你爸可真客气。"唐锦花想到他爸第一次给自己转账"改口费"，就觉得太大方了。

"是啊，这么客气干嘛？都是一家人……"唐妈觉得女儿高攀了这么好的亲事，也不知哪里修来的福气，到现在都还经常做梦笑醒。

"房东……"唐锦花见他开门就走，一着急，喊错了，赶紧改口，顺手拿起挂在旁边的外套，"防冻，穿上外套，外面冷，别冻坏了。"

"不会的，我很快就上来。"许嘉允亲昵地揉了揉她的短发，手感好柔软。

看到女儿这么细心，唐妈更放心了，她唯一担心的就是女儿性格跟男孩似的，不解风情，平时只知道工作，怕她冷落了新婚丈夫，这几次观察下来，唐妈很满意。

"阳阳真是个好孩子。"唐妈妈见女婿走了，看了眼女儿，她剪了短发更没女人味，像个小伙子，让老母亲又开始担心起来，"你看看你，又不会做饭，又不会收拾自己，我都不知道人家图你什么。"

"图我身体好。"唐锦花笑着抱住妈妈，"再说，你不是常说，爱是恒久忍耐，又有恩慈，爱是不做害羞的事，不求自己的益处！他要是图我什么，就不是爱了。"

母女俩正在说着话，许嘉允上来了。

"妈，这是我爸的见面礼，看看喜欢吗？"许嘉允递给唐妈妈一个精致的丝绒礼盒。

"这……好贵重吧？我不能收。"

打开礼盒一看，是个颜色翠绿的镯子。

唐妈妈以前家世好，对玉石也颇有了解，看这质地和水头，就知道价值不菲。

"不贵，我爸自己做玉石生意，他送您的，肯定是自己千挑万选的，就收着吧。"许嘉允笑着说道。

"还是拿回去吧，心意我领了。"唐妈妈看了眼女儿，不愿收下，越发觉得物质上太高攀许家。

许家越好，她就越担心女儿被嫌弃。

倒不是因为女儿外在条件配不上人家，主要是这份基层工作，又累又辛苦，没什么时间陪家人……

"妈，你就留下吧，你看尺寸都刚好，退回去他送谁去？"唐锦花眼睛很毒，像尺子一样精确，看到镯子尺寸，说道。

到时候她回个同等价位的礼物给许嘉允爸爸就好啦。

于是，极力劝说妈妈收下礼物之后，唐锦花在回去的路上，问了一句玉镯子价格，差点从车里蹦起来。

许嘉允相信，如果没有被安全带拴着，她真的会蹦起来。

"你说市场价十几万？"唐锦花怀疑他还说少了，一脸后悔，"等下星期我拿回来还给你行吗？不要，真的，我们普通小户老百姓，戴这么贵的镯子，也没人信啊？就算信了，万一被抢劫怎么办？不行，现在就掉头回去，还给你爸。"

如果说几万，她不吃不喝咬牙攒个三五个月，买个同等价位的手表送公公还能忍。

可公公太土豪了，她买不起那么贵的表。

"我爸开心，就让他送吧，反正他钱多，也花不完，送自己家人，总比送给其他女人强。"许嘉允语气清淡，对他爸好像没什么感情，对他爸的钱也没什么感情。

果然是冷漠的人！

可唐锦花听到他说"自己家人"时，又觉得这句话挺暖。

和妈妈相依为命多年，突然有个异姓的异性，和自己完全没有血缘关系的人，把她当成家人，尽管有合同婚姻因素在里面，还是让她心里暖暖的。

唐锦花感动得都想请他吃火锅了，但是房东比她还忙，等红绿灯的时候接了个电话，他只说了一个"好"字，就挂断电话，把她放到路边，自己开车走了。

唐锦花看着无情离去的车尾灯，吹了吹额头的碎发，决定喊闺蜜来射箭馆消磨一下午，顺便吃火锅。

黄诗雨还没走到射箭馆店门口，就给唐锦花连发几条消息：天啊，我看到一个好帅的小哥哥啊，又帅又酷又白嫩，跟银魂里的冲田一样，好想扑倒！

顺便还偷拍了那个小哥哥低头看手机的照片给唐锦花。

那个玩手机的小哥哥抬起了头，对她挑了挑修长的眉，眨了眨右眼，痞雅的唇角勾起，肆无忌惮地对她放电。

黄诗雨只觉得魂都被电飞了，心里和小帅哥开始生孩子了，但随后又觉得，帅哥长得有点眼熟……再走近一步，哦，岂止是眼熟！

黄诗雨的嘴张成了O形，低头看了看手机，竟然不敢上前认人。

"电动小马达在等你呢。"见黄诗雨一脸震惊地盯着自己，唐锦花晃了晃腰，冲她勾了勾手指，"快来啊。"

"你怎么把头发剪了！"黄诗雨听到戏谑的声音，才确定是唐锦花，冲过去仔细看了看，一巴掌拍在她的臀上，"你能给我把头发接回去吗？你这么帅，跟我一起换衣服，我怎么受得了？"

"我这是为了提高你的定力，治疗你的花痴，特意剪短的，以后你审美提高，出任务就不会看到帅哥影响效率。"唐锦花一本正经地胡说八道。

"你妈居然让你剪头发了？"黄诗雨惊讶完了，不忘本职工作，从蛛丝马迹中追寻真相，怀疑地打量着她，凑过去闻了闻她头发的味道，问道，"你不是说，不交男朋友，你妈就不让你剪短发吗？你是不是背着我偷偷谈恋爱了？怎么觉得洗发水香味儿都换了？"

"我要是谈恋爱，能约你吃火锅吗？"唐锦花拍拍她的胸口，一脸正义的表情，"天天疑神疑鬼。"

她是没谈恋爱，只是结个婚而已。

不过唐锦花也没准备隐瞒太久，如果升职，婚姻状况一核对就会露馅。

婚前合同规定，不可以主动透露婚姻关系，不能暴露伴侣信息，将各自的朋友圈划分干净，不要有任何交集。但在无奈情况下被人发现，不会违反两人的协议。

唐锦花一开始没准备约闺蜜吃火锅，只是想请房东吃海底捞，还没开口就被鸽了，索性喊闺蜜一起吃。

以前嘛，一个月总有一两次闺蜜和同事之间的小聚餐，算算时间，她和黄诗雨也一个多月没单独吃饭了，正好趁今天有空，涮牛肉去。

吃完饭回去的时候，顺手买点花花草草，原本冷清的露台上多了几盆新的花和一盆四季桂，桂花开得正旺，香气扑鼻。

唐锦花也不知道房东喜欢什么，见他偶尔回来在露台摆弄花草，插花的技术也比她高无数倍，于是每次路过花店，就买点放家里。

她像个直男，选礼物就看颜值和老板推荐，什么时下流行的龟背竹和散尾葵，看着疏疏朗朗，颇有点房东的美貌气质，就搬回来配他。

花草树木一多，绿意柔柔，屋里就没那么冷硬，有一丝大自然的温暖和艺术气息。

家里多了一个人的气息越来越浓重，尽管工作期间，许嘉允和她几乎见不到面，偶尔他回来得早，她也回来得早，如果他不在家做饭的话，也不想运动的话，就打个招呼，各自回房。

像熟悉的陌生人一样。

天气越来越冷了，天黑得也越来越早。

唐锦花这天没有加班，一早就抱着一束百合花回来，她开门看到门口的男士拖鞋不在，顿时开心期待起来——房东居然回来这么早，可能会做晚饭。

她可以蹭点好吃的晚饭，慰劳一下被鸡蛋充斥的胃。

可惜，厨房里空荡荡的，健身室也静悄悄的，楼上也没有人……

房东的卧室门紧闭，看来是待在房间里不想和她打照面。

唐锦花的期望变成失望，默默打开冰箱，拿了一罐三文鱼，再用清水煮鸡蛋和牛肉，补补肌肉。

看着清水里的牛肉块，唐锦花嘴里一点儿味道也没有，被他投喂了几次，嘴变刁了。

她有点不甘心，摸出手机，给房东发了条消息："你回来了吗？吃饭了没？"

佯装关心，其实是关心自己的口福。

不管他回吃了还是没有，对唐锦花来说都没有损失，如果吃了，她继续吃白水煮牛肉，如果没吃，说不准就能吃到香喷喷的牛排了。

唐锦花的小算盘打得噼里啪啦，盯着手机消息，等他回复。

"叮"，一条消息进来了，她急忙点开。

但不是房东的，是老妈的。

老妈又在叮嘱她不要加班，问她今天有没有早点回去陪阳阳吃饭。

唐锦花当然想陪房东吃（蹭）顿美餐！

她正想着怎么给老妈回消息，主卧的门打开了。

许嘉允穿着宽松的家居服，站在门口，隔着餐厅看着她，声音有些低哑："想吃什么？"

以唐锦花多年警校训练出来的观察力和推理，她感觉许嘉允一眼看穿了自己内心的想法，所以才问了这句话。

——他知道自己发消息的真实意思，他也知道她把他当免费厨师……

这让唐锦花有点儿尴尬，赶紧掩饰："我……我自己煮了鸡蛋，就是看你回来了，问一声，万一你没吃，我……多煮两个鸡蛋给你。"

许嘉允走到料理台边，看了眼锅里，摇摇头，打开冰箱，想找点食物。

冰箱的冷气往他脸上一吹，他的头更疼，扶着柜门几秒没动。

"你生病了？"唐锦花跟警犬一样机警，看到他扶着冰箱的样子，就跳过来，伸手摸上他的额头。

许嘉允被她突然冒犯，反应很大地扯开她的手："别碰我。"

"对……对不起，我看你发烧了，怎么不说啊？吃没吃药？要不要去看医生？"唐锦花碰到他的额头，滚烫，和冰箱里的冷气两重天的感觉。

许嘉允没说话，拿了点食物出来，自顾自地做饭。

"别做了，让我来吧。"唐锦花心里又感动又自责，这一刻，她真的觉得自己配不上这个温柔体贴的男人。

看看人家，生病了还要出来给她做饭，这男仆……不，这老公也太有职业道德了。

"没事，别在这里碍事。"许嘉允的声音带着沙哑，和平日的冷漠干脆不同，多了一丝脆弱的性感，让唐锦花觉得自己耳朵怀孕。

"你吃药了吗？真的没事？"唐锦花这么问着，可大脑见他拿食物就条件反射地吞了口口水，记忆中的香味儿已经溢出来了。

许嘉允懒得再回她，专心地洗菜。

他吃了消炎药，没什么事，他习惯了伤口发炎引起发烧。

刚好他又睡不着，在床上也把最近的资料看完了，躺得浑身难受，正想着要不要起来喝点水，就收到妻子的消息。

"停下，赶紧去躺着。"唐锦花在一边仔细观察他一会，见他唇色惨淡，洗个菜额头都渗出虚汗，果断阻止。

"说了没事……"许嘉允的话还没说完，就被她抢过手里的菜，强制拽着他的胳膊，要将他拖进房间，推搡间，他皱了皱眉。

唐锦花摸到了什么，脸色微微一变，就要撸他的袖子："你受伤了？"

"你不吃算了。"许嘉允发烧没什么力气，不然不会被她这么拽来拽去。

唐锦花见他脸色更差，眼神也变冷，似乎她触碰到了他的禁区，不觉松开了手。

他俩只是协议夫妻，协议上写着不可以打探对方私事……

她不能因为吃了他几顿饭，因为相处得像合拍搭档，就越过红线。

"我……只是担心你身体，你要是病重了，我是你家属，是不是得照顾你，送你去医院甚至得签字？"唐锦花什么都不敢问了，尽管她脑海中因为他藏在袖子下的伤口，脑补了他一百八十种情况，也不能多问。

可许嘉允不再理她，扔下一篮子菜，直接回房。

"唉，你别生气啊，我看你发烧发得厉害，担心你……我帮你去买退

烧药。"唐锦花想要补救，可被无情地关在了主卧外。

　　许嘉允只是皮外伤，是真的意外事件——前天回来时很晚，看到路边居民楼有个四五岁大的小朋友坐在四楼窗户上玩耍，窗台没有防护栏，路上没几辆车，没人发现这情况，很危险，他就路边停了车，还没来得及通知和警示，那小朋友就从窗台上翻掉下来。

　　他只能徒手去接，为了缓解冲击力，抱着孩子就地滚了一圈，谁知手臂没有被冲击力弄脱臼，但被地上的碎玻璃片给划伤了，留下寸许长的一道血口子。

　　好在孩子没什么大事，只是一点擦伤。

　　因为折腾得太晚，又是小伤，许嘉允没去医院，在车里随便处理了一下伤口，消消毒，包扎了一下，第二天一早又各种开会，熬夜定方案，没休息好，结果伤口居然发炎了。

　　没多久，许嘉允收到一条协议妻子发来的消息："药买好了，放在你门口。"

　　随后她又发了消息："我房门开着，不舒服的话，喊我一声就行。"

　　这女人……

　　许嘉允想到她睡着后鼾声阵阵，雷打不醒，给他留个门有什么用？

　　不过，生病时隔壁有人给他发这样的消息，有种远亲不如近邻的感觉。

　　他的妻子似乎也想到了这个问题，没一会，微信又收到一条她的消息："不用过来喊我，要是我睡着了，你打个电话给我就行。"

　　唐锦花确实睡得沉，睡熟了可能喊不醒，但她对电话铃声很敏感，因为手机必须二十四小时待命，有时候发生意外情况必须深夜出警，只要电话一响，她立刻能从床上跳起，半分钟套好衣服穿好鞋冲出门。

　　许嘉允没回她消息，吃了两片安眠药，试图睡着。

　　好不容易睡了几个小时，到了半夜，他发了一身冷汗，梦到一些隐隐绰绰的往事，在手臂的刺痛中惊醒了。

　　许嘉允压到了胳膊的伤口，他翻身坐起，打开灯，看了眼时间，才凌晨三点半。

　　他睡不着了，清洗一下汗水，给伤口换了药，准备去楼上书房。

　　一开门，就看到放在门口的一袋子药，再循着均匀的鼾声往客厅看去，沙发边的钓鱼灯开着，昏黄的光线下，他的合法老婆正躺在沙发上睡得香甜。

许嘉允微微皱了皱眉，知道她是担心自己有什么事不想麻烦她，特意睡在客厅守着门。

他走到沙发边，见她睡相极差，一条长腿搭在沙发背上，另外一条耷拉在地上，毛毯也滑落一半，勉强搭了一点在肚皮上。

许嘉允走到沙发边，静默地看着她熟睡的样子。

精力旺盛充满热情的女生，睡着的样子都生机勃勃，像一朵在黑暗中闭合的花，等到黎明的光照进来，又会灿然绽放。

跟她一相比，顿时觉得自己连抵抗力都不如当年，被小小的玻璃碎片划伤都能发烧……

他得多抽点时间锻炼身体，不能再没日没夜地工作，不然再过几年，有人会觉得他老夫少妻、老牛吃嫩草。

许嘉允发现自己想得太多，将毯子捡起来，想帮她盖好。

平日唐锦花睡得很沉，就算盖上十二斤厚的被子也醒不过来，可今天，她机警得很，毯子刚动，就睁开眼睛，一个鲤鱼翻身，跳了起来，倒吓得许嘉允捏着毯子一角，后退一步。

"你怎么样？还在发烧吗？要不要去医院？"唐锦花跳起来，看到是许嘉允，松了口气，一连串地问道。

她还没完全睡醒，虽然看上去很精神，但在许嘉允眼里，就像看似精明的哈士奇，下一秒又能睡死过去。

"我没事了，你回房睡去。"

"哦，没事就好……"唐锦花松了口气，还是有点不放心地伸手，用最原始的方式，手背碰了碰他的额头，"不烧了，多喝点水，有事喊我。"

这一次许嘉允没躲开，静静看着她，额头被她手背碰到，像春日的花瓣，夏天的蝴蝶，在上面短暂停留，旋又离去。

然后唐锦花彻底放松了，往后一倒，一头栽在沙发里，继续呼呼大睡。

年轻人的睡眠质量……好得让他流泪。

他本来想去楼上露天吹吹风，一转身，去了健身室。

唐锦花的生物钟准时敲响，五点半，东方只有一丝鱼肚白，深秋的天空呈现出一种清透的墨蓝。

她又听到了男人令人想入非非的喘息声。

唐锦花坐起身，看向健身室紧闭的房门，声音就是从里面传来的。

她老公有病吧？

发烧到大半夜,爬起来撸铁?

再一闻,香味儿从厨房传来,勾得她分泌出口水来。

唐锦花面对美食,很没志气地原谅了她那个神经病半夜锻炼的老公,也不责问他了,洗漱之后,一脸关心地敲开健身室的门,看着里面穿着长袖紧身服汗流浃背的男人,微笑问道:"你好啦?要不要休息一下,吃点东西?"

言下之意,她希望许嘉允请她吃个香喷喷的早餐。

看到她眼睛里期盼的小星星,许嘉允拿起毛巾擦了擦脸:"你先吃吧,厨房里煮了粥,烤箱里有蜜汁烤牛排,取出来就能吃。"

"那……谢谢款待。"唐锦花看到他运动后气色好多了,紧身衣下,肌肉充血鼓起,比平时胀大很多,每一块都充满了力量的美感,让她很想捏一下。

不过她忍住了,不能吃了人家牛肉,还要摸他肌肉,太得寸进尺。

见她盯着自己,眼神饿狼似的闪着光,许嘉允想想她灾难的厨艺,也能理解她对自己下厨的期待。

唐锦花见他手臂那里的袖子鼓起了薄薄的一小层,锻炼了这么长时间也不见崩血,估测伤口不是很严重,彻底放心。

天知道她昨晚想着他的伤口来源睡着了,梦到他被人砍了一刀……

似乎知道她的想法,许嘉允洗完澡,换了一身宽松休闲的衣服,走到厨房,看着她殷勤地帮自己摆好早餐,故意卷起宽松的袖子,露出手臂上的护理贴。

昨晚发烧头疼,不想和她多说,可见她一晚上守在沙发上,许嘉允有种微妙的感觉,觉得有些事应该让她知道,不要让她太担心。

"这个……伤口没事了吧?"果然,唐锦花忍不住又问道。

她吃了房东做的早餐,总不能立刻冷漠离开,主动找点话题。

"没事。"许嘉允这次大大方方地给她揭开护理棉纱,露出里面的伤口。

"这是……打碎了玻璃瓶子什么的划伤的吗?"唐锦花身为警校优秀毕业生,看过数不清的伤口类型,对各种工具弄出的伤口烂熟于心,一看这裂开的痕迹,伤口边缘不太规整,绝不是薄薄的刀刃造成。

第一眼看到不是管制刀具弄出的伤,唐锦花就放心了。

但随即脑海中又出现他提着酒瓶和人互砸的场景,街头混混们打架,最爱敲碎啤酒瓶往人身上抢。

"嗯，被玻璃花瓶扎伤了。"许嘉允打碎了她的幻想，盖上了伤口。

"花瓶啊……下次小心点，伤口挺长的，应该去医院处理，不然发炎了很容易发烧。"唐锦花见他对伤口很随意，急忙去找昨天她买的药，"表面也要消毒，纱布要勤换，还有多休息多吃点营养的东西，不能运动了啊，等伤口结痂了再说。"

她絮絮叨叨的样子有点可爱，尽管剪了短头发之后，许嘉允每次看她，都像个假小子，但当她凑近想帮他处理一下伤口时，他还是感受到了和男人不一样的柔软清香迎面袭来。

"你是不是应该上班去？"许嘉允不动声色地看着她，毫不配合地放下衣袖，发出了明确的赶人指令。

"哦……那你记住啊，多休息，多换纱布和表面消毒，吃消炎药……"唐锦花识趣地放下药膏，觉得他应该不喜欢自己太过亲密的照顾，"我这就走了，你有什么事给我打电话。"

像照顾宠物一样，唐锦花不放心地叮嘱到出门。

看到门关了，女生走了，许嘉允眉间神色才松动几分。

那些已婚男人都不想回家听妻子的唠叨，但许嘉允怎么觉得她唠叨起来，却让人想早点回家？

如果工作不忙，许嘉允也不再泡在档案馆，尽量早点回去。

有时候她也回来得早，一起吃个晚餐，打打拳，睡个好觉。

自从结了婚，他的生活习惯倒是越来越好了，身体素质也难得开始反弹，隐约有回到巅峰时期的感觉。

第七章　诈骗案

　　桂花的香味越来越淡，银杏叶也落光了，冬天悄然而至。
　　越是年底，基层的工作就越忙碌。
　　唐锦花忙得连头发都没空修理，她正想着今天早点回去，请房东帮自己推个头，结果接到上面临时命令，说是上次一直追踪的诈骗案，重要人物出现了，已经掌握了行踪，今晚实施抓捕。
　　唐锦花激动得差点跳起来，把枪擦得锃亮——他们 M 市作为全国最先进城市和最大的对外贸易港口，基层民警可以配枪，但有严格要求，在恶性危险案件中才能配枪。
　　今天终于可以带枪执行任务了吗？
　　"小唐，跟小黄去换衣服。"所长王斌亲自出动，给他们布置完任务之后，对唐锦花说道。
　　"又要当饵？"唐锦花郁闷地皱眉，她喜欢简单粗暴的抓捕方式，冲上去把罪犯按在地上摩擦摔打，而不是便衣伪装。
　　"罪犯一伙今晚定了皇宫 KTV 的高级包间，应该是庆功会，你俩当点歌公主……"王所长的话还没说完，一边的男同事们全笑了。
　　"点歌公主这事，应该交给诗雨这种辣妹啊，我像吗？"唐锦花抓着自己的短发，自从她剪了短发之后，同事都尊称她一声花哥，更不把她当女人了。
　　"诗雨太辣了，让她一个人进去太危险。"所长毫不掩饰对黄诗雨外表的欣赏，为了保护所里的鲜花，必须派个武力值最高的人一起进去。
　　"这倒是。"唐锦花看了眼黄诗雨前凸后翘的身材和那张美艳逼人的脸，觉得她去 KTV，那简直是羊入虎口。
　　"快去快去，诗雨你帮她打扮打扮，把 KTV 的点歌服换上。"
　　"加油啊花哥，说不准里面有人就喜欢你这类型的。"丁子易一脸看好戏的表情。
　　唐锦花警告地看了眼一边笑得最欢的丁子易，他这家伙最喜欢看她们便装抓人。
　　两个人换上红色公主裙，化了个爹妈都不认识的大浓妆，看上去"青春可爱"，至少好身材全露出来了，要腿有腿，要腰有腰，一个外表帅气甜美，一个表面性感高冷。

"裙子太短了，太短了！往下拽拽，保护好自己啊。"王斌皱眉，像是看到自己刚成年的女儿穿着超短裙，非常不安，顺便叮嘱唐锦花，"你要控制好自己。"

"我会控制的，只要他们安分点。"要不是裙子太短，唐锦花都想来个后空踢热身，一脸和犯罪分子近距离接触的兴奋。

"你也要安分点。"所长头疼，虽然唐锦花是麾下一名猛将，任劳任怨，不怕艰苦，总是冲在最前线，但她也经常因为捉个小贼，破坏力比贼还强，弄坏公共设施，打折别人的胳膊，最后他跟着后面擦屁股。

晚上八点，夜场的狂欢才刚刚拉开帷幕。

皇宫KTV是M市最奢华的娱乐场所，里面的公主也是全市最漂亮的，一个个长得跟十八线嫩模似的，当然，收费也很高，装修得金碧辉煌，无愧"皇宫"这个霸气的称号。

她和黄诗雨被安排在688包厢。

刚一进去，就被里面的烟味儿熏得眼睛喉咙疼。

里面坐着七个人，正在吹牛，看到点歌公主走进来，中间的那个秃头眼睛一亮，掐灭烟头，对黄诗雨招招手："新来的？"

黄诗雨化了浓妆，原本很御姐冷艳风，现在烈焰红唇，穿着紧身裙，在迷幻的灯光下，从脸到身材都是一等一的好。

之前经理过来说他们点的公主有两个请病假没来，换了新人，姑娘们不比他们挑的头牌差，秃头还很生气，现在一看，顿时不气了。

唐锦花跟在其他五个公主后面，坐在最靠门边的位置——方便堵门。

她刚坐下，旁边的一个小年轻就伸手往她白生生的大腿上摸去，笑着说道："新来的？叫什么名字啊。"

"89号。"唐锦花二郎腿一翘，把他为非作歹的手硬生生夹在了腿中间，微笑地指了指胸牌。

她画着大浓妆，戴着假发，估计亲老公来了，在这种光线下都不认识她。

"大腿挺结实啊！我问你名字，叫什么名字啊？"小年轻还想往上揩油，但尴尬地发现，她的肌肉绷紧，跟铁块似的夹着他的手，竟然抽不动手。

"阳阳。"唐锦花随口回答。

"要喝什么酒？"那边黄诗雨也被秃头骚扰得坐不住了，站起身佯装取酒。

"今晚来点烈的，把这些都撤了，换洋酒。"秃头拍了拍美女的翘臀，很豪爽地说道。

"那我亲自给你拿。"黄诗雨受不了了，怕自己先打人，笑着退了出去。

"拿骗老人寡妇的钱在这里花天酒地，真恶心。"一走出去，黄诗雨忍不住就对迎面走来佯装服务员的丁子易低声吐槽。

"稳住里面的目标，套取有价值的线索。"耳麦里传来所长的声音，"尤其小唐，你给我忍住！"

他们追了两个月的诈骗案，这次终于把中层关系网都给摸到了，但顺藤摸瓜这么久，神秘的背后大佬还是没有找到，希望在抓捕之前，用美人计套出幕后大佬。

黄诗雨来到洗手间里，从包里拿出香水一通狂喷，试图将浑身的烟味给冲掉。

这时，镜子里出现了一个长得跟春花秋月似的美男，她猛然愣住。

真的色如春晓之花，眼如秋夜明月，好看得让人目眩神迷。

"女装？"顾勋看了她一眼，大浓妆，穿着这里的制服裙，但却站在男厕所。

顾勋再看一眼，有点眼熟，因为她身上的气质和这里的陪酒妹完全不一样，他微微凑上前："我们是不是在哪见过？"

"可能你点过我。"黄诗雨压住花痴的狂喜，尽量冷静地回答。

是她上次遇到的那个大帅哥啊！给唐锦花送花的那个！

她记得他，顾勋，在她的辖区。

"不对，我在这里没看过你。"顾勋就是这家店的投资者之一啊，偶尔也会翻翻店里姑娘们的资料，过来走动一下，看看生意，从没见过这凭空冒出来的235号。

"咪咪，你怎么丢下我一个人……"

正在顾勋逼近黄诗雨时，又一个"公主"风风火火地冲进来——她们绝对不是这里的人，甚至没有来过这里，因为皇宫的洗手间上男女标志很特殊，都是穿着裙子的小人，但一个戴帽子，一个有口红。

第一次来的人，如果没有服务员领着，经常会走错。

这里每个包间门口都有一个服务生等候应铃，但唐锦花门口的服务员，都是便衣同事，谁会领她们去洗手间啊？

所以，唐锦花也走错了，一推门，看到一个男人把黄诗雨逼在洗手台前欲行不轨的样子，立刻一把将他后领扯住，往后拽："你想干什么？"

一个男人在女厕所堵着美女，一看就是变态。

"不是……误会了。"黄诗雨赶紧拉开唐锦花的手，冲她使眼色，让她往里面的小便池看。

她刚才没注意，直到顾勋说"女装"时，她没想通什么意思，然后就再想了一下，用优秀的逻辑瞬间解开了谜团。

"呃……"唐锦花也发现走错地方了，而且，她看清面前的男人，长得漂亮，让人过目难忘。

如果说她在女孩子中，有种雌雄莫辨的英气，那么，这个人就是男版唐锦花。

他在男孩子中，五官精致绝伦，花团锦簇的秀气，如果穿上女装，简直比女儿家还娇美。

顾勋！

唐锦花和黄诗雨对视一眼，执行任务中，两个人都不想有什么意外发生，立刻低头道歉："走错了不好意思。"

说着黄诗雨立刻蹿到对面的女厕所。

唐锦花刚走到门口，就被顾勋喊住。

"89号……你们工资不够花吗？还要在这边兼职？"

顾勋认出她了。

浓妆没认出黄诗雨，但唐锦花即使戴着假发，这身形和中性的气质太显眼，化着浓妆也没用。

"嘘！"听到顾勋这么说，唐锦花知道他认出自己，立刻回身捂住他的嘴，压低声音在他耳边低声说道，"请你配合我们执行任务……"

她的话还没说完，瞥见一个身形高大的男人出现在男厕门口，顿时脸色大变，立刻把脸埋在顾勋胸前。

顾勋没想到被她这么快投怀送抱，就顺水推舟地搂上她的细腰，笑道："许兄今天也过来玩玩？"

"嗯。"许嘉允的眼神在男厕所中和人搂抱的"公主"身上停留几秒，看了眼她线条感极好的手臂和大腿，还有熟悉的细腰，退了出去，"不打搅你们。"

"没事，你用厕所，不打……"顾勋还想说话，后背被唐锦花狠狠一

掐，吃痛地闭嘴。

唐锦花没想到在这声色犬马的地方执行任务，还能遇到自家老公！

这就算了，许嘉允和顾勋似乎还挺熟的？

不过他们都是富家子弟，互相认识也说得通，只是……完美老公会在这里出现，还是让唐锦花有点心塞的感觉。

她从没打探过许嘉允的私生活，只因为从第一眼看到他，无论外表还是处事风格，都不像喜欢物欲和情欲的人，身上也永远不会有其他人的气息，让她处着特别安心。

所以，看到许嘉允，她的第一反应竟然是躲起来，不想被他看到。

一时间不知道怎么面对他纸醉金迷的真实一面，也不希望在执行任务中，把隐婚老公搅进来。

她和黄诗雨带着酒，回到乌烟瘴气的包厢，尽量忘掉老公在这里花天酒地的事。

旁边的小哥对她挺迷恋，在KTV迷幻的灯光下，见她小小的脸，漂亮水灵又带着几分凌厉的狐狸眼，嘴唇像饱满的花瓣，涂上了闪闪的口红，莹莹地反射着光线。

小哥看着看着，借着酒劲就凑上来了，又开始摸她的大腿，笑着问道："是不是经常健身啊？弹性十足的……"

"我们这里只陪唱陪酒，不提供其他服务。"唐锦花笑着攥住他的手腕，皮笑肉不笑地盯着他。

小哥坐在最边缘，一看身份地位也不行，换成在普通公司，就是那种被边缘化受欺负的新人。

但在这个特殊的诈骗团队里，他像个暴发户，有了点非法收入，就变得又怂又凶，外强中干。

遇到普通的妹子这么反抗，他肯定要借着客人的身份发飙，可这个"公主"力气大得惊人，掐着他手腕一动也动不了，看上去很甜美，眼神中藏着一股威慑——威慑罪犯的正义感。

小哥顿时怂了，讪讪去拿酒杯："给我满上。"

唐锦花这才松开手，帮他倒酒，看了眼坐在中间被秃头骚扰得要爆炸的黄诗雨。

她俩的目标很明确——中间的秃头是这里的头头，让黄诗雨去灌酒套取线索。

而唐锦花则接近团队里最不受重视的人，这种人喝多了，吹起牛来经常忘了底线。

"张哥,做什么生意这么成功?"唐锦花端着酒,一脸好奇和崇拜看着他炫耀名表。

"嗨,生意嘛,说了你不懂,不过确实挺赚钱的,你要不要跟着我?"张哥见她这么崇拜自己,有点膨胀地又去摸她的手。

"跟你做生意吗?"唐锦花手一抖,把一杯贵死人的酒全洒在他裤子上,很有兴趣地请教,"可我的专业是服装设计,能做吗?"

"你这么漂亮,做什么生意啊,我让你跟着我……"张哥毫不介意裤子上的酒,凑到她耳边大声说道,"当我女朋友!"

"你养我吗?我花钱很大的。"

唐锦花确定他喝多了,酒精让他的感官神经变得迟钝麻木,大脑已经控制不住手脚和舌头,再这么下去就要喝断片了。

"你知道我一个星期赚多少吗?给你看看。"张哥掏出手机,解锁后,点开一个软件,炫耀自己的入账,酒劲上来,手痒痒地摸她的细腰,在她耳边大声说道,"是不是比你一年还赚得多?阳阳,今晚跟我走呗?"

唐锦花看着那账号,果断站起身,扶着张哥,笑着说道:"走,我等不及了。"

"去……去洗手间……"张哥醉意朦胧的眼睛亮了亮,腿脚不稳地揽着她的肩膀走出去。

"这里有休息室,敞亮。"唐锦花微笑说道。

不远处的包间门打开了,一个身形高大瘦削的男人站在门边,点燃了一支烟,但并没有抽,眸色幽暗不定地看着扶着张哥往休息间走去的纤细身影。

而黄诗雨还在度日如年,跟秃顶大叔又唱了一首颇具年代感的《心雨》,看着大叔色眯眯的眼神,已经快撑不下去了。

但她知道,唐锦花那边应该有线索了,而这里的团伙,根本不在意和"公主"出去的张哥,直到十来分钟后,门被推开,里面的人还没反应过来,在音乐声中,黄诗雨看到同事们冲进来,立刻毫不客气地提起脚,狠狠踹了揩了她好久油的秃头,扭住他的胳膊喝道:"老实点,警察!"

唐锦花又立了功,从那个让她喊张哥的年轻人身上,发现了他们还是违法博彩平台的管理人员,最重要的是,根据他还没来得及销毁转移的进账信息,摸到了一直没有挖出的背后人物。

这个人对公安系统非常熟悉,也是博彩平台的幕后老板,这个赌博网

站涉及上百亿资金，上面也一直投了很多精力在查，只是因为平台开在柬埔寨，很难实行抓捕。

唐锦花那天忙得太晚，没回家，就在办公室凑合着睡了几小时。

她以前总觉得婚后生活比婚前还要自由快乐，少了老妈的担心和唠叨，多了个无怨无悔的男仆在家里伺候，日子特别完美。

现在碰到男仆……不，合法老公的私生活，像一颗石头，投进了她平静满足的心湖，荡起一圈圈涟漪。

"他跟我没关系，没关系，真没关系。"唐锦花早上去洗手间洗脸时，看着镜子里的自己，喃喃说道，"不要好奇别人的私生活，那都是和自己没关系的……"

"你对着镜子唠叨什么呢？昨晚没睡好？"黄诗雨一早也过来了，见唐锦花黑眼圈浓重，关心地凑过来，小声问道，"怎么黑眼圈这么重？以前见你熬夜也没这么憔悴啊。是不是功劳被抢走了不开心？"

"看清楚了，这是你昨晚给我画的眼线和眼影，卸、不、掉！"唐锦花拿着卫生纸，沾了水擦擦眼睛下，递给她看。

看到卫生纸上残留着深色的眼线膏，黄诗雨赶紧阻止她粗暴的举动："眼角肌肤很脆弱的，我来帮你。"

"你今天精神不太好啊？昨晚不是立了功嘛？"黄诗雨拿着化妆棉，一边帮她卸残留的眼线，一边问道。

"有什么开心的？你没听昨晚头儿说，这事要移交给上面！"唐锦花郁闷地说道，"我们辛辛苦苦追查了几个月，眼看到手的肥鸭，被大队的人抢走，到头来忙了这么久，都是给别人做嫁衣裳！"

"都什么形容，这都不是自己人嘛，再说，我们人手和精力根本就不够，每天社区治安都忙不过来，这种上百亿金额的大案不给我们碰很正常……"

"小唐，小黄，整理警容，准备出警了。"外面有人喊道。

黄诗雨一脸"你看哪有时间管大案"的表情，耸耸肩："走吧。"

唐锦花像是做了什么决心："我要去援藏。"

援藏很辛苦，一回来就能立功升职，能很快调入刑警大队。

她刚毕业考进公安厅，和黄诗雨一样面临下放所里锻炼，之所以选择最辛苦的黄龙派出所，就是因为想真的好好锻炼业务能力，从基层踏踏实实做起，在总队破几个案子，立点功，一步一个脚印地往上走。

可结果没想到，这里全是鸡毛蒜皮的小事，这次好不容易逮着大鱼，被大队接手的话，又和他们没关系了。

"刑大那么辛苦，你干嘛要一头劲地往那钻？"黄诗雨见她眼里藏着一丝坚毅，无奈地摇摇头，她倒是想着再去考试，调到比较轻松的部门。

"因为……我有自己的理想。"唐锦花对着镜子整理妆容，看着自己的眼睛，坚定地说道。

"唉。"黄诗雨叹了口气，知道她的理想是什么——除暴安良，抓尽世上所有坏人。

正义，但也幼稚得像小学生的理想。

不过说起刑大辛苦，他们基层也一样辛苦。

"明天周末，要一起出去射箭攀岩吗？"下班后，黄诗雨换着衣服问道。

"周末？"唐锦花又忙得忘记了，她妈妈说周末来看自己。

"你又忙忘了。"黄诗雨叹了口气，"你这么喜欢工作的人，刑大应该求之不得。"

"我妈……让我明天陪她去按摩，周日有时间再聚吧。"唐锦花想到房东，揉了揉发疼的太阳穴，不知道他还记不记得上次老妈在家族小群里发的过来探望的消息。

不过不记得也无所谓，他不在家更好，自己陪妈妈在附近商场逛逛，吃个午饭，还简单清爽点。

唐锦花回家时路过花店，进去买了两束新鲜的洋桔梗和白玫瑰。

她没事就来买花，还充值成了高级会员，店里的小老板和她很熟，送了她点配草，教她简单的插花搭配。

虽然唐锦花内心是位狂暴大汉，但鲜花真是个神奇的东西，看着花，心情就会变好变温柔，好像置身于美丽的春天。

许嘉允又没回来，房间里依然整洁干净一尘不染，还是像样板房。

以前他晚上没回来，唐锦花从不会多想他会去干嘛，是在工作还是在应酬。

现在唐锦花只会想到他可能去了皇宫KTV娱乐。

许嘉允看上去也那么一尘不染的人，突然去花天酒地的地方，反差让她有点接受不了，再联想到之前他手臂受伤，唐锦花觉得他在KTV喝多了跟人抢女人，被酒瓶划伤的可能性更大。

唐锦花这么一想，更心塞，郁闷地去打了两小时沙袋，直到筋疲力尽地躺在地上，一动也不想动。

出了一身汗，排空了多余的精力，她终于心情变好了，也想通了，她自己选择的婚姻，没什么可后悔的，许嘉允至少在她面前，依然是完美的老公。

不然昨晚她没回去，换普通老公，早就打爆电话，也早抱怨她忙于工作不陪家人。

等她申请去援藏，短则一年，长则三五年都不回来，普通老公能答应吗？

换成房东老公，他根本不会干涉自己的任何私人决定和选择，多自由啊！

这么一想，又回到了之前的快乐。

第二天一早，许嘉允还没回来。

唐锦花给老妈打过去电话，告诉她老公临时出差，今天没回来。

她去地铁站接妈妈，准备在外面吃顿大餐。

唐妈妈最近气色很不错，解决了女儿的终身大事，自己一个人修身养性享受半退休生活，也有了自己的小天地，看上去精神焕发。

"妈，那谁家的老头还在追你吗？"唐锦花陪老妈买衣服，见她挑的款式都很年轻，忍不住问道。

"哪家的老头啊？"唐妈轻轻看了她一眼，有些娇嗔地说道，"追你妈的人多了去了。"

"哎哟，老妈你该不是第二春了吧？"唐锦花说话直截了当，她倒是一直希望老妈再找个老伴安度晚年。

虽然老妈年近五十，可保养得好，又有气质，就算说三十多岁也不过分，跟她站一起姐妹花似的，浑身散发着熟女良妻的风情。

"又乱说，我只是把你嫁出去之后，心情好得很。"

唐妈这两年和朋友一起开了个小书店，现在实体书店不怎么赚钱，但她喜欢书店的气氛，女儿又嫁人了，不用担心养家的问题，就尽情地把自己的时间都投入到热爱的事情上去。

说起追唐妈的人，从小到大数都数不清，唐爸走后那几年，很多男人都来求过婚示过爱，唐妈怕女儿接受不了新家庭，也怕继父对她不好，不肯将就，咬牙一个人撑了过来。

唐锦花知道她不容易，表面孝顺得很。

"你试衣服，我去剪个头发。"唐锦花感受到了老妈的嫌弃，想拐到旁边的理发店去。

但一看到里面排的长队，她又退回来了，算了，等房东哪天有空，让他来吧，他剪得又快又利落。

"别剪了，跟个男孩子一样，你看看你穿得也像个男孩子，你要打扮打扮，穿得女人味点，阳阳也不至于周末还去出差。"唐妈妈给女儿挑了一件紧身针织连衣裙，把她推进试衣间，"穿这个，人家就算出差也得把你带着。"

她乖乖换上老妈挑的连衣裙，黑色高领，长及小腿肚，明明包裹得严严实实，可比不穿还诱人。

她身材太好，紧身的裙子，完全凸显了她的优势，细腰翘臀，即使穿着运动内衣，把胸勒得有点紧，也是要什么有什么。

可是，又没有暴露出小腿以上任何一片肌肤，带着几丝高级的端庄气质。

"平时回家了还不换点好看的便衣，穿得这么宽松，谁知道你是女孩子啊？"唐妈不许她换回去，直接刷卡给买了，嫌弃她的宽大风衣和里面宽松的卫衣。

即使再套上那件中性的风衣，里面搭着紧身裙，也女人味了很多。

"我知道了，这不是阳阳出差了吗，我要陪你逛街，就穿得休闲点。这个衣服太紧了，我还是先换回去吧，回家洗洗再穿，不然难受……"唐锦花随口瞎扯，可惜天道好轮回，她话音未落，手机就响了起来。

掏出来一看，是阳阳。

"老公？"当着妈妈的面，唐锦花亲亲热热地喊道。

"啊……你……你回来了？"唐锦花看了眼关切地盯着自己接电话的老妈，"……我以为你至少要一个周末呢……那……那你过来找我们吧，我们就在对面的美罗商场，我去门口等你。"

没想到许嘉允居然还记得妈妈周末要来一起吃饭的事，回家后没见到人，给她打电话，找过来了。

合同夫妻，如果亲人要过来，应该先互相打个招呼，串好口供，免得露馅。

可他俩都很相信自己和对方缜密的逻辑，相信在"口供"和推理这一块，不会出错的，就尽量减少了私下交流，尽量当彼此的透明伴侣。

许嘉允远远就看到站在商场门口等他的女生。

她今天穿的一定是妈妈给她买的衣服，紧身的黑色高领针织裙，甜美性感，但又带着不讨好男人的冰冷姿态，让路人都多看她几眼。

他看着那瘦腰，想到了顾勋的手扶在上面的样子。腰围不足60cm，正面看只有一个男人的手掌长度，让异性能一手掌握，攥住她的腰，就像掐住一朵花。

　　"这里！"唐锦花也看到了许嘉允，他个子高，身形挺拔，像标杆似的，在人群中很显眼。

　　她今天穿衣风格和往日很不一样，怕许嘉允找不到自己，边喊边迎上来，在老妈的眼前，挤出甜蜜的表情："亲爱的，怎么这么早就回来了？"

　　"订好餐厅了吗？"许嘉允伸出手，很自然地搭在她的瘦腰上，不答反问。

　　"我们想去新晋的那家网红店，看大众点评上晒的图都好漂亮。"唐锦花正觉得是不是应该揽住他的胳膊，像刚才迎面走过的情侣一样亲密，他就先动手了。

　　"那家中看不中吃，口味不好，人又多，不过，要是你实在想去，我去订餐位。"许嘉允只是轻轻搭在上面，很绅士，但他总想到顾勋那天紧搂的手。

　　唐妈站在门口，欣慰地看着两个年轻人耳鬓私语，这么"恩爱"，已经做好带孙子的准备了。

　　许嘉允一路上都搂着她的腰，渐渐唐锦花有种被禁锢的窒息感，趁着老妈去旁边店里看衣服，她压低声音想扯开他的手："行了，不用一直搂着。"

　　"我喜欢。"许嘉允没什么感情色彩地吐出三个字来。

　　什么意思？

　　唐锦花皱眉，抬头看着他的俊挺的侧脸，他看上去没有一点喜欢的表情，更像执行讨厌的任务。

　　"我不喜欢。"唐锦花摸不透他的想法，但自己先爽为敬，用力扯开他的手，想拉开点距离。

　　许嘉允不再说话，只是收紧了手，从刚开始轻碰，变成了狠狠掐住她的腰。

　　盈盈不堪一握。

　　但里面的肌肉绷紧，又结实得让人没法轻易掐断。

　　"你……放手！"唐锦花脸沉下来了，感受到他不发一言的掌控欲望。

　　房东先生平时非常完美，虽然话少，但对她也算温和友善，甚至可以说体贴绅士。

比如那天他发着烧，还要出来给她做饭。

但唐锦花也观察到，房东的心情要是不好，或者自己逾越了他画的三八线，他就会变得强硬，不容人违逆。

"你想让妈妈担心的话，我就放手。"许嘉允凑到她耳边，慢条斯理地温柔说道。

她是自己的合法妻子，别人摸得腰，他摸不得？

当然这种话许嘉允是不会说出来的，听上去幼稚可笑。

"你、你、你这是在威胁我吗？"唐锦花被他贴过来的气息弄得耳朵发痒，侧过头瞪着他，咬牙切齿地说道，"你真有种。"

"我当然有，你可以试试。"许嘉允见她像只气急败坏的小兽，对一只刺猬亮出锋利的牙齿，可又不知道该怎么下口咬，阴郁的心情竟然放晴了几分，很想掐掐她胶原蛋白满满的小脸。

"你……你怎么是这样的人？"唐锦花从没觉得房东是个无赖，因为他长了一张正气成熟又禁欲冷漠的脸，没想到他能说出这种话来。

"你心里，我是什么样的人？"许嘉允看着她，她一点也不了解自己，根本不知道队友，或者说对手的可怕。

古话说得好，知己知彼百战百胜，他知道她所有的资料，也深知她的性格，了解她所有的弱点。

如果在战场相遇，这场战役早就分出了胜负。

她会死得尸骨无存。

"你是不是工作不顺啊？我怎么感觉你带着工作情绪来的？"唐锦花试图理智分析他今天的反常，昨晚一夜没回来，看他肌肤状态都带着一丝疲惫，显然没有休息好，工作遇到问题了？

所以对她的态度都不太一样。

许嘉允不说话，只淡淡看着她。

在店里挑衣服的老母亲眼里，女婿一直满怀爱意地盯着自己女儿，始终搂着她的腰，还贴在她耳边说悄悄话，比蜜月期还甜。

倒是女儿的表情是怎么回事？一脸嫌弃想躲开的样子……

闹别扭了？

"你走吧，我跟我妈说你临时有事，不能陪她吃饭。"唐锦花最讨厌被人威胁，脸色冷下来。

"妈，这件大衣很好看，您去试试。"许嘉允不再理她，看着门口模特儿身上的大衣，对走过来的唐妈妈说道。

"不用了，我就是随便逛逛，要不要去吃饭了？"唐妈只是见女儿脸色越来越臭，怕小两口吵架，不再逛店，出来说道。

"还早，妈，我再陪你逛一会儿，让阳阳去餐厅先排队吧。"唐锦花想摆脱身边阴晴不定的男人，试图把他甩开。

可许嘉允的手像铁钳，纹丝不动地夹着她的腰，微笑说道："我来的时候就打过电话预约了餐桌，不用排队，我陪你们逛。"

嘿，这小子今天铆足了劲儿和她对着干！工作时被老板吼了？还是泡妞被人踹了？

不太可能，他有一张不会失败的自信的脸，只会吼别人和踹别人。

唐锦花试图从他的脸上分析出原因，可惜很失败，他在妈妈面前，言行举止到眼神都毫无破绽。

专注看着她的样子，让唐锦花怀疑自己的脸开出了一朵花。

唐锦花觉得自己要被他看得魔怔了，忍到餐厅，坐下来后，发现他坐在自己身边，还是搂着她的腰……

"我腰上有胶？"

趁着老妈看菜单时，唐锦花凑到他耳边，甜笑着咬牙切齿问道。

把他手给黏住了吗？撕都撕不开！

"没有，只是放在这里我舒服。"许嘉允微笑回答。

"妈，你随便点，我去洗手间一下。"唐锦花猛然站起身，说道。

"我陪你。"许嘉允也跟着站起来。

"好。"唐锦花答应的时候，眼底已经有杀气在翻腾了。

"去吧。"唐妈见他们去厕所都黏在一起，笑着回答。

唐锦花拐出门，走到安全出口边，用力想挣脱他的手，怒冲冲地低声说道："你今天想干嘛？摸一下就算了，老是摸我腰，什么意思？"

"我老婆的腰，我不能摸吗？"许嘉允好笑地反问。

"什么老婆？你忘了婚前协议了？"唐锦花开始不客气地扭住他的手腕，暴力拉扯，"你要借机耍流氓，别怪我不客气。"

被他一路搂着，搂得火冒三丈。

"怎么不客气？你又打不过我。"许嘉允很轻松就能把她撩得火冒三丈，怒不可遏，失去理智。

"我打不过，你也不能袭警。"唐锦花气得瞪着他。

许嘉允看着她花瓣似的的嘴唇，想到那天她把脸埋在别的男人怀里，被她挣扎得火大，突然一把将她按在墙上，欺身过去。

"那你现在可以逮捕我。"

他的语气森然,充满了危险感,胸口贴在她薄薄的后背上,这姿势暧昧得让经过的人不好意思多看。

但唐锦花的脑回路和一般人不一样,他的姿势不是壁咚,更像押着犯人。

对,很熟悉的姿势!

她每次抓罪犯时,都是从后背拧住他们的手腕,把他们面朝墙抵住,让人没法挣扎。

"许嘉允,你是特警?"唐锦花从他日常生活中分析过很多次他可能的职业,从厨师到拳击手,到健身教练,还有退伍军人……

但从没想过,他可能和自己是同行。

因为许嘉允穿上衣服,尤其是穿着西服时,更像个城市精英,从事很洋气的高精尖行业的精英。

加上他爸爸是个成功的企业家,有钱有资源,不至于让儿子选择这么辛苦和危险的行业。

可此刻,他控制罪犯的擒拿手,预判了她的反攻,全躲开了,熟练得让她怀疑是警校教搏击的教官。

"又对我私生活感兴趣?那么,请你记住,是你先破坏规则的。"许嘉允在她耳边轻声说道,声音里带着一丝喑哑的魅惑。

唐锦花挣扎了一下,狠狠撞到他的胸口,又被压了回去,对方很清楚她会怎么反抗,所以一切行动都被提前洞悉,她徒劳的挣扎倒让情况变得更难堪。

因为不断碰撞到身后男人坚实的身体,而他的嘴唇不知是有意还是无意,贴到她的耳朵,温热的气息和性感的声音像钻进了她的大脑,干扰她正常的思绪。

唐锦花又想往后撞他的下巴,可他侧过头,嘴唇又碰着了她的耳朵。

她像被电流打到了,头皮发麻,耳根都红了,愤怒地想踩他的脚:"谁在破坏?我惹你了吗?你今天吃错药了?欺负我?"

唐锦花平时觉得自己就是个天塌下来也不怕的猛汉,此刻终于正确认识到自己的性别——女。

身为女性被侵犯的羞恼和无助,这是她成年后第一次深刻地体会到。

"我一直在配合你。"许嘉允避开她的脚,不轻不重地提醒她,"但也请你记住自己的身份,不管是什么夫妻,结婚证是在法律上有效的,我是你法律上的丈夫,不是毒蛇猛兽,碰你一下就是欺负你?我要是……"

"停停停,你先放开我,我给你道个歉。"唐锦花察觉到他的脸贴自己越来越近,嘴唇快碰到自己唇角了,后背发寒,感觉脸都抽筋了,急忙喊道。

许嘉允贴得她很近,看到她眼底羞怒交加,眼眶气红,看上去像被狂风暴雨摧残的可怜小花朵,没了往日的神气,他终于松开手。

但她刚被松开,就跟发怒的小狼出了笼似的,转身一拳就往他脸上招呼。

料到她会这样,许嘉允比她动作还快,她的手刚抬起,他就准确地抓住她手腕,长腿往她裙子中间一卡,把她再次摁在墙上。

"许夫人,这是你道歉的方式?"许嘉允再次欺过来,把她挤在自己和墙壁中间,淡淡问道。

"有人来了……你……能注意点形象吗?我错了,真错了。"唐锦花这次是后背靠着墙,被他面对面抵住,感觉特别奇怪。

打不过就认怂不是她的作风,可现在被冒犯的感觉太强烈,那是绝对压制的力量,让人无法反抗,只能重新调整战术,走为上计。

"真错了?抬头看着我,好好道歉。"许嘉允没有松开手,依然把她按在墙上,命令。

唐锦花心里把他骂了一万遍,但识时务者为俊杰,她不想真在这里打起来,在老妈面前,两个人都被抓局子里去。

再说,她打不过……

"真的,对不起,我只是不太习惯被人这么亲密搂着,逢场作戏一时半会儿还行,但你来了之后就一直搂着,我行动不便,受不了。"唐锦花抬起眼睛,看着他,见他眸色幽暗,里面像无尽深沉的大海,让她心里打了个寒战,她有深海恐惧症,觉得要被他吸进去了,赶紧又移开眼睛,"我态度不太好,用词不当,跟你道歉。"

"嘴上道歉,心里却一点也不服气,我可不要这么虚伪的道歉。"许嘉允见她心虚地转移视线,淡淡说道,"用行动道歉吧。"

唐锦花狠狠磨牙,他是当领导的吗?怎么每次说话都带着让人难以违抗的命令色彩,还有平时即使温柔地交谈,也会让人不由得服从他的安排。

"我请你吃饭。中午我买单，晚上，我单独请你吃饭。"唐锦花是个务实的摩羯座，觉得最真诚的道歉就是给他花钱。

许嘉允看着她因不甘心抿起的唇，他的眼神在上面停留片刻，松开了手。

唐锦花这次没再袭击他，她靠着墙整理沮丧的心情，觉得他这个人有毒。

最后被他看着的感觉，他的眼神就像被一只手抚摸着脸，那种真实的触感，甚至让她觉得自己被人用脑电波给强吻了。

看着她委屈巴巴敢怒不敢言的隐忍表情，许嘉允振了夫纲，心情好多了，慈爱地拍拍她的头："还要去洗手间吗？"

唐锦花用行动回答了他，快步往洗手间方向走去。

见鬼了，要是第一次和他见面时，他要是用这种"开车"的眼神看着自己，说这样的话，她肯定掉头就走，绝不会和他做合同夫妻。

果然结婚前还是应该多了解对方，多相处，不能以貌取人，不能太过自信，以为自己练就了一双火眼金睛，看他目光灼灼不像罪犯，又看他穿上衣服斯斯文文，她一拳就能撂倒，就昏了头跟人去领证！

那种感觉就像……前段时间云南警方遇到的奇葩事，某户人家养了只狗，养着养着就养不起了，然后发现是头熊，求助警方给送回山林了。

她也以为自己养了条漂亮温顺体贴智商又高的大金毛，结果现在金毛变成了猎豹！

心情好的时候可能会顺着她打几个滚，心情不好时，他会一爪子把自己给抓废了，吃得骨头都不剩。

结婚两个月才意识到这个问题，似乎有点晚。

唐锦花之前担心他演技不够在妈妈面前露馅，现在担心自己配不上影帝的表演，吃个饭如临大敌，一看到他的眼睛，就忍不住避开。

幸好吃饭时，许嘉允的手机响起，他真的有工作要去忙，歉意地先离开了。

"花花，你怎么回事？和阳阳吵架了吗？"等许嘉允一走，唐妈妈立刻关心地问道。

"没有啊，不是挺好？"唐锦花知道今天自己表现得很僵硬，心虚地喝水，幸好这时手机也响了起来。

"妈……不好意思，所里开会，我得先回去。"唐锦花挂断电话，立刻喊服务员买单。

"刚才那位先生已经买过了。"服务员微笑说道。

"说了我请！"唐锦花这句话默默在心里说的，觉得自己没有用行动道歉，以后还得找其他事弥补，烦心。

唐妈一个人面对满桌美食，轻轻叹了口气，女儿和女婿都这么忙，她又开始担心他们的未来会不会有更多矛盾。

第八章　老公的真实身份

唐锦花要加班整理诈骗案的材料给刑大,他们下周派人过来借办案区接手这次的诈骗案。

她忙得昏天暗地,不但连查许嘉允资料的时间都没有,甚至忙得忘记了自己还有老公这件事。

只是在临睡前才会想到那天他控制自己的姿势,绝对是同行。

一般人不会那么熟练地用扣押犯人的姿势,更不会轻松地预判她接下来会怎么攻击。

这些都是警校教官教过无数次的事,即使不是警校生,只要考上公安厅的办案警察,体能训练都有这项练习。

周一上午,所有人严阵以待,听说这次沈遇也要来。

沈遇是刑警大队长,也是他们市公安系统人气最高的大叔,知道他要来,黄诗雨特意化了个淡妆,十分激动地整理警容。

"沈队!你知道沈队多有味道吗?上次我去社区办案,恰好遇到他也在那边,穿着便衣,一群大妈围着他不让人走,如果给我这样的大叔,我可以放弃小鲜肉。"黄诗雨一脸沉醉。

"他经手过的大案,上过好几次央视特别报道,才三十出头就能当大队,没有任何背景,全靠过硬的专业能力,我要成为第二个沈队!"唐锦花难得接口,只因为沈遇也是她的偶像。

和黄诗雨沉迷外表不同,她不是颜控,她是正义控,崇拜光明的力量。

沈遇能力高,长得又儒雅倜傥,办案经常另辟蹊径,从细微处查寻真相,还独创了一套沈氏探案法,唐锦花去听了几次讲课,是她的偶像。

"沈队离婚了,你知道吗?"黄诗雨突然想到这个八卦,上次一个女同事和她说的。

唐锦花摇摇头,不知道,也不是很关心偶像的私人生活,只是觉得有点遗憾。

她看过沈遇的一个采访,说自己最大的缺憾就是没能陪女儿过生日,女儿家长会上也从没出现过一次。

警察都很忙，尤其刑大要是遇到大案，忙起来可能十天半个月不回家。

"好像就是中秋节后离的，可能是因为没有时间陪家人，矛盾很久了……算了，不说了，人家的家事。"黄诗雨帮唐锦花擦了擦口红，"这是斩男色，今天弄好看点，万一刑大来了单身帅哥，脱单机会就来了。"

唐锦花真想和闺蜜说，自己结婚了。

可想一下自家那个不熟悉的老公和婚前协议，她忍住了。

没事，她的援藏申请都报上去了，顺利的话，过年就离开这里，反正和老公也见不到几次面，有这个老公和没有一样。

唐锦花带着资料先去会议室准备着，打开投影设备，她加班做出来PPT，将所有的人物关系和线索都用最精简的方式理出来，她要给刑大的人再次介绍所里掌握的所有一手资料。

想到自己辖区查到的大鱼被刑大直接拿走，唐锦花心里还是有点痛。

刑大的人到了，鱼贯而入。

一个，两个……十八……二十……

唐锦花默默数着，看着人还在往里面走，心里越来越痛——来了这么多人，可见她抓出来的肯定是超级重案，可自己却没机会往下查了，上面成立了专案组，她再也无权过问。

沈遇压轴进来，三十八个人，整个刑警大队的人过来一半！

"沈队，人到齐的话，我就先介绍一下这次我们掌握的案件情况。"唐锦花见没人进来了，说道。

"等等。"沈遇走到会议桌的最前面，示意她不要着急，"总队到了再说。"

总队？这里三十多人里，有一半是总队的人。

相对于派出所而言，刑侦部门专业技术强，器材和人员配备齐全，组织协调侦破一些重大特大刑事案件，一般有恶性案件发生，刑大会过来支援，更恶性棘手的上报给总队，请总队支援。

不过他们是直辖市，大家习惯称总队，其实严格来说，叫刑警支队。

总队的人他们这些所里的基层民警很少有机会看到，因为所里遇到的案件，大部分还是那些鸡毛蒜皮的小事，再大点的交给刑大就行。

唐锦花到黄龙派出所一年，连刑大的人都不认识几个，更没遇到总队出动的事。

难怪所长没陪着沈遇，原来是候着更重要的大人物了。

总队长是前几个月空降过来的,没做过什么大事,也没在公众场合露过面,公安厅的纸质通讯录上的名单都没来得及更换,电子通讯录上公安系统大大小小里里外外成千上万的人,唐锦花根本没注意过头上的头上的头上是谁,总队的人在基层民警这里,很没有存在感,还不如刑大的人熟。

就连爱搜集帅哥、关注长得好看的同事的黄诗雨也不知道新来的总队大队长是谁。

黄诗雨给会议桌上多放了两份文件,走到唐锦花身边,悄声说道:"总队都来了,这是钓到了鲨鱼吧?"

"让这么多人等他,一点时间观念都没有。"唐锦花看着时间已经过去了五分钟,心里对姗姗来迟的总队长印象不太好。

会议桌上的人们都在交头接耳地议论案件,沈遇也在看着文件,眉头轻锁。

"总队到了,只是所长在招呼他,锁着门不知道在聊什么。"丁子易悄声说道。

"你看到了?长得帅吗?"黄诗雨一直和唐锦花在会议室忙碌,没能第一时间看到总队的尊容。

"比我帅那么一点点。"丁子易不知哪来的自信,话音未落,所长走进了会议室。

"不好意思,让大家久等了。"所长王斌笑着给大家道歉,然后让开路,请出后面的大神,"这是咱们总队的大队长许大,在座的各位应该都认识哈,就不多介绍了,那个小唐,准备开始吧。"

"小唐?"许总队都入座了,所长见唐锦花捏着遥控器还愣在上面,又喊了一声。

"花花,别愣着了,快开始。"黄诗雨作为她的助手,小声提醒她。

"哦……好的,其实所有的资料就放在你们面前,我说的和资料上的内容差不多。"唐锦花没什么心情给他们再讲解一遍,她看了眼离自己最近的那个年轻男人的警服——在这帮搞刑侦的干警里,他确实是最年轻的。

熟悉的英俊的脸,熟悉的冷淡锐利的眼神,正是她的房东老公!

只不过他今天这身行头太陌生了,也穿着警服,仪表堂堂,正气凛然,和往日休闲装完全不同,让她都不敢多看他的眼睛,只默默看了眼他肩膀上的警衔,心里五味杂陈,没想到自己老公这么年轻就是大人物。

她从不隐瞒，从第一次看到他，就告诉他自己是片警，没空谈恋爱。

而他什么也没透露，只说自己工作同样很忙，不希望被家庭侵扰，现在回想起来，难怪说没时间恋爱结婚，他这个天才升级速度，恐怕把所有的时间都奉献给了祖国母亲。

唐锦花想到这里，知道他真的不屑于和妻子交流这些工作上的事，见他偶尔扫过来的冷淡眼神，确实是把她当成"合同妻子"，而不是要找被每天查问行踪报告的真老婆。

相比他在妈妈面前的亲热，此刻他看陌生同事一样的毫无温度的眼神，倒让唐锦花慢慢平静下来，除了刚开始的错愕，很快投入案情讲解。

只是被老公的眼神盯到，她还是觉得不自在——怕被人发现的心虚。

"我的汇报结束了，大家有什么问题可以提出来。"唐锦花作为这个案件的经手人，比他们任何人都要清楚每个环节，但今天之后，这件事就和她没关系了。

沈遇第一个站起身，走上去，让她将PPT倒回第一个受害者那里，开始追问一个无关紧要的细节。

而许嘉允则是看了眼时间，和所长耳语几句，又对身边的副队长说了两句话，起身就走了。

唐锦花看到许嘉允离开会议室，心里松了口气，专注起案件来。

会议持续了一上午，过了午餐时间才结束，沈遇问了许多看似无关的问题，还没结束，让其他人先解散去吃饭，唐锦花留下来继续给他讲案情。

沈遇也是个工作狂！比她还走火入魔！

难怪好几年都没去过一次女儿的家长会，他这么个工作法，连吃饭时间都没有啊，老婆女儿怎么受得了。

唐锦花的肚子开始嚣张得咕咕叫，沈遇还有一堆细节没问。

"沈队，去食堂给你说行吗？"唐锦花是个新陈代谢速度快的年轻人，一顿不吃饿得慌，她看了眼时间，食堂都关门了，无奈地说道，"或者给我两分钟，让我点个餐。"

"行，帮我也点一份。"沈遇说着，拿出手机，从数千人的办案大群里找到唐锦花，加了她微信，"通过一下，转账给你。"

"没事，我请你。"唐锦花在钱上很爽快，再说沈队是头头，说不准以后自己要调过去给人打下手。

沈遇没理她，发送过去红包，点燃了一支烟，自顾自地继续说道：

"你说第三个受害者是在卧龙新村报的警,当时……"

"头儿,这里……禁止吸烟。"唐锦花正在手机点餐,听到了打火机的声音,立刻抬头阻止,指了指会议室墙上贴的禁止标志。

沈遇看到了,只好掐灭烟头,正要继续说话,门口有人敲门。

他一看,黄诗雨给他们送餐来了。

"王所说,沈队肯定会忘了时间,让我送点吃的过来。"黄诗雨提着塑料袋进来,笑着说道。

"我还有其他事,等会有问题,我给你发消息。"沈遇的手机正好亮起,铃声响了起来,他起身对唐锦花说道。

"沈队,要不……你带着我跟你们一起办案?"唐锦花见他要走,急忙也跟着站起来,越级提出过分要求,"我……我能吃苦,我也有一手资料和走访……"

"你?"沈遇刚接通电话,拿着手机看着唐锦花,笑了,"有什么需要我会喊你的,先安心做好社区街道安全工作吧。"

"可是……"唐锦花还想说话,沈遇已经接着电话往外走了。

"你还想掺和进去?小心王所知道给你上政治课!"看到沈遇离开,黄诗雨才警告她,"再不甘心,这事也给上面了,你没看总队都来了?跟他们抢案子?你胆子倒挺大。"

唐锦花是有点不甘心,一年多才遇到这么个大案,就这么被拿走了。

"知道刚才谁给沈队打电话吗?"见唐锦花大口大口地吃饭不说话,黄诗雨忍不住八卦,"是许队,我刚才去打探了一下,他是从部队调过来的,之前的资料保密,无权访问……"

"你怎么给查上了?这是违法的!"唐锦花大惊失色,生怕她查出已婚配偶是谁。

不过看她的表情知道没有,否则第一句话就是"你和许队结婚了?!"

可是她还是担心女同事八卦去查人家信息,查到自己和许嘉允偷偷领证的事。

"没有,我就是问问总队的师兄,据说单身,咱们机会来了!"黄诗雨见她又不感兴趣地埋头猛吃,"工作群有联系方式,回头给他打电话,看能不能约出来?"

"你约,我没兴趣。"唐锦花用吃饭掩饰自己的心虚,心想要是黄诗雨真能把他约出来,那她就知道许嘉允到底是什么样的人了。

那天他去KTV是办事查案还是花天酒地,也心里有底。

"你是饿坏了吗？别撑坏胃。"黄诗雨见她几句话工夫，把自己的盒饭吃完，又拆开给沈遇准备的那份饭。

"小唐，许头在工作群敲你了，看到没？"丁子易路过会议室门口，见两个美女在里面说话，立刻蹭进来没话找话。

"敲我干嘛？"唐锦花听到许嘉允就头大，好不容易平静下的心情又被他敲得水花四溅。

这次专案组拉了个工作群，里面都是刑大和总队的专家，还有三个格格不入的小民警，就是他们三人。

"你看啊。"丁子易让她开手机。

许嘉允让她把审讯的录像资料发到他邮箱。

唐锦花很怀疑许嘉允故意找她麻烦，换成她都刻意避嫌，他居然还在群里敲她！

就不能问负责审讯资料的丁子易要吗？

或者回家后和她私下说一声也行啊。

不过……那不是许嘉允的性格，他既然这么公私分明，回去后也一定像往常一样，绝口不提工作上的事。

总队和刑大将这个案子放在了黄龙派出所，借用了他们的办案区，而她虽然不能参与，但作为跑腿的一线基层人员，被毫不留情地使唤来使唤去。

下午唐锦花出警刚回来，就看到沈遇敲她："来办公室。"

办案区被临时隔开了一个专案组领导的办公室，唐锦花马不停蹄地赶到领导办公室，敲开门，第一眼看到坐在最里面的许嘉允，挂在脸上的笑容微微僵掉。

好在他正闭目养神，像是没听到她进来似的，手指轻轻撑着太阳穴，一动不动。

"沈队，找我有事？"

少女清甜又有活力的声音随着一阵风钻进他的耳朵里，他闭着眼睛，也能想象到她此刻脸上的表情和心理活动。

一定很想回去和他好好聊聊，或者，去打拳跑步，把嫁了个冷血的顶头上司的憋屈给流汗流出去。

听着脆甜的声音流利地回答着沈遇问的那些细节，许嘉允依然闭目养着神，无声地勾了勾唇角，竟然觉得繁重的工作没那么令人心情沉闷了。

唐锦花偷偷看了眼房东老公，见他似乎嘲讽地勾起唇角，不知是不是对她的报告不太满意。

现在她太被动可怜，地位低下，打也打不过他，还不能用"袭警"这样的话来吓唬他，如果惹了他还要担心被穿小鞋。

愤怒！

"唐警官，你给我传的审讯材料在哪？"许嘉允等沈遇问完，唐锦花要走的时候，才掀起眼皮，静静看着她，问道。

他穿上警服，眉眼不动，轻描淡写地看着人时，眼神就像一张网，把人困在里面，越收越紧，那股无言的威迫和禁锢，让唐锦花猛然想起她被按在墙上时的弱小无助。

"我……我出警去了……让同事传到你的邮箱，没有收到吗？"唐锦花被他看得想溜，无声无息地往门边挪了一点，"那我再发一遍。"

"瞧你把人家小姑娘吓得，跑了。"沈遇见唐锦花连招呼都不打就跑了，忍不住笑道。

"我看她胆子挺大的，还想跟这个案子。"许嘉允淡淡说道。

"唐三娘啊，是咱们厅有名的拼命三娘，工作没多久，上过报的次数可不少，下雪天跳水救人……"

"你对新人事迹记得挺清楚啊。"许嘉允不咸不淡地打断他的话，又翻开了面前的资料。

"警队之花呀，那张冰天雪地捞人的照片冲击力很强，上过新闻不是吗？本来想给她立个三等功，但上面说戒骄戒躁，要好好磨炼，基层多干两年再提上来。"

沈遇当然会留心种子选手，培养新人是重中之重。

"你们的老传统，要的是听话乖巧能吃苦的人。"许嘉允看着资料，漫不经心地说道，"不过现在年轻人，都有自己的脾气，没有完全听话的。"

"别抹黑咱系统啊，说得跟我们不好好选拔人才似的，服从命令是天职，我们还是看重个人能力的。"沈遇看了眼许嘉允，笑了，"不然，你和我，能在这里？"

"我出去一趟，你继续摸排。"许嘉允合上资料，站起身，往外走去。

唐锦花在走廊把邮件给发了，又接到出警电话，正要出去，看到许嘉允走了过来，她转身加快脚步，跑去警车边，拉开车门坐进去，飞快离开。

许嘉允见她跑得飞快，一脸不想和自己有任何交集的样子，有些想笑。

如果一定要找个动物形容她,那就是猫。

她是个外表可爱娇萌很能蒙蔽别人的小猫,五官甜美中带着锐利,四肢柔韧又有力量,妩媚帅气,瞳仁很黑亮,让她脸上有一种天真娇憨的情态,颇像小时候港片里那种飒爽性感的女星。

她对危险的警觉性也和野猫一样,一旦嗅到不对,休想靠近她。

即便他投食了好几次,也并没有被他驯化。

但唐锦花觉得自己对待工作和家人朋友,是忠诚的警犬,她一点也不猫。

她只是不知道该怎么在同事面前和隐婚老公相处。

那群同事虽然考试成绩没她好,专业课没她强,可毕竟大多都是警校生毕业的,一个眼神不对,就会暴露出来,不像老妈这么单纯好糊弄。

唐锦花出警回来后,又被沈遇喊去办公室,给他介绍之前的各种详细情况,一直问到晚上九点才放人。

沈遇不愧是她的偶像!

工作起来比她还拼。

而许嘉允下午就走了,可能去调查其他东西,唐锦花不敢问,也不想问。

她只觉得烦心,老公居然是自己上头的人,泰山压顶一样,让她觉得压力很大。

结婚前她想过许嘉允的职业,但觉得只要不违法,就和自己没关系,现在突然有了交集,好像自己干什么事,都被他监视着,之前婚姻中的自由感和平等关系被破坏了,再也没有那种完美的感觉。

以后还怎么把他当男仆和健身教练使唤?

唐锦花甚至不想回家,索性在派出所旁边的快捷宾馆开个房睡一觉。

许嘉允果然不过问她的私事,她夜不归宿,他也没问一句。

这让唐锦花第二天起床,又觉得元气满满,是单身自由的一天。

迎着朝阳,唐锦花精神饱满地冲向派出所。

睡宾馆也挺舒服的,不行的话,她在总队办案期,就一直住宾馆!

等总队走了,工作上没交集了,她再回家。

反正工作和家庭之间,分离出来一个,她不至于看到总队长就想起自己的房东老公。

唐锦花这么想着,快速从一群人身边冲进大厅,准备早点接活出警。

许嘉允正和沈遇说着案件,突然一股风从身边吹过,熟悉的身影箭一般地冲到了楼上。

"这不是小唐吗？年轻人真是龙精虎猛，我打赌比速度你可能追不上她。"沈遇感慨她的精神气，昨晚熬到九点多，她也不见疲惫，只是不太耐饿，消耗得太快。

"你真无聊。"许嘉允语气轻淡，见她衣服一闪就消失在楼梯。

"年底的联欢会不是要搞成专业比赛？回头咱们这些老将，别真的被小兵给撂翻了。"沈遇这几年一直在忙，明显感觉身体素质不如以前了，也没空锻炼，腹肌快变成肚腩了。

论体能，他可能真的跑不过刚才的小女警。

"你还是想想昨晚追踪到的线索，怎么断掉的。"许嘉允只谈工作，平时也不和人闲聊，似乎对一切日常都没有兴趣。

唐锦花刚换好警服，就收到出警命令。

她立刻去装备房戴好装备，将执法录像仪佩戴好，多功能腰带一系，警棍和手铐都戴好，平时处理这种没有什么危险的案件，不允许配枪。

这次是失窃，入室盗窃案。

唐锦花和丁子易开车去现场调查清楚，回到了派出所，两个人边聊案件，边饿虎扑食般地直奔食堂。

许嘉允正好从食堂里出来，他特意来感受一下自家太太的工作环境。因为这女人每次回去都像饿狼，以为她的工作餐不好，结果发现食堂的饭挺丰盛……

没想到一走出来就看到老婆和小帅哥亲密地凑到一起看资料。

两个人毫不避嫌，共用一部手机，头都快贴到一起了。

许嘉允的眼底浮起了一丝淡淡的不悦，他没避开盯着手机直直走过来的女生，反而继续往前，撞了上去。

"哎呀！"唐锦花猛然撞到一堵带着温度的墙，她立刻后退半步，捂着被撞疼的肩膀，看了过去，对上一双锐利的眼睛，她顿时移开眼睛，低头赶紧道歉，"对不起对不起，没撞疼您吧？"

"走路专心点。"许嘉允丢下这句话，从她身边走过去。

"许大队您慢走！"丁子易赶紧说道。

唐锦花感觉他是擦着自己警服走过去的，身上那股熟悉的味道，让她很是怀念当初温柔绅士任她当男仆的房东。

有句话怎么说的来着？

再也回不到从前了。

她再也找不到从前单纯的快乐了。

"花哥，脑子撞坏了？发什么呆呢？"丁子易见她半天都没动过，悄声问道。

"被撞得好疼。"唐锦花回过神，夸张地揉着肩。

"来，我帮你揉揉。"丁子易立刻献殷勤。

"别碰我，小心摔你。"唐锦花打掉他的手，自己揉着走进食堂。

真不知道专案组什么时候撤离，要是天天工作期间见着许嘉允，她早晚要疯。

天色微黑，许嘉允准备回去，刚走到门口，看到一辆警车回来。

他的合约妻子，不知出了什么警，浑身湿漉漉地从车里出来，脸色不太好，像被暴雨打蔫巴的花朵。

现在已经是冬天，早晚温差很大，太阳一落山，冷风袭来，他从空调房里出来，都觉得有些寒气，别说一个瘦……而不弱的女孩子。

"你快去换个衣服，我在这等你。"

许嘉允听到老王对唐锦花这么说，看来是要连着出任务。

唐锦花点点头，走得飞快，一阵风似的冲到门口，看到他，愣了愣，一脸不知道该不该打招呼的尴尬。

好在许嘉允移开眼神，像是没看到她，跟身边的副队低声说着什么。

唐锦花回到更衣室，换上干净的备用警服，连打了几个喷嚏。

"花花，一会我替你去出警，沈队找你，要你陪他去一趟受害人家里。"黄诗雨也刚刚出警回来，听说她下海救人弄湿了衣服，探头进来说道，"说了不用换警服，穿便衣就行。"

"好。"唐锦花又打了两个喷嚏，脱衣服。

"你还好吧？别感冒了。"黄诗雨帮她整理了一下衣服和被海风吹得乱糟糟的头发，关心地问道。

"嗯，我没事。"唐锦花揉了揉自己的脸，试图让脸色红润点，精神起来。

大门口有刑大的师兄等着唐锦花，见她出来，立刻带着她来到一辆警车边。

唐锦花看到沈遇坐在副驾驶，和他打了个招呼，拉开后排的门，正要坐进去，突然肌肉一僵，看到后排静静坐着的领导大人——许嘉允。

"上车啊！"沈遇见小姑娘看到总队长坐在后排，一脸手足无措的样子，笑着开玩笑，"怎么了？怕许队吃了你啊？"

平素许嘉允不苟言笑，气场十足，看人就像看犯人似的，别说新人，就算刑大的师兄师姐被他盯着问话，也会手心出汗，觉得被上刑了一样。

"吃人是违法行为，许队一脸正气，不会干违法乱纪的事。"唐锦花只是刚一开门看到他的脸，有点无措，还是没法自如切换老公和上司的身份。

现在她镇定下来，俯身钻进车里，坐在后排。

发现老公不知什么时候也换上了便衣，估计准备回家吧。

"小丫头嘴巴挺利索。"沈遇觉得小姑娘真像春天的花朵，打破了刚才车厢里的沉闷。

"沈队，你要我带你去找谁？"唐锦花不去看许嘉允，趴在副驾驶的座位上，尽量凑近沈遇，这样，就能在有限的车厢里，尽量拉大和自家老公的距离。

许嘉允眼观鼻鼻观心，正襟危坐，但其实已经将她的一举一动尽收眼底。

便衣的唐锦花有着挡不住的年轻魅力。

她脸蛋甜美，身材有一种健康的美感，可能因为她不会直接展示与两性有关的魅力，她通常衣着宽松，运动服装为主，偶尔露出的一小片肌肤，充满了力量感和阳光。

看着她，就会想到大自然里一切坦然的美丽的东西，让人跟着心旷神怡。

"哦，其实是许头想当场核实一下第三个报警人的信息，你带他去朱睿家，我一会要去万达查东西，到前面路口就下车了。"

沈遇的话，让唐锦花顿时心里不安起来，直觉是许嘉允故意使唤她。

难道是因为昨晚夜不归宿？

还是今天撞到他，让他不高兴？

或者……他看到自己想跟这个案子，开后门？

可是许嘉允不像开后门的人，他在工作时的态度和眼神，都冷冰冰地没有丝毫温度。

唐锦花开始无用的推理论证，试图搞清楚许嘉允干嘛要让自己陪着他去调查。

所有的资料都给了他，这事和她都没关系了，刑大和总队那么多人，都可以陪他去，为什么要找自己？

沈遇下了车，一股冷风吹进来，唐锦花又连打几个喷嚏。

司机也是刑大的人，她坐在后面，僵了许久，拿出手机给房东发消息："你想干嘛？"

可许嘉允并不看手机，依然眼观鼻鼻观心。

唐锦花又发了一条消息过去，听到许嘉允手机震动的声音，笑着提醒："头，您手机响了。"

许嘉允看了她一眼："不是工作的消息，不用看。"

他们警队用的APP，通讯声音是特殊铃声，普通的微信消息都是震动。

"哦……可能是您家人发的消息。"唐锦花疯狂给他使眼色。

可许嘉允像误会了，见她对自己眨眼，不动声色地伸手，从座位下握住她的手。

唐锦花被电了似的抽回手，一脸"不可思议"的表情，立刻又拿起手机，装作在看消息，给他发过去微信："你疯了？"

被司机同事看到，会以为他在骚扰女下属吧？

可房东根本不看手机，也不再理她，很快车到了小区门口，两个人下了车。

刑大的师兄没有跟着他们，而是车头一转，走了。

"你什么意思？干嘛让我跟你来这里？不知道避嫌吗？"唐锦花见没外人，才开口。

"那我应该向你学习，住在外面避嫌？"许嘉允淡淡反问。

"不是不管私生活吗？我在哪里住跟你没关系。"唐锦花都没质问他怎么和自己一个系统的，要是知道是同事，她……也会结婚吧？

毕竟房东老公曾经那么完美，唯一的缺憾就是和她共事，但并不是专案组每件大案都会在派出所借场子办案，她昨晚平静下来分析了很久，觉得还是利大于弊。

而且知道他是同行之后，她反而更心安了——他忙起来比自己还狠，如他所说，没时间浪费在家庭和私人感情上。

"是没关系，所以我也只是让当时调查的民警陪我再走一趟，纯粹的工作关系，你想得太多了。"许嘉允轻描淡写地说道。

"那……好吧，我带你去。"唐锦花忍了忍，是自己段位不够，不能像他这么公私分明，看到结婚证上的另一半，也可以完全不夹带私人感情。

"另外不要给我添麻烦，你不回家没关系，但三五天不换衣服，在派出所不远的宾馆进进出出，这一带的人似乎都认识你，他们会怎么想？

应该会很好奇你的私生活吧。"许嘉允跟着她，两个人都穿着便衣，但长得醒目，还是吸引了不少人的视线。

"我昨天是有点没法接受你的身份。不像你，早就知道我是什么人，做什么工作，即使遇到也不会惊讶，我心理素质没头儿好……"唐锦花倒是很坦诚，认错速度和她冲刺一样快，"是我考虑不周，和你道歉。"

她是个聪明伶俐记性好的好学生，记得上次惹了这人，被他按在墙上摩擦的屈辱，现在他又是自己顶头上司的上司，更要小心点，不要给他机会欺负自己。

"你这是道歉，还是在怪我没和你报备？"如果说她是机灵的三好学生，那许嘉允就是不好糊弄的严厉班主任，一眼就抓住问题的关键。

"没……阿嚏！"唐锦花感觉到他声音沉下来，似乎很不满自己的隐藏的抱怨，正要解释，又连打几个喷嚏。

"行了，你回家去，泡个热水澡，别把我传染感冒了。"许嘉允停下脚步，似乎有点嫌弃。

"那谁陪你……"

"我一个人去，不用你碍手碍脚。"许嘉允像是带着命令，"你现在就回去。"

"那我走了。"其实唐锦花求之不得，完全不想和他共事，拔腿就溜，很快消失在他的视野。

许嘉允这才微微松了口气，似乎甩开了一个麻烦精。

他是故意让沈遇把人给带出来，看她今天出警回来惨兮兮的样子，要是再加班，可能真的会受凉生病，所以就让她陪自己到这里来。

这地方和新房也就隔着两条街，走回去只要二十分钟，小区门口还有直达的公交车，很方便。

唐锦花回去泡个澡，又觉得还是家里好。

昨晚睡快捷宾馆，条件不好，隔音差，一早起来就听到隔壁情侣的动静，让人恨不得下楼跑个十公里消耗一下精力。

第九章　人间温暖

第二天一早，唐锦花准时醒来，而许嘉允还没回来。

也可能回来过，但一早就走了。

专案组的人可真辛苦，没日没夜地侦查。

唐锦花觉得和他们相比，基层民警至少大部分时候都能按时回家睡觉，很幸福。

再想想如果许嘉允真的找个普通的女生结婚，这么成天成夜的不见人，早就引发家庭战争了吧？

果然他俩在工作家庭方向上，还是很般配的。

般配到唐锦花怀疑老公是在公安厅的基层名单里找自己相亲的。

不过这些都不重要了，唐锦花的人生原则是——活在当下。

每天应对那么多突发状况，看到人生百态，她知道最重要的事，不是未来，也不是过去，而是此时此刻。

好在今天专案组的人没来烦她，刑大队长和总队大队长都不在，听说飞去其他地方查访，看来案件牵扯的范围很大。

除了唐锦花，所里的其他女同事们都很失望，没看到两个帅哥队长，都提不起劲来。

唐锦花倒是忙得起劲，她周末还去参加了民间组织的救援队攀岩训练。

她刚上警校就成为北斗救援队的一员，大大小小也参加过十多次救援活动，等工作之后，也一直保持和组织联系，周末有空就会去训练基地打卡训练。

外面的北风呼呼地吹，天气预报说第一场雪会在今夜降落。

唐锦花还没回所里，收到了指挥中心的任务，皇宫KTV有人报警，369包间持械斗殴。

她终于可以申请配枪执勤，持械斗殴属于恶性事件，晚上民警人手不够，刑大也有人支援所里的行动，她赶过去时，刑大的师兄也刚到，和她打了个招呼，两个人一起进去。

他们赶到时，包间里已经一片狼藉，两个人倒在地上，还被围殴，地毯上全是红色的液体，让人分不清是红酒还是血。

点歌公主吓得都跑出来了，包厢外保安也搞不定这事，看到两个警官，赶紧提醒："里面有刀，小心点。"

"警察，放下武器，靠墙站好！"唐锦花打开执法记录仪，站在门口，对里面的人喊道。

身边刑大的师兄比她紧张多了，已经拔出枪，站在她身边，谨慎地看着包厢里的暴徒。

"警察？你知道我是谁吗？滚出去。"正在踹地上受害者的一个人转过身，看着门口两个民警，轻蔑地笑了。

"不管你是谁，都没有权利殴打伤害别人。"唐锦花边说边走进房间，伸手就去阻止那个还按着人打的施暴者。

她身边的师兄想拉都没来得及，果然新人就是初生牛犊不怕虎，根本不在意对方几个人，什么背景，有什么武器，会不会伤害到自己……

一般这种"见血"的案件，看到警察还不跑的，都是有背景不怕事的老油条，处理起来相当棘手。

而且这次他们人手太少，没有支援，这个包厢里面十来个人根本控制不住。

可唐锦花并不管，攥住施暴者的手，硬生生把他扯开，喝道："都给我站好，不准动！"

"呵，还是个小妹妹。"那人看着她笑了，上下打量一番，伸手就来搂她的细腰，"你也别走……啊……"

他突然惨叫一声，捂住膝盖跪了下去。

唐锦花这一脚又狠又准，直接踢在他的膝盖骨上，让他跪在地上抽半天气。

"都给我靠墙站好，听到没有！"唐锦花可不管对方是什么大人物，她抽出警棍高声说道，"最后一次警告，都站好，不准……"

她的话还没说完，旁边一个红酒瓶就呼来了。

唐锦花很少遇到这样的场景，一群流氓竟公然袭警，她避让得很快，但肩膀还是被砸到。

师兄已经紧张地扣动扳机，一边请求支援，一边大声喊道："住手！"

可是没用，场面立刻陷入了混乱，在动感的光线下，一群被血腥和酒精刺激的人已经没了理智。

"臭丫头片子，你敢打我？给我弄死她。"

唐锦花听到这句怒吼之后，就明白了自己现在的情况。

肩膀火辣辣的疼痛，让她大脑反而异常清醒，她反手抽出警棍，狠狠敲到离自己最近的男人胸口。

电视里正在播放一首很动感的歌曲——So Sick，配上这样的背景音，让唐锦花的血液沸腾，好像化身警匪片里的女主角。

当然，她没那么好运气，和这种流氓打架，是拳拳见肉，可没那么优雅轻松。

而且师兄已经慌了，拿着枪不敢开，怕误伤，又不能近身搏斗，站在原地只能着急地怒吼："都住手，否则我要开枪了。"

指挥中心已经派人过来支援，但还要五分钟才能到达。

终于，混乱声中，一声枪响，只剩KTV的电视上唱着那首《远离黄赌毒》的宣传歌曲。

唐锦花拿着枪，手腕微微发抖，指着之前那个发话的老大，刚才一枪射在了一个壮汉腿上，现在她直接擒贼先擒王，掐着那个"你知道我是谁吗"的老大，喊师兄过来上手铐。

就算是局长，该铐也得铐！

支援的警察很快到达，皇宫KTV下面围了一圈警车。

顾勋还是第一次看到这么多警车出动，他的KTV一向是圈内楷模，很少有人在里面闹事惹事，把警察引来。

他还没来得及下车，就见一堆警察押着人走出来，救护车也在一边等着，护士将两个满身是血的人抬上去。

还有个护士扶出来的小女警，似乎受伤了，脸上满是血，看着挺瘆人的，但那双眼睛贼亮，在车灯下像夜空的寒星。

顾勋一眼认出来，是帮他送狗的小美女警官。

小女警似乎不想去医院，站在那里和领导争论了几句，最后还是被按到救护车里。

顾勋看着警车和救护车开走，思忖几秒，方向盘一转，跟了上去。

唐锦花都是皮外伤，被碎酒瓶和水果刀划伤了几处，最危险的伤口就是脖子边，离颈动脉只有几毫米的距离。

尽管她觉得没什么大碍，小伤口都能自己处理，可被上头呵斥了一番，让她去医院做个全身检查。

袭警事件不是一般的恶劣，所长都匆匆赶到所里调查情况。

而刑大和上面因为特大诈骗案件，抽调了不少人员在外，一时间公安厅忙得上上下下都紧急集合，处理突发事件。

唐锦花被要求住院观察一天。

她刚做完CT回到病房，就有人来探望。

本来以为是同事，结果进来的却是一个惹眼的贵气的花美男。

顾勋很适合西装，考究的西装衬得他有种刚刚接手家里大生意、春风得意的年轻世家子的感觉。

"你怎么来了？"唐锦花看到顾勋捧着一束花，惊讶得想爬起来，带到屁股上的伤口，又疼得趴下去。

"你在我场子里受了伤，又是我家狗的救命恩人，过来问候一下不行吗？"顾勋见她换了病号服，失了点血，脸色苍白得可怜，更显得眼睛乌黑发亮，但精神状态依然不错，随时能跳起来踹他那种精神。

"这是我应该做的工作。"唐锦花不是很热情，显然累了，不想被人打搅。

"知道你打的人是谁吗？"顾勋将花放在一边，不准备立刻离开。

"是谁？这么嚣张！"唐锦花心想这种流氓要是再落到自己手里，她要再狠狠揍他一次。

"是大人物的女婿，华东商企的负责人，张威。"顾勋在床边弯腰看着她，微笑说道，"你麻烦大了。"

"是我麻烦大了，还是什么大人物的麻烦大了？"唐锦花生气得想爬起来，"我要把执法录像放网上……"

"首先，你得有这个机会。"顾勋伸手扶她，帮她翻个身，笑眯眯说道，"你没见一出来，你的东西都被收走了？"

"什么意思？"

"大概，那群人很快就被领走，至于被你打伤住院的张先生，你可能要准备好吃官司。"顾勋见她吃痛，问道，"哪里受伤了？"

"开什么玩笑？法治社会，他们目无法纪，我……哎哟……"唐锦花攥起拳头一挥，肩膀的伤口崩了，疼得她一张小脸皱了起来。

"不过你也不用怕，毕竟是我的地盘，如果我去帮你说几句，赔点礼，还是可以握手言和的。"

"我呸！让我去给那种人赔礼道歉？我绝不会和这种人握手言和，这事没完，我们警方会追究到底。"唐锦花很有气节地说道。

顾勋见她一脸正义的表情，突然哈哈大笑起来。

"你笑什么？"唐锦花皱眉看着他，警惕地问道，"你该不是……来威

胁我的吧？"

这是皇宫的背后老板之一，而之前那个什么张威是他客人，官商勾结的勾当多了去了，他特意过来，绝对动机不单纯。

"我威胁你什么？我是来救你的。谁让你是我家赛文的救命恩人？"顾勋笑得春水蔓延，让人心驰神迷，"不然你等着明天被解雇吧，我敢打赌，张先生不会放过你的，你弄伤了他，他会把你老底翻出来，让你不得安生。"

"我再次告诉你，现在是法治社会，扫黑除恶是我们的职责，如果张威是你说的那种人，那我奉陪到底，绝不低头。"唐锦花捏紧了拳头，坚定地看着顾勋，一点也没被他的美色影响，只觉得心里烧着一把火，气得她想找到那个人再揍一顿。

顾勋心里感慨，这年头，居然还有这么坚定纯净的正义眼神，一股清流，让人想到祖国的花朵，令人钦佩的纯洁勇气。

"你要是来劝和的，那请你离开。"唐锦花现在看他都觉得是坏人，和那帮无法无天的人沆瀣一气蛇鼠一窝。

"我不是说了，我是来保护你的。"顾勋见她警戒的眼神，仿佛是嗅觉机警的野兽，躲在树丛后盯着突然冒出来的人，很直白，没有任何逡巡的暗示。

他觉得新鲜极了。

从第一次送狗开始，她就是这样的眼神，不带两性之间的暧昧，直截了当地盯着他。

唐锦花越发觉得他不怀好意，搞不好就是和张威一伙的，来这边恩威并施，想让她放过那伙人？

但现在已经不是她放不放的问题，上面的人和所里都出动了，现在那帮人面临的是法律的责罚，和她没什么关系。

"哈哈哈你还挺可爱的，先保护好自己再说。"见她义正词严的模样，顾勋又笑了起来。

今晚心情真好啊，就像吃了一份甜度爆表的草莓奶昔，觉得体内的多巴胺都被调动起来了。

"没别的事，请你出去，我要休息了。"唐锦花不愿和他再多说，费劲地趴回去，一脸送客的表情。

不太相信因为救了他的狗，他就要保护自己，太不可靠！

"好吧，明天再来看你，晚安。"顾勋笑着帮她扯好被子，看了一眼她虎虎生风的小脸，又想到那天在KTV揽着她细瘦的腰的感觉。

唐锦花虽然在外人面前努力维持了警察高大光明的形象，可她心底也有点慌，毕竟不是刚工作半个月的新人，她也见过一些龌龊的蛀虫。

所以顾勋一走，她先查了张威的资料，然后给临时加班的闺蜜发消息问情况。

当得知被她只踹了一脚的张威，被带到所里之后，以伤重为由，立刻转去了医院，然后所长接到了一通电话，把人就这么给放了，她心里更沉不住气了。

想到顾勋说的那句"报复"的话，唐锦花知道会有这种情况出现，基层民警最怕遇到特权人士，如果张威真的找她麻烦，虽然她不害怕，但她担心家人受到牵连。

唐锦花攥着手机良久，点开房东的头像。

房东一直用小号和单独的电话与她联系，为的就是把两人的生活完全独立开。

他的头像是她抱着花灿烂微笑的照片——婚后他要去的照片，设为头像也是做给长辈看的。

"我可能闯祸了，会给你带来麻烦。"

唐锦花把这句话发过去，忐忑不安地等着老公回复。

许嘉允一定会生气吧？

她这么莽撞……不，她只是公事公办，除暴安良是他们的天职，就算不是警察，遇到这种暴徒，她也会挺身而出。

唐锦花紧张地等着许嘉允回复，写了一段今晚事情始末，又删了，觉得他不会想看事情过程。

伤口开始火辣辣地疼，让她一瞬间，有一丁点脆弱，想回家，和妈妈在一起。

许嘉允几分钟后，打了视频过来。

他从不和唐锦花视频通话，有事都是简单打字或者发语音过来，发的消息通常不会超过十个字。

唐锦花觉得他是急了怒了，隔着手机都有种被长官压迫的感觉。

她没敢接视频，按成了语音通话。

"接视频。"许嘉允简洁地说了三个字，然后挂断重新打过来。

唐锦花只好接了视频，看到他在一个酒店房间里，穿着黑色的高领毛衣，整个人成熟又锋利。

如果顾勋是那种矜贵得刚刚接手家族生意的少爷总裁,那许嘉允绝对是彻底掌权把控全场的终极 BOSS 脸。

尤其这么对着视频,脸部线条清晰优越,眼神深邃,有股让人不敢侵犯的气势,但那肩膀又平又直,让人觉得特别可靠。

"受了几处伤?"许嘉允不等她说话,直接问道。

"没几处……"

"没几处是几处?你不识数?还是你的主治医生数不清楚?"许嘉允早就知道这个消息了,聚众斗殴,打伤警察,大半夜地调动了刑大二十多个警察过去,惊动了总队。

他当然第一时间接到汇报。

刚刚才开完电话会议,处理这事,他正要找唐锦花,一看微信,她已经发过来消息了。

"……八处。"唐锦花今天特别怂,尤其在长官老公面前,都不敢看镜头。

"但都是小伤,很小,菜刀滑到手那种小伤……"默默等了几秒,没听到许嘉允说话,无言的压力从手机里传过来,压得她喘不过气来,唐锦花忍不住轻声解释。

"你没做错事,在害怕什么?"许嘉允看到她脖子上的伤口敷贴,她的任何表情都没能逃过他的眼睛。

自从发现自己是总队长之后,她没以前那么放肆了,有一点遗憾。

"听说我抓的那个人有背景,我怕连累你……"唐锦花怕人家查她的资料,婚姻暴露了无所谓,她怕家庭住址和妈妈住的地方暴露出来,被人报复。

"你觉得公安厅都不能保护自己人的安全?"许嘉允冷冷反问。

"不是,但万一对方……"

"没有万一,既然做了警察,就该知道自己选择了什么路。"许嘉允打断她的话,见她小脸惨白,在摄像头里看去,眼睛格外的大,楚楚可怜又坚强的样子,让他心底一软,语气也缓和了点,"有我在,不会有事的。"

这句话从他嘴里出来,像有魔力,比镇定剂还要管用,让唐锦花慌乱的心情立刻安定下来。

"不会影响到你吗?"唐锦花自己什么都不怕,就怕把他和妈妈牵扯进来。

"不会，你好好休息，别胡思乱想，他伤了我们的人，还想报复？"许嘉允似乎冷笑了一下，冷酷无情地说道，"他先自求多福吧。"

"那你也早点休息，我这就躺了。"唐锦花瞬间心放回了肚子里，有领导这么罩着，她觉得应该多踹张威两脚，让他作威作福！

"你……"许嘉允还想说什么，见那边女孩的脸突然放大，定格住——她迫不及待地挂了视频。

许嘉允看着自己的头像，无声地叹了口气。

她是他们公安的人，更是他的人，这傻姑娘居然还担心他……

第二天一早，黄诗雨和丁子易就带着早餐来探望唐锦花。

她也是昨晚临时出警，忙了一夜，满脸疲惫。

"你怎么起来了？快躺下，让我看看伤得重不重。"黄诗雨把丁子易赶出去，扒开唐锦花的衣服就往里看。

"不重，都是皮外伤。"唐锦花也大大方方掀开衣服，给她看腰腹上的伤口，还有心情开玩笑，"最麻烦的是屁股上挨了一下，扎了玻璃片进去，睡觉得趴着。"

"刚才来的时候我问了医生，让你至少住院一周，你别给我逞能，养好身体再上战场。"黄诗雨难过地摸着她细腻柔滑的肌肤，希望不要留下伤疤。

"昨天医生说我没有内伤，今天就能出院回家休息啊。"唐锦花可不愿意待在医院里，太闷太无聊了，她宁可去出警。

"昨天是昨天，今天早上医生说的，也许一大早给你换纱布的时候觉得还是不能出院。"黄诗雨扶着她走到床边，"反正你要听医生和所里的安排，养伤为重。"

"昨天那人只是被我踢了一脚，根本不用去医院检查，王所是不是觉得……棘手啊？"唐锦花小声问道。

"这事你别管了，上面接手了，他们打伤的那两个人没脱离生命危险在重症室躺着呢，还伤警，属于恶性伤人案，昨晚刑大和总队的人都过来处理这事……"

黄诗雨的话还没说完，丁子易在门口抢着说道："这次他们倒霉，撞到了新任总队长的枪口，听说这个总队手段很厉害，从部队过来的，就是要抓扫黑除恶的重任，新官上任三把火，正好把这事给烧了。"

"为什么要转到这边？"唐锦花想到他那深藏不露的肌肉，和深藏在骨子里的军人气质，第一次和他练拳时，她就有种奇怪的感觉。

现在猛然想到那是什么感觉了——学员对上高级教官的感觉。

"军转警不是很正常吗？当然也可能是犯了错误被降级了。"丁子易敲了敲门，等得不耐烦了，"我能进来了吗？"

"但我觉得他看上去挺优秀的，而且这么年轻，在部队的话……"

"注意，小唐同学第一次夸男人优秀。"黄诗雨作为她的闺蜜，从没听过她夸过谁，除了沈遇，立刻划重点。

"花哥，你不是看上人家了吧？这么有兴趣？"丁子易也觉得反常，平时唐锦花除了对犯人感兴趣，对其他人都没兴趣。

"我只是分析一下，分析都不行吗？"唐锦花自知失言，赶紧转移话题，"你们赶紧回去上班，我没什么事，也不用休息那么久，休息一天就能归队。"

"一天？"黄诗雨拍了一下她的屁股，见她痛得一抽，"就你这样？坐车都费劲，还能出警？"

"行了，你们赶紧走吧，别打搅我休息。"唐锦花把两个同事撵走，琢磨着怎么出院。

今天周二，原本夜班过后会休一天，她还和妈妈说要是有空回家陪她吃晚饭，现在这样子也回不去了，只希望老妈不要知道她受伤的事，不然又要被上思想政治课。

黄诗雨和丁子易离开医院时，看到了一辆兰博基尼停在旁边，忍不住多看了一眼。

这一眼不要紧，她看到了一个贵气精致的侧脸，正是她上次见过最好看的男孩子。

可惜丁子易一脚油门踩上去，她还没来得及好好欣赏那张脸，就闪现不见。

联想到上次他来送锦旗和花，这次又在他的KTV出的事，黄诗雨觉得顾勋是来看闺蜜的。

唐锦花扶着床想找个舒服点的姿势躺着，可她身上的伤，位置都很尴尬，肩不能靠臀不能坐，脖子动一下都费劲。

敲门声又响起，她以为还是同事来探望自己，没想到是个人比花娇的帅哥。

昨晚顾勋送的花被她本来要扔，看到护士小姐姐喜欢，就送人家了，怕的就是今天同事过来看到八卦，可他现在又抱着一束花……他是有多喜欢买花啊！

"你又来？"唐锦花依然怀疑他目的不纯。

昨晚许嘉允让她吃了颗定心丸，现在她底气足了很多，不怕这人抱着不可告人的秘密威逼利诱。

"干嘛防狼一样地防着我？我又不是张威，不会吃了你。"顾勋笑着将花放到桌上，"我只是单纯的关心一下警官的身体，好点了吗？"

"你不用配合警方的调查？"唐锦花觉得他太闲了，自己地盘出了事，按道理来说，现在已经被传唤调查，而不是跑来医院骚扰受伤的民警。

"我只是投资者，又不是管理人员，也没作奸犯科，为什么要调查我？"顾勋一脸小少爷的骄傲，真像一朵不食人间烟火的富贵花。

唐锦花很无语，和他大眼瞪小眼几秒后，不死心地问道："真不是为张威的事来找我的？"

"他跟我有什么关系？值得我为他跑两趟？"顾勋有些轻蔑地笑了，显然并不把那位身份尊贵的客人放在眼里。

"那你为什么跑两趟？"唐锦花觉得自己和他也没交情，不过是救了他的狗，不值得他跑几次。

"因为你值得我浪费时间啊。"一张贵公子的脸，高高在上优越的态度，竟然让人反感不起来。

唐锦花愣了愣，突然大笑起来："顾勋……我记得没错，你叫顾勋对吧？"

她第一次喊他的名字，甜甜脆脆，像一口脆生生的甜桃子，让他心底发甜，再看到她灿烂明媚的笑容，太甜美了。

顾勋真想伸手捏捏那满脸的胶原蛋白。

"顾勋，你可真是个有趣的人，你该不是看上我了吧？"唐锦花虽然逻辑满分，但她在感情上是比钢铁直男还要刚，有种能把对她暧昧暗恋的男生变成哥们的才华，要不然也不至于长这么水灵却没男人缘。

"你确实挺可爱的，受了伤也挺可怜的，不过你忘了，你救了赛文之后，我说过，以后有什么事尽管喊我。"顾勋见她这么直白，反而不好意思承认自己心思。

"真因为你家的狗啊？不是看上我就可以，但能别送我花吗？送点肉啊水果啊，也比这东西好。"唐锦花指了指花，她现在住院也不能抱回家，多浪费啊。

顾勋长得漂亮性格也不错，如果没有抱着不良心思靠近，她倒也不讨厌多个朋友。

"看上你就不行了吗？"顾勋忍不住问道。

"不行，我心有所属，不会喜欢你的。"唐锦花在感情上都是直来直往，脸一沉就撵人，"赶紧出去，别烦我。"

"你有爱人了？"顾勋不太相信，以他对女生的了解，恋爱中的女孩子不是这样的。

"干嘛问别人私事？"

"我就随口问问，"顾勋赶紧说道，"我这身家至少得找个上亿白富美才配得上我。我只是看你一个健康漂亮的女孩子，又救过我家狗的命，还在我那边受伤，于心不忍。"

"这倒是，得找个门当户对的。"唐锦花觉得他说得很对，有钱人一般都不会随便找对象的，那些玩玩的对象不算对象。

再者，顾勋确实从昨天晚上看她时，就说是因为那只狗，可能他真的把那只狗当成家人，对她有感激之情吧。

"等着，我给你买肉。"顾勋很豪爽地给一家高端私人厨房打了个电话，订了两个菜。

"你也不用这么客气，我这是工伤，和你没关系。"唐锦花吃上了香喷喷的牛肉，对顾勋已经没有戒心，把他当好哥们儿了。

果然她是属狗的，吃人一顿饭就认亲了。

"赛文也特别喜欢吃这家的秘制牛排，可惜你不吃鹅肝，他家的鹅肝是正宗的巴黎口味，嫩而肥美。"顾勋的嘴很刁，吃遍了整个M市最顶尖的餐厅，对别家大厨的拿手菜如数家珍。

"你家狗真奢侈。"唐锦花咬着牛肉，看着这大少爷，果然他把那只狗当家人。

"只有它陪着我，不管我回不回家，多晚回家，它都会第一时间在门口迎接我。"顾勋笑着说道，"当然要对它好一点。"

唐锦花在感情上很迟钝，也隐约闻到了一丝有钱人的悲伤。

"我要回去处理点事，晚上有时间的话再来看你。"顾勋手机响了，他看了眼，摁掉了，准备告辞。

"不用过来了，我没事，可能下午就出院回家养着了。"唐锦花不想麻烦他，再吃他两顿肉，她会不好意思的。

"医生说还要住两天院，我问过了。"顾勋对她眨了眨眼睛，"晚上给你带最好吃的海鲜。"

"不不不，真不用，你忙你的。"唐锦花拒绝的语气没那么坚决，刚刚吃饱的胃，听到后面那句话，又开始疯狂分泌胃酸，她就是见不得美食的人……

"走了，回头见。"顾勋笑着挥了挥手机，"有什么事尽管给我发消息。"

加了她微信，顾勋没有白跑一趟，心情很好地离开。

唐锦花站在窗口，看着那辆拉风的豪车离开医院，觉得有钱人家的少爷真够闲的。

换成许嘉允，估计她躺在重症室，他都没空回来看一眼。

果然结婚要门当户对，她和许嘉允的婚姻就是这么般配。

他没空来看自己，她也完全不希望他来看望，只想一个人趴着刷刷新闻微博和论坛……

等等，昨晚的事居然上了社会版面头条！还上了热搜！

谁家的记者这么厉害，居然抓拍到里面的一手资料！

不对！唐锦花仔细辨认照片，拍摄者的位置，发现这照片是警方自己放出去的！

如果猜得没错，是从那个刑大师兄和后来支援队友执法记录仪里截取的。

许嘉允真狠啊，果然新官上任三把火，他竟然给媒体发了这么血腥的内部照片，还把行凶者的身份给曝光了，直接逼宫。

现在网上一水的谴责和愤怒，呼吁警方严查，保护基层民警的安全，不能让这件事不了了之。

大家一贯见不得持有特权耀武扬威的人，所以只要张威的背景和一张行凶图，就能把舆论和众人的怒火轻松调动起来。

照片里面也有她的背影，还有她满脸是血的正面图，不过很糊，也打了马赛克，应该不会被老妈认出来。

但唐锦花还是看到有一条被顶在前面的评论，说有警察受伤，一身血，还有图，被人认出来，纷纷说这是开发区的网红民警，他们都认得。

唐锦花看到自己信息要被曝光，急了，赶紧给所长打电话，求他帮忙把关于自己的消息给删掉。

她不是怕招黑，主要担心妈妈知道自己遇到危险，要闹着她辞职。

王斌很忙，一边是市里给了压力，另一边是这事全交给上面了，突然曝了出去，被全国人民的眼睛盯着，半天时间就把黄龙派出所推到风口浪尖，他还没做好心理准备……

现在一堆记者堵在门口要采访和说法，他得等上级授意，不然什么也不敢说。

唐锦花没担心多久，发现和自己有关的消息被删除了。

当然，下面又有一堆人在谩骂，认为关于受伤民警的信息无法发出，是被有权人搞的鬼，大家甚至担心小民警被"和谐"了，纷纷艾特警方和上级，请求调查保护。

"病人现在情况稳定，可以回家休息，但伤口一天要消两次毒，换一次敷面，注意消炎……"主治医生边说边推开单独病房的门。

唐锦花一看进来的人，不觉后背绷紧，隔了几秒才挤出笑容："头，你……你怎么回来了？"

"带你回去。"许嘉允穿着便衣，上下打量她一眼，丢了件外套给她，没有温度地问道，"还能走吗？"

"走路没什么问题，就是慢一点。"唐锦花小腿也受伤了，踢碎人家的酒瓶时，被划伤的。

"轮椅。"许嘉允对医护人员说道。

他的眼神在还没收走的高档外卖盒和桌上的鲜花逗留片刻，一双眼睛像扫描仪似的把屋内的东西都扫描到大脑里——刚才有个有钱有品位的男人来过。

"这就出院了吗？"唐锦花挺开心，要是他不来接自己，更开心。

"一会医院就要被记者堵了，想出也出不了。"许嘉允推着她到了地下停车场，见她慢吞吞站起身，嫌她太慢，伸手把她捞住，一把打横抱了起来。

"啊啊啊！你干嘛！"唐锦花惨叫一声，伤口被压到，再加上被他搂抱得惊恐不安，要是她没受伤，此刻肯定把他脖子给拧下来了！

"别吵。"许嘉允快步走到一辆黑色轿车边，把她扔到后排，自己顺势坐了进去。

"许嘉允，你……"唐锦花想骂他，可一看居然还有司机在前面，也不知是不是总队的人，立刻换上笑脸，声音也柔和了很多，"头儿，你温柔点，我屁股受伤了，经不起这么暴力摧残。"

前面的司机忍着笑，启动车子，往外驶去。

他们刚到医院出口，唐锦花就看到外面围着一群记者要进来，她有些心惊地看了眼许嘉允，悄声问道："头儿，这是来找我的，还是找那两个受害者？"

"你说呢？"许嘉允一把将她的头按下来，让她面朝下趴在自己腿上，把她的脸严严实实藏起来。

受害者还在危重室里观察，都没醒过来，采访两个哑巴？

"唔……"唐锦花想说什么，但脸贴在他强健的腿上，总觉得怪怪的，一开口他身上凛冽的气息混杂着清香的肥皂味全扑到脸上，钻进心底。

而她的呼吸顺着布料传到他的腿上，让他也不太自在地绷紧了大腿肌肉，热量渐渐升腾起来。

唐锦花被捂了几分钟，直到下个红绿灯路口，许嘉允才松了手。

她的脸不知是憋的还是因为这姿势太令人难堪，涨得通红。

"那……你送我回……我妈妈家？"唐锦花不认识司机，不知道他是什么人，尽量小心谨慎地用词。

见许嘉允没回答，唐锦花有点着急："我这样回去，我妈会担心的，要不，送我到宾馆？"

许嘉允看了她一眼，一脸看白痴的表情。

唐锦花在所里是出了名的机灵，可在心思深沉的许嘉允面前，她有那么一点点自卑，因为猜不透房东老公的想法很挫败。

"头儿，你什么意思啊？"唐锦花沉不住气了，现在大家在一条船上，就不能亮出想法吗。

许嘉允伸出手，把她的头往窗外掰，示意她看看外面的路。

这条路是回他们新家的路。

唐锦花不确定地看了眼前面的司机，用唇语问道："司机知道吗？"

许嘉允摇摇头，拿出不停响着的手机，接起电话。

一路上他都在打电话，直到车来到他们家大楼的地下停车场。

唐锦花生怕他又要抱起自己，赶紧先开了车门，忍着屁股疼下车。

许嘉允看了眼她的背影，眼神在她臀部上方定了半秒，立刻跟了上去，拿着留在车里的大衣给她裹上。

不管她愿不愿意，许嘉允都伸手扶住她，一起进了电梯。

这是高新区最贵的楼盘，住的人非富即贵，安保很好，电梯平时也很空，这会儿一个人都没有，许嘉允依然在接电话，似乎有人在和他汇报情况，他回的语句都很简短。

唐锦花这才发现自己还穿着医院的病号服，都没来得及换就被他转移出院了。

不过他的时间点卡得这么好，那个热搜和新闻应该是警方全程掌控节

奏，这样的话她就放心了。

两个人一前一后出了电梯，许嘉允在电话里简单地吩咐了几句，说了句十分钟后再联系，就挂断电话，对唐锦花伸出胳膊，示意她扶着。

唐锦花很佩服他当众打电话也不泄露出任何信息的本事，她偷听了半天，也没听出案件到底进展如何。

看到他伸出胳膊，她觉得自己只是走得慢一点，还没到要搀扶的情况，装作没看到，咬着牙慢慢往前走。

许嘉允见她和自己保持距离，眼底沉了下去，但看着她衣服下摆的血，他又忍住了，快步走去开门。

在医院把她抱上车，动作有点粗鲁，忘了她臀上的伤，现在裂开出血了，看上去跟大姨妈来了似的，惨不忍睹。

"我自己来，房东……队长你别这样……"唐锦花想自己换鞋，没想到被房东体贴地拿过拖鞋帮她穿上，她有点受惊若宠，赶紧说道。

不过回家了就是放松，许嘉允不穿制服时，压迫感也没那么强，要是言行再温柔克制点，又回到了当初完美老公的样子。

"喊我名字就行。"许嘉允微微皱眉，上次听到她叨咕"房东"，就很想和她好好聊聊。

他们是战略性婚姻，不是租客关系。

"呃……好的……阳阳，我自己可以穿。"

听到她顺口就来"阳阳"这个小名，许嘉允攥着她的脚踝顿了顿。

他不喜欢这个名字，并不是因为土气，而是最开始喊这个小名的女人离开了他。

那个女人曾说，他出生于冬天最冷的时候，但那天是她最美好的冬日回忆。

他像冬日暖阳，照耀进她孤单的生命，所以亲昵地喊他阳阳。

那个女人，是他母亲。

"那个……网上照片和新闻是你们放的吗？"见他强制性地把自己脚塞进拖鞋里，唐锦花抽也抽不回来，只好任他穿好。

"不会让你冲到风口浪尖，这几天你什么都别管，好好在家休息养伤。"许嘉允说着，顺手把她手机拿走。

"哎，你拿我手机干嘛？"唐锦花因为受伤，动作跟不上大脑反应，想抢过来没成功，只抓住他的胳膊。

"只是不想让人打搅你休息。"许嘉允直接关机没收，将她的手机塞到自己裤兜里。

"你这是限制我自由!"唐锦花发现这不是让她回来养伤,是软禁!

许嘉允看了眼她抓着自己胳膊的手,相比在办公室遇到时有点回避他的唐锦花,更喜欢在家里展现出私人个性一面的合约妻子。

她的性格本就很"无畏"。

无论什么时候,都不会畏手畏脚,把自己当成堂堂正正的人,不会在面对社会地位比自己高的大人物时,第一时间想到的他的各种身份和头衔,害怕和畏惧招惹他们。

就像在刑大更有经验的师兄面前,她可以无畏地阻止暴行,不管对方是什么身份,也不怕对方人多势众,敢于挺身而出。

这种人,可能有很多缺点,可也更有血有肉,更加真实可爱。

见他盯着自己不说话,唐锦花急了,伸手就去掏他裤子口袋:"你是怕我心理素质不好,看到案情进展受不了吗?你太小看我了,还给我……"

像是一条毒蛇爬上了他的腿,许嘉允一向喜怒不形于色的表情也变了,一把按住她的手,哑声说道:"你做什么?"

他没什么呵斥的表情,语气也没刻意严厉,可唐锦花却像被狠狠抽了一鞭子,立刻抽回手,低着头像做错事的小学生,耳根都红了。

她在人家兜里摸到的不止是手机。

"你还给我手机,我还要给我妈打电话呢。"唐锦花努力转移刚才的失误操作,红着脸掩饰尴尬,试图和他讲道理,"而且,工作上还有很多事要和同事保持联系……"

一回到家,没有同事在旁边,在熟悉的私闭空间里,唐锦花就没那么拘束了。

"我和妈妈说过了,你今天要和我两人世界,周末请她来家里吃饭。"许嘉允也很快调整好表情,什么事也没发生一样,淡淡说道,"至于工作,上面要求你全停,同事也不会打搅你。"

"什么上面?就是你吧?不是说了不能限制对方自由,干涉对方生活吗?"唐锦花见他都给自己安排好了,顿时觉得自己像块砖,哪里需要往哪搬。

今早搬她满脸是血老妈都认不出的照片来做袭警噱头,引发全民舆论,现在又让她"失踪",她完全没有自主行动力。

"今天走得太急,也许应该带你先回所里,在办公室把你的手机扣下

来，你就不会这么顶撞上级命令了。"许嘉允手里还提着一个袋子，里面全是医生配好的药和敷贴，他走到沙发边，将袋子打开，拿了几样东西出来。

"那……我躺着多无聊？"听到是上级命令，唐锦花没法反驳，慢吞吞地绕过他身边，想回自己屋里静静无聊。

许嘉允一把抓住她的胳膊，猝不及防地把她推趴在沙发上。

"许嘉允！"唐锦花觉得腰部一凉，脸色大变，撑着沙发想爬起来，又惊又怒地质问，"你想干嘛？"

"不要乱动，浪费我时间。"许嘉允动作很精准，掀起她的病号服，拽下一小半裤子，正好露出那位置尴尬的敷贴，上面已经溢出血。

"许嘉允，你放手，我自己来！"唐锦花没挣扎起来，因为教官毕竟是教官，直接反身屈腿压在她的后背，禁锢的姿势诡谲得很。

感觉他手指碰到自己腰后的肌肤，惊怒渐渐变成了惊慌。

唐锦花自青春期开始，就极少有女性羞涩的一面，用黄诗雨的话说，她的体脂率太低，健身压抑了她的雌激素，对男女之间的事完全没兴趣，感受不到女生的娇羞。

但此刻她就很羞窘，这是成年后第二次强烈感觉到性别不同的羞涩窘迫。

第一次是前段时间被许嘉允按在墙上摩擦……

哦，可能是第三次，她想到几分钟前在他兜里……也算得上一次羞涩。

许嘉允压着她上药也不好受，这巴掌腰，感觉和一个成年男人的头围差不多，所以他尽量快速处理完伤口，换了新的敷贴，松开手，直起身，心里松了口气："电视里下载了几百部电影电视剧，还有综艺节目，你实在无聊，可以看看电影，或者跟着厨师节目学做饭。"

唐锦花趴着没动，脸色一阵青一阵白，难看得很。

"家里有电话，你应该能背得出我的号码，有急事可以给我打电话。"许嘉允看了眼她紧紧攥着的拳头，还想说什么，手机响了。

十分钟到了，他要赶回去处理案件。

唐锦花直到听到门被安全锁反锁住的声音，才铁青着脸扶着屁股，从沙发上慢慢爬起来，想骂几句房东，可又不知该怎么下口。

他的行为虽然粗鲁无礼，却在做关心自己的事，而且点到即止，并没有性别上的冒犯。

这种无法尽情发泄的感觉让她很不好受，拳头都捏紧了，却只能捶墙。

唐锦花刷了两部电影之后，抱着毯子躺在沙发上睡着了。

爱情电影太催眠了，她受不了文艺爱情的调调，还是动作片来得爽快……

许嘉允凌晨两点才从公安厅回来，一开门，就听到匀称的呼吸声从客厅传来。

她只要休息好了，就不会打鼾。

进了医院之后她就没剧烈运动过，没怎么消耗体力，吃了睡，睡了吃，所以此刻睡得很安详，绵长的呼吸间充分显示出她的肺活量多优秀。

许嘉允走到沙发边，墙壁下的感应夜灯无声打开，温和的光线照在她的脸上，在上面投下了一圈温柔的光。

唐锦花翻了个身，肩膀蹭到沙发边，屁股也压到了伤口，让她吃痛地醒过来。

她睡了多久？

唐锦花摸了摸瘪下去的肚子，相比伤口的疼，她肚子更饿。

再看眼时间，凌晨三点，她睡了足足十三个小时。

幸好昨天上午吃了两斤牛肉，不然她估计得早几个小时饿醒。

费劲地爬起来，唐锦花打开客厅的灯，发现玄关处放着一双男鞋，她立刻惊悚地摸了摸臀上的伤，看了眼主卧的门。

暴君……不，男仆回来了啊？

其实没必要感到害怕，只要他别按着给自己上药，让自己做噩梦，一切都好说。

再一看茶几上，药盒里面放着几粒药和一张手写的便签，便签上只有两个字——吃药。

好吧，她昨天睡过头，没吃药。

没想到许嘉允这么细心，回来后还检查了她的药。

不过她睡得太死，完全没听到他的动静。

吃完药，唐锦花回房给自己换药，除了肩膀下和臀后的那两块不太好换，需要借助工具，其他地方她都能自己处理。

然后唐锦花就到厨房找吃的。

她看到塞得满满的冰箱又多了一些熟食，全是一盒一盒的营养餐，直接加热就能食用——许嘉允回来时买的。

这几天公安厅一定非常忙碌，他还能在百忙之中像家人一样照顾自己，让她心里有股暖流在涌动，立刻忘了他在工作上的冷酷和距离。

唐锦花决定做件大事——反正她睡饱了，这会没事干，准备跟着美食节目做早餐。

她很有自知之明，知道自己没有做饭的天赋，所以提前两小时准备，将节目 0.5 倍速播放，认真学习入门级别的菜谱。

她的刀工相当完美，无论什么菜到了她手里，都能切得像机器一样大小长短一致，而且姿势又漂亮，充满了精准的力度，看她切菜，能治好强迫症，相当有治愈力。

但到了炒菜环节，能逼死强迫症。

许嘉允还没睡两小时就被电话吵醒，他接完电话准备出门，卧室门一开，就闻到厨房传来的焦糊味。

电视机里正在播放美食节目，那个病患还有精神折腾，险些把厨房给烧着了，正手忙脚乱地把一堆黑乎乎的东西倒进垃圾桶。

"房东？……哦，阳阳，你怎么起这么早？"唐锦花试图把自己失败的菜肴毁尸灭迹，一抬头，看到许嘉允站在面前，有点尴尬地问道。

"你去躺着，注意伤口。"许嘉允服了她的精力，帮她简单处理一下厨房，命令道，"不要再进我的厨房。"

他刻意咬住"我的"两个字，只有划清界限，她才会听自己的话，不会再乱用厨房。

果然唐锦花愣了愣，随后满脸歉意地道歉："对不起……我会收拾干净的。"

他们之间终究不是家人关系，只是合同关系，这也不是她的家，他依然是房东，而她是租客，应该守好本分，不要逾越。

"不用你收拾，回去躺着。我帮你买好了熟食，你只要微波炉里热一下就能吃，会用微波炉吧？"许嘉允见她眼里隐约有一丝受伤，心底一软，但嘴上依然很无情地撵她。

不能纵容她，否则她这几天恢复精力，能把家给拆了。

唐锦花有些郁闷地点点头，她又不是白痴，当然会用基本的电器，只不过没做饭天赋而已。

许嘉允临行前，看了眼她的房门，感觉自己养了一只精力旺盛的二哈。

没有手机，没有网，大门也被反锁住，唐锦花只能抱着以前警校的专业书又啃了一遍，实在无聊就去看电影和刑侦实录，精力用不完就去健身室来点不影响伤口的轻柔运动，或者去书房借两本书窝沙发上看，要不然陪着家政阿姨打扫卫生，服侍那些花花草草。

许嘉允之后一直没有回来过，至少唐锦花醒来时没发现他在家，不用被他按着换敷贴，让她长松了口气。

第十章　奇怪的关系

年轻人恢复力强，到周末时，伤口结痂了，行动也越来越自如。

那天说的雪姗姗来迟，周六的清晨，唐锦花醒来拉开窗帘，看到外面洁白一片。

她猛然想到露台上放的几盆花，赶紧爬起来上楼。

这几天闷在房间里，露台是她唯一透气的地方，上面的花草被她照顾得可好了，一夜降温下雪，不知道冻伤了没有。

她刚推开玻璃门，看到一个俊挺的身影站在楼顶，白皑皑的雪将他深色的羊毛大衣映衬得特别显眼，像一尊雕塑般。

从他肩上的积雪可以看出已经站了很久，不知道为什么，看着他孤孤单单地站在露台上，唐锦花竟然有点心疼。

外面那么冷，雪色本来就带着一抹清寒冷寂，而他身上也一直有那种雪夜的感觉——干净，清冷，孤绝。

和他站到一起，看着他深海般的眼睛，就有种高处不胜寒的冷。

要不是她身体好，估计第一眼就会被冻死。

"工作很棘手吗？"唐锦花走到他身边，不太会表达自己的关心，她想拍拍他的后背，像战友一样给他打气，但不敢贸然伸手，怕他一个后背摔，把自己扔地上。

其实她很想问，是她惹的麻烦很棘手吗？

"不是。"许嘉允听到她的脚步声，踩在雪上咯吱咯吱作响。

还听到她在自己身后犹豫半秒停顿的脚步。

"那你站在这里赏雪？"唐锦花没穿外套，没一会就被外面的冷空气吹得发冷了。

"算是吧。"许嘉允瞥了她一眼，也没命令她早点回房，只是将大衣脱下，披到她身上。

"我没事……我是来搬花的，前几天露台挺暖，丽格海棠和蝴蝶兰都在外面，这下降温，我怕冻伤了，搬回家里。"唐锦花赶紧把大衣还给他，她和房东先生相比，个子太矮，大衣快把她整个人包住，热乎乎的全是他的味道。

"伤好了？"许嘉允见她这几天休息好了，气色好得很，皮肤也养得更白嫩，在漫天的雪花下，像她种的花一样，生命力旺盛地绽放着。

"好多了，可以上岗位战斗。"唐锦花怕他不相信，给他看脖子上的轻伤，又拉开领口，想给他看看肩膀的伤口。

不过领口有点小，拽了半天也没到伤口的地方，唐锦花索性掀开衣服下摆，腰伤已经好了，敷贴都没贴，只剩一些淡淡的青紫瘀痕。

"那就先去写报告。"许嘉允见她一言不合就掀衣服，完全不管男女有别，也不管这外面天气多冷，跟一团火球似的，让他清冷的心滚烫起来。

"我写好了！"唐锦花用了枪，必须写报告，加上这次事情闹得这么大，上头也肯定要求她写详细报告。

"阳阳……这事解决了吗？"唐锦花一直想问这个案件的进展，但没机会。

因为一直在隔离状态，今天才看到他。

"你喊嘉允就行。"许嘉允听她再次喊自己小名，十分不适地提醒。

他已经不是谁的冬日暖阳，这个小名早就放弃了。

"好的允哥。暴徒抓进去了吗？"唐锦花觉得喊名字后面太亲密和肉麻了，她们所里的同事之间会喊师兄姐姐啊哥哥的，所以她用同事之间的称呼，感觉距离正好，不远不近。

"不用担心，已经处理好了。"许嘉允不想多说，无论是工作还是生活，两个人依然是分开的。

他转身抱起那盆花，往屋里走去。

唐锦花看着他的背影，又觉得他很孤单。

总感觉今天的许嘉允和平时很不一样。

似乎更加孤寂，抱着花的样子，像抱着一盆无处安放的悲伤。

唐锦花被自己猛然变得文艺的内心惊吓到了，一定是最近闲得慌，看了太多爱情片，导致她有这么诡异的想法。

她赶紧抱起一盆带着雪的海棠，往屋里走。

许嘉允放好花，一回头，看到她也抱着一盆红红的花走进来，立刻迎上去，轻声叮嘱："注意你的伤，这种事交给我就行。"

他在合约夫妻日常生活中，真是温柔完美得像春风暖阳，总能让唐锦花忘了他偶尔表现出的危险可怕，又陷入对婚姻一百分的满意中。

"今天不用上班吗？"唐锦花知道今天是周末，但对总队来说，只有案件，没有休息日。

"妈妈今天要过来看你,在家吃饭吧。"许嘉允看了眼她脖子上的伤口,所有伤口中,这处伤最浅,但也最危险,离颈动脉很近,现在结疤,上面的疤被她抠掉了,露出浅粉色的肉,在白玉般的脖子上很刺眼。

"你是因为这个才回来的吗?"唐锦花又被他的温柔体贴感动到。

觉得自己的家庭给他带来很多麻烦,许爸爸在国外,工作又忙,回来的很少,不像她妈妈,一个月至少过来看一次她,他总是不在家里说不过去。

"去穿件高领的衣服,妈妈看到伤痕会担心。"许嘉允没回答,说完,转身放花。

只要他不狼灭,日常生活真的温柔完美到让她沉溺,就跟她找了个亲爹一样,把她当女儿照顾……

当然,如果她知道在许嘉允心里,只是把她当成猫啊狗啊的养着,也不在意。

反正合作关系嘛,只要表面过得去就行了。

她运气好,遇到素养这么高的对象,应该好好珍惜。

外面的雪变小了,天空依然阴沉,唐锦花换了件奶白色的高领毛衣,头发长了点,她撸上去扎了个小揪揪,看着特别可爱水灵。

"你妈妈看到新闻了,我和她说过,这几天所里很忙,被袭的警察也不是你,让她放心。"许嘉允关上冰箱,把她的手机放在茶几上,"下周去医院复查没问题,你就可以去工作。"

"太好了,我完全没问题!"唐锦花像是坐了几天监狱,一脸重获自由的喜悦,拿到手机,赶紧回屋,想去看看案件的情况。

"这几天,有个人一直在找你。"许嘉允见她要回屋,不紧不慢地说了句。

"谁?"唐锦花停下脚步,好奇地问道。

听他的口气,肯定不是所里的同事,他们都知道上面的安排,不会再找自己。

"应该是那天去病房探望你的人。"许嘉允记性好着呢,只是前几天太忙,没空和她算账。

"探望我的?"唐锦花皱眉,第一时间想到的是黄诗雨和丁子易。

但不可能是同事,那就是……顾勋?

"给你送花送肉的人。"许嘉允见她一脸疑惑的表情,凉凉地提醒。

"啊……你怎么知道那是顾勋送的?"唐锦花还没感觉到危险,惊诧地问道。

"很简单,因为Susan家的花和王府的牛排没几个人能随便定上。"许嘉允懒得多做解释。

她的生活圈他了解得很,都是基层同事和大学朋友,出警时可能会遇到一些有钱老男人的垂青,毕竟长得年轻可爱。

但那天她是在皇宫KTV受伤的,顾勋当天晚上就去看她了——许嘉允清楚她的动向,即使不是恶性案件,他老婆在哪里,和谁在一起,想知道还是很轻松的。

"你不是在监视我吧?"唐锦花突然问道。

"警察受伤,去探望的人当然都会向上面报备。"许嘉允见她狐疑的样子,反侦察意识还挺强的。

"原来是这样啊……我去看看手机消息。"唐锦花想到这几天看的警匪剧,觉得上面也应该这样保护受伤的基层,顿时安全感满满,并没看出老公对她和帅哥私聊的不满,继续往卧室里走。

"你还是跟我去趟超市,去买点你妈妈喜欢吃的东西。"许嘉允见她没搞清重点,对顾勋的事丝毫不想对自己解释,心里不爽起来。

可又没法直接干预她的交友圈,谁让他们有言在先,还签了互不干涉的条约。

"好的,等我充个电。"唐锦花见手机没电关机,开不了,回房充电,顺便拿了张工资卡——她坚持生活费从这边出。

对面有个超级市场,小区内部也有个进口超市,专供小区顾客,不对外开放,所以两个人去逛超市很安全,不用担心碰到熟人或者记者。

唐锦花很谨慎,第一次和老公在非工作状态下,暴露在人群里,她戴上了帽子和口罩,捂得严严实实,跟明星出街似的。

"你喜欢吃糖啊?"唐锦花推着车跟在老公身后,看他扫货,发现他在零食区拿了好几袋巧克力和糖果,以及一些高热量的油炸食品。

他脱了衣服之后,体脂率也很低,标准的穿衣显瘦脱衣有肌肉那种模特儿身材,看平时他在家饮食也很健康,基本都是高蛋白低盐低油的食物,唐锦花以为他不会吃任何零食呢。

"偶尔会吃一点。"许嘉允难得回应,没有因为这是私事而不回应。

"我不能吃,甜味会让大脑愉悦,时间久了会上瘾。"唐锦花戒糖很多年了。

糖分还很影响性激素,让大脑无法发出饱腹的讯号,还不间断地对大

脑发出要摄入糖分的讯号，久而久之，会让她变成个行动不便的大胖子。

"偶尔吃点不会上瘾。更何况……节假日的家里，应该有点甜甜的东西。"许嘉允说着，又扔了点巧克力进去。

唐锦花看到商场里的节日气氛，和播放的圣诞歌曲，这才想到圣诞节到了。

她对这种洋鬼子节日没什么感觉，反正商家会抓住一切节日来刺激消费。

"对，今天平安夜，买点苹果？"唐锦花虽然什么节日都不想过，但见房东难得有兴致，当然要捧场。

战略伙伴嘛，搞好关系也有利于她的口福和未来的仕途。

"家里还有水果。"许嘉允继续拿巧克力。

各种口味，各种品牌，他扫了十多盒。

唐锦花终于忍不住阻止他："允哥，你买太多了，这得吃多久啊？放过巧克力吧。"

主要是放过她的钱包吧。

这都是进口区，专供小区的富人业主，一盒巧克力少则百八十，贵则三五百，她的工资经不起他这么败。

这一刻，唐锦花深深感觉到养家不容易。

如果她是个男人，许嘉允是小娇妻，她肯定养不起。

每天都要鲜花，要吃这么贵的巧克力，要买口红香水彩妆和几万的包包……

"你喊我名字就好。"许嘉允也不喜欢她喊自己"允哥"，就跟那帮新人喊师兄师姐似的，充满了虚伪的礼貌和真实的距离。

"许嘉允，你去那边看看，我妈特别爱吃车厘子，去挑一盒。"唐锦花说着，趁他在前面走，顺手将推车里的几盒死贵的进口巧克力放回去。

虽然进口车厘子也很贵，但比那些巧克力便宜。

两个人逛了一圈超市，付款时，唐锦花率先把自己的卡递了过去，生怕许嘉允和自己抢着付钱，推推搡搡很难看。

许嘉允知道她的自尊，看着她刷卡后，提起袋子，跟她走出去。

和许嘉允第一次逛超市，就让唐锦花很有感悟——赚钱不易花钱易，养家糊口太艰难。

所以她做了个决定：以后再也不跟他一起出门逛街。

许嘉允看着她顺着花林小路小跑离开，能跑这么快，看上去恢复得差不多了。

想到自己被玻璃划伤发了一夜烧,再看看她,心里再次感慨年轻人身体真好。

唐锦花一回去,就躲屋里拿着手机给黄诗雨发了条语音通话邀请,了解这次案件情况。

但这个案件第二天就被总队的人接管,黄诗雨也没有直接参与,只能告诉她,张威被抓了,公安厅还开了新闻发布会,将其定位为"扫黑除恶"严肃处理,在舆论上大快人心。

热搜上发酵了好几天的民愤终于平息下来,现在没什么人再提起这事,都是些明星绯闻和民生大事。

黄诗雨很好奇她这几天去哪了,伤势如何,什么时候归队,唐锦花只说了句被上头隔离,至于其他保密不能说,她也就不问了。

只要是上头安排的,大家都有默契,绝不多说。

"顾勋来找过你,他是不是喜欢你啊?"黄诗雨突然想到什么,八卦地问道。

"我给忘了!"唐锦花一边通话,一边翻顾勋的留言。

那天他说晚上来看自己,结果她被带回家,手机也没收了,再也没有联系上。

"他只是因为狗才来探望的,没其他意思。"唐锦花看了眼门口,她的合法老公还在厨房忙碌呢,现在谈论其他男人让她觉得自己是渣女。

"那也不至于到派出所找你,为了知道你的情况,还加了我微信,你说我要不要把手机里你的私房照卖给他?"

"我还有报告要写,不和你贫了,挂了。"唐锦花走到门口,轻轻推开一条门缝,看着厨房里洗菜的许嘉允,说道。

"需要我帮忙吗?虽然不太会做饭,但我刀工很好。"唐锦花觉得让他一个人忙很过意不去,晃到厨房,甜甜地笑着问道。

"不用,你去休息。"许嘉允刀工也不差,毕竟拿过刀枪的人,手都很稳。

"让我帮你做点事吧,不然太闲了。"唐锦花见他越是不让自己干活,就越着急,觉得要做点什么配上他的好。

而许嘉允只是单纯觉得她站在厨房碍事。

虽然厨房的空间挺大,但她晃来晃去,离自己不过尺许距离,真的是"抬头不见低头见",还不时探过脑袋看他手里的菜,弄得他心烦意乱。

那种封闭窄小的空间被入侵感，就像一只毛茸茸的小猫钻到他被窝里的感觉。

"那你拿出去切，别在这里，转不开身。"许嘉允指了指那一堆菜，给她下命令，"切丝切块滚刀……"

看着她高高兴兴地端着菜去中岛台，许嘉允只觉得她的快乐来得又快又简单，似乎人生只有阳光，看不到半点阴霾。

许嘉允又想到顾勋，她似乎并没有把自己点到即止的话放在心里。

唐妈妈一回生二回熟，自己熟门熟路地来了，看到女儿和女婿一起在厨房忙，夫唱妇随的样子，老心甚慰。

以前这屋子像样板房一样整洁干净，没一点烟火气，现在再看看，绿植和种的花一看就被精心照顾过，茶几上还放着零食盘，可以想象小两口依偎在沙发上看电影吃零食的样子。

唐锦花很想问妈妈知道许嘉允的身份，为什么不告诉她。

但现在提这个问题，会暴露自己和许嘉允婚前毫无了解的事实，她只能自己推测，是许嘉允和妈妈说了他们俩上下级太敏感，让她尽量不要提，免得给她压力。

唐锦花一直把许嘉允想得很美好温柔，谁让他一系围裙，那股可怕的尖锐就被居家好男人的气质掩盖，就像……像她爸爸一样。

稳重，踏实，可靠，为她担起一片天空，永远能冲在最前面保护她。

看他做饭和收拾家时，唐锦花都想喊他一声房东爸爸！

唐妈也感觉到了这点，吃完饭后，见许嘉允收拾厨房，给女儿使了个眼色，让她跟自己去房间。

"妈，怎么了？"唐锦花见老妈神神秘秘的样子，怕她发现了什么秘密，心里有点紧张。

"你果然不记得！阳阳明天生日，我给他准备了礼物，明天就不过来打搅你俩了，你好好陪他过个生日。"唐妈妈知道女儿工作忙，这几天因为那个什么市长女婿的事，忙得接电话时间都没有，可能不记得许嘉允生日。

"啊……他生日？我当然记得，我给他过阴历的生日。"唐锦花想到他的身份证是圣诞节生日，但她并不准备和他过生日。

两个人连朋友都不算，只是合约关系，生日这种算个人私事吧？他没提，她张罗什么劲？

"今年阳历和阴历生日是同一天，所以啊，很特殊，你是不是还没给他准备?"唐妈妈见女儿有点敷衍的样子,叹了口气,"看看人家对你多好,婚姻和其他感情一样,要'投我以木桃,报之以琼瑶',互相付出才能长久。"

"知道了,我晚上给他订个餐厅,请他吃大餐。"

可惜,知女莫过母,唐妈妈知道女儿对这种纪念日之类的东西毫不上心,她连自己的生日都不记得,别说老公的了。

"下午我陪你去街上,给他先买个礼物……"

"妈,他对礼物这种东西挑剔得很,我还是请他吃饭吧。"唐锦花只觉得养个男人太费钱了!

尤其是许嘉允这么有品位的男人,和他们基层民警忙起来几天不换一件衣服、地摊也能吃得很香完全相反,他对便宜的东西肯定看不上。

要是买贵的……她钱包看不起。

妈妈送的是一条自己亲手织的母爱牌温暖羊绒围巾,深灰色很衬他沉稳的气质。

最终唐锦花还是被妈妈单独拖出来逛街,给老公买礼物。

唐妈妈审美好,也紧跟时尚,给女婿挑了个大牌但低调百搭的皮带。

用她的话说,皮带寓意好,能拴住这么好的男人。

唐锦花在拴住男人和拴住钱之间,宁可选择后者。

但当着妈妈的面,她忍痛刷卡,刚才看了眼奢侈品的包包手表,她顿时觉得几千块一条的皮带好划算。

然后在商店旁边的那家网红蛋糕店订了个上千的蛋糕,这两天下来,一个月工资就被败光了,唐锦花哀号养家真难!

真希望每天都在上班。

唐妈妈和女儿相比,显然精致小资多了,还给女儿和女婿选了两瓶香水。

"你送我这干嘛?我不会用的,别浪费钱,人家就喜欢我这样。"唐锦花试图阻止老妈。

再说,那些花是许嘉允买的吗?是她买的啊!

"你生日也要到了啊,送了女婿这么多东西,总不能忘了女儿。"唐妈妈微笑,"我看你们这么忙,可能又在加班,如果有时间,就多陪陪嘉允,我就不过来了。"

唐妈妈倒是希望两个小年轻多享受两人世界,她现在看到两人感情稳定,心里踏实了,也不想跑来跑去地当电灯泡。

唐锦花确实不记得自己哪天生日——老人家给孩子们过的都是农历生日，她工作之后，几乎都是只看公历日期，除非查案需要，平时根本不关注农历。

但说来很巧，许嘉允的阳历生日就是她的农历生日。

快到除夕的日子。

身份证上的日子是一月十七，还有将近二十天。

唐妈妈这是打算过年前都不过来探望了。

等除夕他们放年假了，再来一起过年。

或者年轻人要是有自己安排，出去度假旅游，她一个人过也没关系。

唐妈妈虽然催婚催育，但想得也很明白，孩子长大嫁人后，有了自己独立的家庭，就该以自己的家庭为重，而上一辈的人，也有自己的活法，不必依附和牵挂儿女。

相比而言，唐锦花内心倒是挺传统——虽然背着老妈干了一些离经叛道的事，比如合同婚姻。

但她是准备存钱给妈妈养老的，而不是给没血缘关系也没肉体关系的老公花的！

唐锦花送妈妈到地铁站，逛了一下午，她屁股都走疼了，伤口还是需要再养两天。

就像心有灵犀，许嘉允也给她发了条消息过来，冷冰冰地叮嘱："早点回来，注意伤口。"

许嘉允下午吃了安眠药，强迫自己补觉，不然今天一定要失眠到头疼。

他五点醒来，见外面天色黑了，雪依然在下，带着莹莹的光。

而家里虽然开着暖气，但依然空寂寒冷，每年的今天，都特别冷。

但今天又不太一样，他想了很久，才发现是因为少了个人。

像忠诚又带着自己小脾气的宠物不在家，去厨房准备晚餐时，身边少了个毛茸茸蹭来蹭去的东西，觉得空荡荡的，心里更加孤寂。

许嘉允就发了那条消息。

很快他收到一个"好"的表情包。

跟应付上司似的，多一个字都吝啬。

但那一个字，都慰藉着他今天的心。

许嘉允走出去，看到茶几上放着的巧克力，打开一个，放到嘴里，苦涩芬芳的甜滑到胃里，像这个家给他的感觉。

他去煮了杯咖啡，放了粒巧克力进去，喝完后，去厨房做个糖醋排骨。

刚盛起排骨，他就听到门口传来的动静和甜美的声音。

"好香啊！房东你在做糖醋排骨吗？！"唐锦花寻着香味冲到厨房门口，逛了一下午的街，她肚子饿了。

看到有着狗鼻子一样灵敏的女孩冲过来，许嘉允阴郁冰寒的心情像被一束阳光照进来。

她的笑容和眼睛太有感染力了，加上身上那股活力，像是能融化一切的岩浆。

"我帮你端！"唐锦花见他看了自己一眼不说话，也不尴尬，热情地接过他手里的盘子，"我好喜欢吃糖醋排骨，但是要控制油脂，好久没吃了！"

许嘉允当然知道她爱吃，是唐妈妈说的，她学生时代每周末回家都要吃糖醋排骨和烤猪蹄。

估计这脸上的胶原蛋白都是当初猪蹄补出来的。

"你不需要控制，平时运动量这么大，不必太忌口。"许嘉允拿着碗筷，淡淡说道。

"要对自己严格点，任何时候都不能松懈。"唐锦花这么说着，已经忍不住拿了一块排骨放到嘴里。

今天钱包大出血了，她要吃点美食弥补一下，大不了一会去跑步机消耗。

许嘉允不说话了，和她坐下默默吃饭。

看着她大快朵颐的样子，许嘉允都不觉多吃了两口饭。

果然和吃货在一起会不知不觉地长肉。

"我来洗碗吧，中午你辛苦收拾了那么久，现在歇一会。"唐锦花吃完饭，抢先收拾餐桌。

中午妈妈在，她就让许嘉允好好表现，显示一下自己的家庭地位。

现在家里没其他人了，她也得偶尔表现一下，免得让他发现自己真把人家当男仆。

"你伤还没好，去歇着。"许嘉允不让她收拾，去拿她手里的碗。

他手很大，拿碗时，几乎包着她的手了，唐锦花手一抖，碗滑到他手里。

"那……辛苦领导了。"她嘴上还是要奉承一下，"我去给你削苹果。"

今天平安夜嘛，他似乎对今天挺看重的，那就配合他，削个完美的苹果。

唐锦花也真是闲得蛋疼，她已经躺了几天，因为伤口，连运动都要克制，此刻逮着个苹果练刀工。

等许嘉允收拾好出来时，她已经削了五六个苹果，雕成各种形状，有普通的心形，空心雕花，夜空般的小星星月亮，摆了两个盘子，苹果皮放茶几上摆成 Christmas Eve，还雕了四个字——生日快乐。

他看到生日快乐四个字时，微微一愣。

唐锦花坐在茶几的地毯上，抬头看着许嘉允，对他甜甜一笑，从身后拖出来几个纸袋："不知道你明天在不在家，先祝你生日快乐，这是送你的礼物。"

她说得没错，许嘉允在家的时间很少，可能一个电话就几天不回来。

加上节日，越是这种圣诞元旦除夕之类的节日，他们基层就越忙碌。

"我也不想给你买的，但我妈说了，你是我们的家人……"见许嘉允沉默地看着自己，唐锦花以为他不高兴自己过界，想要解释，"我也想退回去，可怕我妈发现，回头又要教育我……"

"多少钱？我给你。"许嘉允终于打断她的话，看到纸袋上的 logo，直接问道。

"啊……你要买下来吗？"唐锦花觉得房东太善解人意了，把两人的界限捏得死死的，随时都在提醒他俩只是合作关系。

"你又不是真心为我挑选的礼物，不过是被迫花钱而已。"许嘉允这句回答耐人寻味。

"不是……你也照顾我很多，不用给钱，一家人说什么两家话，我真心的。"唐锦花觉得他话里有话，反而不好意思起来。

自己经常麻烦到他，要让他陪着回家，陪妈妈吃饭之类的，这次惹到大麻烦也是他帮自己摆平，虽然是他业务内的事，可还是让她很有安全感。

这个安全感不是来自有大领导罩着，而是来自家庭。

作为家庭里的丈夫角色，许嘉允很完美。

让他在家里当厨子，也值得她花钱！

"真心的？"许嘉允从她不停变幻的表情中看出她还真有那么几丝冲动的真心，他便坐到沙发上，伸手拿过那几个袋子，慢条斯理地打开来。

皮带和香水。

还有一条围巾。

"围巾是我妈自己织的,香水也是她挑的,她说适合你。"唐锦花在一边当解说员,那个香水很贵,她只记住了柜姐说这款香水叫"危险"。

香味怎么样她不评价,但这香水名挺适合许嘉允的。

虽然他经常对自己温柔绅士,但唐锦花知道,那只是因为他俩是战略伙伴关系,他只能靠围裙挡挡身上藏着的那股危险。

"这个皮带是我送你的,表面没有 logo,就算被拍到或者被看到也不用担心。"唐锦花想到有的领导戴个贵点的表都会被查,而许嘉允好歹也是领导,得低调点。

所以找了个内侧打着奢侈品 logo 的皮带,保险。

但再想想他从衣柜随手扔给自己的睡衣都是限量版的,唐锦花觉得他根本不在意这些。

人家是老爹家里有钱,别人管不着。

"啊,我还给你订了个蛋糕,如果明天你没出去的话,中午会送过来……"唐锦花还没说完,许嘉允的手机就响了。

"礼物我收下了,好好休息。"许嘉允拿了两块切成爱心形状的苹果,站起身,回自己卧室接了电话。

唐锦花就知道他未必能在家过生日。

果然没一会,许嘉允换了身衣服出来,黑衬衫外套了件黑色的高领毛衣,气质深沉,看得特别"杀"人。

唐锦花从没见过有人把黑色穿得这么性感又高级,即使她是个性冷感的撸铁狂魔,也心里微微一热,多看了他几眼。

"你要出去了吗?"唐锦花对着桌上的一堆零食和苹果,抓了两块巧克力,用一次性分装袋装了几块苹果走到正在换鞋的房东面前,"带着路上吃,晚上熬夜胃不舒服可以吃点。"

除了值夜班,熬夜办案她也有过几次,到了下半夜,饿得胃里火烧一样疼,她知道总队的人经常熬夜,十个里面九个有胃病。

许嘉允看了眼她,还是接过了那简陋的包装袋:"走了。"

"拜拜。"唐锦花站在玄关,看着他离开,猛然觉得自己好像日剧里送老公出门的家庭主妇。

她收起笑容,拍了拍自己的脸,这诡异又和谐的家人关系……

"啊……还有这么多苹果,我已经饱了……"再一回头,看到茶几上堆着的苹果,她决定找点事做,再把这几个削好的苹果解决掉。

许嘉允坐电梯到地下停车场，走到垃圾桶边时，伸手想将手里提着的那袋苹果扔进去。

苹果袋晃了晃，里面爱心形状的苹果看着特别可人，乖乖巧巧地蹲在袋子里。

他手一顿，想起唐锦花那比苹果还脆甜的笑脸。

她比自己预料的要坚强很多，本来以为她这样的人，会一生都沉浸在血腥黑暗的阴影里，很难再快乐起来，可没想到，她依然活成了一道光，成了一颗糖。

坐进车里，许嘉允打开了一块巧克力，放到嘴里。

唐锦花上午和他说吃糖会成瘾，他觉得食物中的糖分是可控的，但人生中的糖分，却是戒不掉的。

生命若是遇到了甜，此后都不想再尝孤独苦涩。

他也应该向她学习，放下过去，努力往光明的方向走。

第十一章　愿你永向光明

唐锦花再不回去上班要锈掉了,她也不想躺着看电影,给丁子易和黄诗雨的小群发消息,问问最近有什么案件可以帮忙。

丁子易很快就一堆语音发过来,先是问她最近的情况,然后絮絮叨叨说了一堆最近遇到的奇葩出警,都是些鸡毛蒜皮的小事。

唐锦花看了眼门,今天许嘉允走的时候,没有把门反锁住。

而且许嘉允说这事已经结束了,只是等她养好伤再上班,现在出行自由。

"你现在可以出来了吗?我明天找你,一起过个节。"黄诗雨发了个语音过来,平时把她当男朋友了,两个单身美女经常抱团取暖。

"……呃,我明天中午给你回复吧,可能中午要陪我妈吃饭。"唐锦花突然想到万一明天许嘉允回来,她是不是要给他过个生日?

好像没这个必要,只要老妈不在,许嘉允公私分明得很,还要把礼物钱给她,显然并不希望有过多的交集。

"你倒是越来越孝顺,是不是快年底了,怕你妈催婚才这么乖?"黄诗雨发了条语音过来问道。

唐锦花很想说自己已经结婚了,但约好了隐婚,除非被同事发现,否则绝不提对方的名字。

就在这时,她的手机突然闪进一条视频通话的请求。

是许嘉允父亲打过来的。

许嘉允父亲经常在两家的家庭群里说说话,还喜欢发红包,要是唐锦花不点,他会特意艾特儿媳,让她领红包。

唐锦花每次点了,都默默转给许嘉允——当初公公给的18.8万改口费都被他拿去了,她不敢贪图许家的一分一毫。

但许嘉允并不是每次都会收,他经常不点开,等着红包过期,然后她再发。

许爸爸很少私聊她,有什么事都在家庭小群里说,这还是第一次给她打视频。

唐锦花猜想是因为明天许嘉允生日吧。

感觉他们父子俩并不是很亲近，可能爸爸并不喜欢儿子的选择。

她接通视频，看到许爸爸那边是早晨，他似乎在高尔夫球场，外面是一望无际的蓝天和草地。

"爸，找我有事吗？"唐锦花喊得很甜。

"锦花，嘉允是不是不在家？"许云峰温和地问道。

"他刚才出去了，找不到他了吗？"唐锦花有点紧张起来。

许嘉允出去，她从没打电话问过他在哪里，也不管他在干什么，可如果许云峰联系不到他，该不会出事了吧？

唐锦花作为一名警察，总会将事情往最糟糕最意外的方向想。

"这一天，我总是找不到他。"许云峰苦笑，看到唐锦花表情担忧，又安慰道，"不过不用担心，他只是想一个人静静。"

"爸爸，你也不用担心，他什么都可以处理好。"唐锦花不敢贸然接话，囫囵吞枣地回答。

因为她根本不了解许嘉允，根本不知道他为什么要一个人静静。

她只能从有限的对话里分析，许云峰说"这一天总找不到他"，是因为今天很特殊？

他生日前一天，有什么特殊的事发生过吗？

猛然想到早上看到他一个人站在大雪里孤独冷寂的样子，她当时还觉得心里闷闷的，以为是自己想法太文艺了，感受到了他低沉悲伤的气场。

"他应该和你说过吧？"许云峰突然叹了口气，问道。

说过什么？

说过她吃饭太多？

睡觉太死？

许嘉允平时根本不和她聊私事！

看到唐锦花沉默不回答，许云峰以为她知道，带着悲伤的开口："是我对不起他们母子，让他在这一天，失去了妈妈。"

唐锦花微微一愣，她不知道许嘉允的妈妈还在不在，有钱人的人生大多光怪陆离，像许爸爸这种富豪，可能身边有无数女人，和原配离婚，老死不相往来之类的情况也可能存在。

当然也可能是许嘉允的妈妈抛弃了他们，过上了更好的日子，哪怕儿子结婚，也懒得回来看一眼……

总之，唐锦花没问过他的家庭情况，许嘉允也从不说关于父母的任何事情。

"……爸爸，那个……嘉允没有和我具体说过妈妈的事。"唐锦花见许云峰在等着自己说话，她装不下去了，怕自己硬接会露馅，索性坦白承认。

"他不是个感情外露的孩子，从小就不太爱说话，遇到过一些可怕的事，不喜欢表达自己。希望你能理解他，不要因为他性格内向生闷气。"许云峰反而替儿子道歉，大概是也被儿子冷暴力对待过，"他妈妈，是他的心病，没和你说，也是因为提起会难过。"

"他不愿意说就算了，只要以后能开心就好。"唐锦花知道打探他的私事，许嘉允知道一定会生气，但她现在却很想知道他的心病到底是什么，希望公公能主动告诉她。

只要想到早上不一样的许嘉允，她就有些难过。

今天他一直很反常，还突然要买糖吃，如果知道他心情不好，她不会吝啬那点钱……

唐锦花有种想下楼再买一堆巧克力的冲动。

"和你在一起，他会开心的。"许云峰看着她，欲言又止。

算了，儿子的心病，让儿子亲口对她说出来吧。

等到一天，他可以坦然说出平安夜的悲伤，也就意味着，他走过去了。

"我以为爸爸是要祝他生日快乐的。"唐锦花见他不说许嘉允的心病，有些失望，勉强笑道。

"他平时很忙，我也不打搅他了，一会把钱领了，给他好好过个生日，别怕花钱，不够找爸爸要。"许云峰顿了顿，每次他给儿子寄生日礼物都会被退回，也不怎么接他电话，他知道儿子还恨着自己。

当初如果不是自己忙于公司，没有时间陪家人，就能阻止那场悲剧的发生。

想到这里，许云峰看着亡妻的坟墓，眼里有无法擦掉的遗憾和痛苦。

唐锦花没想到许云峰这么细心体贴，还给她转了账，让她带许嘉允尽情吃喝。

她不敢收钱，乖乖巧巧回了句这都是她应该做的。

许家的钱，她一分也不敢拿。

主要因为平时公公发的红包很大，她转给许嘉允，人家除了第一次收下后，后来经常不收，又原路退回来。

万一许嘉允又不点收款，她总不能取出现金放他卧室门口吧？

唐锦花今晚有点失眠,在心里反复推想许嘉允的心病。

难怪他对家庭并不抱有希望,也明确和她说过不会有孩子,他对孩子和女人还有婚姻毫无兴趣,除了忙碌之外,也许还有心理阴影。

虽然两个人只是协议夫妻,可她还是希望合作伙伴能快乐一点,早日走出阴影,面对这个残酷又美好的世界。

唐锦花第二天起来,感觉臀上的伤好得差不多了,昨晚翻来覆去地压到也没太大的疼痛感。

而许嘉允的鞋子放在了玄关处。

他回来了。

唐锦花本来准备出门,现在有点进退两难。

她应该留在家里陪他过生日?还是不闻不问,像个陌生人?

再看看他紧闭的卧室门,唐锦花不知道他什么时候才会起床,而自己巴巴地等着,有点太"贤妻"了。

想到这里,她毅然出门。

她昨天晚上想了很久,突然惊觉一个问题:他们最多只是合租的舍友,不能认为一起吃两顿饭就是家人关系。

为他的事睡不着,这就是把他当成自己的家人或者亲密的朋友。

可他却不会把自己当成家人和朋友,尽管他在家里很温柔绅士,但那只是把她当成……搭档一样的对象。

圣诞节的雪纷纷扬扬地下,外面除了道路上被清雪车清理得干干净净,树木草丛都积了厚厚一层,商家放着圣诞节的歌,大喇叭喊着促销活动,很应这样的雪景。

唐锦花站在开发区的商场门口,等着黄诗雨。

她把自己用围巾围得严严实实,只露出一双眼睛来,不想让人认出来。

"你还不能自由行动吗?捂得这么严实,不知道的还以为你是明星出街。"黄诗雨从后面冲过来,一连串问道,"伤好了?不疼了?这就出来干活了?"

唐锦花拽了拽围巾,挡着大半张脸,"我还没接到上班通知,上次不是热搜上被暴露了嘛,怕被记者撞到,给组织添麻烦。"

"那事上面都给解决好了,正式发布会都开完了,不会有麻烦。"黄诗雨看了她一眼,笑道,"再说,以上面那严谨程度,要是怕麻烦,还能让你出来?"

黄诗雨对一边高大上的日料店努努嘴,"我请你吃。"

"你有什么好事,要请我吃这么贵的日料?"唐锦花有点惊奇,平时黄诗雨没这么大方,她的钱都省下来照顾一家老小,还要攒一点儿买好的化妆品和追星,周末她俩逛一天也就人均两百,很少这么奢侈。

"你看你,脑子里就没点姐妹情,我这是庆祝你伤好,你值个班伤成这样,我都没来得及去医院好好照顾你,走吧,请你吃顿好的。"黄诗雨一把将她扯进日料店,豪爽地说道,"随便点,别客气。"

"别心疼。"唐锦花不会和她客气,难得闺蜜要表现,她当然要给面子。

在这么贵的日料店,当然要有拍照仪式。

和黄诗雨的少女心不同,唐锦花没有什么女性特征,不喜欢用照片记录生活并展示出来。

但今天她反常地拿出手机拍照,企图鱼目混珠应付老妈晚上的盘查。

昨天答应老妈,带许嘉允吃大餐的。

就算今天不盘查,以后这种情侣版吃饭的照片留着偶尔发发,也能让老妈安心。

"难得看你拍照,是不是觉得太贵,不拍照可惜了?"黄诗雨说着,抓拍了两张对面的美少女。

"是,我要拍下来提醒自己,你请我吃过这么好的东西。"唐锦花正拍着,手机突然闪进来一条消息。

许嘉允转过来的钱,上面写着圣诞快乐。

转的钱很粗暴,9999。

唐锦花不敢点,第一反应就是,他醒了?

刚好十一点半,午饭时间,他醒了,那她是不是要回去陪他过生日?

很快,她又收到许嘉允发的一条消息:"点了,给家长看。"

他在节日也偶尔发朋友圈,配合她演戏。

唐锦花怀疑他的小号只有三个人——她,她妈,他爸。

因为他头像就是自己,不可能让同事和其他人看到,否则不就露馅了吗?

而她就单纯多了,当初根本没想到弄小号这种事,只是朋友圈设了分组和不可见,大多人都看不到她的朋友圈。

唐锦花点了,回复了一句:"谢谢老公。"

然后她又转给他,气势很足地发了一万块。

可许嘉允没有收,仿佛看不到,而是发了条消息过来:"你在哪?"

唐锦花看了眼正开心自拍的黄诗雨,权衡再三才回复:"生日蛋糕送到了吗?是不是吵醒你了?"

其实蛋糕她早上给店里打电话叮嘱了,让不要吵醒主人休息,悄悄放在门口就行。

可现在她没有正面回答,想试探一下许嘉允什么意思,是否不允许她出门?那他为啥不继续锁门?

他简简单单的三个字,虽然听不到语气,也看不到表情,可让唐锦花莫名紧张。

想来想去,还是因为他和自己是同行!有了顾虑。

换以前,她肯定不理,或者直接怼回去:"关你什么事!"

那边回了两个字:"人呢?"

三个字变成两个字,仿佛对方的耐心也在随着减少,唐锦花只好回到:"我还不能单独出门吗?"

对方不回了。

唐锦花拿着手机巴巴等了五分钟,这边上刺身了,那边还没动静。

她忍不住发了个疑问的表情过去。

对方还是不回复。

唐锦花是个急性子,被他吊着心情,很不爽,恨不得立刻给他打电话问情况。

"怎么了?有任务了吗?一直盯着手机?"黄诗雨发现了她的异常,关心地问道。

"呃……我妈有点不舒服,我得回去看她。"唐锦花心里有事,没法在这静静享受大餐,她看了眼桌上丰富昂贵的日料,不客气地对服务员招招手。

"阿姨怎么了?我陪你去。"黄诗雨着急地问道。

"拉肚子,没什么大事,你又不是不知道我妈喜欢清静,不用跟我一起去了,你继续吃,我买点药带回去就行。"唐锦花让服务员打包一半的食物,厚颜无耻地说道,"但不能让你白请,我带回去吃。"

"那你多带点,我今天点得多,万一阿姨没吃,可以一起吃。"黄诗雨在学生时代经常去唐锦花家里玩,不过那时候唐妈妈工作很忙,一个人供孩子上学辛苦,不怎么在家管她们。

"那我不客气了。"唐锦花给许嘉允发了一条"马上回来"的消息,飞快地帮服务员打包，然后对黄诗雨隔空亲了口，"谢啦，下次我请你。"

黄诗雨见她提着打包盒风风火火就走了，面对着剩下的一小半食物，她还是坚持发完朋友圈。

唐锦花提着打包盒挤上地铁，到家门口，刚好十二点。

门口还放着蛋糕店送过来的蛋糕，她提着蛋糕盒，开了门走进去。

屋里静悄悄地没有任何声音，但玄关处没有男士拖鞋，意味着某人还是在家里。

她都不知道自己为什么这么怂地赶回来。

好像小时候去小朋友家玩得忘了时间，被父母一通电话吼回家，现在心情忐忑。

将手里的食物放到餐桌上，唐锦花给房东发了条信息："我回来了，你又睡了吗？"

她靠在餐桌边，紧紧盯着主卧那扇纯白的门。

一秒，两秒……一分钟……两分钟……

唐锦花很懊恼自己回来，今早一路奔波，肚子都没填饱。

她打开从日料店带回来的食物，拈起一块三文鱼。

刚要放嘴里，那扇白色的门突然打开。

唐锦花手里的鱼肉差点惊掉了，好在她反应快，动作飞快地放回鱼肉，挂上笑脸，甜甜喊了声："阳阳，你醒啦？"

昨天妈妈来了，总喊许嘉允"阳阳"，平时和她网上聊天，也都是阳阳长阳阳短，她一时没改过嘴。

许嘉允听到她喊自己小名，脸色沉了沉，本就没休息好的脸看着像外面的雪天，有些冰寒。

唐锦花隔着那么远也感受到那股寒冷，立刻讨好地举起手边的打包盒："我只是去给你买点好吃的。"

黄诗雨要是知道自己大出血请客却被人借花献佛，肯定会气得绝交。

不过献给大帅哥，她可以谅解。

"你去买给我的？"许嘉允脸色似乎稍微缓和了点。

但这并不代表他相信女人的鬼话。

他有一双比鹰还锐利的眼睛，从细微处推真相，是他的习惯。

能在他面前成功撒谎的人，许嘉允只遇到一个，而那个人已经长眠。

"是的，我……怕人家生意太好，今天又是节日和周末，订餐送得慢，自己去拿的。"唐锦花补充一句，力求逻辑更完美。

"你在紧张什么？"许嘉允走过来，看了眼包装袋上的地址，淡淡说道，"你出去是你的自由，我不会干涉你。只不过这几天你最好还是踏踏实实待着等复工通知。"

"昨天出门你没说话，我以为伤好了就能出去。那我这几天等通知，不乱跑了。"唐锦花听他这么说，松了口气，她还不是担心上次的事情没过去，会被责罚？

除了工作上的事，在私事上，她倒没那么紧张，只是表面上的讨好，也是一种战略方向——许嘉允平时在家里对她温柔有礼，她就算对他有不满或者意见，也要表面和睦。

更何况除去顶头上司圈内人这一点点瑕疵，他太过完美，反而让她觉得高攀不起。

所以平时她的态度尽量放好。

尽管内心是钢铁直女，但她也知道自己的优势，大家常夸她的笑容特别甜美好看，她就对许嘉允保持笑容。

伸手不打笑脸人嘛。

"是不是还没吃，快坐下，今天你是寿星，许个愿吧。"唐锦花拆开蛋糕盒，先插上蜡烛，笑着说道。

许嘉允看到上面的一行字：亲爱的老公，愿你如冬日暖阳，光耀人间。

这么文艺的句子，绝不是唐锦花让人写的，更像书香门第的丈母娘推荐的。

他看着那行字，伸手将蜡烛拔走："你饿了就直接吃吧，别搞形式主义。"

唐锦花撇了撇嘴，觉得他比自己还没情调。

但挺好，她就不喜欢形式主义。

"那我来切？"唐锦花饿坏了，面对香甜的蛋糕，见许嘉允不动，她问道。

"切吧。"许嘉允见她馋猫的样子，暂时不和她计较，转身去厨房拿盘子，将打包盒里的日料拿出来摆好。

唐锦花戒糖，很少吃甜食，今天是饿了，加上这蛋糕太贵了，不吃几口觉得亏本。

"对了，我把钱转回去了，你收着吧。"唐锦花尽量克制地吃着蛋糕，对认真摆盘的许嘉允说道。

说他不浪漫吧，但他对人生每一件事似乎都认真极了。

比如这堪比大厨的摆盘，比日料店还要精致，他的结构美学和她的刀工一样漂亮。

"你拿着吧，昨天你和妈妈出去一趟，差不多花了这么多钱。"许嘉允专注地摆着美食，眉眼不动的说道，"你可以转给你妈妈。"

他算得还真精准，昨天下午皮带加香水和蛋糕，差不多万把块。

"你真买啊？那好吧，我就收着了。"唐锦花很佩服他每次都能把两个人的关系搞得这么官方，熟悉又有距离感，就像他是个孤岛，周围全是海水，拒绝别人登船靠近。

"没有特殊情况，分得清楚点比较好，这顿饭钱我也会转给你的。"许嘉允淡淡说道。

"老公，这顿本来想请你，为你庆生。既然你觉得不好，那你再转五百给我吧。"唐锦花算了算今天点的钱，将近两千块的日料，他们三个人AA好了。

等晚上她再给黄诗雨包个红包，或者帮她把放购物车心心念念的那套圣诞彩妆给买了。

"好。"许嘉允的手微微顿了顿，这是没有家人在面前时，她第一次喊自己"老公"，听着真是别扭。

偏偏她喊得那么甜，糖超标了，让他有种高血糖犯晕的感觉，好一会才缓过来，刚才的不悦也消散得无影无踪。

果然吃糖不好，糖多会让人生病。

"你一会还要出门吗？诈骗案的进展怎么样了？"唐锦花不知道他在想什么，见他拿起响个不停的手机看了几眼，问道。

其实她想问的是，啥时候能把专案组给撤出去！

"你这么担心在工作上碰到我？"许嘉允像有读心术，知道她在想什么。

"我是怕被同事发现，他们一个个火眼金睛，可不像我那个傻白甜的妈妈好骗。"唐锦花一直赞同许嘉允规定不许带人回来，她的朋友几乎都是警校同学，最好的闺蜜是同事，带回来一看准发现两人只是房客关系。

"有什么好怕的，你一开始就说过，没有想着隐瞒多久，体检和各种申请上，你婚姻状况都要如实上报，同事想要查你的户口和对象也简单得很……"

"那和自己暴露不一样啊，而且，你还是圈内人，要是你是圈外的，

就算大家知道也没影响，现在好了，一个部门的，还是领导，是长官，想想就心烦。"唐锦花想到黄诗雨要知道隐瞒结婚这事，还不得把她给撕了。

"你对我的职业很不满。"许嘉允淡淡说道。

他总能稳准狠地抓住重点。

唐锦花自己都没有想过这个问题，因为许嘉允在家庭角色里十分完美，完美得让她经常忘了在办公区域碰到他时的紧张和不自在。

许嘉允见她不回答，也不再问下去，接了个电话就匆匆离开，留下五味杂陈的老婆一个人在家。

雪连下了两天，终于放晴了，唐锦花也接到了上级指示，去医院复查完，没有大问题，就交报告回工作岗位。

工作就是她的情人，能回到岗位和情人拥抱，是她最大的快乐。

更开心的是，专案组撤走了，许嘉允也好几天没回来。

元旦前夕，一个重磅新闻发出来，本市警方破获一起海外特大诈骗案件，涉案金额高达百亿。

警方的内部期刊专门报道了这件大案，用的是新任总队长许嘉允的照片当封面，他的半张脸隐在灯光后，只有硬朗的轮廓和一只闪着锐利锋芒的眼睛，充满了男性的雄激素和危险，像在黑暗中蛰伏着，盯着猎物的猎豹眼神。

唐锦花看到这张惹得女同事们疯狂议论的封面，很苦恼。

苦恼未来有一天，同事们发现这是她老公，会不会把她给剥皮了。

这天她准时下班，大家都忙着跨年，而她却准备明年元旦继续加班。

她骑着单车，经过跨海大桥时，看到上面的灯光，不少情侣都在跨海大桥旁的海滩广场等跨年。

爱情真是有无限热量，能让人在这么冷的天里待在户外等半夜十二点的钟声。

今晚，黄诗雨本来想约她一起去当红明星的跨年演唱会，可惜她被抽调去维护广场秩序，加班去了。

唐锦花一路单车骑回家，脸被冻得红扑扑的，带着一股清冽的寒冬气息，打开家门。

一开门，她就闻到了香味，顿时忘了之前的苦恼，高兴地喊道："阳阳，你回来啦？"

辣子鸡，麻婆豆腐，还有红烧牛肉，外加一个排骨萝卜汤。

这才是真正的跨年啊!

跨年大餐!

看着女生开心得一阵风似的冲过来，许嘉允的心情都跟着明亮起来。

真像养了一只哈士奇，几天没见主人，只差没跳到他身上撒欢。

唐锦花吃饱喝足，一脸满足地帮他收拾餐桌，如果许嘉允天天回来做饭，她早晚会被养成大胖子。

"阳阳，今天运动一下吧，吃太多，撑了。"唐锦花揉着胃，好多天晚上没吃这么多，撑得她想赶紧消化一下。

"八点健身室见。"许嘉允没一点她的热情，冷淡地说完，就去楼上书房了。

对她改不掉的称呼，他也不想纠正了。

听多了，就变成习惯。

唐锦花开心得很，好久没和房东练拳，她跑去健身房把拳套都给擦一遍，待会被打趴的时候不留拳印。

她还提前半小时在健身室热身，全面激活身体，等着一会儿狠狠（被）揍。

这才是和家人跨年啊!

长官这拳术，拿钱也请不到，能被练一晚，简直就像秘密特训，让唐锦花觉得自己赚大了。

所以结束后，她不顾自己身上酸疼，讨好地要帮长官拉伸放松一下。

"阳阳，来，躺下我帮你拉伸一下肌肉，晚上会睡得更好。"唐锦花说着，就把瑜伽垫铺好，让他躺下。

许嘉允这一次很配合地面朝下趴在瑜伽垫上。

他坐了太久的飞机，舟车劳顿，原本晚上想去找专业的按摩师放松，可飞机落地后，一路上看到大街小巷都在准备跨年，才想到今天是十二月三十一日。

他就买了点菜，回来做几个家常菜。

也该得到妻子的回报。

不过很快唐锦花就后悔要替他全身放松，肢体接触太多，最要命的是他总不说话，也不给她一点反应，拉得枯燥无味，只想快点结束。

"行啦，剩下你自己放松吧。"唐锦花感觉自己就在唱独角戏，一个人自言自语说了好久，也不见他回应。

"你躺下。"

然而这一次，许嘉允发话了。

他说话一向简洁，更像是发布指令。

"你要帮我拉吗？"唐锦花本来准备自己借用道具拉伸一下结束，没想到房东竟然这么好，立刻趴好，高兴地说道，"好久没人帮我拉过，太幸福了！"

以前在学校，和黄诗雨一起锻炼之后都会互相拉一拉，后来工作忙，黄诗雨喜欢户外运动，不怎么泡健身房，更喜欢去攀岩或者射击，就很少想到拉伸这件事。

这种动不动就把"开心""幸福"挂在嘴边的女生，总让人心情跟着莫名明媚，好像每一次微小的付出，都得到了对方满满的快乐回应，就像糖一样，让人上瘾，忍不住想多做一点，让她更开心。

"疼的话就说。"许嘉允只用筋膜枪帮她打了打腿上和胳膊上的肌肉，然后让她翻身正面趴着，抬起她一条腿，用胳膊肘往下一压。

"啊啊啊……你倒是轻着点啊！我要被你撕裂开了！"一阵惨叫，唐锦花差点没被他压成一字马。

许嘉允被她的话逗笑了，英挺的面容闪过一丝笑意，看着她扭曲的小脸，手下放轻："刚才踢腿动作那么高，我以为你韧带很软。"

"我是爆发型拳手，对抗的时候用尽全力也不会觉得身体到了极限会挂掉，可现在毫无防备被你压到底，太疼了！"唐锦花见他难得笑了，虽然笑容一闪而过，但还是像冬夜的月亮，明亮皎洁，特别迷人。

不过随后她发现许嘉允的视线放在自己的运动短裤上，她突然想到运动裤是不是太短，被这么一压，会被看到……吧？

早知道里面就穿条打底裤，不然总觉得已经走光了。

好在许嘉允的视线很快移开，手也松开，神色如常地说道："换条腿。"

"帮我拉肩颈吧！这几天脖子酸得很。"唐锦花不敢再抬腿，急忙坐起来，还是觉得被他看光了，懊恼得很。

许嘉允知道她不好意思，也就帮她按住肩膀，不再拉腿。

因为确实……走光了。

他也不想遭受这样的视觉和生理上的双重折磨，她平时总是休闲裤工装裤，把一双又细又长，瘦而不柴，比例那么好的腿藏起来，此刻这么一压，总想到一些不宜的场面。

可是帮她拉肩颈，视线所到之处，依然令人心浮气乱。

压着她线条秀美的下颌骨，手碰到她滑溜溜的脸，像新剥的白煮蛋，像刚出炉的热包子，让饥渴的旅人忍不住想咬上一口。

"深呼吸，我数到三，给我点对抗的力。"许嘉允在她头顶低低说道，"一，二，三。"

唐锦花很少被人这么放松脖子，因为肩颈这一块拉伸手法很重要，就连黄诗雨都不会帮她拉得这么舒服，她只觉得从斜方肌到脑后的一根筋全打通了，无比舒爽。

"好厉害的手法！"唐锦花忍不住夸赞，"你们部队的教官是不是都特别厉害？"

许嘉允刚帮她拉完一侧，听到后面这句话，眼神微微一冷，淡淡问道："你从哪听说我是部队的？"

"呃……上次你们来办案，好像有听到同事们议论。"唐锦花自知失言，赶紧解释，不是有意打探他的私事。

许嘉允见她这么紧张，不再说话，帮她拉完肩颈，就转身回房。

唐锦花看着他关上房门，想说什么，又忍住了。

算了，他们只是合约关系，没必要去关心别人的私事。

本来想邀请他一起看个跨年晚会的，看上去被拒绝了，她一个人看一会睡觉吧。

只是这运动裤……唐锦花突然想到什么，一抬腿，把脚架在卧推杆上，往下一看，心里惨叫一声，真的走光了！

还好房东不近女色，不然今晚的跨年就精彩了。

但唐锦花并不知道，许嘉允这么早回房，就是因为今夜肢体接触过多，他需要去解决一下个人苦恼。

这一晚，跨年的烟花也没吵醒运动后疲惫的二人。

唐锦花和许嘉允都睡了个好觉。

她第二天一早就去上班了，发现许嘉允比她起得还早，餐桌上已经放着冷掉的一份早餐，而他已经出门了。

因为假期人手不够，昨晚是黄诗雨执勤，今天是她主动申请执勤。

到了假期，这座美丽的海滨城市总是会迎来大量的游客，海边和一些旅游景点总是状况百出，最经常发生的就是儿童走失和财物丢失。

唐锦花这一天，就为六个孩子找到了父母。

天色已晚，她的脸在寒风中冻得发红，等着粗心大意的父母过来领走孩子，准备下班。

但她下班后没有回家，而是直奔滨海派出所的海上训练基地。

她是星辰救援队的成员，但毕业后工作太忙，反而很少有机会能参与救援队工作。

队长在群里喊了她很多次来训练基地锻炼，她要么没空，要么在执行任务，今天晚上，队长又喊她过去，让她带着新的一批新人训练。

这种民间自发组织的救援队，在唐锦花眼里是很珍贵的存在。

她第一次接触到救援队，是在高中，参加野外营，有朋友走失在山林里，老师报了警，但山林太大，当地人建议请求民间救援，因为星辰救援队有本地山民，对大山复杂的地形很了解。

于是，她看到了这么一支自己组织的专业营救队伍，他们身上的装备都是自备，有点粗糙原始，甚至落后，但也有的比政府部门的救援队还要精良先进，用的都是国外最好的材料。

无一例外的是，他们的专业性都很强，甚至可以说身怀绝技。

在那次救援中，感受到了什么叫高手在民间。

于是，上了警校之后，她立刻联系到本市的救援队，成为其中一员。

今天是元旦，也是周六，队长交给她一个任务，带新成员去野外拉练……或者说，野外训练一天一夜。

队长周灿很信任她，一来她是专业救援队里的专业人员，又是警校生，对体能训练比任何人都熟悉和熟练，交给她准没错。

唐锦花到的时候，七个新队员已经到了，有老有少，还有两个年轻女孩。

大家都接到野外拉练的通知，装备包全准备好了，当他们看到来的人是个年轻帅气的小伙……不，可爱的小姑娘时，都愣住，怀疑地打量着今晚带队的教官。

只有站在后面的三个年轻人认出了她，兴奋地喊道："是糖糖警官！"

因为偶尔上电视接受案情采访，打出的名字都是唐警官，加上她笑得甜，又白又可爱，粉丝们都亲昵地喊她棉花糖。

"我没迟到吧？"正说着，门口传来有些慵懒的男低音。

听到这么熟悉的声音，唐锦花惊诧地回头，看到了一个原本不可能会在这里的人——顾勋。

他一个大少爷，居然会参加这种自发组织的救援队？

再看看他身后的司机帮他提的背包，让她感觉这少爷不是来训练的，是来享受不同人生的。

唐锦花惊诧的视线从他脸上移走，拿出手机翻找救援队这段时间发的文件。

她不是队长，不会查看每个新队员的资料。

现在才看到顾勋一个月前就加入了组织。

只是他在培训期间的表现很差，经常旷课不到，估计坚持不到最后就会被刷掉。

"教官，干嘛一脸和我不熟的表情，忘了这个吗？"顾勋走过去，让司机打开背包，露出里面包装好的嫩牛肉。

唐锦花晚上就在路边买了个两个鸡蛋吃，看到牛肉，吞了口口水，瞪了他一眼："归队去！"

在训练场上，私下关系不允许搬上来，再说，他俩私下关系也没有特别好，最多就是普通朋友，打过几次照面，吃过一顿饭的那种。

"大家都已经认识了吧？我做个简单的自我介绍，我来救援队五年，参加过十二次救援行动，现在是一名民警，大家喊我小唐就行。"唐锦花让他们再打开背包检查一次物品，手电筒，防风打火机，军刀，水壶，医药包，地图，睡袋和一些救生工具。

确定了每个人的身体状况，唐锦花和另一个老队员也背起准备好的背包，带着八个人出发了。

他们是上船去海边最近的小岛上，那是海上训练基地，除了他们这种自发的救援队，还有一些部队和其他队伍过来拉练。

坐船需要二十分钟，顾勋又凑到唐锦花身边，拿出牛肉递给她："给你买的。"

"你怎么知道我会来？"唐锦花不客气地接过来，记忆中，只有这家牛肉堪比许嘉允的手艺。

"你都不看群备注吗？队里前两天就发了训练手册和教官资料。"顾勋和她坐在一排，笑眯眯地托腮看着她吃肉。

"我这几天工作忙，没关注。你怎么会加入救援队？"唐锦花平时没时间时刻关注群消息。

反正如果有紧急任务，队长和联络员会直接给他们单独发消息打电话。

"因为……我知道你在这里啊。"顾勋本来不饿，但看她吃得这么香，忍不住也拿了一块牛肉放到嘴里。

"什么意思？你调查我？"唐锦花看了他一眼，问道。

"别总是把我当坏人，戒备心这么重干嘛？我开玩笑的，因为我是野外运动爱好者，尤其喜欢攀岩和冲浪，买了好多装备放在家里，一代代升级，很多好装备丢家里吃灰，觉得太浪费了，恰好我一哥们是T市救援队的队长，喊我'带资进组'，把用剩下的装备分给大家。"

顾勋竹筒倒豆子似的说道，毫不隐瞒的态度让唐锦花放松下来。

"你还挺好心的。"唐锦花本来以为只是富家公子无聊玩票，没想到他还给组里捐物资，立刻刮目相看，好感度蹭蹭上升。

毕竟民间的救援队都是自愿和自费参与，平时还要努力工作养家糊口，那种顶尖的装备，没几个人买得起。

"那是，我也是祖国的大好青年，也想为社会做贡献。"顾勋很接地气地说道。

"行吧，但你态度要端正点，看看你的训练记录，成绩真难看。"唐锦花实事求是地指出问题，"我要是带你，就你这三天打鱼，两天晒网的态度，肯定不让你过。"

"我是太忙了，平时也得工作赚钱，贴补咱们队啊。"

唐锦花看出来了，这不是救援队成员，这是队里的金主。

"别想着用牛肉收买我，在我这里不能偷懒。"唐锦花吃饱了，满足地收好餐盒，说道。

"不会拖你后腿。"顾勋冲她眨眨眼，俨然是好朋友了，"你晚上带我睡就行。"

他们两个小组，只带两个帐篷，不分男女老幼，五个人住一个帐篷，反正各自都有睡袋，这里没有男女特殊对待，一视同仁。

这一夜，顾勋没睡好。

五个人挤在帐篷里，三个女孩头朝内睡，两个男生头朝着帐篷外，而唐锦花睡在中间，怕女孩子第一次和男生们睡一个帐篷别扭，自己充当三八线，裹在羽绒睡袋里，和其他兴奋又害羞的同学们不同，她累了，很快就进入梦乡。

第十二章　合法妻子

许嘉允出去了两天,周末回到家,看到花瓶里的水没有换,唐锦花的房门敞开,人也没回来,就知道她又在加班。

伤还没完全好,就这么拼,许嘉允走到冰箱前,拿了瓶苏打水,心里无声地叹了口气。

他前几天没休息,为了跨境诈骗案奔波不歇,昨天又去处理一起紧急事件,现在终于可以放松几天。

虽然女主人没回来,但家的味道越来越浓,屋子尽管依然整洁得像样板房,可那些开得轰轰烈烈的花朵,和沙发上横着的抱枕,健身房以她的习惯摆着的器械,都留下活动的痕迹。

许嘉允站在唐锦花的卧室门口,看着她的床——被子叠得整整齐齐,像块方正的豆腐块,一看就是警校里留下的好习惯。

而他现在已经懒得叠被整理,加上现代的家居床品,平铺在床上更为好看。

只有唐锦花,如果不是特殊情况要立刻集合,都会收拾一下床,叠得棱角分明,很有军容军纪,像她内心某些坚守的东西,非常坚定。

许嘉允看着外面的天色,冷空气又到了,天上的云层越来越厚,他估摸着老婆最迟也七点回家,准备睡两个小时起来做点晚餐。

似乎很久没和家人在一起吃晚饭了,但仔细想想,他生日前后,他们一直在一起用餐,跨年夜也一起吃饭。

……居然就两天没见面,他就如隔三秋!

也可能是他飞来飞去,每天都在忙,遇到的人和事都很多,有种离家很久的错觉。

他也发现在家的睡眠变好了不少,虽然睡得少,但是入睡快,睡得也沉,和酒店睡觉的感觉完全不一样,内心变得安定和平静,像一艘远航的船,经历了狂风暴雨,回到温暖的港湾。

家的魔力正在一点点散发出来。

这是以前从没有的感觉,他会耐心细致地为家人做一顿饭,想象家人回家时,看到一桌饭的幸福表情。

他配好菜，特意上楼看了会儿书，等到七点，才下来准备做饭。

可唐锦花并没有回来。

时针指到八点，菜都冷了，也没听到玄关的动静。

许嘉允一向沉得住气，这会也忍不住拿出手机。

他平时只上警信通沟通工作，微信大号基本就是摆设，比小号还不常用。

这会他打开小号，里面确实只有三个好友，都是家人。

家族群和私信消息都是零，唐锦花的头像是个警徽，和他上次的对话还停留在圣诞节，她给自己转了一万块，他没点，自动退了回去，她也没缠着他收——可能是知道他的性格了，也可能工作太忙根本没注意到他，想到后者，许嘉允有点不舒服。

不过最近处理完几件大案，心情放松很多，他竟无聊地翻看起两人的聊天记录。

那些对话简单又简洁，没有任何日常的寒暄，可他还是看着看着，唇角露出了一丝笑意。

可惜他们的聊天记录太少了，很快就翻完，许嘉允想问她什么时候回来。

打出了几个字他又删掉，看着餐桌上冷掉的菜，许嘉允觉得这种等待的心情太怪异了，不像平时的自己。

他索性打开新闻看了看，又把手机装的 APP 都检阅一番，当点开他的微信大号时，看到了朋友圈最新的一条动态。

那条动态有七张照片，其中四张是唐锦花。

他的大号上加的都是曾经的战友和政府人员，以及一些巨鳄大佬，其中就有本市的首富之子，顾勋。

顾勋发的朋友圈，他们在船上撤离，有信号了，他将这一天一夜的训练记录下来，发了个朋友圈。

顾勋一年就发个几次朋友圈，还大多是他的狗，这是他朋友圈里第一次出现女生，顿时下面几百条评论，有人在下面恶臭留言，问他怎么口味变了。

唐锦花并不在意新队员们发朋友圈，只是睡了一夜冰冷的地面，屁股后的伤隐隐作痛，她只想赶紧回家洗个澡休息。

前天和妈妈说了许嘉允出差在外，要等元旦后再回来。

自从知道许嘉允的身份职业之后，唐锦花就越来越毫无忌惮地对妈妈说老公很忙，因为心底有数，知道这行真的很忙，找起借口来也不心虚。

这边唐锦花回到了温暖的娘家小窝，享受老旧被窝带来的幸福，那边许嘉允坐在沙发上，看着时间一点点流逝。

其实，解决心烦的方法很简单，只要给她打个电话或者发条消息过去就可以。

可是许嘉允却没法点下发送键。

他们说好了不干涉对方任何私生活，她在哪里，和谁在一起，都和他无关。

外面的天变黑，又变白。

清晨的阳光从厚重的云层中透出来，许嘉允才惊觉自己坐了一整夜。

他怕是疯了。

心里自嘲地想着，许嘉允站起身，走到玄关，决定出去透透气。

唐锦花破天荒地睡了个懒觉。

她五点半醒了，但因为太久没在娘家小窝里躺着，很怀念这冬天的温暖被窝，加上昨晚吃得晚又吃得饱，一早也不饿，难得赖了会儿床，又睡过去。

这一觉睡到了十点，唐妈妈留了早饭，心疼女儿平时工作累，没喊她，出门买菜了。

回笼觉睡到最后并不安稳，唐锦花居然梦到了自己老公。

她梦到和许嘉允一起健身，和他练拳击时，又被打得趴在地上爬不起来。

许嘉允俯身来拉她，可梦境一转，变成了在商场时她被按在墙上的场景。

那一幕像修罗场，哪怕在梦里，唐锦花都觉得心跳加速，危险迫近的紧张让她喘不过气来，眼睁睁地看着他后面欺过来，唇快碰着她耳朵了。

"许嘉允！"唐锦花猛然坐起身，从梦境里喊出了声。

这是什么可怕的梦？

一定是她最近疏于锻炼，睡得太多。

常在河边走，哪有不湿鞋。常在床上睡，总有奇怪梦。

但更恐怖的不是被惊醒的梦，而是她还没从梦里抽离，抬眼看到从床边坐回书桌前的男人，顿时惊叫……或者说惨叫一声："啊啊啊！"

老小区隔音效果不好，唐妈妈在厨房忙碌，都听到了这声堪比新婚之夜……的惨叫。

她立刻拉紧厨房玻璃门，心想果然小别胜新婚，但女儿也太粗犷了点，被邻居听到动静多不好意思……

"你……你……你怎么在这里？"唐锦花梦里冷汗没干，又惊出一身汗，也不知他来了多久，抱着被子惊吓地问道。

要是没睡醒，在这灰蒙蒙的光线里，她会以为有人入室抢劫，直接踹飞。

"妈妈请我过来吃饭。"许嘉允淡淡说道。

"你刚回来？休息了吗？我妈也真是……我都说了你在外面忙，别打搅你。"唐锦花从温暖的被窝里欠身，边说边去拿放在床脚的裤子。

许嘉允看到她起身时光溜溜的腿上白花花得刺眼，他皱了皱眉，起身帮她拿裤子，然后背对着她，拉开窗帘。

身后是窸窸窣窣穿衣服的声音，听得他心里像有羽毛在挠，一阵刺痒。

"你是不是还没休息？这么憔悴？"唐锦花哪里知道他昨晚等自己一夜没睡，她穿好裤子下床，走到许嘉允身边，窗帘外的光涌进来，照在他的脸上。

她看到这男人眼里有血丝，像是为了之前的重案几天几夜没休息。

身为同行，她很理解这种忙碌。

张爱玲说过一句戳中无数人的话：因为懂得，所以慈悲。

唐锦花因为懂得这行的艰辛不易，所以大发慈悲地把自己还带着体温的小床让给许嘉允补觉。

许嘉允见她一边扣着裤子纽扣，一边让他睡一会，满心的不悦和阴霾竟然一点点消散。

他八点多就来了，坐在她的书桌边，看着她酣睡的脸，暗暗想了无数种方法，让她知道自己是有家庭的人，不要半夜还出去和男人鬼混，男女混睡在一个帐篷。

可面对她那张可爱的脸，触摸到真实的温暖，他憋了一夜的阴郁就像外面的云层，被风吹得散开来。

"你尽管睡，睡醒了再吃。"唐锦花见他一直沉着脸不说话，心里有点歉意地把床整理一下——老妈不知道他俩形婚，每次都把他当儿子使唤，浪费人家时间。

"你以后不回家，能说一声吗？"许嘉允看着她的被窝，终于开口。

"啊……需要和你报备？"唐锦花只是单纯的反问。

"至少确认一下在不在家，万一有什么意外的事情，心里有个底，好做安排。"许嘉允松开自己的领带，随便找了个理由。

"可你也没和我报备啊？"

唐锦花毫无心机的回答正落许嘉允心里，他表情平静地回答："我可以和你报备。"

"别，长官，我和你报备就行，咱家您说了算。"唐锦花没想到他这么爽快的一视同仁，反而更不好意思，赶紧拉上窗帘往门外退，"先睡吧，休息好喊我。"

许嘉允最后一点阴霾也被她单纯友好的态度冲散，再看看还带着她体温和气息的被窝，他神使鬼差地坐到床边，扯下领带。

真睡了！

这张床不是很大，但却意外的舒适，床垫不软不硬，床品是唐妈妈买的很少女的茱萸粉，看着就很温暖。

唐锦花走出去之后，就求老妈别没事就喊许嘉允过来。

"妈，你又不是不知道阳阳是做什么的，他工作比我忙，一年到头没几天休息，没事别喊他跑来跑去，人家多累啊。"

"哟，还知道心疼人了。"唐妈妈看了眼她关上的卧室门，压低声音，"那人家也是想你了，自己要过来看看你，我能拦着吗？"

"不是你让他过来的吗？"唐锦花正夹起一块红烧肉试吃，听到这句话，愣了愣。

"他和你说的？是……早上他问你在不在这边，我让他过来了。"唐妈妈还在准备午饭，红烧肉还没炖好，赶紧盖回盖子，心里寻思女婿太内敛害羞了，居然不好意思承认自己主动过来看老婆。

"你也真是，昨晚回来我还以为你和人家打过招呼，你俩平时都不联系的吗？去哪他都不知道，再忙也要和家人说一声啊。"唐妈妈随后嗔怪地看着女儿，继续教育。

"这不是……太晚了，怕打搅他休息，而且他执行任务，不能随便打搅。"唐锦花找了一堆自己都不信的借口，含含糊糊地走出厨房。

"每天都是工作工作，关心点老公，阳阳娶了你，我都觉得对不起他。"唐妈妈叹气，平时在外面她知性优雅，在女儿面前暴露了吐槽本性，碎碎念着。

"我关心他的啊，这不是让他躺着休息嘛。"唐锦花赶紧转身走出去，免得被老妈唠叨。

摸着良心说，她确实配不上许嘉允。

他这么年轻就是总队，在军队的成绩一定很耀眼，年轻有为，长得还好看，性格虽然冷淡了点，但对她还不错，爸爸又是做大生意的，没有经济压力，他还会做饭……找到他简直是中了彩票！

可人家的要求也没几个女人能受得了，形婚啊！

这么帅的男人，用黄诗雨的话来说，不能糟蹋有什么意义？

所以这段看似占便宜的婚姻，唐锦花心里清楚，她只是他选择的对象，两人各取所需。

再说了，她长得也不差，身材又好，也有不少粉丝呢！

唐锦花在小洗手间刷着牙，看着镜子里长得又甜又酷的女孩，她的头发扎了个小团子顶在头上，又帅又可爱，自己都忍不住摸了摸脸，自言自语："我也不错啊，多少人想嫁给我啊！"

当初许嘉允和她见一面就要领证，她当时还推证过他可能同志，找个女人形婚，给父母一个交代而已。

现在猛然想起他早上坐在自己房间看着她的眼神，还有老妈说他主动问自己的情况，再联想他居然反常地让自己报备行踪……

唐锦花吐出牙膏，头皮一阵发麻——莫非他真的喜欢自己？

最近他盯着自己的眼神，就像有实物触碰一样，让她心惊。

"砰！"

唐锦花放下刷牙杯，用冷水冲了冲脸，冷静一下。

一定是她职业病犯了，疑心病太重。

可是看着镜子里俊俏帅气的年轻人，她还是抹不掉心头的异样。

以她的职业习惯和性格，既然对嫌疑人产生了怀疑，那就应该去求证结果。

中午唐妈妈做好饭就去了书店，特意给小两口留隐私空间。

妈妈一走，唐锦花立刻冲到妈妈房间，翻找衣柜。

妈妈长得美，身材又好，喜欢穿旗袍和连衣裙之类能凸显女性气质的衣服，就连内衣都是成套的，不像唐锦花一水的运动内衣。

许嘉允半梦半醒间，看到唐锦花像只小猫，钻进了自己的被窝。

哦，不是，是她自己的被窝。

然后一路往下钻，轻轻抚着他，冲他笑，往他身体里钻，顺着四肢百骸，钻进他的心里。

最近梦见她的次数有点多，这种难以启齿的梦占了大半比例。

一开始，许嘉允在梦里也是有理智的，至少内心知道这样不对，很抗拒。

但后来，他知道在梦里抗拒也没用，就臣服身体的意愿。

醒来后，他总会想到那句话：生活如果不能反抗，那就享受吧。

实在太不像他的处事风格了。

枕头和被窝都是少女的气息，将他环绕着，像是在一处春光明媚的地方，被她扑倒……

可就在关键时刻，许嘉允养成多年的防御系统自动开启，觉察到有人偷偷开门走进来。

他没动，依然闭着眼睛像是熟睡，从浓密的睫毛下看到一个穿着吊带睡衣身段妖娆的女人走进来。

房间里光线暗淡，拉着窗帘，对方身材过于诱惑，他差点没认出这是他那个假小子老婆。

不知道她在搞什么鬼，许嘉允沉住气，看着她做贼似的掩上门，一点点靠过来。

这天寒地冻的，妈妈家里是老式装修，没有地暖，只在客厅开了空调，屋内温度不高，她穿着真丝吊带裙，也不怕着凉。

唐锦花悄悄摸摸地走到床边，居高临下地看着许嘉允，觉得他睡着的样子比醒着的时候可爱多了，那双严厉又冷酷的眸子静静合上，没有深海的旋涡将她淹没，只有浮在表面的魅力。

许嘉允闭着眼睛，知道她在近距离地观察自己。

他一时猜不透唐锦花想做什么。

穿这么性感进来……是唐妈妈逼她穿的？

不可能，就算妈妈希望她女人味多一点，也会分季节，像上次那样穿个紧身针织裙……

他突然感觉到床微微一沉，唐锦花坐到床边，轻轻推了推他，柔声蜜语："老公，往里面去去，带我睡。"

许嘉允不得不睁开眼睛，正对上她那张甜甜的笑脸。

再往下看，是饱满洁白的胸口，他只觉得刚才的梦还在持续，立刻坐起身，按捺下体内的火："你穿这么少，做什么？"

"午睡啊，午睡当然要穿睡衣。"唐锦花见他丝毫不受诱惑，一脸冷静地质问自己，很失望地拽了拽吊带，再次凑近，"你继续睡，我就躺十分钟。"

"你穿这样跟我睡，"许嘉允不动声色，一语中的，"是在勾引我？"

莫非她以为自己不是个正常男人？还是想挑战他的自制力。

女人的心思难猜，唐锦花还是个怪胎，平时比钢铁直男还没情趣，这会儿作妖，安得没好心。

"没有，我平时在家午睡就穿这样，我进来了啊。"唐锦花看着他丝毫不为所动的表情，拽起吊带，竟然有一点失望——对自己的魅力产生了怀疑。

那群网上天天哭着喊着要娶她嫁她的粉丝，给了她盲目的自信！

许嘉允见她真的掀开被子，微凉的小腿直接伸进来，滑溜溜地碰着他的腿，眸色顿时一沉。

"你在搞什么鬼？"许嘉允按住了被子，刚才的梦突然变成真的，他反而冷静理智得自己都嫌弃。

"干嘛？我又不会吃了你。"唐锦花拽着被子，突然有种调戏良家妇男的错觉。

他长了一副生人勿近的高冷脸，可这会被她吵醒，有点懵懵的样子，特别可爱，她就更大胆地往被子里钻，有意无意地蹭着他。

许嘉允感受到她在故意戏弄，刚压下去的火，像浇了一桶汽油泼上，猛然蹿起，他伸手按住她乱碰的腿，眼神危险起来："那你不怕被我吃了？"

"你……你……好重！"唐锦花还没看清他的动作，只觉得眼前一花，不知怎么被他按在床上。

这家伙真是静若处子动如脱兔啊！

唐锦花想到自己和他打拳时，每次动作都被他预判成功，而他出拳速度也总是快到让人眼花。

那种绝对压制的力量，让她特别兴奋，打了鸡血一样想反抗这样的力量。

可此刻，她还没来得及兴奋回击，就被他欺身压住，坚实的胸膛压在她的胸口，完全的肌肤相贴，沉沉的像一堵带着温度的墙，让她喘不过气来。

"唐锦花，别和我耍花样。"许嘉允的嘴唇凑到她耳边，嗓音低沉魅惑，音波袭击般，让她整个人绷紧，耳根也一下红了。

"也别试探我的定力。"许嘉允的唇轻轻碰到她的耳垂，她瑟缩了一下，身体更加僵硬，耳朵也在发烫，他心里忍不住笑了，这女孩子胆子忒大,敢在老虎屁股拔毛,还真以为他不敢碰她吗?

"我……我不睡了行吗?我这就出去!"唐锦花试着推了推他。

"你要真想睡,我让你一半,但你要是故意撩拨我,别跟我说婚前协议,自己点的火,你要自己灭。"许嘉允话说得明明白白,说完,翻身到里面,侧躺着,一只手支着头,一双眼睛又似深海般地看着她。

"我……我哪有撩拨你?难道……我穿这样,你觉得……辣眼睛?"唐锦花不确定他到底是喜欢还是不喜欢,因为他看上去只是有点不高兴。

更像是被吵醒后的起床气。

许嘉允那是苦苦压抑的不悦,所以眼底和表情都带着几丝恼火。

"大冬天穿成这样钻我被窝,你觉得正常人会怎么理解?"许嘉允反问。

他第一反应是,刚才妈妈在外面催着要孩子了,唐锦花拗不过妈妈的心意,就自暴自弃上演这一幕闹剧。

但是……不可能,别说她刚刚提交了援藏申请,以她服从合约的性格,不会违背婚姻协议。

想到这里,他表情更不快,一双摄人的黑眸阴郁得能滴出水来。

唐锦花看到他的眼神,立刻跳下床,笑着道歉:"是我太随意了,对不起对不起,我这不是把你当成舍友嘛,没顾及那么多。"

舍友?

她没把自己当正常男人!她把自己当闺蜜了吗?

还是她故意穿这样,是试探自己的身体正不正常?

又或者,想逼着自己先犯错?

"那你继续睡,我去穿衣服,冷死了。"唐锦花说着,抱着肩就冲了出去。

许嘉允哪里还睡得着,他气得牙痒,想到她之前和顾勋他们一个帐篷,如果是夏天……

那画面只要想象一下,他就被自己的醋意吓到了。

即使是合约关系,也该记住自己已婚的身份,尽量不要去招惹那些单身汉,让人送她回家这种操作,太逾规了!

唐锦花心情复杂地回到老妈房间换衣服,如果不是她魅力不够,那就是许嘉允确实对她没感觉……

虽然他说了狠话,可人家满脸厌恶和不高兴。

想到老公对自己毫无兴趣,还真有点挫败。

但……更放心了。

她以后光着身子在家里晃，也不用担心被男人揩油。

毕竟他受过专业训练，体能比她好，真用强，她只能躺平。

换回衣服，唐锦花走到门口，看到自己卧室的房门依然紧闭，不知道许嘉允是不是又睡了。

她没去打搅，拿出手机，点开微信才发现，黄诗雨昨晚就给她发过消息。

黄诗雨转发了顾勋朋友圈的照片，很羡慕嫉妒恨地表示也要加入救援队。

唐锦花昨晚回来得迟，直接睡了，也没看微信。

只要她们专用的警情 APP 没有新消息提醒，她不太玩手机。

刚给黄诗雨回了个表情，那边就立刻打了视频过来。

看来闺蜜对顾勋是真爱啊，她平时最多给自己打语音通话，不会视频。

幸好今天在娘家，唐锦花很坦然地接了视频。

因为家里隔音不好，她怕吵到某人睡觉，一边视频一边去离自己卧室相对距离最远的卫生间。

黄诗雨噼里啪啦地质问她晚上和顾勋怎么睡的，她看到里面有张照片，一堆人睡在帐篷里，她和顾勋之间就隔着睡袋。

"你把人家想成什么了？这是来训练的，不是乱搞的，还有啊，别跟我嘴炮，你喜欢人家就直接去问他，我替你观察了一下，小顾人挺好，大方讲义气，还挺绅士，不像那些浮夸的富二代……"

唐锦花正说着，突然卫生间的门被粗暴地敲了几声，从声音听得出对方很不耐烦，似乎内急。

她立刻掐断了视频，给闺蜜发了条消息："我妈喊我有事，一会聊。"

她打开门，看到许嘉允站在门口，还没打招呼，他就挤进来，直接掀起马桶盖，解裤子。

唐锦花赶紧帮他关好门，觉得他还带着起床气。

她哪里知道人家起床出来就听到她在和闺蜜说"小顾人挺好……"

许嘉允没直接冲进来提醒她她有老公，就算不错了。

平心而论，顾勋确实优秀，撇开长相和家世、能力这些东西，他有一样是肯定赢自己的，那就是——年龄。

他们都是活泼年轻的 95 后，而他是这群人眼中暮气沉沉的"中年大叔",相比而言,年轻人在一起更有共同语言。

许嘉允很不高兴。

他从洗手间出来,看到唐锦花正在帮他热饭菜,乍一看,像个贤妻良母。

"是不是没睡好?下次不吵你了。"唐锦花感觉到他浑身散发的低压,给他拿了碗筷,觉得试探他的想法很不应该,歉意地帮他多夹了几块肉。

他们是合同婚姻,如果不是觉得他看自己的眼神有点怪,只要不干涉到自己生活和工作,原本就不该在意对方是什么人。

"你慢慢吃,我去收拾一下房间。"唐锦花见他默默坐下,不想和自己说话的样子,立刻识趣地走开。

她的卧室里,被子已经叠得整整齐齐,豆腐块似的,窗户也被打开吹风了,但她的警犬鼻子还是闻到了一丝不属于自己的味道。

唐锦花把窗户开大点,想让许嘉允的气息尽快散去。

果然还是得有钱,房子一大,对方的存在感就没这么明显。

等她收拾完家里,许嘉允也吃好了,正在收拾厨房。

"别别别,你歇着,让我来。"这毕竟是自己家,唐锦花把他当客人,抢着洗碗。

"你把我当外人。"许嘉允微微侧身,挡住她,又一针见血地问道。

他的忍耐到达了极限,但表面和平时没两样。

"没有,我妈不在家,你不用真当女婿……"所以唐锦花被他表面的风平浪静麻痹了,伸手绕过他的身侧,去拿放在水槽的碗。

她到最后都不明白许嘉允爆发的真正原因。

因为他始终举止得体,也从不做冒犯的事情,哪怕刚才她穿着睡裙钻他被窝,他也没露出什么邪念。

可现在,她的手还没碰着碗,手腕被一把攥住,随后是她熟悉的后手反锁姿势——那本该是对歹徒近身搏斗时,他们常有的擒拿手法,可现在被长官先发制人,她下意识地反抗,已经晚了。

许嘉允将她两只手都反扣在腰后,往前半步,抵在她两腿之间,把她死死卡在橱柜和自己之间。

和一米八五的男人相比,她堪堪一米六五的身高看起来真娇小,完全被他盖住。

"许嘉允,你发什么神经?我就是帮你洗个碗,也不至于动武吧?"唐锦花被他禁锢住,挣扎不脱,有些恼火地抬起头,漂亮的猫咪一样的

眼睛满是不解和怒气。

许嘉允没说话，眼神幽幽地锁在她的脸上，像一根羽毛，从她脸上滑过，落在她水嫩的粉蔷薇般的嘴唇上。

唐锦花又有那种被他眼神强吻的错觉，她正要继续说话，嘴唇刚动，就被纯粹的男性气息侵入。

不是错觉！

她大脑有一瞬间的空白，第一次在警校睡得正香被集合哨声吹醒也没这么懵。

"别忘了你是我的谁。"

晕眩中，她似乎听到嘴唇之间低沉的话语。

几秒后，也可能是几分钟后，因为时间变得模糊，唐锦花只感觉到腰后一阵暖流，然后水哗啦啦流到地面的声音。

洗菜池的水龙头没有关掉，水溢了出来。

唐锦花终于有了嘴唇之外的其他感觉。

对方松开了她，伸手关掉了水龙头，看她还一脸被雷劈没找到魂的表情，温柔地摸了摸她的头发，命令道："去换衣服。"

唐锦花像是得到了赦令，头也不回地冲出厨房。

刚才就像喝多了断了片，等她在房间换掉湿漉漉的衣服，还没能回忆起是怎么丢掉的初吻。

她换了裤子，坐在椅子上发了会呆，使劲想侦查清楚刚才的情况。

许嘉允为什么突然亲她？

是因为起床气？

她穿成那样把他吵醒，他发现了自己的不信任，恼羞成怒，借题发挥？

干嘛去想亲自己的理由呢？重点难道不是他亲了这个事实？

唐锦花拉开门，冲到厨房门口。

许嘉允已经洗好碗，正在擦手，料到她会杀过来要个说法，不疾不徐地往外走。

"许嘉允，你刚才亲我！"唐锦花捏着拳，气势汹汹地说道。

"是，未经你允许，亲了你，是我的责任，我会对此负责。"许嘉允看着她拦着门，像个纸老虎，被自己一句话说得心肌梗塞的表情，他的心情变得很好。

从嘴唇碰到她开始，他阴霾的心情就变得阳光灿烂。

"不……不是……不用你负责,解释一下为什么要这么做?你在违反我们之间的协议!"唐锦花卡了几秒,仔细想想他说的话,虽然很礼貌但似乎占了便宜。

"那你先解释一下为什么要穿得那么暴露钻我被子?"许嘉允不急不慢地反问。

"我……"唐锦花一时语塞。

她不知道自己老公还是谈判专家,而且谈的都是穷凶极恶或者智商超绝的犯罪分子。

"是你先违反了我们的协议,越过了界限。我当然认为你是在暗示我,在邀约。当你上我的床时,我还在犯困,没有及时做出你想要的反应,可能让你失望了。"许嘉允继续说道,"刚才你抢着洗碗,对我格外热情,又说没有把我当外人,这种表现,让我认为你是想亲近我,综合你今天所有表现,我觉得如果再拒绝你,你就太没面子了,所以,我才亲了你。"

这……说得居然很有道理!

唐锦花几乎信了这份有理有据不容反驳的鬼话,甚至开始陷入他的话术圈套,赶紧解释:"我不是在暗示……我那个行为确实很不对……怪我想多了……"

"如果你不想做假夫妻,和我直说,协议的第一条划掉就行。"许嘉允很干脆地说道,像是被她占了便宜,"没必要花心思来试探。"

"咳!我没有,你误会了,当然……是我的原因让你误会了。总之……这事我错在先……算了……以后我不会这样,你也别这样。"唐锦花本来兴师问罪来的,不知道怎么变成了自己先道歉,被人问罪。

平时她机警得很,对别人的话术很警惕,可今天大概是被亲得大脑缺氧,到现在还没恢复正常供氧,有些糊里糊涂,尤其对着他那张淡定自若的脸,她也没勇气再追究下去,转身让路。

"算了?你是个成年人了,你要对自己言行负责,我也会。"许嘉允可不允许她算了,既然已经迈出了那一步,他们之间的关系,就不可能再倒回过去。

而他,也清楚自己想要什么。

所以,不能就这么算了。

"唉?"唐锦花愣了愣,她本来忍了这闷亏,就当做了一场荒唐的梦,没想到对方不依不饶。

"我问你,如果吃饭前,你主动要和我睡觉,我对你做了丈夫做的事,我会被定罪吗?"许嘉允走到沙发边,坐下,微微挑眉看着她。

"……不会。"唐锦花低着头,老老实实地回答。

就算她反抗,也打不赢官司,更何况上次的KTV案件她还历历在目,记得许嘉允是个舆论高手,说不准到时候变成了她不履行妻子义务,让老公独守空房之类的八卦新闻……

"所以,你到底为什么要让我误会?"许嘉允拿起茶几上的水果,在手里转了转,"我想知道原因。"

他的语气还算温和,可在唐锦花听来,最后一句话更像是命令。

也许是发号施令的长官气质太明显,她像个新兵蛋子,总是不由自主地想立正,大声回答对方问话。

"因为……我怀疑你喜欢我。"唐锦花憋了几秒,响亮地回答。

她家的老式沙发矮了点,让许嘉允的大长腿无处安放,她低头看到那双腿,想到之前还熊心豹子胆地去蹭,简直不要命!

而此刻,死一般地沉寂。

苹果在许嘉允的手里停止了转动,他隐藏得那么好,怎么会让这个傻瓜芋头发现了?

空气像是凝固了。

唐锦花感受到他的目光凝结在自己脸上,有些喘不过气来。

"是我错了,我睡多了脑子坏掉了,以后不会破坏我们之间的信任关系……"

现场不知怎么就变成了唐锦花"认罪服法",跟老公道歉,请他原谅。

她哪敢再追究被强吻的事,现在只希望能回到从前单纯快乐又自由的单身生活。

不,现在她只希望房东能说句话,别这么沉默地盯着她,小小的客厅像是军事法庭,让她想逃离。

就在她快绝望的时候,手机突然响了。

简直像救命稻草,唐锦花拿起手机,看也没看,立刻接电话。

是顾勋打过来的。

他经常给她微信留言,可这人根本不看,索性就打电话过来。

"啊……所里有事?……好的,我马上就去。"唐锦花不管小顾满头雾水,边说边往卧室走。

她拿着大衣再出来时,看见许嘉允还坐在客厅沙发上。

"我有任务，先出去一趟……你只管休息，走的时候关上门就行。"唐锦花边穿衣服边和他说道。

见她想逃，许嘉允放下苹果，站起身，淡淡说道："我送你。"

一瞬间，像是什么都没发生过，他依然是那个完美的绅士老公。

"……不用了，万一被同事看到不好，我骑单车过去很快，十来分钟就到了。"唐锦花站在玄关处换鞋，现在只想一个人在海边奔跑，冷静一下。

"送你到春蒲路。"许嘉允不由她拒绝，也换了鞋，跟她下楼。

唐锦花只能跟他一起下楼。

偏偏今天节假日，楼道口一堆邻居聚在一起聊天，看到唐锦花和不怎么见到踪影的新婚丈夫，纷纷热情地打招呼，那些小媳妇和老太太们八卦的眼神藏也藏不住。

唐锦花只能应了两声，怕许嘉允太高冷给邻居留下不好的印象。

毕竟老妈住在这里多年，一直都说远亲不如近邻，她们家也没有什么亲戚，就靠和这些邻居走动，而她当初选择闪婚，还不是为了让妈妈安心。

许嘉允要是表现得太冷僻，只怕这些老太太们和小媳妇们要在背后嚼舌头。

就在她担心时，许嘉允大大方方地攥住她的手往自己兜里揣，边给她暖手，边回应那些人的招呼。

唐锦花很明显地看到小媳妇们八卦的眼神变成羡慕，心里想着老公真敬业，不管上一秒发生多不爽的事，下一刻都能演技在线，公私分明。

就是也太敬业了，居然能站在门口和老太太们聊好几分钟。

她都装作看手表，在他口袋里掐他的手，提醒他赶紧走，可许嘉允还是不紧不慢地聊着天。

终于上了车，她抽回手，觉得外面的空气清爽多了，也镇定了很多。

打个 kiss 什么的，对她这种江湖儿女来说，不用放在心上。

就算是初吻，也没什么可惜懊恼的，做什么事都有第一次，初吻还不如初次去警校被教官骂来得刺激呢！

但这些都只是唐锦花的自我安慰。

事实是——她闭上眼睛，就是许嘉允压过来的那一幕。好像浑身都沾上了他的气息，尤其在密闭的空间里，让她感觉呼吸不畅，忍不住打开车窗，从外面灌进的冷风刮得她脸生疼。

"阳阳，"她突然软软甜甜地喊了一声，接着说道，"我很喜欢这样的单身生活，希望你别被早上的事误会，我对男人不感兴趣。"

车停在红绿灯路口，等着漫长的红灯，许嘉允看了她一眼，见她表情十分认真，一股耿耿于怀的表情，知道她对厨房里发生的事放不下。

"知道了。"许嘉允看了她半晌，眼神落在她的唇上，见她别扭地扭过脸看着窗外，才说道。

"那……今天这事都不提了，以后还是好兄弟。"唐锦花指了指前面的一家商店，"我就在那儿下。"

许嘉允可不想和她做什么"好兄弟"，但他不再说什么，等红灯变绿，开到前面的商场停下。

"我走了，拜！"唐锦花拉开车门，被外面的冷风一吹，恢复了几分元气，对他道别。

恍惚间，许嘉允想到他们去领证之后，她坐自己的车到地铁站，像个陌生人一样告别。

他打开副驾驶的车窗，问道："晚上几点回来？"

唐锦花正要拔腿跑，听到这句话，愣了愣，回过头："你晚上在家？"

"休假两天。"许嘉允的休假不过是正常休息，只是没有意外状况发生的话，他就可以多休息，"白斩鸡还是烧鹅，你可以点个硬菜。"

"你做晚饭？"唐锦花很不争气地臣服在他的厨艺下，尤其听到还可以点个硬菜，立刻趴到车窗边，被美味吸引得忘了在车里的尴尬，"广式烧鹅，我早点买鹅回来……"

"不用了，我回去顺路买好。"许嘉允知道抓住她的胃，她就没法乱跑了。

为了烧鹅，准会早点回家。

"好嘞，辛苦长官！再见。"唐锦花又露出了满足的笑容，她对许嘉允做饭特别满意，而且觉得他听进去了自己的话，两人又回到之前睦邻友好的关系。

许嘉允看着她欢欢喜喜地离开，心里无数次羡慕她知足常乐的豁达。

但他似乎也容易变得满足和开心，虽然那点幸福很微小，可确实存在在他的生活里。

比如此刻的心情，就像阴云散开后的阳光，十分明媚。

再回忆起亲上她时的感觉，心脏还会不平稳地波动，像是有甘泉在心中流动。

唐锦花本来就是找借口跑出来，她没有去派出所，而是转了一条街，直奔另一个商场。

顾勋约她攀岩，她顺手将黄诗雨也约出来，为姐妹争取福利。

顾勋没想到唐锦花这次接受他的邀请，居然还是带着女同事来的。

他发现黄诗雨的爱好和他很接近，都是攀岩高手，只是……顾勋更希望能和唐锦花独处。

可显然小唐对他毫无意思，把他当哥们儿似的，倒和那个御姐美艳脸的闺蜜更像一对。

顾勋好几次想找她"私聊"，都被她不解风情地打断。

"小顾，诗雨，你俩玩吧，我要先走了，我妈喊我了。"唐锦花只和他们玩了半个小时，心里念着烧鹅，不想当闺蜜的电灯泡，说道。

"这就走？我陪你……"

"陪什么陪，你不是喜欢攀岩吗，你俩继续爬。"唐锦花打断黄诗雨的话，冲她使了个"加油上"的表情，准备开溜。

黄诗雨急了，让她一个人和男神待着，她会社恐到失态的！

"我送你过去吧，诗雨你可以继续爬，一会回来找你。"顾勋还吊在半"山"腰，听到两个女生的对话，立刻说道。

"开车那么堵，还没我自己骑车快。别送了，我走了，拜拜。"唐锦花动作快得很，还没等顾勋下来，就一溜烟地消失在两人的视线里。

"那我……也回去了？"黄诗雨没能拦住她，尴尬地站在地上，看着顾勋滑下来。

"她跑起来总是这么快吗？"顾勋落到地面，发现黄诗雨的尴尬，对她笑了笑，"你也总是这么高冷吗？"

"我……高冷？"黄诗雨只是不会主动找话题，和不熟的人在一起会有社交恐惧，如果对方是个帅哥，那就更紧张了。

看对方笑得这么好看，她喘不过气来。

"不如微信上健谈。可能因为长得太漂亮，又不爱笑，让人不敢接近，怕被抓走。"顾勋开着玩笑。

不爱笑……黄诗雨平时和唐锦花在一起时活泼得很，经常打打闹闹，对不熟的人确实比较冷。

"呵……"她此刻倒是想挤出几丝笑容来，却更僵硬了，索性低下头系好安全扣，长腿一蹬，又爬上去。

然后心里懊恼得很，刚才自己的表现糟糕透了，真想跳下去重新

开场。

顾勋见她蹭蹭蹭地爬上去，抖了抖绳子，也跟着爬上去。

"你上次说唐警官的爸爸出了意外，是什么意外？"顾勋追上她，好奇地问道。

他们私下聊过几次，都是顾勋在打探唐锦花的事，黄诗雨经常回复一句话：糖糖照顾她妈去了。

顾勋才知道，唐锦花父亲走得早，一直和她妈妈相依为命，唐妈妈一个人拉扯她长大不容易，所以很孝顺。

"我没法告诉你。"黄诗雨继续往上爬，"因为我也不清楚，她很少提自己的家人。你要是好奇，可以自己问她。"

黄诗雨见顾勋只是对唐锦花上头，一直想打探她的消息，心里很矛盾。

如果唐锦花喜欢他就罢了，可她很了解好友，人家根本没兴趣，还想给自己搭桥牵线，这让她的处境变得微妙而尴尬。

明知她对帅哥都是远观不敢亵玩型，还让她一个人陪着顾勋，太挑战她的社交能力了。

但不得不说，和这么好看的男生在一起，视觉上得到了极大的享受，让她忍了那丝尴尬，也原谅了某人把她丢下的不道义。

可如果黄诗雨知道唐锦花急匆匆地赶回去，是为了和另一个帅哥共进晚餐，一定不会轻易饶过她。

第十三章　魔鬼教官

唐锦花到家将近五点，她看到许嘉允在阳台上似乎在开电话会议，声音比较嘈杂，但他耳力极好，听到轻微的电子启动声，立刻关掉了外音，转过身，静静地看着她。

唐锦花抬手和他打了个招呼，识趣地轻手轻脚往自己房间走去。

许嘉允的手机开着视频，对面几个战友笑了，显然看到了他背后开门的女孩。

他看到唐锦花的房门关上，这才戴上蓝牙耳机，开了声音。

"老六真六啊，难怪不和兄弟们聚餐，当家庭主夫，弟媳真水灵，值得你洗手做羹汤。"

许嘉允不理会他们的打趣，走到厨房关火，淡淡问道："你们这算什么聚餐，就两个人，我才不去。"

"两个人怎么了，剩下的可以视频喝酒嘛。"那个老三哈哈大笑，毫不在意地说道，"要不，你带着弟媳妇一起来？"

"等老二从墨西哥回来再说。"许嘉允才不会带着老婆和自己的战友们见面。

"行，知道你忙，给你媳妇做饭去吧。"

几个兄弟们打趣了一番，都挂了视频。

剩许嘉允一个人对着炖锅出神。

他已经被"贬"走，才分别一年，和当年出生入死的战友似乎隔了好几个世纪，那些过往像是上辈子的事，晃晃荡荡地浮在光影里。

尤其此刻，肉的香味浮在厨房里，一年前，他不会想过这么快结婚，这么快有一个看似美满的家庭，如果不是那场意外，他也许还只是个站在她身后默默看着她的人。

唐锦花在屋里换了衣服，走到门口听到外面没声音了，才拉开一条门缝，立刻闻到了烧鹅的香味。

这是敞开式厨房，原本许嘉允根本没想着在家做饭，还是中餐，当时考虑两个人都很忙，没空在家吃，早餐也大多是油烟不重的简单煎蛋煎牛排。

可没想到，中厨的利用率还挺高，竟成了家里最有烟火气的地方。

"你今天怎么回来这么早？"许嘉允见她出来，主动问道。

"因为想吃你做的烧鹅啊！"唐锦花真心实意地说道，一脸被美食俘虏的表情。

许嘉允心头一阵甜，连凌厉冷淡的眉眼都蒙上了淡淡的温柔："不怕长肉了？"

"晚上跑会儿步消耗掉就行了，再说，这也是高蛋白。"唐锦花凑到他身边，绕来绕去，不时看看锅里的菜。

像一只小狗小猫，毛茸茸地在他身边晃。

许嘉允忍住了伸手想撸两把的冲动，故意揉了揉肩膀："既然有精力跑步，不如报答一下我的晚餐？"

"是，应该报答。"唐锦花见他似乎肩颈僵硬，很有眼力劲的上手就帮他捶着肩，仿佛忘了中午发生的事，试探地问道，"要不然，我陪你松松筋骨？"

"你是想让我陪你练拳吧？"许嘉允享受着她的殷勤，嘴上却无情道破她的小阴谋。

他只是想起前两天被她拉伸后睡得特别舒服，想着家里有个免费的劳动力，不用白不用。

想让她来个全身按摩，还能培养一下夫妻感情，反正她精力旺盛，跑步多浪费啊。

"运动一下有益健康，咱们这行，得随时保持体能，你要是没别的安排，运动后拉伸一下多快乐啊。"唐锦花甜笑着，只盼着免费教官陪练，哪里知道落了人家心思，还用诱哄的语气示好，"我会帮你好好拉的。"

许嘉允没说话，决定晚上好好练一练这个精力过于旺盛的小兵夫人，让她感受一下教官的严厉。

"你答应啦？太好了，我今晚可以放开多吃点碳水！"唐锦花见他沉默，知道他答应了，开心地替他揉揉肩膀，拍了拍他的后背，"那结束后我帮你放松，一定让你睡个好觉。"

"你确定要陪我练？伤完全好了？"许嘉允淡淡问道。

"完全没问题了，那些都是小伤，痊愈得很快！"唐锦花说着，扭了扭腰，只差没来个空翻证明。

"我上午休息好了，如果练的话，不是你喊停就能停的。"

"当然，吃完饭一个小时后，你练多久我陪多久。"唐锦花没听出警告,大言不惭地应道。

"有胆量。"许嘉允轻笑,像看新兵蛋子一样看着她。

唐锦花不知道许嘉允心里在想什么。

她根本没见识过长官真正的实力,今晚终于窥见一斑。

结束后根本没力气帮人拉伸,她被打瘫在地爬也爬不起来。

不,这还没结束,房东就跟武力值被激活了一样,根本停不下来。

许嘉允伸脚踢了踢她酸麻的小腿,喊道:"起来,这样就不行了?刚才是谁说要陪到底的?"

"我……我吃太多了……要休息一下,不然……不然要吐了……"唐锦花的心率已经飙到两百多,心脏加速供血也跟不上体力的消耗,只觉得胃里一阵抽搐。

好多年都没累到吐,她真没想到许嘉允体能这么好,如果是对手,那她不出半小时就能被打死,太可怕了。

"别找借口,还没吐就给我爬起来继续!"许嘉允完全是训兵的姿势了,对着趴在地上的女生微微扬起声音,带着长官不容违背的语气。

唐锦花很熟悉这样的口气,在警校训练时,有个专门训练他们体能的长官,就会用这种语气对他们喊话,虐吐一个是一个,虐晕两个是一双,大家背后都偷偷称他为"魔鬼教官"。

而许嘉允是魔鬼中的魔鬼,见她还在喘息,脱掉拳套,拽住她的胳膊,把她扯起来,盯着她的眼睛,算是夫妻情分的提醒:"我要开始了。"

唐锦花只觉得自己被丢到世界级拳王赛的决赛场,和重量不相符的强大对手对决,毫无胜算。

与前几次教练式的对抗训练完全不同,现在是教官式的吊打。

唐锦花勉强避开他的进攻,脚下一软,扶着身后的沙包脑袋空白了片刻,一头往下倒去。

许嘉允伸手就捞住了她软软的腰,把她往地上一丢,拍着她的脸喊道:"唐警官,我还没结束,别装死。"

唐锦花唇色都泛白,额上细密的汗水冰凉,真的晕过去了。

许嘉允看着她淡色的唇,想到了今天在娘家厨房的那一幕。

那种感觉至今回想到,还像甘泉在心底涌动。

他忍不住靠近了点,呼吸和她的缠绕在一起,仿佛心魂被她吸了进去。

"呕……"唐锦花只晕了一会,就满脸苍白地清醒过来,胃里一阵抽

搯，捂着嘴连滚带爬地往外冲。

吐出来后的感觉轻松很多，心肺功能又上一层楼，感觉还能继续练下去。

唐锦花趴在马桶上，吐得满脸泪水，擦了把脸，戴上拳套又冲回健身室。

见许嘉允正解着缠在手上的绷带，她上去就一个直拳往他下巴打去。

许嘉允伸手挡住了她的拳头："吐完好了？"

"好了，再陪你三小时。"唐锦花虽然手臂没什么力气了，但吐完精神很好，又龙精虎猛起来。

"既然有精神了，那就开始拉伸吧。"许嘉允差不多想休息了，真把她当兵练，今晚睡不成。

"……不继续了？"唐锦花说不上是失望还是轻松，反正刚提起来的那鼓劲儿松掉，只觉得手酸腿软，觉得好累好累。

许嘉允扔掉缠着的绷带，躺在了地胶垫上，用行动回答了她。

"但我手上没什么力气。"唐锦花说着，也扔掉了拳套，腿一软，跪在他身边，抱住他的小腿，全身的重量压上去，"要是没拉到位告诉我。"

这娇娇柔柔的模样，许嘉允差点就心软放过她，正想说那算了，自己拉一拉，小腿的肌肉被她狠狠一压……

"也不用这么用力。"他蹙了蹙眉，忍住了肌肉拉裂般的酸爽感觉。

"你们以前训练的强度是不是特别大？"唐锦花又忍不住好奇地问道。

"你这么想知道的话，年假时，我可以带你感受一下。"许嘉允这次没回避她的问题，没沉默应对。

"真的吗？去哪里感受？你们的训练基地？"唐锦花激动起来，压得更用力了。

"北春海军综合训练基地。"

"那里可以带我去？"唐锦花眼睛都亮了，第一次感受到老公是长官的特权幸福。

那可是世界级的顶级训练基地，也是华南最先进最高科技的场所，一般只能从军事新闻上窥到一点点外貌。

看到她亮晶晶璀璨的眼神，里面充满了期待和不敢相信，许嘉允忍不住笑了："只要你想，你可以在那里度蜜月。"

"真的？！"唐锦花只沉浸在对顶级训练基地的膜拜中，甚至没察觉他语气和眼神里藏着的宠溺。

她只后知后觉地发现他居然笑了。

他今天笑的次数格外的多，准确地说，是晚上的笑容很多，不是那种礼貌的营业性的笑，而是真的愉快轻松，眼睛深处都是笑意，更有感染力。

好像经过白天的误会之后，许嘉允对她"友善"多了，关系也亲近不少。

可能因为解除了误会，又相处这么长时间，多少都有点革命感情了，愿意和她聊聊天，没当初那么冷淡孤僻。

"以后想去哪里，告诉我一声，只要我能到的地方，你也能到。"许嘉允看着她，语气清淡地承诺。

唐锦花满脸狂喜，更狗腿地帮他按着另一腿："以后你就是我老大，有什么事，只要吩咐一声，我能做到的义不容辞。"

许嘉允听到这句话，眼底的笑意微微凝结，但唇角依然保持着微笑："嗯，那就好好按摩。"

这妮子完全没想往另一条亲密关系的方向走。

谁要和她当"兄弟"？

他出生入死过的战友那么多，不差一个"好兄弟"。

他差的是老婆。

原本以为形婚就好，现在觉得还是热炕头的老婆更好。

唐锦花被练狠了，生物钟都没能叫醒她，七点半才从床上费劲得爬起来。

她浑身疼得像是被十个大汉暴打了一顿，胳膊也抬不起来，刷牙都费劲，心里哀号惨了，今天这状态，会影响工作。

许嘉允已经在餐桌边坐着吃早餐了，和她相反，他看上去神清气爽，皮肤都水亮的，没有熬夜后的暗沉沧桑，好像年轻了十岁。

"早，你还好吧？身上疼吗？"唐锦花刷完牙洗完脸才出来和他打招呼，拖着酸痛无力的腿往餐桌边挪。

因为她看到了许嘉允旁边多了一份早餐。

"疼得厉害？"见她几乎挪着走过来的，拉开椅子时，蹲下都倒吸冷气，许嘉允现在有点心疼了。

"迟发性肌肉酸痛，一会再帮你拉伸一下。"

"好久没有这种感觉了，就跟第一次去练力量一样，史密斯深蹲做了几十个就做晕了，腿第二天酸疼得不能下床。"唐锦花颤颤巍巍地坐下

来，臀肌和股二头肌疼得让她抓紧了桌子，"但是……好爽！"

许嘉允见她一脸快乐受虐的表情，看来不止身体承受力很强，心理承受力也挺可怕的。

"你昨晚热水澡泡太久了，大重量训练之后，热水澡会加速受伤肌肉的血液循环，也会加速肌肉组织的代谢，让人疲劳。实在不行就请假一天。"许嘉允昨晚就是冷水浴，加上拉伸后休息好了，肌肉没那么酸疼，"或者，晚上回来再练一次，加重百分之三十的训练量，明天肌肉就麻了。"

"那怎么行？我缓缓就好了……今晚……今晚算了，挑个周末这么练吧，不然这么……确实有点影响工作状态。"唐锦花居然认怂了，昨晚累瘫，只想泡个澡睡觉，根本没想酸得这么严重。

她再次颤颤巍巍地端起牛奶，胳膊昨晚打了近三小时暴击，现在止不住地颤抖，牛奶都快被晃出来了。

"别勉强，你这样还能出警？"许嘉允很自然地伸手握住她的手腕，稳固住她颤抖的手臂，将牛奶送到她嘴边。

"能。"被他强有力的手握住，唐锦花有点感激地看他一眼，就着他的手仰头一口气喝光牛奶。

许嘉允看着她修长的脖子，喉咙滚动时，脖颈的线条很性感，让他想伸手抚摸。

"得帮我再拉一下，我今天都没法骑车。"唐锦花几乎是被他喂的早餐，因为肌肉太疼，她倒没觉得难为情，只觉得房东越来越绅士体贴，自己也越发满意这样的亲密战友关系。

"现在拉也只能稍微缓解。"许嘉允让她坐着，站在她背后，拉起她一只胳膊，一边拉伸一边说道。

昨晚他就知道今天她会酸，所以在结束后，两人互相拉伸完，还帮她做了牛排，让她喝杯牛奶，补充高蛋白营养。

国家级运动员都会在大重量练习后冰敷或者去冰雪屋恢复，也会补充营养恢复肌糖元水平，可这大冬天的，即使屋里有地暖，温暖如春，许嘉允昨晚也没忍心提醒她去冲冷水澡。

毕竟是女孩子，还有生理期之类的需要考虑，许嘉允没有真把她当男兵来练。

不然她昨晚根本爬不上床，会在健身室瘫一夜。

一开始唐锦花还死死咬牙忍着肌肉撕裂的痛苦，到了后面忍不住开始号叫。

"啊啊……好痛……轻点……"

"啊……啊……不要……"

"太疼了啊……放……放开我……"

幸好不是在娘家,否则左邻右舍楼上楼下听到这惨叫,一定会误会。

就连许嘉允都被她叫得受不了,磨牙按着她纤细的小腿说道:"马上就好,别叫。"

"我都感觉肌丝断裂的声音,好疼啊啊啊……"唐锦花鬼哭狼嚎,他下手太重,那些被破坏的肌肉纤维疼得她抽气。

不,是抽泣!

尽管她内心是个钢铁侠,坚固无比,但她外表很具备欺骗性,尤其疼起来掉眼泪,跟大多女孩子一样,只是她虽然疼哭,嘴上喊着不要了,可心里觉得,再来十层风暴也能顶得住!

"你这样还能上班吗?"许嘉允见她眼圈发红,心里一软,可手上一点也没放松,不拉到位还是会疼。

唐锦花咬着牙点头,哀号着拉完全身,差不多是个废人了。

但她还是坚持要去上班。

不能骑车就坐地铁或者公交车。

"我送你。"许嘉允见她坚持,也不多干涉,跟她一起走到玄关处,拿了车钥匙。

"不用……你好不容易休息,多歇着吧。"唐锦花是担心被同事看到,不敢让他送。

"我送你到将星路。"许嘉允知道她的担忧,拿起大衣,换了鞋,不由分说地拉开门走出去。

他越来越讨厌那份婚前协议。

当初定下这份协议时,他只是想和她结婚,知道她是自己心心念念想要的人。

但究竟是怎么"想要",他没有深究,按照她的性格,两人定的这份合约。

至于婚后生活,他并没有想太多,而且,鉴于刚上任不久,工作忙碌,和两人都是圈内的,许嘉允也想过不要让"家属"的身份影响正常的工作。

但是现在,他开始渴望正常的婚姻生活,相亲相爱一辈子的那种。

"辛苦你啦，我走了，拜拜。"唐锦花在将星路下了车，对他挥了挥手，然后头也不回地往街角走去。

许嘉允慢慢开着车，在她身后远远跟上一段，直到看见她进了派出所大门，才加速离开。

唐锦花虽然早上又被拉伸了一次，可还是肌肉酸疼，换衣服时都抬不起手，慢吞吞地穿着制服。

"你昨天太不仗义了啊，把我一个人丢在那里，我都要社恐了你知道吗？"黄诗雨一到更衣室看到唐锦花就立刻兴师问罪，"虽然我是垂涎顾少爷的美色，可我只喜欢想象，你把我跟一大活人放到一起，我很害怕你知道不？"

"你早就该改改嘴炮的问题了，别整天和我'开车'，有本事真的和人生孩子去啊。"唐锦花痛苦地穿上外套，吸着气说道。

黄诗雨看到她行动这么僵硬，伸手捏了捏她的胳膊："怎么了？昨天那点运动量，你就不行了？"

"啊啊啊……你轻点！"唐锦花吃疼地抽着冷气，"我昨晚去打了会拳，现在胳膊都抬不起来。"

"不至于吧？你当年可是咱们年级自由搏击的冠军啊！一下午在拳击室训练也没见你这样。"黄诗雨也飞快地换上衣服。

"这不是前段时间躺太久没运动，年纪又大了，身子骨不如当年。"唐锦花穿好衣服，再次缓慢地伸展活动一下，被许嘉允魔鬼拉伸之后，现在比刚起床时好多了。

"小唐，小黄，快点开会。"外面有人路过，往里面喊了一声，两人立刻对着镜子整理了一下警容，往外跑步。

年底要到了，基层民警比平时更要忙碌。

忙起来，警力不足，三个搭档甚至可能好几天也见不上一面——一早就去出警，回来得又晚，中午也没时间回食堂吃饭。

唐锦花今天就带着辅警去某小区出警。

这会是晚上，小区楼下已经围着不少人了，正在七嘴八舌地用当地方言交谈着。

唐锦花听到他们啧啧叹气和交谈的语句，心里一紧，感觉很不像接到的警情那么轻松。

接到的警情是夫妻俩吵架，女方控诉男方动手家暴。

平时这种警情很多，大半都是男女吵架一气之下报警，等他们到了调节一下就没事了。

可今天唐锦花走到人家家门口,她的警犬鼻子对血腥味很敏感,立刻敲门喊道:"警察,开门。"

老小区隔音效果不好,里面传来玻璃打碎的声音和女人的尖叫。

唐锦花和辅警对视一眼,辅警是个魁梧的一米八壮汉,嗓音穿透力很强,用力拍拍门,大喊:"警察,快点开门。"

里面还是一阵稀里哗啦的瓷器碎裂的声音,依稀听到女人哭泣惊叫声里,那男的在吼着什么"警察来了也没用"之类的话。

唐锦花要不是腿没力气,早就踹门了,她示意身边的人高马大的小王辅警踹。

"砰!"

这种老式的木门,被一脚踹开,里面一片狼藉,地面上全是碎酒瓶渣和斑斑点点的血。

血迹到后面变成了一条线,被拖进卫生间。

唐锦花一看就怒了,冲进卫生间,见一个浑身酒气的男人一手拿着酒瓶,一手抓着女人的头发,把她按在马桶里嘶吼着什么。

唐锦花一把将他的手拽住,怒声喝道:"放手!"

她忘了自己今天没什么力气,肌肉酸疼,动作没平时那么利索敏捷,被那个醉鬼猛然甩开手,转身就拿着瓶子砸过来。

唐锦花腿酸,动作跟不上大脑指挥,下一秒,额角就见血了。

身后的小王吓得立刻上前控制住醉汉,连声问道:"唐姐,你没事吧?"

唐锦花没回答,两眼通红地看着从马桶上摔倒在地的女人,她肚子很大,怀孕了,大冬天的被扒得精光,蜷缩在地上,身上全是割伤和烟头的烫伤。

她拿起手边的一条湿毛巾,缠住旁边的扫帚,一脚将那嘟囔骂着的醉汉踹到淋浴下,上去就是一顿狂抽,吓得小王赶紧找了条毯子给地上的女人盖上,把她抱出去,关上厕所的门,装作什么都没看到。

她用毛巾包着扫帚杆是怕抽不了两棍就打断了,她今天要不是手臂太酸,准能把人打进医院,又要写检讨书。

这种恶劣的家暴确实令人心惊且愤怒,尤其身为女性,看到这样的场景,如果没结婚,恐怕都会产生婚姻恐惧。

反正,唐锦花出离愤怒,把醉汉带回派出所时,那人看她一眼就

发抖。

　　而她一直没处理伤口，脸上都是血，所长正好开完会回来，远远看到她，以为又发生什么恶性袭警事件，吓得赶紧上去询问。

　　上次那事幸好有上面兜着，可王斌心里还是后怕，临近退休，他是真不想惹到什么大麻烦。

　　而且唐锦花虽然是他们所里最拼的那位，同时也是最危险的同志，经常因为工作过于认真，变成不定时炸弹。

　　唐锦花头上只是小伤，不过是被砸破了皮，伤口不大，去医务处检查了下，贴了个敷贴就继续工作。

　　等下了班，唐锦花身上还酸疼得很，想到那个被家暴的孕妇，心里十分难过，索性去医院看她。

　　小王送她去的医院，因为动了胎气，要保胎，孕妇的状态很差，只简单做了问询，准备等她恢复一点再做笔录。

　　她到医院时已经晚上八点，孕妇不在病房，问了护士才知道她又被推进急救室抢救孩子，情况不太乐观。

　　唐锦花心情很沉重，辗转联系到了孕妇的哥哥，让他过来探望，把买的水果和营养品放床边就走了。

　　回家又很晚。

　　许嘉允在楼上看书，听到楼下开门的细微声响，等着她清脆甜美的开心声音响起。

　　因为屋子里还有炖肉的香味。

　　可今天很反常，回屋的脚步又重又沉，也没有闻到肉香味的惊喜雀跃。

　　许嘉允放下手里的书，听到她关门的声音，皱起眉。

　　这是工作时被批评了？还是昨晚练得太狠，影响到工作？很少遇到她这么沮丧的时候。

　　他等了一会才下楼，装作不知道她回来，去厨房又炒了个菜，盛好端桌。

　　狗鼻子的某人终于拉开了门，拿着手机，正和妈妈视频，走到餐桌边，给她看着色香味俱全的一桌晚餐，说自己要吃饭了，就挂断了视频。

　　"阳阳，谢谢你等我这么晚，以后别等我，自己先吃。"唐锦花阴郁的心情因为美食稍稍放好一点，再想想那个可恶的家暴男，和持家温柔对她毫无要求的老公相比，简直是深渊里的烂泥和苍穹之上的暖阳，让她忍不住感慨,"以后你要是每天都在家就好了,可惜……我养不起你。"

差距太大!让她不由珍惜许嘉允这样优秀的伴侣。

"养我?"许嘉允在她一出门时,就看到她额头贴的敷贴,他手一伸,在她还没反应过来时就揭下无菌敷贴,看到里面的伤口形状和深浅,又给她黏了回去。

他有些内疚,昨晚如果没让她练到脱力,今天也不会受伤。

"哟……你干嘛?"唐锦花不明白他动作怎么能那么快,额角伤口附近有毛茸茸的碎发被敷贴撕开,疼得她还没阻止他,人家又给贴回去了。

"你又被人揍了?酒瓶砸的?"许嘉允掩去了那点心疼。

她太不让自己放心了,在这边治安条件这么好的地方,都能满头包地回来,要是放到藏区,不知会变成什么样。

"眼真毒,肿成这样也知道是酒瓶砸的。"唐锦花嘀咕了一句,但脸上还是摆出佩服他的专业经验,"你怎么知道不是砖头砸的?"

"砖头砸出的伤口没这么平整。"许嘉允还真回答她这个无聊的问题。

"我得吃点东西补充能量,今天中午都没时间吃饭,饿坏了。"唐锦花伸手就夹起一块鳗鱼,肚子咕咕叫。

"你要养我的话,我会考虑每天晚上给你做好饭,第二天带去上班吃。"许嘉允转身给她盛了碗饭,说道。

"……我开玩笑的。"唐锦花可养不起他,上次和他逛一次街,一个月生活费都没了,比女人还败家。

而且,哪敢让总队来伺候自己啊!

平时虽然没她这样忙碌,可一旦遇到大案重案,他几天几夜都合不上眼,甚至数月不回家。

所以他俩的婚姻,还真登对。

这样偶尔在一起吃饭的温暖,足够让她觉得幸福满足了。

"你……"许嘉允正要说什么,唐锦花的手机响了起来。

她看到是同事打过来的,立刻对他露个歉意的笑容:"你先吃,我接个电话。"

许嘉允没有动筷子,看她走到阳台接电话。

也不知那边发生了什么事,她站在落地玻璃前,表情越来越凝重,最后变得愤怒。

没多久,唐锦花走回餐厅,坐到椅子上,脸上那一贯看到美食就露出的甜美笑容也不见了,只默默扒拉着饭。

许嘉允没主动问她发生了什么事，他是顶级的猎手，无论心里怎么盘算着把她一步步拿下，在某些事上都会按兵不动，不会让她觉得自己先违背了协议，越过红线。

大家都说当过兵的人吃饭特别快，讲究效率和速度，可许嘉允吃饭并不快，很像上流社会那些教养良好的绅士，碗筷之间都不会发出声音，非常具有欺骗性——第一次和他相亲，唐锦花就没察觉出他是同行，因为他身上有股优越生活养成的贵气。

后来才知道，他确实出身在家庭优渥的有钱人家，只不过他没子承父业，选择了另一条辛苦的路。

唐锦花飞快吃完后，一直看着许嘉允。

她在想，如果自己的结婚对象是个暴力分子，她会怎么做。

比如像许嘉允这种，如果被他家暴，她打不过，也会第一时间收集证据，送他进监狱改造，顺便离婚。

她不是黄诗雨，绝对不会因为他有一张好看的脸就心软。

"你遇到过虐待女人、孩子的人渣吗？"唐锦花托腮看着他，突然问道。

"你遇到了？"许嘉允不答反问。

这世上大多数人在他眼里，都很不完美。

或者说，他觉得所有人都带着原罪。

许多人多多少少都有几个说不出口的阴暗的念头，有些人能克制住，而有些人克制不住，便成了罪犯。

"我每天都遇到各种人渣！"唐锦花憋了很久的话匣子打开，愤怒地拍着桌子，"但今天是最人渣的人渣，连怀孕的老婆都打，身上那个伤，我看得都心惊胆战，简直像被酷刑折磨过……这种人就该把牢底坐穿，可你猜怎么着？"

许嘉允没回答，等着她继续往下说。

他是个特别好的倾听者，准确地说，他是个善于倾听和诱导的审讯专家。

"刚才我同事打电话过来，告诉我，受害者孩子没保住，但是不肯配合调查，为施暴人开脱！还要找我求情，希望不要追责，放过罪犯，真是气死我了！"唐锦花是哀其不幸，怒其不争，无法理解受害者的脑回路。

难道被活活打死都不肯离开？

"我和她保证过，只要她配合我们调查，一定能让这个人渣绳之以法，她身上的伤不是轻伤，也不是一次两次留下的伤痕，打得胸骨骨折，腿骨断裂，还有现在流产……这些都可以取证，找个律师，这是故意伤人罪，甚至涉嫌谋杀，判轻判重全靠她自己争取，绝不会关个几天就放出来再祸害她的生活，甚至她可以申请人身保护令！你说她还害怕什么？"唐锦花不能理解一个被老公家暴到失去胎儿的母亲，有什么可眷恋这样的家。

"古话说清官难断家务事，警方很难处理家暴的一个重要原因，那些受害者往往是性格的软弱造成了悲剧，你很难指望一个懦弱的人挺身而出，推翻自己的选择。"许嘉允听她说话间，已经吃完了饭，他优雅地拿着桌布擦着手指，语气平静到冷漠。

"现在是法治社会！"唐锦花不甘心地拿出手机，里面拍了她的部分伤口证据，"宁可被打死，宁可忍受这样烂泥一样的生活，也要坚定拥护自己的选择吗？"

"我一点也没觉得被你安慰到。"唐锦花本来想和老公吐槽一下，找找解决办法，没想到"见多识广"的长官大人居然让她更丧了。

"所以，家暴这种事，你会发现总是会不断发生，隔三岔五地报警，却并没有什么有效的解决方法。除非受害者愿意真正反抗施暴者，但如果她已经开始反抗，大多都不会等到警察出面解决。"许嘉允不会给她编织童话故事，只会让她看到现实的残忍和无奈。

他时常会想起那句话：凝望深渊时，深渊也在凝望你。

他们这些人，是时刻在凝望人性深渊的人，也是作为深渊之门的守护者，见到过最黑暗的人心，其实很难相信幸福。

且不说很多警察因为工作压力或者遇到影响一生的可怕案件，需要心理医生定时纾解，就算普通的出警，也会遇到一些潜在的危险。

但他倒是佩服唐锦花的性格，对工作抱着真正的热情，每天出门前带着"迎着朝阳奔跑"的开心，那股热情都感染到他了。

"你的意思就是除了她自己，别人都帮不上忙了？"唐锦花不会放弃，她明天要去医院再探望病人，一定要把她从泥潭里拽出来。

"她自己不想，或者说不敢摆脱这样的生活，即使你帮她走出去，她还会遇到第二个家暴者，这是她自身性格所带来的人生。你可能付出了无数的努力，也只是改变了她这一小段人生，但别妄想改变她的命运。"许嘉允没有她那么天真，有些人不值得去浪费时间帮助，因为他们的内

心没有勇气，没有希望，只会浪费这世界的资源。

他们研究的就是犯罪者，大多犯罪者最喜欢的就是这样容易操控软弱的人。

"但是努力总比坐视不理强。"唐锦花沉默了一会，还是无法认同许嘉允的冷漠。

他们只是普通的警察，是普通的血肉之躯，可对许多人来说，他们是希望，是光亮，是通往和平幸福的通道。

"这个世界，任何的资源和精力都是有限的，应该将努力放在更值得挽救的人身上，而不是坐在垃圾堆里努力。"许嘉允收拾着桌子，静静看她崩溃。

"你太冷血了！如果我们都不能帮助那些受害人，他们还能找谁帮忙？这是我的职责……"

"现在的问题在于，人家撤回了需要帮助的申请，她不希望你去帮她。"许嘉允依然冷静地打断她的话，"对于这种人，你伸出手，可能抓住的只是她手上的泥。你每天都面临无数人的求救，你必须学会分辨什么样的人值得你跳下去救他，否则，早晚会被淹死在他们手里。"

"无论谁伸出手，无论那只手脏不脏，都该先捞上来再说，生命是平等的……"唐锦花对生命抱着永不放弃的热情，绝不赞同他这么冷漠的观点。

"那是因为你没有面临过选择。"许嘉允微微一笑，泼灭了她一腔热血，"现实冰冷残忍的选择，比如，我和你妈妈之间必须牺牲一个，你会选择谁？或者，外面桥洞住的流浪汉和你的同事，只能救一个，你会救谁？"

说完，他收好桌子，去洗碗了。

唐锦花被他说得更加憋闷，想和他理论几句，表明自己的立场："努力去试试能不能拯救别人的人生，这不是毫无意义的事，对我来说，这才是工作的意义。"

"谢谢，等我吃晚饭，以后别再等我了。"唐锦花补充一句，和吃饭前满怀感激说这句话相比，此刻多了一点隔阂。

以前从没和他深入交谈过，今天随便聊聊，才知道他俩的人生观丝毫不同，还是保持距离更有美感。

是她的错，把工作上的烦恼和他倾诉，本身就超出了两人的协议范围。

唐锦花气鼓鼓地想着，没法骂许嘉允，只能把自己骂了一顿，决定明天早上先去医院看病人。

无论许嘉允怎么泼冷水，她都要努力一把，绝不会轻易放弃。

不过自从知道老公是总队长后，只要他不在家，或者连夜不回，唐锦花就会莫名担心，甚至关注他们的工作大群，关注市里各区的警务和突发事件，偷偷打探最近发生的大案，来判断老公什么时候能回家做饭。

唐锦花又去了医院探望病人，回来时从警情播报上看到昨天半夜高新区一家老字号金店被三个蒙面人半夜抢劫，打伤保安，许嘉允半夜去坐镇这件特大抢劫案。

王斌所长从指挥官的办公室出来，为金店这个事，要全员加班了。

他想到许嘉允之前说的话，眼里很多戏。

真的没想到啊……没想到他手下那员难驯的猛将……

老公居然是总队长！

元旦前，唐锦花递交了援藏申请，他当时注意到她的婚姻栏的变化，只是从未听大家提起她结婚这事，王斌以为人家低调，不想让同事们知道这事，他就尊重个人想法。

毕竟见惯了各种各样的人，看到那群没事就聚在一起叽叽呱呱八卦的女生们都不知道她结婚了，他也装作不知道。

结果这申请被打回来了，他还没来得及和唐锦花说这事呢。老实说，他不希望唐锦花这么拼的警员调走，一直没有主动推荐。

虽然她性子虎，可在所里还算得上是新生代的左膀右臂，关键时刻总能挺身而出，又不怕加班，甚至主动加班——现在从哪找这么好的小朋友？

所以申请打回来，他只循例问了上面原因，得到的回复是：唐锦花在一年多的工作中，表现得极不稳定，虽然整体优秀，但有不可控因素，尤其在对待罪犯时，破坏公物和攻击性占比过高，以及上次开枪事件影响整体考核。

王斌在下午会议上报所里支援名单时，提到了唐锦花，但被许嘉允划掉了，当时他没有在意，而刚才，会议结束，他被指挥官单独喊进办公室。

人家开门见山地告诉他，唐锦花是他爱人。

爱人……

以后让他怎么再喊总队夫人来加班？

就算王斌怀疑援藏申请是他给扣下来的，也不敢多问，只想顺顺利利地熬两年退休。

许嘉允第二天回来很晚了，唐锦花已经睡了，他看着她关闭的房门，想了想，走去厨房。

第二天一早，唐锦花是被烤箱的香味儿吸引醒的。

家里仿佛有个田螺帅哥，贴心得让她满怀感激，她走出卧室后第一时间去玄关看了眼，看到他的拖鞋在门口——许嘉允这也太早出晚归了。

也不知他这么忙，怎么有时间做早餐。

烤箱设定的时间刚好跳掉。老公简直像神仙一样，一切都计算得刚刚好，知道她生物钟是五点半起床，将面包定时烘焙定到五点四十，正好等她洗漱完可以吃上热腾腾的早餐。

唐锦花的心里感动得都有点鼻酸，之前的小摩擦似乎又消散不见。

多年来，除了妈妈，再没有谁这么温柔细心地对待过她。

甚至让她有种老爸还活着时，无偿有爱地照顾自己，那种无法割断的亲情感觉。

她还记得有一年冬天下百年不遇的大雪，她要起早参加市里的少儿奥数竞赛，爸爸半夜三点就起床，给她炖了鸡汤下面条。

因为大雪封路，公交停运，爸爸背着她走了两小时到了考场。

虽然许嘉允没背着她走两小时，但给定时做好热腾腾的面包，帮她充电上药，和记忆中父亲的感觉很相似。

果然妈妈说得对，老公年纪大会照顾人。

许嘉允正在开会，突然打了个喷嚏，不知道谁在背后说他坏话。

他看了眼时间，宣布散会，罕见地没起身，在桌上"玩"手机。

因为许嘉允手机基本都是来电话和视频，都是工作上的事情，很少见他和人用社交工具聊天。

副队长是个观察力极强的人精，尽管队长喜怒不形于色，可他还是捕捉到那人冷漠的眼里闪过的一丝温柔。

能让队长露出那么一丁点温柔的，只有一个人。

他的新婚妻子。

掰着手指算算，队长结婚差不多三个月了，可感觉他的蜜月期还没过，越来越恋家。

出去一趟就见他没事看看手机，做事也更雷厉风行，速战速决，也不把办公室当家了，哪怕像昨晚那么忙，他也会抽两小时回家照顾老婆，反差太大，简直是三好老公。

"是不是嫂子发消息来了啊？"

许嘉允见副队长八卦兮兮地凑过来，面无表情地反扣下手机："继续行动，别在这碍事。"

的确是唐锦花发来的消息。

她拍了早餐面包，发了个感激的表情和一行消息："谢谢你的爱心早餐，改天请你吃饭。"

还真是……让人又爱又恨的语气。

好像两个人之间还是普通的交易。

许嘉允想回一句，可打出来几个字后，又删掉了，索性什么都不回，起身出去"监工"。

唐锦花习惯了许嘉允的"冷漠"，她发消息过去，经常被无视。

她带着香喷喷的面包当午餐，虽然外面寒风凛冽又有雨雪，可她满身的干劲，风一般地冲进所里。

冬天的夜晚黑得快，她下班时已经八点，外面飘起了夹着小雪花的雨丝，格外寒冷，路上也没几个行人，看着异常萧瑟。

这种寒夜，总会让人想起家的温暖，也会让人想到那些无家可归的人的辛酸。

唐锦花这会就想到一个可怜的人，她从路边的超市买了点吃的和营养品，往街角的医院走去。

张懿——那个被家暴流产的女人，还躺在病床上。

她的哥哥已经来了，说等她出院接她回家。

唐锦花不知道她会选择什么样的未来，但一定不能是这样永无止境的泥沼。

临走前，张懿对她有些依依不舍，可能是因为身边没有什么人这么关心过自己，她对唐锦花充满了感激，但同时也哀叹自己的软弱和无能。

唐锦花看完她，刚走出医院门口，就看到一个熟悉的身影。

火红色跑车张扬地停在医院前，风流倜傥的贵公子绅士地拉开副驾的车门，一个戴着口罩，压低帽檐身材高挑的女人下了车，两人亲密地低语了几句，那女人捏了捏他的脸，转身独自捂紧小腹部的羽绒服，往医院里走去。

唐锦花从细致的观察里判断那女人怀孕了，而且应该四五个月，孕肚显现，用宽松的羽绒服挡着呢。

顾勋也早就看到了一瘸一拐的帅气女生，对她招了招手，很高兴殷勤地跑到她面前："哟，这么巧？你是腿受伤了？一个人来医院包扎？"

"是啊，太巧了。你是送人来孕检？"唐锦花直截了当地问道。

顾勋愣了愣，随后笑了起来："警官，你这眼神可以啊，裹成那样也能看到人家是孕妇啊？"

这几天顾勋联系过唐锦花，可人家说了，年底特别忙，没重要的事别找她，他也就忍住了没找，没想到今天能在医院门口遇到。

"做我们这一行，眼神好是必须的。"唐锦花打量着他，眼神明显没有之前的热情友善。

她是个直来直往的性格，在朋友面前不会伪装，有点喜怒哀乐全表现在脸上，让对方也知道自己的真实感受。

所以，她是把顾勋当朋友，才这么直接摆脸，甚至有点职业病地想教育他洁身自好，自觉维护社会秩序，不要乱搞男女关系。

"干嘛这样看着我，人家的肚子可跟我没关系。"顾勋感受到了她的冷淡，知道她误会了，赶紧解释，"那是我堂姐！她来也不是做孕检，是来探望小姐妹的，让我顺路送一程。"

"……哦。"唐锦花脸色缓和了不少，谁让顾勋长了一张花花公子的脸，让人不误会都难。

"哦什么？你现在是要回去吗？上车，我送你回去。"顾勋见她也没打伞，头发上全是丝丝雨雾，打开车门说道。

"又要麻烦你，多不好意思。"唐锦花嘴上这样说，身体却很诚实地坐了进去。

因为……感觉赶不上末班车，膝盖又走得疼，她今晚就回娘家吧，离这不远，过两条街就到。

"反正我顺路去皇宫和朋友聚会。"顾勋坐上车，看了她一眼，笑了，"你要跟我一起去吗？"

"别，你那地方，我怕了。"唐锦花现在只想回家睡觉。

"一起去玩玩嘛，年轻人每天把青春都奉献给工作多可惜？"顾勋看了她几秒，突然伸手摸向她还有点青淤的额头，"你到底经历了什么，都快毁容了。"

"不小心碰的。"唐锦花伸手拍开他的手，扭过头，毫不在意地回答。

"看上去更像是被人揍的。"顾勋一张俊秀的脸上写满了心疼，"瞧瞧这么可爱的脸，被人当沙袋，你不如辞职跟我，我雇你当私人保镖怎么样？工资给你翻倍，还不用你这么累，我吃什么你就吃什么，绝不亏待。"

"那不行，我的理想是无价的，不是高工资能买走的。"唐锦花笑了，系好安全带，"走吧，还是玉明路老地方。"

"你的理想还真伟大，我以为现在只有单纯的小学生才有当警察的理想。"顾勋启动车，觉得她真是一朵阆苑奇葩。

"每个人都有自己想走的路，你难道就没有什么想坚持下去的梦想吗？"唐锦花解开围巾，车里的暖气太足了，惹得她拉开了衣领。

"我啊……好像没有。"顾勋认真地想了想，说出了令普通人心碎的原因，"因为我所有的梦想都能轻易地实现，想到什么都可以去做到，或者说，用钱买到，也就没什么放不下的执念。"

"就不该问你。"唐锦花想到那个"有钱可以为所欲为"的表情包，很想发给顾勋。

"啊……我接个电话。"唐锦花的手机突然响了起来，她一看来电，有点紧张——许嘉允。

他很少给自己打电话，不知是出了什么事。

唐锦花示意顾勋不要说话，接起了电话。

"你在哪？"那边的声音有些疲惫低哑，问道。

"我在回家的路上，有什么事吗？"唐锦花看了眼顾勋，他握着方向盘看着前方，没看到她的异样。

"位置发给我。"许嘉允吩咐完，就挂断了电话。

唐锦花听到那边挂断，才看到许嘉允几分钟前给她发了微信，问她现在在哪。

她看到前面就是妈妈的小区，给许嘉允发了个定位，回道："今天雪大，我回妈妈家，找我有什么事？"

那边过了一会发消息过来："需要我接你回来吗？"

许嘉允只是刚到家，看到外面下着雨雪，而老婆还没回来，想开车去接她。

唐锦花没想到他居然还要来接自己，有点诚惶诚恐，觉得房东对自己越来越好，让她感情上有点吃不消。

"我带着药，不用担心我，你自己好好休息。"

唐锦花觉得人家过于体贴，对比之下她好像很没良心，从不惦记着他。

所以，她发过去之后，觉得有点冷冰冰，又发了个"爱你"的爱心表情过去。

好像这样就温情多了。

许嘉允看着她发的表情，唇边忍不住露出一丝笑容。

现在的年轻人可真可爱，经常发一些可可爱爱活泼生动的表情，相比之下他就像老年人，几乎从不发表情符号，甚至每次发消息都会带上句号，太过严谨古板。

他想了想，从微信大号的几个活跃群里找到几个表情包，发给自己小号，准备回过去。

但又觉得……很幼稚。

许嘉允一脸嫌弃地删掉了那些表情。

那边没一会儿又发了消息过来：今天的工作怎么样？

唐锦花内疚自己有点太冷血，所以马后炮地关心一下老公。

但她觉得问工作又涉及隐私，所以立刻后悔地撤掉了，改成："你今天过得怎么样？"

这样就显得关心的是他的人，而不是他的工作。

可惜，人家一直盯着手机聊天界面，这波撤回操作看在眼里，轻松推理出她此刻歉疚的心情。

嗯，想让一个石头开花，他也有点不容易。

但无论对付什么人，先唤起对方的良知准没错，只要对方有了情感波动，后面就可以轻松拿下。

许嘉允难得回了两个字："不好。"

唐锦花刚好到了小区门口，她和顾勋挥手告别，然后头也不回地往里走。

只是这次和以前不同，她边走边拿着手机回消息，看上去遇到了什么麻烦事。

顾勋想多问几句，可人家根本不肯多聊，永远都是赶时间的样子，走起路也快得很，眨眼就不见了。

果然和黄诗雨说的一样，她们这一行，忙得连谈恋爱的时间都没有，也根本没空维护情侣间的关系。

唐锦花对着手机信息可犯愁了。

她只是随口表示关心地一问，大多数人礼貌性的社交对话时，问别人"最近过得怎么样"，对方都会同样礼貌地回答"还好"，不会直接将烦恼表现出来。

可现在许嘉允回个"不好",让她不知道该用老婆身份怎么安慰。

过了一会她才发个摸摸头的表情,回了两个字:"加油!"

"你怎么又回来了?"唐妈妈正准备睡觉,听到门响,走出来一看,女儿满身风雪地站在门口,诧异地问道。

"太晚了,赶不上公交,这边离所里近,回来睡。"唐锦花换着鞋,熟门熟路地先去厨房揭锅盖。

"你这头上怎么撞着了?该不是和人打架了吧?"唐妈妈眼尖地发现她嘴角也有淡淡的青淤,再一看她额头被头发盖着的地方也有点青,关心地问道。

"我是执法人员,怎么可能知法犯法跟人打架?就是摔了一跤撞着了。"唐锦花怕妈妈担心,大咧咧地安慰着她,揉着肚子转移话题,"锅里什么都没有……妈,给我下碗面吧,饿死了。"

"你先去洗洗。"唐妈妈本以为她结完婚后能稳重点,没想到还和小姑娘一样冒失,一点也不让人安心。

看来女人真得生了孩子成为母亲后,才能快速成长。

唐锦花吃饱喝足,拿起手机一看,已经十点了,许嘉允那边没再给自己回复,估计对她的"加油"很无语。

她很想再安慰一句,又不知道该说什么,忽然,手机闪了闪,许嘉允终于回了一条:"早点睡觉。"

从字面上都能想象到他那一贯暗含命令的语气。

唐锦花觉得他活该找不到老婆,这种长相的男人还需要相亲结婚,只能说一定是性格有问题。

不过想到他在外人面前对自己耍威风,一脸长官的威严,私下还不是乖乖伺候自己?

回家后被他无微不至地照顾,想到心头还挺暖的,唐锦花想着想着不觉露出了甜滋滋的笑容,给他回了个可爱的"晚安"表情——一只粉色的小猪抱着枕头呼呼大睡。

然后她翻个身,抱着枕头,和那只猪一样,秒睡。

第二天晚上唐锦花和来了姨妈的黄诗雨换了夜班,这大冬天的,又下着小雨雪,她心疼闺蜜。

女警本就不容易,吃的苦受的气,都是别人看不到的。

大晚上的,她还没歇一会,就接到有人烧炭自杀的报警。

唐锦花赶紧出动。

她去的时候，消防队也到了——那火烧着了窗帘，引起了明火，整栋楼都在疏散。

楼道全是烟味，唐锦花带着辅警跟着两名消防员冲上四楼，看到里面的火已经从外面灭掉了，而那个想自杀的人站在门口呆呆地看着狼藉的家里，开始号啕大哭。

唐锦花把那个中年男人带回所里做笔录，一路上都听他自怨自艾，什么老婆跑了，孩子跟着走了，被公司裁员，被兄弟借钱，没钱给父母治病，快四十了，还一事无成，活着毫无意义……

唐锦花起初还态度柔和地劝导几句，等听到他第三遍哭诉自己怎么把父母的积蓄也搭进去，为了娶老婆花了多少钱，结果还是被绿了时，终于忍无可忍地暴起。

"行了，就你这种窝囊废，我要是你老婆就根本不会跟你结婚，一点社会责任感都没有，也没有为人子为人父为人夫的担当，只会抱怨社会，抱怨自己身边的人，你怎么就没好好想过是谁把你的日子过上绝境的？"唐锦花拍着桌子，怒冲冲地吼道，"你父母好歹供你读书到大学毕业，结果教出个这么不肖的儿子！"

那男人被看似甜美的女警官吼得愣住了，随后听着唐锦花狂风暴雨般的批评，"哇"的一声大哭起来，边哭边拿出手机对着她录像："你这种执法态度，我要投诉你！"

唐锦花伸手一把抢过他的手机，摁在桌上："投诉我也得骂你！你自杀时想过身边邻居的安全吗？"

好吧，许嘉允说得对，有的人是自甘堕落，拽不上来的。

唐锦花同情无辜的受害者，但对这种作死的人，无法同情。

外面的小雨渐渐全变成了雪，夜风寒冷，那些雪花在路灯下打着旋涡，密密麻麻的，像三月的柳絮。

一辆黑色轿车停在派出所院里的停车场，里面的男人走出来，他穿着看上去就很贵的羊绒大衣，肩膀又宽又平，腿又长又直，只看背影，就觉得是个荷尔蒙爆棚的超级帅哥。

嗯，黄诗雨把帅哥分成为三种。

第一种是如同漫画版精致优美、没有丝毫烟火气的神仙颜值的男人，他们就像从动漫里走出来的男主角，从头发丝到手指头都完美得让女人疯狂，就像顾勋那样第一眼就让人惊艳的花美男。

大多刚出道的年轻男明星也属于这种长相，有一张迷倒众生的精致脸庞，让人愿意为了他的皮囊买单。

第二种是五官端正令人感觉非常舒服的优雅绅士，他们比第一种颜值惊艳的男人多了几分儒雅和亲近，不那么高高在上，有着岁月的沉淀感，让人觉得无论作为朋友还是爱人，都可以依靠。

最后一种是最极品的帅哥，可遇不可求。

他或许容貌精致度上比不上第一种花样美男，可却拥有自然界最原始的诱惑力——雄性的激素，全身上下都散发着纯粹的男人味，让女人看了就想给他生孩子。

而最后一种人，警局和军队里最多，那群花痴们常说，最帅的男人们都上交给国家了。所以每次阅兵和军事频道播出之后，那些妹子们立刻会抛弃小鲜肉，折服在这群保家卫国阳刚十足的兵哥哥面前，哭着喊着求联系方式……

许嘉允就是最后一种人。

偏偏他的五官和身材还不输那些男模。

警务厅的小姐姐们，没事就在议论部门的帅哥，话题大多都在他身上。

可惜唐锦花这种比大多男性还男人的妹子，整天觉得自己的男性荷尔蒙也爆棚，无法感受到正常女性对许嘉允的心动。

哦，也不是不心动，当她被自杀未遂的男人气得心肝疼时，猛然看到门口站着的熟悉身影，吓得心脏差点直接跳停。

许嘉允居然来所里！

隔壁俩辅警在聊最近的案件，他就这么大咧咧地出现在门口，冲她走过来。

唐锦花只觉得心脏跳得厉害，趁着同事没注意，先一个箭步冲过去，把他拖到外面楼梯拐角阴影处，那地方的感应灯坏了，还没修好。

"你来这里有事吗？我没接到上级通知，说你要视察啊！前台有人看到你了吗？"唐锦花压低声音，生怕惊动了同事。

许嘉允见她一脸紧张警惕的样子，像警犬嗅到了危险品。

嗯，他是危险品。

"许嘉允，我今天都在正常出警，奉公守法，没惹事，也没多管闲事……"

"我只是给你送点夜宵。"许嘉允终于晃了晃手里的袋子里装的一个超

大保温盒，打断她的反思，"你也知道自己喜欢惹事？反思得不错。"

他从侧门进来的，前厅的辅警看到也不敢说什么。

"你……你这话就不对了，每个人都像你这么冷漠，这世界就没真情温暖了。"唐锦花有点警戒地看了他手里的袋子，没接过来。

无事不登三宝殿。

没事献殷勤非奸即盗。

他可不是没事献殷勤的人。

"真的给我送夜宵？"唐锦花想到这里，又闻到了一点点肉香味，语气里面充满了期待。

"大概我应该冷漠点，不该过来。"许嘉允有点好笑地说道。

"是不该过来，你过来多危险啊！被人看到会说闲话的！你就不能喊个快递送到门口吗？"唐锦花说着，一把拿过他手里的保温盒，还挺重的，不知道里面放了什么好吃的，但她现在只想推着他出去，"快回去。"

许嘉允见她见面就赶自己走，他偏杵着不动："里面也有我的一份，你准备独食？"

"你也没吃？那……去会议室吃吧，吃完赶紧走。"唐锦花愣了愣，想到他应该也忙了一天，还记得回来时给自己带食物，心里顿时一暖，刚才的紧张感也消退了不少。

难怪这个保温盒这么大。

会议室在二楼，晚上整个二楼都没人。

唐锦花像做贼似的溜进去，开了一盏最暗的灯。

"以后别来了啊，太危险了，被人看到我就……"

唐锦花拆开保温盒，话还没说完，就听到门外传来脚步声，一个同事敲了敲会议室的门，推了推："小唐，刚才有人……"

那同事站在门口，看着拿着保温盒一脸尴尬的唐锦花，再看看旁边气定神闲坐着的男人，腿肚子一抖，表情比唐锦花还尴尬紧张。

"总……总队？"

现在所里上上下下哪个不认识总队长啊！

这可是全局少女的梦中情人！

外面停着的那辆车居然是总队长的……

可他……半夜为什么来所里和小唐警官在会议室……偷吃？

"去……去给总队泡个茶。"唐锦花努力保持冷静，对他说道。

看着同事极力掩饰着八卦的眼神，唐锦花此刻很想一头撞死在许嘉允的胸口。

"你看！你看！明天我怎么办？他们肯定会说出去的！"唐锦花连吃夜宵的心情都没了，陀螺似的绕着会议桌打转，今晚的心情也像过山车，忽上忽下，最后快被刺激得飞天了。

"你就说，我是来批评和指导你工作的。"许嘉允心情一点也没受到影响，甚至很愉快地吃着夜宵。

"你为什么要单独批评和指导我工作，还在深更半夜？鬼信啊！"唐锦花的同事们可都是人精。

想瞒骗警方的眼睛，太难了。

"因为你刚刚被投诉了啊。"许嘉允慢条斯理地吃着牛肉，淡淡说道，"小唐同志，你的工作问题很严重，被人投诉上了新闻，你是想当警察还是网红？"

"新闻？"唐锦花刚骂走那个自杀引起大火的男人，只知道他一直喊着要投诉自己，没想到真的投诉完，还把她那段骂他抢手机的视频语音给放出来了。

她哪里知道半夜十一点，夜猫子们都很无聊地刷着手机，想找点刺激的新闻，看到警察责骂自杀者甚至暴力抢夺手机，还是个美女警官，顿时嗨了起来。

毕竟这种事很有争议。

有些圣母认为自杀者本身心理脆弱，被警官这么凶猛无情地责骂嘲讽，如果再自杀，那警官是不是应该对他的死亡承担法律责任。

也有的人觉得这种蛀虫就该骂，还有那栋被火灾危害到的无辜邻居，力挺警察，认为这样的人太坏了，想自杀还差点拖累一栋楼的人给他陪葬，浪费警力和消防员的救援。

生命可贵，可生命也是平等的，那些左邻右舍又做错了什么，要为一个懦弱的自杀者买单？

无论什么事，一旦有了争议，就会引起口水战，热度也会飙升。

唐锦花心里那个委屈啊，忍不住对许嘉允吐槽今晚那个自杀者的奇葩，这种人心理医生都拯救不了，她一个每天努力工作建设祖国保护一方平安的小警察，没事就要被这种心理不健全的人投诉，她还想投诉这些人只会让美丽的世界变得更糟呢！

许嘉允听着她的吐槽渐渐变成了控诉，也不插嘴，放下了筷子，给她留了一半食物。

"你说这种掐头去尾的音频,他怎么不发自己活不下去要报复社会的话呢?他说那么多抱怨社会甚至要报复社会的话,我当然要批评他,骂他,要不是我穿着这一身警服,平时遇到这种自杀没成把楼差点烧了害死邻居的人,我准要上去揍他一顿!"

"我支持你揍。"许嘉允居然点头同意,但不急不缓地补充一句,"揍完了我带你去警局自首,争取减刑。"

"你……你也会开玩笑?"唐锦花和他倾诉完,郁闷的心情好了点,可想想同事才不会相信他来找自己的理由,小脸又垮了下去,"你还是找个靠谱的理由,让我对同事解释吧!"

"靠谱的啊……那只能是,说我来探望老婆的。"许嘉允一本正经地出着主意。

"饶了我吧,要是被同事知道我俩关系,会影响我工作的。"唐锦花觉得他这两天解决了黄金案似乎心情很好,可她却一点也不高兴。

"影响你写检讨书吗?"许嘉允见她极力想撇清和自己的关系,心里隐隐不悦。

这可是结婚以来,他第一次"探班",还得偷偷摸摸做贼一样,他们的婚姻关系早晚会曝光,是时候做好铺垫,让大家知道他们的关系。

"你不知道那群女人对你……对你……"唐锦花想找个准确的词,形容那群花痴狼女私下八卦时对许嘉允各种幻想,但一时间找不到那个词。

"对你很关注。"唐锦花勉强找个不甚贴切的词,"算了……我自己想办法,以后别来了。"

许嘉允眼色微微一沉,但并没有立刻发作,只是站起身,往外走去。

唐锦花也觉得自己说话有点冷,赶紧跟上他,语气也温柔了点:"你要走了吗?"

"不然呢?听你批评?"许嘉允淡淡反问。

"我哪敢批评您啊,我也是怕给你带麻烦,咱们不是签了婚前协议吗?不能违反是不是?"唐锦花讨好地给他开门,压低声音,警惕地观察着周围有没有同事偷听。

许嘉允冷哼一声,面无表情地加快脚步。

老实说,他冷着脸生气的样子,还真有种长官的威严,让人害怕。

唐锦花一路给他送到车门口,见同事们都在楼下大厅偷瞄,她已经做好了回去找理由解释上头给自己送饭的准备。

"长官,您路上慢点,早点休息。"唐锦花殷勤地给他撑伞,挡着头上的雨雪，一脸狗腿子表情。

那两个同事惊讶地看着她这么"谦逊"，一般她被责骂时，依然挺直了后背，一脸"我没做错"的表情，看来今晚被投诉得很惨。

当然也可能因为总队太帅了，所以铁娘子露出罕见的女性温柔。

而许队看上去并不高兴，一张俊脸比外面的寒风还冷，不发一言，启动车子，一个利落的掉头，直接消失在门口。

唐锦花见他走了，被冷风一吹，才觉得饿。

同事们也以为许嘉允顺路来给她做思想政治教育的，毕竟唐锦花对着自杀男人发火的事还历历在目，辅警们拦都拦不住，这事闹大了，上面肯定要调查，所以大家都很同情小唐警官，尽量不去问许队怎么骂她的。

唐锦花回到会议室，才发现许嘉允买的牛肉居然是上次顾勋来医院看她时的那家招牌牛肉。

她曾夸过一次那家的牛肉是她吃过最好吃的牛肉，他居然记在心里。

这么晚……人家店里应该关门了，可牛肉还温着，可见他费了不少心，而她还没说声感谢，就把人撵走了。

唐锦花吃着吃着，就吃出了内疚感，拿起手机想给他发个消息，又忍住了。

心疼男人会变得不幸！

果然，早上唐锦花换班时被黄诗雨堵在门口不让走，质问许嘉允半夜过来找她干嘛。

"总队是不是对你有意思？你被投诉，至于惊动他这尊大神来批评？而且听说还给你带了夜宵？"黄诗雨可不好糊弄，尖锐地逼问。

"当然不是！他真的是来批评和指导我工作的！"唐锦花急着回去，不想多说这件事，装作悲愤地说道，"还有那是他自己的夜宵，可能人家正好加班路过这边，接到投诉，就顺路来骂我。"

"不可能，人家多忙，哪有空管你一个刚转正的小喽啰？老实交代吧！"黄诗雨不让她走，堵在更衣室门口问道。

"那我要是说……他是我老公，你信吗？"唐锦花无奈地问道。

"你在做梦。"黄诗雨想了想总队长的颜，那么男人味，身边不缺美女的。

"小唐，所长让你过去一趟。"外面有个女同事探头进来喊道。

"昨晚的投诉。"黄诗雨一脸同情地看着她，拍拍她肩膀，"要不然就是昨晚的绯闻。"

"别说绯闻行吗？"唐锦花郁闷地边说边走出去。

她已经做好了被批评写检讨的准备了，可结果却比被人投诉还痛苦——她的援藏申请居然没通过。

这个通过率几乎百分百的申请，以她"思想觉悟有问题"给打下来了。

唐锦花觉得不可思议，和所长据理力争了几句，被赶了回家。

王斌很想对她说，谁让你有个长官当老公啊！

新婚燕尔让老婆去危险的地方历练，一去好几年，换成王斌也不肯啊。

王斌知道以唐锦花这刺头性格，不会善罢甘休，估计还会越级申诉。

不过……那些都是许嘉允的事了，反正这申请不是他驳回的。

唐锦花倒是没有第一时间想到申请失败的原因是自家老公阻拦。

毕竟许嘉允不是自己的直接上司，两个人还隔着一个刑大，而且他平时也只是处理重大案件，大多时候都没什么交集。

她满心愤怒和疲惫地回到家，一开门，就听到健身室传来器械落地的声音。

许嘉允没出门，正在锻炼。

他扔掉哑铃片，从镜子里看到一个身材火爆的女孩出现在门口。

又穿成这样！

"我陪你锻炼！"唐锦花说着，拿起了杠铃，上来就一组硬拉。

硬拉这个动作，特别能显现身体的每一处线条，肩腰臀腿和手臂，薄薄的脂肪下，藏着优美又充满力量感的肌肉线条，那种性感是明朗的，不晦暗，不隐藏，像烈日阳光，生机勃勃。

"你吃早饭了没？空着肚子就锻炼？还有腿好了吗？"许嘉允控制住眼神，看着镜子里的自己，问道。

"难得一次空腹训练，就当刷脂。"唐锦花咬着牙说道。

冬天容易养膘，加上最近总被许嘉允投喂，她都重了半斤。

"早上被训了？"许嘉允见她似乎带着气，他猜到了原因，故意问道。

今天是援藏名单公布的日期，她应该看到了通知。

"我天天挨训，没什么……早就习惯了！"唐锦花喘着气，将杠铃丢地上，加重量。

"当你上司一定很头疼。"许嘉允见她唇线倔强地抿起来，手臂的肌肉绷紧，像只猎豹般充满了爆发力。

"像我这种任劳任怨主动加班不怕吃苦的属下，他才不会头疼。"唐锦花吭哧吭哧拉第二组。

腿受伤了没事，她练胸肌！

"像你这种不听指挥情绪用事总被投诉的属下，不头疼才怪。"

"哼，我是他左膀右臂一员猛将，他都舍不得我去援藏。"唐锦花冷哼一声，继续说道。

"哦。"许嘉允见她咬着牙，几乎都拉不动那组重量，他走到她身边，伸手轻轻辅助了一下。

"你说……你说……什么叫'思想觉悟有问题'？我……生在红旗下，长在新社会，爱国敬业，为了岗位，连个人问题都牺牲了，哪里有问题？"唐锦花在他的辅助下，勉强拉了几个，额头渗出细密的汗水，问道。

她今天很生气，申请被驳回比同事怀疑她和许队的关系还令人受打击。

"我们的职业，服从命令是第一要素，不要去问为什么，只要贯彻上级指令，你就是一把好枪。"许嘉允淡淡说道，"否则，你的性能再好，在上级眼中，也是一把随时会走火的枪，不会在重要时刻拔出来。"

"真是不懂变通的老古董，让一个有自我思想的人变成完全听从指令的机器，不如去训练机器警察。"唐锦花觉得人比机器最可贵的地方，就是在于思考和变通。

随机应变才是最重要的。

"你觉得我老古董？"许嘉允微微眯起眼睛，淡淡问道。

果然他俩思维有差距，许嘉允有点在意她对自己的看法。

"我没说你。"唐锦花愤愤地硬拉，"我要去申诉，每年都鼓励基层援疆援藏，凭什么把我刷下来？我是偶尔会被投诉，但相比投诉，我也立了不少功，上面只会盯着人的缺点，怎么看不到我吃苦耐劳抗打扛伤的优点？"

"要练一次吗？"许嘉允突然问道。

抗打？他要让她清楚看到什么才叫抗打。

"练！"唐锦花正郁闷着，一肚子气没地方发泄，扔下杠铃就去拿拳击手套。

"这次换个方式，泰拳没意思，来综合格斗。"许嘉允将绷带一圈圈缠在手上，语气清淡，"有什么本事都使出来，没有规定，只要能打趴对手就算你赢。"

"行，你也使出来，别跟我客气。"

唐锦花喜欢挑战，喜欢全力以赴，但她却没想到，社会的毒打来得这么快！

一定是她熬夜没吃饭有点低血糖，所以才没看清对方出拳的速度，只觉得眼前一花，下巴被重击了一拳，嘴里立刻弥漫着血腥味，仰头倒在地上的瞬间，她还在怀疑人生。

"就这抗打能力？我随便挑个兵都比你强。"许嘉允轻笑，用脚踢了踢她的胳膊，"别装死，还没开始就挂了？"

唐锦花缓了几秒，才发现自己真的被一拳撂倒，而且对方一定没有用全力，否则可能真的挂了。

血腥味刺激得浑身血液开始沸腾，唐锦花一把抓住他的脚，饿虎扑食般地往他身上扑去。

许嘉允见她打了鸡血似的拼命撞上来，勇气倒是可嘉。

如果不是心疼她那张脸留伤，许嘉允就继续往她面门招呼了。

"看到自己的缺点了吗？不怕苦不怕疼不怕危险有什么用？你的脚步和出拳都是乱的，遇到比你强的对手，你就乱了阵脚，毫无章法，到处是破绽。"许嘉允说着，脚步一转，倏然绕到她后背，紧紧贴上去，冷森森地说道。

唐锦花看到镜子里的自己，倔强的眼神里藏着不甘。

许嘉允说的没错，她性子是急躁了点，虽然很敏锐，但沉不住气，动作总比大脑反应还要快——这是优点，也是缺点。

那些一腔热血的年轻人，总能不服输地往前冲，哪怕摔得鼻青脸肿，哪怕输得遍体鳞伤，也依然不会停下向前的脚步。

多好啊！

许嘉允看到她，仿佛看到了十多年前的自己。

每一个成熟稳重的中年，都是从莽撞冒失的少年摔打过来的。

和95后的祖国花朵相比，像陈旧过时的机器，发出岁月锈迹的声音。

但……花朵毕竟娇弱，和冰冷坚硬的机器搏斗，那是自寻死路。

许嘉允一次次将她摔在地上，冷眼看着她一次次跛着腿爬起来，只不过那爬起来的速度越来越慢。

唐锦花最后一次从地上挣扎着爬起，足足用了一分钟的时间。

有生以来，她从没被揍得这么惨过，脑袋嗡嗡地响着，思考时断时续，最后一扑，只觉得意识被抽离了身体，站在天空冷冷地看着自己，那眼神，跟许嘉允似的，充满了冷酷和不屑，像上帝俯瞰可怜弱小的人类。

这男人真狠！这是在练兵！

唐锦花最后的意识是在心里骂了一句许嘉允。

第十四章　藏不住的爱意

这是她第二次被练晕过去，等她再次醒过来，已经在床上，外面天都黑了——晚上了？！

她是睡过去了？

唐锦花微微一动，浑身散了架般的疼，肩膀、手臂、小腹、腿……都抬不起来。

最疼的是胃。

火辣辣的，胃酸蔓延着，疯狂地寻找食物，灼烧着五脏六腑。

她最后一顿是昨天半夜吃的牛肉，早上还大量消耗了体力，现在已经晚上六点。

香味儿从门口传来，她费劲地坐起身，屁股也酸疼得厉害，比她当年没命锻炼时还痛。

当然，也可能是被打的……

被许嘉允当人肉沙包，除了脸上没挨几拳，她的肚子后背大腿都受到重击，尤其左腿，本来就摔伤了，现在挪也挪不动。

"醒了？"门口传来男人低沉的声音。

他的音色很好听，像午夜电台的男主播声音，磁性，但遥远，似乎隔着万水千山，是女人心中渴望却得不到的男人。

"我是不是被打残废了？腿动不了……"唐锦花扳着自己的左腿，试图下床。

"那就躺着。"许嘉允走进来，抬手开了灯。

唐锦花被刺眼的光照得闭上了眼睛，等再睁开眼，许嘉允已经端着食物进来了。

她桌上有个床上电脑桌——偶尔躺床上写检讨时用的。

那个小电脑桌放床上，香喷喷的米饭、麻辣鸡丝、椒盐虾，还有个虎皮青椒。

唐锦花瞬间就忘了被"家暴"的事，颤抖着手，吃得热泪盈眶——多好的老公啊，以后要是老了，还能被端茶送水，那也值了！

"我帮你拉伸过，但伤处得抹点药，明天就消肿了。"许嘉允又丢给她一瓶药，说道。

　　唐锦花发现他丢的这个药，特别有效果，上次受的伤，擦了两次，就好了。

　　但这上面没品牌，很简陋的包装，看着像三无产品。

　　"能……先扶我去卫生间吗？"唐锦花对他伸出手，老夫老妻地说道。

　　许嘉允刚给她收拾完桌子，又跟照顾残疾人似的，扶着她下床。

　　唐锦花脚还没落地就哎呀哎呀痛苦地叫了两声，为什么许嘉允每次练完她，感觉骨头都碎了。

　　"以后还说自己抗打吗？"许嘉允知道她腿伤得不轻，被自己没怎么收力道地踹了几次，骨头没断就算不错了。

　　"一般人像你这样能打吗？"唐锦花反问。

　　反正她疼得快忘了早上令人郁闷的消息。

　　许嘉允见她半天也没下了床，索性一把打横抱起她。

　　"啊啊啊……"唐锦花散掉的骨头被用力挤压到一起，疼得她反手就抱紧了他脖子，用力贴紧他的胸口。

　　伤口的受力面积一大，也就分散了疼痛感，整个人贴紧时，所有的伤口都被紧紧熨帖着，疼痛像是被对方的身体吸收了一点。

　　"别叫了，你不是很能忍吗？"许嘉允绷紧了脸色，被她这么主动的抱紧，感觉很异样。

　　她胳膊裸露的肌肤滑溜溜地贴在他的脖子上，还有那睡得有些乱糟糟的蓬松的短发，支棱着刮着他的下巴，痒到了心底。

　　"那不一样。"唐锦花咬着牙抽着气，只顾着疼，没察觉房东的异样，"你没见那些小孩子没妈在身边看着时都很坚强，可见着妈妈了就变娇气了？"

　　"我是你妈？"许嘉允知道她比喻的意思，她把自己当成最亲密的人，才会"娇气"，喜怒哀乐都会放大，也不会遮掩情绪。

　　竟然心里溢出了压不住的甜蜜感觉。

　　"你像我爸……不是……不是那意思……"唐锦花听到他胸腔传来的心跳声，说道，"咱们是一家人，在家人面前疼还不许叫吗？"

　　"能，叫吧，你可以叫到邻居来敲门投诉。"许嘉允觉得她上厕所都麻烦，看着她青肿的嘴角，后悔下手太重。

　　可他把她揍伤，总比她不服教育被别人打伤的好。

　　这才是真正的"抗击打"训练！

"不会的，隔音效果好着呢。"唐锦花吃饱了，心情就会跟着好，加上运动后的畅快淋漓，哪怕浑身酸疼，事业不顺，也露出了笑容。

许嘉允看着她嘴角灿烂的笑，心里一动，想到了那次在厨房时的感觉。

但他很快松开了手，忍住了想要亲上去的冲动。

"能走吗？"

许嘉允刚一松手，唐锦花就一把攥紧了他胳膊，颤颤巍巍地落地，腿跟被打折了一样挂在他身上。

"你们以前会训练到生活不能自理吗？"唐锦花咬紧牙，手指用力掐着他的胳膊，感觉像个残废上厕所，太痛苦了。

"比这强度大多了，但没几个像你这么弱的。"许嘉允一把提起她的腰，热烫的掌心贴着她光滑紧实的腰肢，像有电流经过。

"我要是男人，不会给你机会说这种风凉话的。"唐锦花不服气，她不是找借口，只是被练瘫了几次，清楚看到男性和女性体能之间的差距。

她揍两三个普通小混混没什么压力，可如果在同等训练下，男性天生的优势就会显现出来，除非女性疯狂加练，否则……

"呵，你知道你身上最硬的地方是哪里吗？"许嘉允站在洗手间门口，见她愣了愣真的在思考身上哪里最硬，眼里闪过一丝笑容，替她回答，"嘴啊。"

"你……你知道自己哪里最硬吗？"唐锦花看了看他，见他表情如常，平静得很，可她却觉得自己被调戏了，憋着气反问。

许嘉允微微挑了挑眉，一向淡漠的眼神变得意味深长，不答反问："你知道？"

唐锦花再次觉得被他的眼神冒犯了。

如果说刚才只是言语戏弄，现在就是眼神侵入，让她非常不自在地回答："心啊！"

说完，她忍着浑身酸痛，扶着门框，把卫生间的门关上。

他的心最硬，不然也不会把她练到上厕所脱裤子都难！

但……他的心也最暖，还给她准备了这么可口的晚餐，让她又想起爸爸。

总是对她要求很高，在学习上非常严厉甚至苛刻，可在关键时刻，却愿意用生命来保护她。

"家"这个字眼，似乎从虚无变得真实而有重量。

那是两个人叠加在一起，共同人生的重量。

唐锦花顺便冲了个澡，出来的时候头发没擦干，被许嘉允硬生生地按在沙发上吹头发。

吹风机里的风温柔得不可思议。

因为许嘉允调到了最低档的温风。他私心将这温柔相处的时间拉长，所以风速才这么低，吹干的速度变慢，就能多享受一点和妻子独处的温暖。

窗外的雪花像蒲公英一样飞舞着，唐锦花不知怎么忽然想到昨天许嘉允主动给她送饭，想到他帮自己上药，想到他回来给自己做饭，想到在厨房那个吻……

那些琐碎的不起眼的日常点滴，让她有种感觉——他真的把自己当老婆了。

把她当成法律上的妻子，对她的照顾和对她的要求，也会越来越多，最终落进婚姻的网里，被收紧，被打捞，让她失去了自由，从无边无际的海洋里被网起晒干，变成了别人的食物。

唐锦花打了个冷噤，忽然站起来，看向许嘉允的脸："不用吹了！我要睡了。"

她不是觉得许嘉允不好，正是因为太好了，所以不想改变现状。

男人和女人一旦突破了一种关系，就会渐渐厌烦彼此，她不想讨厌许嘉允，也不想被他嫌弃。

唐锦花这一夜都没睡好，在床上翻来覆去，越来越觉得许嘉允在入侵。

第二天，许嘉允又比她早一步离开。

餐桌上还留着一份早餐。

这份本以为是家人的温柔，不知怎么变成了负累，唐锦花早餐也没吃，匆匆出门。

王斌一大早就被她拦在办公室门口。

"所长，我的申请是不是许队压下来的？"唐锦花还是想要证明自己的推断。

因为许嘉允从不肯表露真正的内心想法，昨晚她试探了几次，没有得到想要的答案。

当然，也可能根本还没有上升到爱情的高度，只是他想在婚姻中得到更多的东西。

她一点也不喜欢复杂的关系，那种所谓的友谊之上爱情之下的暧昧不清也无法接受。

"呃……你……知道了？"王斌显然没做好准备，他见唐锦花脸色不佳，嘴角还青肿了一块，以为昨天她回家质问过许嘉允，和人打了一架呢。

"上次不让我参加搜捕行动，也是许队的安排吧？"唐锦花心凉了一半——果然他对自己不纯洁，还插手了工作。

她如果早点察觉到这段完美关系被破坏，就不会这么大意松懈。

犯罪心理学有一个破窗定理，如果放任环境中的不良现象，会诱使人们仿效，甚至变本加厉。

她昨晚感觉到许嘉允的温柔后，觉得自己在感情上太过迟钝，放任了"不良现象"，让老公变本加厉，一步步入侵她的自由空间。

"小唐，这事不怪总队，你确实还有需要学习和沉淀的地方，上面有自己的考虑……"王斌的话还没说完，就见那风风火火的小妞，转身拖着腿走了。

"哎，你听到了吗？好好学习不足……"王斌从办公室探出头，无奈地喊道，"别这么急躁！"

学习许嘉允怎么霸凌她吗？

之前她担心过老公是一行的，会不会影响到工作，但没想到不但蹭不到长官的好处，还被各种穿小鞋。

唐锦花怒气冲冲给许嘉允打电话，她遇到事，一刻也不能忍，恨不得当场把他约出来干架。

打不过他，也比吃闷亏生气好。

许嘉允没接电话，她坐在厕所里，给他发信息："我都知道了！"

然后又发了一条："我很生气！"

接着再发："许嘉允，婚前协议明确规定，要是两个人彼此不和，插足对方生活，有感情纠纷等等，就和平分手。你现在利用身份，干涉我的工作，在私生活上也给我带来困扰，希望你能抽个时间，我们好好谈谈。"

唐锦花这一天都没收到许嘉允的回复，到了年底，公安系统非常忙碌。

临下班前，她和黄诗雨去银杏街出警，那边有人聚众斗殴。

因为年底，收租的商铺在合同期要涨价，否则就撵人离开，租户索性不交租金，两帮人就打了起来。

唐锦花和黄诗雨带着两个辅警赶到时，商铺的玻璃门都被砸碎了，两帮人吵得不可开交，边吵边推搡，肢体碰撞升级，旁边的人拦不住，又开始打起来。

收租和合同问题，让唐锦花感同身受地想到了自己的处境。

现在她和许嘉允不就是这样吗？

原本签了终生合同，永不涨租，突然房东就变了心意，觉得吃了亏，应该按照市场走向来调整——结婚了就该当老婆使，不然和打光棍有什么区别。

他们把两方负责人带回所里调解，一整天唐锦花都绷着脸，不想回家。

原本温馨的家，变成了她心里最危险的地方。

到了下班时间，唐锦花再次给许嘉允发了条消息："你还活着吗？"

她不信许嘉允一整天都不看手机，这人就是故意不回她消息，漠视她，欺凌她，不把她的话放在心上。

这是冷暴力！

唐锦花的表情更阴沉了，像外面阴寒的天空。

唐锦花这晚没回去，回了娘家，又没睡好。

她想到那天许嘉允出现在自己房间，还在这床上睡了半天，总觉得到处都是他的气味，于是半夜又爬起来换床单被套。

第二天，许嘉允依然没有回她消息，手机也没人接听。

唐锦花甚至开始担心他是不是真的遇难了，在午饭时候，佯装无意地打听最近总队有没有什么大新闻。

可惜，什么也没打探到，听说黄金案之后，平静得很。

总队有什么保密的严重案件，他们基层也打探不到。

到了晚上，唐锦花还没联系上许嘉允，从一开始的气闷，渐渐有点紧张起来，猜测是不是执行危险任务去了。

唐锦花庆幸他俩不是真的夫妻，不然这一天到晚见不到人，也联系不上，要是生了个娃，都找不到自己爹在哪里，太可怕了。

她虽然也很忙，可只要不是执行特殊任务，看到家人发消息还是会回的。

唐锦花决定继续回娘家睡。

这晚她准时下班，推开门就看到一桌丰盛的晚餐，等着她吃饭。

看到桌子上三份碗筷，唐锦花愣了愣："晚上来客人了吗？"

如果她看到那双放在鞋柜里的男鞋，一定掉头就跑。

哦，不对，她跑什么？

她约许嘉允好几天，都没见到人影，今天人家送上门，正好瓮中捉鳖。

"你是不是工作傻了？今天小年夜，你说来什么客人？"唐妈妈对着她卧室努努嘴，"昨晚不是说了吗，如果没什么事，小年夜都在家里过。"

"说了吗？"唐锦花完全不记得了，可能昨晚一直想着许嘉允的事，出离愤怒，什么话都没听进去，"那许……阳阳已经到了？"

"我给你留言了，你没看？"许嘉允听到外面的声音，从她卧室走出来，很自然地说道。

她本想着瓮中捉鳖，但当看到许嘉允往她面前走来时，有种错觉，觉得自己才是那个鳖。

被他堵在娘家的鳖。

"你什么时候留言了？"唐锦花在楼下还看了眼手机，许嘉允根本没说话。

换成平时她可能会配合，但此刻她看到许嘉允风轻云淡的模样，跟看到仇敌似的，一肚子不爽。

找了他两天，这家伙一句话都不回，现在跟没事人一样出现在她娘家。

这人怎么能跟皇帝老儿似的，无论遇到什么事，都一脸"问心无愧，错的是你们这些菜鸟"的表情。

"你再看看消息。"许嘉允一副好老公的表情，伸手想帮她拿衣服。

但唐锦花避开了。

她看了许嘉允一眼，见他眼神里有着真假莫辨的宠溺，让她联想到这些日子要被淹没的温柔，顿时打了个冷噤，立刻往洗手间走去。

她从没遇到过这么会用眼神"开车"的人。

哪怕她钢铁直女，都能被看得觉得光秃秃的站他面前被冒犯。

"和家人要温柔说话，不要把工作情绪带回家。"唐妈妈也跟着走进洗手间，轻声提醒。

昨天晚上女儿回来住，她就担心是不是小两口闹矛盾。

可今天晚上许嘉允神色如常地拎着礼物上门，并不像吵架的样子，唐妈妈又稍稍放下心来。

"我哪有情绪？可能太忙，我没注意到消息。"唐锦花不想在小年夜让辛苦忙了一晚上美味佳肴的老妈担心，洗完手，拿出手机故意翻了一下。

没想到他还真给自己发消息了——两分钟之前发过来的。

上面就两个字：等你。

什么叫"等你"？

等她回来谈一谈？

"那就好，快去准备吃饭。"唐妈妈帮她将外套拿着，说道。

难得小年夜，唐妈妈还开了瓶红酒，给女儿女婿倒上。

唐锦花努力投入角色，眼疾手快地把许嘉允面前的红酒拿到自己面前，笑着说道："妈，不喝酒，晚上还要回去呢。"

她看似大大咧咧，可在细节上考虑得非常周全。

虽然回来时没注意许嘉允有没有开车，但不能让他喝酒，这个点吃完饭喝了点酒，再聊会天，说不准就得住在这里。

她的床那么小，可没法跟他挤。

而且，现在情况不一样。

唐锦花想到他所做的一切，有了戒备，不想引狼入室。

从源头上杜绝，让他没机会犯罪。

"没事，不行找个代驾。"唐妈妈轻轻横了她一眼，笑道，"别把男人管得这么死。"

"我没……再说，阳阳又不喝酒，随时要出任务，不能喝酒，是吧？"唐锦花说着，看向许嘉允，希望他自觉配合。

可许嘉允并不配合，像看透了她的想法，微微笑道："过年陪妈妈喝点没关系。"

"不行不行，你还是少喝点，万一要出任务怎么办？我替你跟妈妈喝。"唐锦花坚决不给他机会，说着，拿起他的酒杯先灌了一大口。

许嘉允没阻止，笑意盈盈地看着她，在唐妈妈眼里，这对小儿女似乎没什么矛盾，就是女儿的性格太"硬"了，像个男孩子，不解风情，看着让人着急。

"真不能喝，越是节假日，突发事件就越多，妈，别倒了，意思一下可以了。"唐锦花说道。

"过两天你生日，可能又要忙得忘记，今天一起过了，我就不过去看你了，你跟阳阳自己安排吧。"唐妈妈说着，端起高脚杯，碰了碰女儿的杯子，深深看了她一眼，"只要你平平安安就好，整天都带着伤，我真希望你早点当个妈妈……"

"妈，你还没喝就醉啦？"唐锦花赶紧打断老妈的话，"快吃吧。"

以前妈妈只在她面前唠叨，该计划要孩子，再过几年不要做这一行之类的话，今天当着许嘉允的面催孩子，让唐锦花很尴尬。

她和许嘉允还不知道能不能继续这段看似完美的婚姻呢，说不准这次谈完，立马离婚。

想到这里，唐锦花心里更是五味杂陈。

摸着自己的良心说，她真舍不得房东许嘉允。

前几个月的新婚生活过得太舒坦太自由，比在娘家被妈妈照顾还快乐。

许嘉允从不唠叨自己，也不会催婚催生，像个田螺姑娘一样照顾她。

但果然……除了父母之外，没有任何一种付出是不求回报的，他付出了几个月之后，味道有点不对了。

不但看她的眼神不对，连工作都要管她！

唐锦花又灌了一口红酒，越想越不是滋味。

记得社会心理学的老师说过，除非是完全陌生的两个人，否则任何人和人的关系都是在不断变化的，要么越来越近，要么越来越远，无法成为真正的平行线。

她所喜欢的恒定不变的关系是不存在的！

"你也别喝醉了。"许嘉允见她一口口闷着酒，伸手将她的酒杯拿走，微笑说道。

"别管我。"唐锦花瞪了他一眼，冷哼一声，"我在我家，想干嘛就干嘛……"

"这孩子，真喝多了。"唐妈妈摇头，知道女儿极少喝酒，酒量不好，起身拿过他俩的碗，"不喝了，吃完饭早点休息。"

"你是不是想管我？"唐锦花盯着许嘉允，伸手就掐他的大腿，凑到他耳边压低声音说道，"我知道是你把我申请驳回的，我什么都知道了！"

她是有些醉意了，这红酒后劲太大，动一下才发现酒精麻醉了神经，没法精准地做出动作。

所以凑过去时，她差点磕到人家脸上。

许嘉允不动声色地抬手托住她撞过来的脑袋，淡淡微笑："你醉了。"

"我没醉，你等着……唔……"唐锦花心里清楚得很，她只是肢体不太协调了而已，感官也变得迟钝，被他凑过来顺嘴亲了口，也没反应过来，继续压着声音说道，"不给我一个解释……你……"

唐妈妈出来就看到两个人卿卿我我地凑一起，赶紧又返身回去给自己盛饭。

许嘉允含笑看着她熏红的小脸，腿被她不控制力道地掐着也丝毫不生气，只看着那张微微噘起的粉润嘴唇，让他的心痒痒的，忍不住又凑过去轻轻一碰。

像是过了电般，肌肤的碰触也能直达心底，甜得让他觉得掉进了糖罐子。

唐锦花这才感觉到被他啃了，她皱眉离远，瞪着他正想说话，就见妈妈走出来。

"吃点鱼，这鱼隔夜了就得扔掉，没法吃。"唐妈妈假装没看到小两口甜蜜偷亲，只想赶紧吃饭回房去，免得做电灯泡。

按理来说，小两口这么甜蜜，早晚能抱外孙啊！

唐锦花哪有心情吃饭，把剩下的那杯酒喝了，拽着许嘉允要出门回去。

"这么晚了还回去干嘛？在家睡吧。"唐妈妈见外面天冷路滑，说道。

"家里床太小没法睡！"唐锦花一不小心就说出了实话。

让许嘉允睡自己的房间？那晚上还不得打起来？

家里隔音效果又不好，床上动静能听得一清二楚，她怎么批斗？

"挤挤住一晚就是了，这么冷的天，还让阳阳开车回去……"

"妈，没事，我带她回去，方便。"许嘉允开口打断妈妈的话，虽然他挺喜欢她的小床，挤在一起就很暖，但不想闹出动静让妈妈担心。

"那你们就快点回去，早点休息。"唐妈妈见女婿都这么说了，也考虑到自己家太简朴，比不上他们的新房豪宅，怕他住不惯，也就送到门口，把唐锦花的外套拿过去，说道。

"好的，今天辛苦妈妈了……"

"妈，那我们先走了。"唐锦花打断许嘉允的客套话，扯着他下楼。

"你慢点，慢点走，别摔着。"唐妈妈见女儿脚步不稳，担心地喊道。

"没事，我会照顾好她的。"许嘉允扶着她，匆匆告别。

老式楼房的楼道昏暗窄小，比不上电梯洋房宽敞明亮，唐锦花只觉得他贴得很近，近得能听到他的心跳和呼吸声。

酒精弱化了她的一些感官，但也放大了另外一些感官的灵敏度，让她觉得自己的心跳也很吵，在狭窄的楼梯道里怦怦怦地响着，像装修师傅

敲墙似的扰人。

"别碰我，我自己能走。"唐锦花走了两层楼梯，推开他的手，皱着眉，"我没喝醉……"

话音未落，她脚下一空，转角踏空，直直摔了下去。

许嘉允一伸手就能把她扶住，可他没有，淡漠地看着她狠狠摔楼梯上。

如她所言，那就不碰。

许嘉允一向狠得下心，不过前提是——他的人他自己打，打得再狠，他脸上也不会露出半分心疼，但别人却半分也不能动。

"啊……"唐锦花一声惨叫卡在喉咙里，这时候脑子里想的是，别喊太大声，让妈妈和邻居听到声音开门查看，那就太丢人了。

"自己还能走吗？"许嘉允凉凉的声音从她身后传来。

"……能。"唐锦花颤颤巍巍地伸手，攥住楼梯栏杆，努力站起来，但半天也没挪一步。

"那就走吧。"许嘉允说着，从她身边走下去。

一只手扶住了他的肩膀，无言地用力地按住他。

他和唐锦花身高差和一个楼梯台阶差不多，此刻唐锦花站在他身后，正好和他一样高。

"能……背一下吗？"唐锦花说完，不等他说话，双臂就缠上了他的脖子，紧紧抱住他，哽着声音，"扭到了……好疼……"

反正她喝多了，相比崴了脚的疼，其他羞耻感没那么强烈，搂着许嘉允的脖子就往他背上爬。

"你刚才不是不让碰吗？"许嘉允这时候还在说风凉话，扯着她的手，"自己走，走不了就爬回去找妈妈。"

"你这人……别过分啊，欺负女人很光荣？"唐锦花这么一摔一晃，真醉了，抓紧他的衣领，提腿，那只没受伤的脚一蹬，力道很大地跳到他背上，两条腿一夹，紧紧盘在他的腰上，像个八爪鱼，牢牢吸附住他，甩都甩不掉。

许嘉允站得很稳，料到她喝醉了控制不住力道，要是换成普通人被她这么一撞，准会滚下楼梯。

"说啊，是不是欺负人很高兴？心理阴暗！"唐锦花在他耳边碎碎念着，紧紧掐住他的脖子，脸都快贴着他的脸了，在他耳边控制不住声音大小地说道，"我第一眼看到你，就知道你不是什么好人！果然……果然露出马脚了！"

"我怎么不是好人？"许嘉允微微侧过头，避开她直吹自己耳朵的气息，背着她往下走。

"你不是，你身上见过血，我能闻得到。"唐锦花说着，跟警犬一样，趴在他背上，往他脖子上闻去，边嗅边说。

"被你发现了，我确实不是什么好人。"许嘉允被她的脸蹭得浑身发痒，加快了脚步，背着她就像没有负重，如履平地，飞快地走到外面，来到自己停车的位置。

唐锦花还在闻他身上的气味，真好闻啊——他喷了妈妈送他当生日礼物的香水过来的。

那香水好像叫毒药还是危险之类的名字，唐锦花脑袋有点发昏，记不太清了，只觉得确实有毒，混杂着他身上清新冷冽的冰雪一般的气息，让人有点入迷，都忘了他们刚才在聊什么。

"所以别闻了，小心被吃掉。"许嘉允一个旋身，将她丢到副驾驶上，压了过来，挟裹着冷风扑到她脸上。

唐锦花只觉得天旋地转，被风一吹，意识有些模糊，只觉得腿疼，张嘴正要说话，就被什么柔软的东西堵住。

她挣扎了两下，就不动了，跟被人捂死了一样，半天没喘上一口气来。

脑子里大概明白被欺负了，可内心有个声音对她说，这样也不错啊，享受一下不吃亏。

……天呐，酒精真是个可怕的东西，居然能改变人的意志，产生那么多平时根本不会想到的荒唐想法。

相比她醉得迷迷糊糊，许嘉允比任何时候都要清醒。

他感觉到她从抗拒的紧绷渐渐变得柔软，天雷勾地火，大概说的就是此刻。

唐锦花再次找回意识，是在清晨五点半的大床上。

松软温暖的大床，不属于她的气味。

她猛然坐起身，身下一阵刺痛。

不，准确地说，是大腿以下，疼得她立刻掀起被子，看到自己膝盖又摔伤了。

还有脚踝也被缠上了纱布。

完全记不起昨晚发生了什么，她喝断片了，只记得妈妈楼下的灯特别

昏暗，她心里昏昏沉沉地想着年前回家一趟把那灯换掉。

唐锦花看着自己光着的腿，愣了几秒之后，才发现自己穿着男人的T恤。

头痛欲裂，那不只是宿醉带来的疼。

她那条腿不知道怎么伤成这样，脚踝扭到，膝盖磕伤，费劲地往床边挪，深灰色的丝绸床单被她扯得皱巴巴的，像她此刻的心情，乱成一团糟。

记不起来昨晚到底发生了什么，她只气许嘉允是个禽兽，老婆伤成这样也能下得去手……

"嗒"！门把手传来轻微的声音，唐锦花像是受惊的小野兽，抓紧被子裹上身，警觉地看着卫生间的门。

许嘉允刚洗完澡，短发湿漉漉地贴在额前，穿着睡袍，露出一截蜜色的肌肤，那双深海般的眼睛像是把光都吸进去了，幽沉漆黑，看不到底。

"你……你对我做了什么？"唐锦花愤怒地问道。

"你应该问，你对我做了什么。"许嘉允慢慢走到她面前，打开床头夜灯，伸手扯开了浴袍。

唐锦花在灯光下看清他胸前一条条的抓伤时，愣了几秒："我干的？我……对你……做了什么？"

她指甲一向修剪得很短，没想到还有这么大的杀伤力。

不止是抓痕，掐痕和牙齿印也有。

唐锦花此刻只觉得，失忆也是件好事，免得回想起来尴尬。

"想知道吗？客厅有监控，你可以调出来看看。"许嘉允系好睡袍带子，见她还死死握着杯子，伸手将她手里的水杯拿过来，喝了一口还温热的水，再也不想照顾醉鬼。

"可我……怎么睡在这里？"唐锦花难堪地沉默了几秒，"还……衣服你换的？"

这点就不可饶恕了吧？

虽然不知道有没有做"犯罪"的事，可未经当事人同意，趁人家喝醉了把对方衣服全脱了……

"你吐了一床一身，还弄到我身上。"许嘉允见她脸色越来越僵硬，继续说道，"我倒是不想帮你换，可你自己脱光了在客厅乱跑……"

"等等，"唐锦花的表情像是被万箭穿心，她困难地抬起手，捂住头，"别说了，我有点头疼。"

唐锦花没脸见人，重新躺回去，把脸给蒙在被子里，恨不得钻地缝消失。

她死也不会去看客厅的监控，但似乎模模糊糊地想起昨晚不停地找水和找浴缸，想泡在水里……

闻了闻自己身上还残留着沐浴乳的味道，估计昨晚是被许嘉允丢在浴缸里冲刷了一下……

天啊！天啊！老天啊！

唐锦花在心里惨叫，她为什么要回家！

昨晚留在老妈家，说不准还不会发生这么可怕的事情！

"你也不用觉得害羞，都是夫妻，没什么可在意的。"许嘉允走到床的另一边，坐了上去，扯了扯她的被子，想要补觉。

昨晚伺候她到半夜，帮她洗了澡，他根本也睡不着，那感觉……比第一次上战场还心情复杂，自控力也受到前所未有的挑战。

唐锦花在心里狠狠骂了一声，此刻已经完全没有气势和他算账，乖乖露出头来，对他露出一个比哭还难看僵硬的笑容来。

"你是不是一夜没睡啊？辛苦你照顾了，我不打搅你休息，这就回自己房间。"唐锦花说着，费劲地挪下床，拽着那件宽大的T恤，想努力遮住屁股。

许嘉允眼神冷淡地看着她那两条线条极美的腿，腿上一用力，上面的线条就显现出来，特别有魅力。

唐锦花走了两步，想着想着，还是觉得非常委屈和不甘心，扭头看了眼准备休息的许嘉允，眼泪都快出来了："许嘉允，你把我看光了！"

许嘉允淡淡点头，纠正："是你自己让我看光的。"

"你这样是不对的，你应该闭上眼睛！"唐锦花哽着声音，还是过不去这个坎，毕竟是第一次，没法轻易释怀。

"我闭上了。"许嘉允见一向洒脱飒爽的女孩都要急哭了，一脸冷漠地撒了个善意的谎言。

"那，你休息吧。"唐锦花听到他这么回答，还能说什么，也不敢再看他的脸，瘸着腿帮他把卧室的门关上。

回到自己满屋酒味的房间，真是个糟糕透了的小年夜，不堪回首！

想到昨晚被他洗洗涮涮换衣服的细节，唐锦花就一阵颤抖。

唐锦花心情差到了极点，对着镜子检查了一下自己身体。

除了膝盖和脚踝受了伤之外，其他地方都好好的……许嘉允没对她做

什么坏事。

　　当然以她老公的本事，也可能做了一些，只是没在她身上留下证据而已。

　　想到这里，唐锦花没法再和许嘉允过下去，也无颜和他面对面为申请驳回的事争论，匆匆收拾一点东西出门，坐在公交车上，才给他编了条信息："我们离婚吧。"

　　昨晚喝多了，没有好好谈一次。

　　这一夜过后，唐锦花更不想再看到他，总觉得在他面前没有任何隐私，没穿衣服……

　　可想到他被折腾得一夜没睡，这会可能才睡着，唐锦花迟迟没按下发送键。

　　算了，晚点再发给他。

　　黄诗雨去更衣室时，看到唐锦花正坐在换鞋凳上发呆。

　　唐锦花看到好友进来，才起身，一瘸一拐地走了两步。

　　黄诗雨惊讶地问道："你又受伤了？抓贼的时候崴了脚？"

　　唐锦花没回答，就当是工伤吧，要是说喝醉了摔的，会被嘲笑好久。

　　"等一下，你喝酒了？"可惜，就算她不说，黄诗雨也闻到了。

　　"昨天小年夜嘛，陪我妈喝了一杯。"唐锦花尽量装作无谓的语气，"你没陪家人喝两杯？"

　　"喝一点点，不像你，都第二天了还有酒气……你喝了多少？"黄诗雨走到她身边闻了闻，皱眉，"你又换沐浴露和洗发水了？"

　　这位也是狗鼻子！

　　唐锦花赶紧往后挪了两步："也就喝了两杯，我要出去工作了，赶紧换衣服吧你。"

　　"等一下！"黄诗雨一把拉住她的衣领，往下扯了扯，看到后面种的草莓印，惊呼，"你……这是怎么回事？真的背着我谈恋爱了？"

　　"什么啊？"唐锦花今早换衣服时，对着镜子检查了好几次身体，根本没发现脖子后有吻痕，被黄诗雨拍下照片一看，脸顿时红了，"这……什么时候撞的？"

　　"撞的？你是觉得我专业学得不如你？这不是撞出来的痕迹，是机械性紫斑，皮下微血管在遇到强大吸力下的破裂出血。赶紧坦白，哪个男人？"黄诗雨追问道。

　　"我哪有时间搞？出警都累死了。可能是被小虫子咬的，别看了。"唐锦花赶紧拉好衣领，心里骂着许嘉允，果然他还是做了些什么！

"你要是骗我……"

"哪敢啊！"唐锦花已经跑出去了，拖着受伤的腿，走到外面躲着闺蜜，看着外面的铅灰色的天空，只觉得心情和这连日阴郁的天气一样冰寒。

她的心也冰冷冰冷的，把那条消息发了过去。

"我们离婚吧。"

这句话发出之后，她心里的阴云不知是消散了，还是变成了雪落下来。

奇怪，明明没有恋爱过，也没有什么牵绊，怎么还会有一种难过的感觉？

唐锦花仔细梳理了一下逻辑，在午后阳光乍现时，找到了原因——因为之前的婚姻太"美满自由"，许嘉允也完美无缺，这样的婚姻对象，如果没有太大的过错，她舍不得离开。

离婚后，去哪找这么默契的伙伴？

唐锦花这么想着，就有些后悔得想撤回这条消息。

可早就过了撤回时间，而且对方也一直没回复，不知道还在睡觉，还是他根本就懒得回复。

眼看到了下班时间，唐锦花心里还在挣扎，她鲜少有这种反复不定的心情。

她的人生目标一向清晰明确，意志坚定，知道自己想要什么。

唯独这个协议婚姻，像一团迷雾，笼罩着前方，让她不知道该往哪里走。

"小糖糖，等下有个安全会议，五点半，三楼大会议室，上面的人过来，别急着回去，也别迟到。"

唐锦花刚回大厅，就听到小杭对她说道。

"上面的人？谁啊？"唐锦花现在对"上面的人"有心理阴影。

年底和一些市内重要会议之前都有安全部门的人专门过来开会，有时候会是每个区的老大过来，有时可能是政府的培训人员，也可能是总队的人过来。

"不知道，可能刑大的？不知道会不会是沈队！"小杭也是临时接到通知，不清楚到底哪些人过来给大家开会，她希望是帅哥过来，沈遇或者……更上面的人。

"沈遇要来？"黄诗雨刚走出来，听到小杭说话，激动地问道。

"我就猜猜啊，昨天沈队去鑫隆派出所给大家做年底报告，今天可能来我们这。"小杭眼冒星星，忍不住八卦了几句，"沈队现在还没女朋友吧？"

"他们更忙，哪有时间谈女朋友？"黄诗雨一脸可惜的表情，"帅哥都被国家征收了，没咱们的份儿。"

唐锦花听到这时，心里突然一酸，想到许嘉允这么忙，以后连个挂名老婆都没了，实在太惨。

她是不是应该重新考虑两人的关系，当他的真老婆算了。

不行不行，不能让步，现在他能背着自己干涉工作，以后真进一步发展，还不知道会变成什么样子。

掌控欲强的人，只要对方稍有让步，就会索要的更多，想控制的更多。

到后面，说不准她就被辞职，成了家庭主妇……

稍微推算了一下自己的未来，唐锦花就吓得清醒过来，不敢同情许嘉允，只求自保。

"你这几天怎么回事？总觉得有心事，是不是到了年底，又被催婚了？"黄诗雨和唐锦花一起坐在会议室等开会，低声问道。

"不想回家，我去申请加班，还有加倍工资。"唐锦花叹气，亦真亦假地说道。

"别和我抢工资。"黄诗雨早就安排好了过年的工作，她又扯了扯唐锦花的衣领，看着后面留下的瘢痕，"你这就是吻痕，绝对是，是不是相亲被人啃了？难道是顾勋？"

她的话还没说完，会议室门口一阵骚动，所长带着几个人走了进来。

唐锦花坐的位置正好背对着大门，她一扭头，对上一双深海般的眼睛，心里一惊，像突然被一锅油泼到似的，猛然拍掉黄诗雨的手，动静大得正犯花痴的黄诗雨惊叫一声。

原本大家都在看门口进来的警署之光，超级大帅哥，现在被两个女警的动静吸引过去。

唐锦花尴尬地低下头，有种青春期时，班里早熟的女生们故意打打闹闹引起班草注意的窘迫感。

许嘉允看到她低着头，腮边发红，短发后的那截雪白的脖子上留的印记，他心里一热，又想到了意志力备受挑战的昨夜。

也想到了她早上发的那五个字。

"我们离婚吧。"

真是幼稚,当初结婚时,他就说过,要维持一辈子的婚姻,不是心血来潮一时好奇才和她去领证的。

所以,很多要求他不提,都听她的安排。

只要先领了证,日子细水长流,哪怕临时做攻略,都能慢慢拿下对方。

他从唐锦花身边走过去,坐到了前面。

黄诗雨偷偷看着帅哥,在桌子底下抓了几把唐锦花的大腿,低低说道:"总队长居然来了!好帅啊!男人味爆棚!"

唐锦花没吭声,抓着笔,在本子上瞎画着。

"你发现没,总队长的眼睛简直是发电厂,看过来了,我心脏要骤停了!"黄诗雨一边低声说着,一边扭头看着唐锦花,"这身材,这脸……行走的荷尔蒙……"

许嘉允淡淡扫了眼全场,看到自家老婆把头都快埋进桌子底了,非常不情愿看到自己的样子,他用指关节轻轻敲了敲桌子,示意安静。

王斌先简单地做了一下介绍和年度总结,然后请总队的领导给大家做年底的安全防范工作。

还有一周就过年了,年底不安定因素太多,"平安社区"的工作还必须进一步加强,警力下沉,重点人口的建档和考察也是重中之重,还有通知"十佳"社区民警的评比也开始了,让大家提交这一年来的工作资料……

唐锦花不准备参加评比,因为她对上司提出了离婚,肯定会被穿小鞋。

连援藏的申请都能扣下来,还经常被投诉,什么"十佳民警"就别想了。

她拿着坏掉的笔,在纸上戳着,根本听不进上面在说些什么,只觉得如坐针毡,想快点结束。

也不知过了多久,上面终于散会了,唐锦花收着桌上的纸笔,就想从后门溜走。

"小唐,等一下,过来过来。"王斌对唐锦花招了招手,喊道。

"哦……什么事?"唐锦花不太情愿地站在旁边,看着同事们一个个走出去。

"晚上一起去吃个饭……"

一起吃饭？

一定是许嘉允授意的，想到这里，唐锦花打断王斌的话，毫不留情地说道："王所，不是不能公款聚餐吗？年底了，大家都很忙，您这样会被举报的。"

"你这孩子……谁跟你说公款了？"王斌碍于许嘉允在旁边，走到她身边，压低声音，一脸和蔼的笑，用只有她能听到的声音，笑眯眯地咬牙说道，"我们所里还有公款吗？公款都给你赔偿公物和医药费花完了。"

"我家里有事，不去。"唐锦花怀疑王斌发现了自己和总队长的关系，不然怎么特意点名让她留下？

"那你自己和总队说，我就先出去了。"王斌说着，招呼几个总队的人也走了出去。

不用怀疑，唐锦花确定所长知道了自己的婚史，她抬头看了眼许嘉允，见他正好走过来。

会议室的人都走光了，只剩她和许嘉允两人，空气变得沉重凝固，压得她呼吸都困难。

唐锦花默默往后挪一步，想走，又觉得这像是逃兵。

她可不当逃兵，于是又挺起胸，硬着头皮看着许嘉允，先发制人："所长刚才什么意思？你……和他说了？"

要是拿捏不准对方的想法，先攻击没错了。

上学时，教官常说，在遇到意外时，好的兵官会以不变应万变，但当没辙时，就走下下策——先下手为强。

"你又违背了婚前协议，那就在这谈吧。王所知道我们的事，你说的？"唐锦花见他不说话，继续往自己面前走来，她压力巨大地往旁边走了两步，把会议室的门给关上了，一副鱼死网破的表情。

"你的援藏申请的婚姻栏填的是已婚，上级连你结没结婚都不知道，也太失职了。"许嘉允看见她关门，眸中掠过一丝不明情绪，走到她面前。

"……那你有没有看我发的消息？"唐锦花见他离自己越来越近，突然有点后悔地握住门把手，觉得不该关门。

只要看着他的眼睛，就有种被"瓮中捉鳖"的感觉。

"消息？什么消息？"许嘉允离她还有半步时，停下了脚步，问道。

唐锦花竟然没法当面说出那五个字，也许是因为他离得太近，那股逼迫的感觉让她不敢随便开口。

她低下头，拿出手机，打开和他聊天的界面，举到他面前："你看。"

许嘉允伸手将她的手拽下来，没有看手机。

他当然知道她发了什么。

今天本来不用亲自过来，他站在这里，就是为了那五个字。

"你要跟我离婚？"许嘉允淡淡问道，语气中辨不清喜怒。

"是……"唐锦花深吸了口气，还没说完，一只手重重拍过来。

她一侧头，那只手拍在了耳边的门上，发出一声巨响，震得她皱了皱眉。

"是的，我不想和你过下去。"唐锦花被他锁在窄小的空间里，空气变得更稀薄，可她反而豁出去了，抬起头，看着许嘉允。

"因为你让我看光了，羞愧得不想再见到我？"许嘉允盯着她的眼睛，像猎豹紧紧咬住了兔子的腿，问道。

唐锦花一愣，随后耳根红到脖子，早上宿醉刚醒时的那股屈辱不甘的感觉又袭上心头，她咬了咬牙，努力摆脱让他牵着走的情绪和话题："是因为你妨碍到我的工作和生活，让我很不开心。"

"什么地方妨碍到了？"许嘉允继续问道。

唐锦花觉得他问话的时候特别像审问犯人，步步紧逼，态度倨傲，仿佛手里攥着别人的把柄似的。

"我昨天给你留言说过，援藏的审批是你动了手脚吧？还有上次的搜捕行动你也不让我参加，我又没有给你拖后腿……"

"你为什么那么确定是我驳回的？援藏申请并不经过我手，没有证据只靠猜测就能给人定罪？是哪个老师教你这么做的？你这种水平是怎么混到这里的？"许嘉允开始反攻，一连串咄咄逼人的责问，就像校长当着全校师生的面点名批评学生似的，气贯长虹，压人一头。

"你……你自己心里清楚。"唐锦花就被他逼问得哑口无言，急得拳头攥紧，恨不得动手不动口。

"我清楚什么？要是你怀疑我不满你的工作，那么请找出人证物证，按照法律程序来起诉，不要空口无凭随意诋毁。"许嘉允凑近她，都快贴着她耳朵了，低低说道，"否则，我是不会接受你单方提出的任何无礼要求。"

唐锦花被他靠近，闻到那熟悉的气味，头皮一麻，第一反应居然是——他俩今天身上的味道一样，该不会被黄诗雨发现吧？

"如果刚才我没把扩音器关掉，违背婚前协议的人就是你了。"许嘉允见她呼吸很不平稳，胸口起伏的厉害，他冷冷一笑，继续说道，"全所的人都知道，你要和我离婚。"

这次谈判，唐锦花输得一败涂地，感觉就像是完全没做好准备的新兵上阵，被老辣的敌军包围抄裹，杀得片甲不留。

"还愣着干嘛？你还想和我单独在会议室里制造绯闻？"许嘉允收回了手，后退了半步，玩味地欣赏着她悲愤的表情，淡淡问道。

"我……我会找到证据……"

"在那之前，给我早点回去，把你吐脏的床单给收拾干净！"许嘉允打断她的话，用命令的口吻说道。

"是！"唐锦花刚说出这个字，就愤愤闭嘴，恨不得抽自己两下。

什么习惯啊！面对长官，总是忍不住立正敬礼应声……

"走吧。"许嘉允似乎也要被她逗笑了，似笑非笑看了她一眼，忍住了想捏捏那张可爱的肉脸的冲动。

唐锦花羞愤地拉开门，瘸着腿冲了出去。

外面不远处，所长和总队的人在聊着什么，等着许嘉允。

唐锦花从另一侧楼梯下楼，心里懊恼后悔，只觉得刚才自己没准备好，发挥得太烂，完全不会和他吵架。

还有最后居然乖乖听话地说"是"。

是个头啊！

还好那些女同事们都沉溺在英俊的总队长身上，没人注意到她被留下"训话"的事。

换回了衣服，唐锦花看到外面走廊都清静了，慢吞吞走出去。

她背了个包，里面装着一些重要证件，原本打算晚上不回去，和他熬到离婚，再去收拾一下衣服，结果……

还得先搜集证据，才能离婚！

唐锦花心里很憋屈，一点也不想回家里。

她觉得以许嘉允的缜密，既然都说出了这样的话，肯定早把证据毁掉了，根本抓不住他的把柄。

越想越是气愤，想到他可能成为自己通往梦想方向的绊脚石，唐锦花就忍不住踢了踢脚下的碎石块。

本来就脚跛，这一脚失去平衡，差点没站稳，她急忙伸手扶上旁边的一辆车的车门稳住身体。

谁知这辆静静停在门边的车，里面竟然有人。

车窗缓缓滑下，露出一张英挺得充满男人味的侧脸。

唐锦花表情有些扭曲，但很快恢复正常，看到车里还有两个人，立刻一脸恭敬地打招呼："许队，您还没走啊？"

"这不是在等你吗？"前面的司机是总队的人，笑眯眯地说道，"许队说你腿脚不便，送你一程。"

"队长一向体恤下属。"副驾驶的那个人忍着笑，下车帮她打开车门，说道，"进去吧。"

"不……不用，你们不是还有饭局吗？不打搅你们，我自己回去。"唐锦花察觉到总队队员们藏着那丝看八卦的眼神，她又看了眼沉默不语的许嘉允，怀疑大家都知道他俩的关系了。

瞧那个司机笑得，只差没喊"嫂子"了。

想到这里，她就觉得自己像个傻子被他玩弄，说好了隐婚，结果他那边的人全知道了。

当然……也可能是他那边填资料时也得写个"已婚"，或者有民政局的朋友，这种事瞒不过去。

可还是觉得不公平，瞧她多么忠诚，把合约贯彻得多好！

连最好的朋友都没有泄漏半个字，这才真正的"隐"婚！

"没有，老大说了，晚上要早点回去做饭。"司机慢吞吞开车跟在唐锦花身边，笑着说道，"唐警官，上来吧，顺路送一截。"

听到那句"晚上要早点回去做饭"，唐锦花一直努力掩饰的表情更精彩了。

她看到许嘉允坐在后排依然闭目养神，神色不惊，对暴露了老婆的这事没有任何反应，她也服气了。

"那就到前面东英街放我下来吧。"唐锦花好怕被前排的总队师兄们发现。

哦不，他们可能早就知道两人的关系了。

她心里在拼命推测，人已经往车门边紧靠，准备随时下车。

许嘉允不再说话，对她的抗拒视而不见，像个高冷长官一般，拿出震动的手机接电话。

唐锦花在公交站下了车，呼吸到外面清冷的空气，才觉得自由了点，拿出手机给许嘉允发了条消息："你不会避嫌？是不是他们都知道了？"

"你一点也不谨慎，毫无安全感，干嘛故意等我？"

"你就是想让大家都知道我俩有关系吧?"

她没指望许嘉允会回复,但总要发泄一下情绪,发完几条消息后,心情略微平静了一点,等着公交车。

错峰下班的人群依然很多,公交车里没有空位,唐锦花跛着脚准备和人群一起挤上去时,突然被人从后面拉住了手腕。

她一转头,看到了许嘉允的脸。

"你这腿还要挤公交?"许嘉允一把将她拽回公交站的坐台。

北风凛冽,他站在右边,刚好替她挡住了风。

"你……你怎么也来了?你……你同事……都知道了?"唐锦花说着拍掉他的手,怕他同事的车就在附近。

"我只是觉得有必要站在你面前,回答你的问题,以示对妻子的尊重。"许嘉允见她紧张的表情,看了眼手机,淡淡说道,"第一,他们并不知道我们的关系。"

"别骗人,你那个司机的眼神分明不对。"唐锦花不相信。

"他只是以为我对你有意思。"许嘉允很平静地说道。

唐锦花愣了愣,半信半疑:"那你为什么让别人误会?还有你这跟我一起中途下车,不是坐实了人家猜测吗?"

"第二,我等你,是因为看你腿伤不方便走路,就算要隐瞒我们的关系,作为普通同事关系,我顺路带你一程有什么问题?就算坐实他们的猜测,也比让你跛了脚挤公交好。"

"你这话说的……那你早上怎么不送我上班?别随口诳我,我是警察,没这么好骗。"唐锦花愤愤说道,"你就是故意让我难堪,想让大家发现我们的关系,你这个人的心思啊……太可怕了!"

"我关心你也有错?早上是因为照顾你累了一夜,疲劳驾驶太不安全,我以为你自己会叫个车上班。"

说起早上的事,许嘉允还没和她算账呢。

做基层很累,再不好好照顾自己的身体,到老了不知得落下多少病根。

"不要转移话题,你这是主动暴露,是不是违反了我们的约定?"唐锦花说到这里,激动地站起来,"现在人证物证都有,你还要狡辩?"

"我是你法律承认的丈夫,别用拷问犯人的语气和我说话。"许嘉允脸沉了下来,她这职业病要改改了。

唐锦花发现周围不少等车的下班族在偷偷看他们。

唐锦花怕被人认出自己，赶紧低头，将围巾往上拽了拽，挡住了下半张脸，闷闷说道："为什么要关心我？我们以前那样相处不是很好吗？各上各的班，各回各的房……"

"但如果你不认真对待自己的身体，整天带着伤，最终麻烦的人是我。"许嘉允的手机响了起来，他继续说道，"马上要过年了，不想让你家人担心，就给我安分点。"

说完，他接了个电话，约的车到了。

唐锦花不明白自己哪里不安分了！

结婚前，她也经常受伤，执行任务的时候总会遇到一些意外，尤其夏天，擦伤碰伤多的是，妈妈最多叮嘱几句，现在倒被许嘉允给管上了。

她后来才知道，原来许嘉允嘴里的"不安分"指的是她想离婚的心思。

这一路她都憋着没说话，出租车里死一般的寂静。

司机不时偷偷从后视镜看着这对闹别扭的年轻人，越看那个短发甜酷的女孩越觉得眼熟，在等最后一个红绿灯时，终于忍不住小心翼翼地开口："那个……您是唐警官吧？"

是谁说她没男粉丝的？

"你问我吗？"唐锦花紧张拉起围巾，生怕被人曝光她和某男士同坐一辆车。

不过幸好她一直没和许嘉允说话，两个人也没有亲密的肢体接触，跟陌生人凑巧拼个车的不熟样子。

"是的，你还记得今年春天，有个孩子留下遗书离家出走，你在海边找到她了吗？"那个司机说着说着，有点激动，声音都有点抖，"那孩子叫顾紫依，因为父母忙于工作，没有发现她遭受了校园暴力……是你把她救回来的，我就是她的爸爸。"

"哦，紫依是个好乖的孩子。"唐锦花想起来了，她的印象很深，这个女孩在校园被欺凌，当时虽然把她找回来，但并没有解决根本问题，当时是她妈妈报的警，爸爸一直没有出现。

原本离家出走的孩子被找回来，和警方就没有什么关系了，可唐锦花觉得事情并没有被解决，只要校园暴力还存在一天，就还会有受害者，所以她跟进了这件事，并且通过校方和家长们的一起努力，解决了这件事。

后来，她给了小女孩自己的联系方式，让她如果再遇到麻烦，父母不

在身边，就找自己。

"特别感谢你，如果不是你后面还付出了那么多时间和精力，我家孩子现在也不会在学校继续念书……"司机说着，眼眶都热了，"我们平时工作忙，没那么多时间陪她，根本不知道孩子受了这么多委屈……"

"这都是我们应该做的事，不要放在心上。以后多关心关心孩子，赚钱不就是为了让家人过上更好的生活吗？她暑假时还来给我送过雪糕，特别善良。"唐锦花见他有些激动地擦了擦眼角，心里也挺暖的，对她来说只是普通的工作，却拯救了一个家庭。

她不是什么英雄，但在无数个瞬间，成为一些人的守护神。

"实在不知道该怎么感谢你，一会别付车款，以后要去哪里，给我打个电话，我免费送你。"司机见红灯跳绿，慢慢往前开，到了地方，将网上的行程取消掉，坚决不收钱。

"这怎么行？再说……又不是我付钱，是这个人叫的车。"唐锦花指了指许嘉允，见他一声不吭地先下了车，压低声音对司机说道，"他有钱，为富不仁，别便宜了他。"

"你聊够了没？"许嘉允站在车门外，见她凑过去对司机说悄悄话，微微皱起眉，不悦地问道。

和这种陌生大叔都能这么亲近，他很不爽，伸手进去把她就给拽了出来。

唐锦花腿脚不太方便，被他这么一拽，差点跌到他怀里。

"你……注意点！被人看到……你没看到大家都认识我吗？要是被人拍下来，我地下婚姻就曝光了……"

"就这么怕曝光？还真以为自己是名人了？"许嘉允见她用围巾挡住了有点婴儿肥的脸，只露出水灵又锋利的眉眼来，加上利落的短发，确实有点像80年代的老牌港星，让人过目难忘，明艳，俊秀，爽利，英气逼人。

"你变了。"唐锦花快步崴了几步路，突然说道，"以前我们在一起时，三观一致，对婚姻态度也一样，都怕麻烦，也怕给对方带来麻烦，所以才约定隐婚，以及尽量避免任何形式的交集，可现在你刻意在我圈子里出现，打着家人的名义干涉我的生活，破坏约定，你到底想做什么？"

"你这么聪明，还没看出我的用意吗？"

"你这个人……你要是不说，谁能看出你的心思？"唐锦花有点气急败坏，他那个深沉的性子，只怕没几个人懂他的心思吧？

"我不是和你解释了两点，还有第三点，让大家觉得我们有关系，不是我想不想的问题，而是，这段关系本身就存在，你必须做好所有人都知道的准备。"许嘉允觉得在这种时候和她摊牌，表明心迹，估计她会吓得更要离婚。

因为他知道，此刻的唐锦花对自己的感情不公平。

她并没有像自己喜欢她一样，喜欢他。

甚至……也许根本没到喜欢的程度，对他的感情脆弱到随时会断掉。

"大哥，如果你不出现在我面前，就没人知道，或者就算知道了，我俩也离婚……"

"唐锦花，我们虽然签了协议，但既然结婚，就该尊重彼此，不要随便说离婚两个字。"许嘉允突然打断她的话，语气有些严厉，"你觉得婚姻只是游戏，不告诉任何人，离了也不会伤害任何人？"

"会……伤害谁？"唐锦花微微一愣，他俩的婚姻就像游戏，虽然……领证前慎重考虑过。

但那不是正常婚姻的考虑，而是出于对现状的保护，所以才签订了婚前协议。

没有感情的婚姻，分离不会伤害到谁，最多妈妈会伤心，她把许嘉允当儿子一样看待，对他那么满意……

"不说家人，你想过我的感受吗？给你做饭，给你洗澡，给你铺床叠被，熬夜不睡伺候你，我也付出了自己的时间和精力在你身上，就算不是协议夫妻，只是养个猫猫狗狗，也有一点陪伴的感情，你还问我伤害谁？心里没点数吗？"许嘉允的责问就像鞭子，抽打在她的心上。

"能……能不提洗澡……吗？我……我知道了，我……我可能有点冲动……"唐锦花没想到他的攻击方式这么刁钻，一下就击破了内心防御，腾的一下脸就发烫起来，又陷入酒后失态的尴尬和羞愧中。

"你这是幼稚！既然在一起，就是利益共同体，盟友没有背叛你之前，别轻易说这些伤人的话，毁掉了相互合作的信任基础，对谁都没好处。"

许嘉允教育了她几句，见她羞愧得不吭声一瘸一拐地低头往前走，背影挺委屈的，像被上司骂了的新职员。

他觉得心底又软成一团棉花，只要想到他们俩一起往家的方向走，心里就温柔得不可思议。

在黑暗独行的人，遇到喜欢的伙伴，就不愿再独自面对漫漫长路。

唐锦花一回到家，就闻到里面还没散掉的酒味。

她硬着头皮走回自己房间，床单被套都已经被钟点工阿姨换了，但那股醉酒呕吐的味比外面更浓郁。

这……都收拾得干干净净，还让她收拾什么？

站在门口看到房间角角落落都一尘不染，再扭头看看径直去厨房的许嘉允，昨晚的尴尬又涌上心头，盖过了他干预自己工作的气愤。

再想想他的训话，什么伺候吃饭睡觉，铺床叠被……

她心里又酸又有些甜，也许这就是"家"的感觉。

唐锦花打开窗户散味，然后默默放下背包，从里面拿出那份婚前协议书。

不知道看了多久，只有十条，不到一千字，她早就背下来了。

甲方许嘉允，乙方唐锦花，经过友好协商，慎重思考，遵循以下条约结为夫妻。

第一，不干涉对方生活；

第二，不主动暴露婚姻对象……

厨房的香味儿传了进来，唐锦花搓了搓被窗外冷风吹麻的脸，小心翼翼地把它收起来，想把它重新放回衣柜抽屉里锁上。

一转身，她看到靠在门口的男人，吓得手一抖，条件反射地把那张纸放到背后，塞回包里。

"吃饭。"许嘉允看她很久了，这女人对着那张纸翻来覆去地看，根本没注意到他。

他能从她那纠结的背影里看出她的心思。

觉得他渐渐渗入到了她的生活和工作里，背离了原先平行的轨道，可她闻到了肉香，又舍不得放弃这个"有了一点瑕疵"可还是瑕不掩瑜的对象。

"噢……好香！白斩鸡？"唐锦花权衡利弊了半天，还是跟在他身后往餐厅走。

美食俘获了她，这一刻，唐锦花像穿越回了刚结婚那会，对房东"男仆"充满了感激，满足于此刻的平静幸福，仿佛一切又变得完美无缺。

唯一有点遗憾的是脚踝扭伤和膝盖还没完全好，没法好好锻炼。

唐锦花坐在沙发上，看着许嘉允给她解开脚踝上的纱布。

接连十多天的阴雨天气难得放晴，落地玻璃外，能看见浩淼的星空，清澈得像雨水洗过一样。

"我自己来吧，我缠纱布不比你差。"唐锦花是被迫坐在这里的，她想自己处理一下，可许嘉允非要亲自来。

"你再拖着受伤的脚踝去追贼，这腿用不了十年就废了。"许嘉允抬眸看了她一眼，紧紧攥住她想抽回去的脚，"要是不想提前退休，就别去逞强，不要仗着自己年轻恢复得快，也没人管你，就为所欲为。"

"……我只是碰巧，又不是经常受伤。"唐锦花不自在地转过脸，要是知道昨晚是他"见死不救"，故意松手让她摔下楼梯，肯定会跳起来和他吵架。

"再说……你不是挺爱管我的吗？"见许嘉允没理自己，认真地帮她检查伤处，唐锦花的心里有一股暖流，突然觉得被这么关心也挺好的。

人啊，真是矛盾体，尤其是夫妻。

以前总听人说夫妻没有隔夜仇，现在她也体会到了一点。

早上还气得想离婚，晚上看到他就心软了。被投食之后，更说不出愤怒的话来。

甚至吵完架，感觉更珍惜这丁点温暖了。

"……熬夜不睡伺候你，我也付出了自己的时间和精力在你身上……"

他今天在路上说的那句话，有点像表白，可语气和尺寸又拿捏得很精准，更像是亲人兄长之间的亲情呵护，让她无法判定，无法有应激反应。

此刻也一样，他沉肃的表情里，带着一丝温情，帮她擦好药，重新缠上纱布，看上去心无旁骛，即使碰着她的肌肤，也像战友一样，让人觉得可以依靠。

唐锦花暂时压住了离婚的心思，因为工作太忙，第二天忙到了很晚，完全忘了自己的生日。

如果不是晚上妈妈和公公在群里发了生日快乐的消息，还各自给她包了红包，她都忘了这事。

公公发的大红包她收了之后就转给许嘉允，而两个家长还在群里不停艾特孩子们，问今晚怎么安排。

许嘉允没点红包，但在家族群里出现了，回了唐妈妈的话："晚上等夫人下班去吃大餐，已经订好了位置。"

家长们都很高兴，让他们多发点照片分享。

唐锦花完全不想在家族群里说话，但既然收了公公的红包，只能在里面发了个"感谢"和"期待"的表情，附上一句："我今天还在加班。"

她换回衣服，在手机存图里寻找以前拍下的照片，看看有没有适合许

嘉允说的"大餐"那种图片来糊弄过去。

"亲爱的,有人在大厅等你,快出去看看。"黄诗雨也刚刚加班结束,走进来说道。

"谁?"唐锦花正想着晚上怎么糊弄的事,突然听到有人找自己,心里一惊,差点以为是许嘉允。

"一个女的,给你送锦旗来的。"黄诗雨笑着拍拍她屁股,顺手揩油,"一会等我啊,晚上给你庆生。"

"……这么晚了还庆什么生,我得赶紧回家陪我妈去。"没想到闺蜜百忙之中也记得自己生日,唐锦花有点感动。

"那不行,我和小丁丁都帮你订好了生日蛋糕和包间。"黄诗雨边说边脱制服,"反正明天周末,回家晚点也没事。"

唐锦花点点头,觉得这样也挺好,回头父母问起来,就说同事和老公一起庆生,反正许嘉允不爱拍照。

大厅里,一个脸色苍白的羸弱女人正在不安地来回走着。

唐锦花一看到她,就冲了过去:"张懿?你出院啦?怎么不在家休养,这么冷的天还跑来这里?"

来的人正是上次被家暴到流产的孕妇,张懿。

她看到唐锦花,苍白的脸上绽出了一朵红云,不太好意思地把手里的保温盒递过去。

"这是我做的点心,想到你可能加班没吃东西……里面还热乎着,赶紧吃吧。"张懿温温柔柔地说道,"……我准备跟我哥哥回老家了……总之,谢谢你,如果不是你,我可能……还和那个魔鬼在一起……"

"你终于做好决定了?"唐锦花开心地拍拍她的后背,很高兴她能勇敢地走出来,"有什么需要就告诉我,起诉期间要是有什么问题给我打电话。"

张懿被她拍得脸色通红,感激地点了点头。

唐锦花想给许嘉允打电话,让他看看自己当初说的那些冷酷无情的话都是错误的!

每个人的内心都渴望温暖和爱,没有谁喜欢活在痛苦的泥潭里,只是有的人陷入沼泽,缺少走出来的勇气,缺少一只伸过来的坚定有力的手把她拽出去。

唐锦花心情特别好,当初为了张懿的事,她跑了好几次医院,私下也做了很多工作,希望她能勇敢站出来抵抗暴力。

还因此和许嘉允意见不合消沉了好几天，但最终还是她赢了，许嘉允说的那句"你要习惯这世上大部分人都愿意活在烂泥里"，可以理直气壮地顶回去了。

黄诗雨带着情绪大好的寿星来到餐厅包厢，里面不止有同事，还有个意外的人——顾勋。

难怪黄诗雨一直说，有一个惊喜。

唐锦花感觉这两个人背着她没事就在联系，不过……来都来了，当然要尽兴而归。

顾勋订了蛋糕，第一次参加这么朴素的生日会，大家也不喝酒，也没有游戏，都在纯吃……

"明天你们不是休息吗？走，我请大家去唱歌，不醉不归。"顾勋跟着他们很实诚地吃完一顿晚饭，大手一挥，决定让这群人看看什么才叫生日派对。

唐锦花对皇宫KTV都有心理阴影了，但拗不过黄诗雨想和男神多接触，只好跟着一起过去。

其他两个同事和顾勋不熟，不好意思多打搅，都找借口走了，只有丁子易厚着脸皮跟着两个美女师姐一起过来，还美其名曰要当护花使者，保护她俩。

但她今天没碰桌上的酒，前天醉酒的后果还历历在目，更何况她在这种场所，因为职业和性格，非常谨慎。

黄诗雨酒量很好，但和她一样，在外面绝不端杯。

她今天不喝酒还有个原因——她酒品不太好，喝了点酒就会原形毕露，会把心里开车的话全说出来，甚至动手动脚，完全变成了另一个人。

所以……顾勋完全没法调动起两个妹子的情绪，他就跟照顾老干部的保险经理似的，劝了两次酒没人应，只得自己喝闷酒。

唐锦花看到已经晚上十一点，她在家长群里发了张黄诗雨拍的对着蛋糕许愿的照片，说了句朋友们还在陪她过生日，算是应付交差。

一直没收钱，也没给她私下发消息的许嘉允，在她发了这张照片之后，突然出现。

他私发了条信息给她，就两个字："出来。"

什么出来？

唐锦花想到他的神通，立刻屁股着火一样跳起来，难不成……

她借口去洗手间，提着包冲到门口，心虚地往外看了一眼，走廊上只

有服务员，让她松了口气，回了句："出哪里？"

"你为什么带着包？你是不是又想丢下我逃走？"黄诗雨也跟了出来，她怂，好友一走，就坐立不安，没法和异性正常社交。

"不是……不过，时间不早了，是该回去了。"唐锦花收起手机，原本自由自在的心情，突然有了一丝压力。

就像小时候放学，和同学们玩得忘记了时间，被爸妈拿着棍子四处找，回家要跪地板挨训的心情。

许嘉允真讨厌，随随便便几个字，就像巨石一样，压得人喘不过气来，不由自主地紧张起来。

唐锦花走进厕所隔间，立刻拿出手机，看到许嘉允给她发了五个字："皇宫大门外。"

他给自己手机安了定位器吗？

真的知道她的位置！

还有他不怕被同事们看到吗？越来越明目张胆！

"我家有急事，我先回去了哈，一会我微信和顾勋说一下，你也去和他们说一声。"唐锦花急得裤子拉链都险些忘了拉，对隔壁黄诗雨说了一句，也顾不上腿疼，飞奔出去，生怕被她跟上。

边跑边给许嘉允发语音："你给我找个隐蔽点的地方等着！"

"还有你怎么知道我在这里的？干嘛要过来？这样很容易被人看到！"

许嘉允坐在车里，听着她气喘吁吁的语音，脸色有些阴沉，依然停在大门口。

他今天也很忙，但还是尽早回去，给她准备了晚餐和生日蛋糕，可人家居然和同事浪到半夜还不回去。

毫无妻子自觉！

电梯门正对着落地玻璃，一开门唐锦花就看到外面停着的那辆熟悉的车——领证那天就坐上的车。

这人！

一定是故意的！

唐锦花回头看了眼，另外一部电梯的数字还没动，黄诗雨没跟过来。

她百米冲刺地跑到门外，一把拉开副驾驶位置坐了进去，速度快得像一道闪电。

"许嘉允，你怎么会在这？你还停门口……要是同事跟我一起出来，早晚要怀疑！"唐锦花上车后心脏还在激烈地跳动着，做贼心虚，也可能是跑得太快,"快走啊,一会被人看到,我怎么解释?"

"难道不是应该考虑怎么和我解释?"许嘉允神色不明,看了她一眼,"安全带。"

"和你解释什么?私人空间也要干涉?"唐锦花担心被同事撞见,语气有点差。

瞧她多恪守婚前协议,不暴露婚姻对象,保护对方隐私,可他倒好,越来越明目张胆,就差没在头上贴着他俩的结婚证了。

许嘉允不再说话,见她扣好安全带,缓缓往前开去。

他们的车刚走不远,顾勋也出现在大门口,拿着手机有些怅然地张望,随后问了一句保安,刚才女孩从哪离开的,打到车了没。

家里有事,他可以开车送啊,这女人每次一阵风似的,来去无影踪,让他很没辙。

但没想到,保安的回答……让他发现了深藏的秘密。

她竟然是被许嘉允接走的!

许嘉允是谁,下到保安,上到皇宫内的各大投资老板和常客,谁不认识?

顾勋这会扎心了,从没想过突然冒出个情敌。

当然,很快顾勋发现这根本不是情敌,而是个钢钉,钉在姑娘家的结婚本上,就不止是扎心,还死了心。

"我在门口接你,是想到你的腿脚还受着伤,不过看你跑得这么快,是我多虑了。"许嘉允一直沉默,直到下一个红绿灯路口,才说道。

唐锦花正在给顾勋和丁子易和黄诗雨在的小群发消息,说自己家里有事先回去,突然听到许嘉允这句话,微微一愣。

他还真细心……

"还有,我是在顾勋的朋友圈看到你的。"许嘉允继续淡淡说道,"他很喜欢发关于你的照片,虽然我们是协议婚姻,但你和大家共同认识的朋友关系混乱,有些不好吧?"

"……怎么关系混乱了?普通朋友而已。"唐锦花想到黄诗雨说的话,有点心虚地低头,翻看顾勋的朋友圈。

他在半小时前发了自己的庆生照,还有就是黄诗雨发给大家的那张"拍得很美"的照片,后面两张是在皇宫KTV唱歌的照片,看上去果然有点……怪怪的。

而且她还把那张朋友圈同款照片发到了家长群,如果父母恰好也认识

顾勋，确实觉得他俩关系不一般。

毕竟老公还没发她生日照片呢。

"普通朋友也好，暧昧也罢，至少要注意点影响，我不管你的私生活……"

"暧昧？许嘉允，你觉得我有时间跟人暧昧吗？别乱说，只是普通朋友。"唐锦花被他轻描淡写的语气刺激到了。

"那你这么激动干嘛？"许嘉允当然知道她身心清白，可人家顾勋不那么想。

他从顾勋发的两次朋友圈就看出，这阔少爷对自己老婆有兴趣。

顾勋这种不缺美女做伴的富家子弟，还长了一张能在娱乐圈出道的脸，身边追求者多的是，像唐锦花这种懒得理他，不解风情的人，是稀有动物。

所以引起他的注意在逻辑上说得通。

加上他老婆啊……虽然做事的时候酷得跟个帅小子似的，但她笑起来那么甜，从长相到身材，也讨男人喜欢，只要不畏艰难，多花点时间就能攻略下这么一个宝藏女孩。

"我……不想被人这样误会。"唐锦花有点心虚，顾勋这家伙该不是真的想追自己吧？

她一向直来直往，不会处理感情上的事，尤其这么复杂的感情，自己闺蜜还喜欢人家呢。

"快十二点还在和几个单身男人在KTV唱歌，你觉得正常人会怎么想？"许嘉允不动声色地提醒她，注意自己有家室。

即使协议婚姻写明不插手对方生活，他也必须让她学会自我约束，时刻记着老公的存在。

"我又没喝酒乱玩，只是晚点回家，干嘛和我妈一样……"唐锦花理亏地低下头，低低吐槽了一句，把手机放回包里，幸好她当时生怕许嘉允在包间门口，把自己的东西都带出来了。

许嘉允虽然在开车，但余光瞥见她包里的一个礼物盒，伸手准确地拿了出来。

唐锦花正在整理包，见他手一伸，一个礼物盒就被他拿了过去，扔在了驾驶位车门的储物盒里。

"这个东西，能送我吗？"许嘉允问道。

唐锦花有点好笑地看着他："你都是抢完再问的？"

"能吗？"许嘉允不回答，黑眸静静注视着前方，继续问道。

"喜欢就拿去吧，反正以你的说法，婚后都是共同财产。"唐锦花在钱和礼物上倒是很大方，只要许嘉允喜欢，她自己掏工资去买都行。

许嘉允没回答，他注意到了奢侈品的logo，知道他们的薪水状态，是买不起这么贵的礼物。

换个思考方式，如果用两个月的工资给人买生日礼物，那关系肯定不一般。

所以无论是谁送的，这礼物都有着说不清的含义。

唐锦花见他不理自己，也不再说话，看到手机闪了闪，她又打开一看，是顾勋发的消息："谁来接你的？"

突然问这个问题，有几种可能……

不，现在不是推理的时候，唐锦花看了眼许嘉允，真想让他看看顾勋发的消息。

可想想他说因为担心自己的腿伤，唐锦花又没法再批评他。

她想了半天，给顾勋回了句："已经到家了，谢谢照顾。"

同时下了决心，和顾勋拉开点距离，如果他真对自己有想法，还是早断为妙，免得给家里带麻烦。

许嘉允的车刚到地下停车场，手机就响起来。

他这次当着唐锦花的面，开了车载外放。

现在既然知道了身份，工作上的事也不用瞒着。

"许队，富海大酒店，你能半小时内赶过来吗？"那边急匆匆的声音。

"好。什么案件？"许嘉允开着车往电梯方向走，平静地问道。

"一个女人死了，急救中心的医生也在这里，检查了一下，感觉是心肌梗塞之类的急性发作病状，可是她岁数不大，年轻健康……现在就是不知道该交给医院还是我们带走，所以需要队长过来处理。"那边回答。

"先把现场资料发过来。"许嘉允将车停在地下停车场的电梯边，示意唐锦花自己回家。

唐锦花一年也遇不到几次命案，好想去现场学习。

可她不敢开口，就算开口，许嘉允也不会带着她。

深更半夜带着一个所里的小民警去，被总队和刑大的师兄看到，更坐实了两人的关系。

她磨磨蹭蹭等许嘉允挂了电话后，还没下车。

"要我送你上去吗？"许嘉允看到她渴望的双眸，就知道她心里想着

什么，故意问道。

"不……不用，我是觉得……你这么忙，还对我这么关心，太感动了……我想小小报答一下，让我当你司机，送你过去，你还可以车上休息一会。"唐锦花对他露出甜美的笑容，一脸体贴老公辛苦的表情，"我就在楼下等你，行吗？"

"会很晚才回来。"许嘉允看了眼她甜到齁人的笑容，明白她想要什么，可居然拒绝不了。

"没事，我明天休息，可以补觉。"唐锦花开心地跳下车，往驾驶位那边走去。

年轻人的快乐……真容易满足。

许嘉允解开安全带，和她换了位置。

"你有同事在酒店门口吗？我开到对面花园停车场那边行吗？走过去要一分钟。"唐锦花对这些酒店的位置都很熟悉，问道。

开车到富海，不堵车的情况下二十分钟，时间足够了。

"好。"许嘉允看着手机，眼皮也不抬一下。

唐锦花以为他在看资料，认真地开着车。

她的车技是有名的猛，但这次开得小心翼翼，生怕颠着许嘉允看消息。

许嘉允很快就看完了发来的酒店案件信息，然后退出了界面，给顾勋发了条信息："谢谢送我夫人的礼物，对普通朋友来说，蒂家的珠宝太过贵重，明日还回您府上。"

唐锦花要是知道老公这么直接的宣布主权，车绝不会开得这么平稳。

顾勋那边还没来得及调查唐锦花和许嘉允的关系，刚送黄诗雨到家，回去的路上等红绿灯时收到这条信息，差点没跳起来。

但他是个聪明人，路上试探地问过黄诗雨，见唐锦花最要好的朋友都毫不知情许嘉允的身份，知道这个婚姻有猫腻。

顾勋直接问道："你俩是夫妻？"

许嘉允回了个微笑的表情。

顾勋真不愿相信这两人结了婚。

别的人墙角还能撬，许嘉允这铜墙铁壁太难挖了……

顾勋此刻感觉很心痛，求而不得，是他没有遇到过的意外。

他过了好久，才缓解了心情，很绅士地给许嘉允发了一条消息："礼物很适合你家夫人，送出去的东西没有收回来的道理，收着吧，就当你们的结婚礼物。"

许嘉允没有再回复，因为他到了案发现场。

唐锦花就在酒店对面，远远看着酒店高楼的房间灯光，脑补幻想了很多情节。

后来她没忍住，把自己裹得严严实实，戴上卫衣的帽子，围巾扯到眼睛下面，走到路边蹲着透气。

对面酒店门口停着救护车和警车，过了好一会儿，救护车开走了，又来了一辆警车，看来是被定为谋杀了。

如果是和别人无关的意外身亡，尸体会被医院的救护车带走。

而现在……

唐锦花用手机对着路对面拍了好几张照片，然后放大，不断放大，看到对面警车里下来的那个身材高挑的扎着头发的女人面容。

眼神冰冷，嘴角微微下垂，更显得高傲，浑身散发着冰寒的死亡般的气息——那是法医沈云。

沈云是她偶像沈遇的妹妹，也是公认的冰山女神，唐锦花还在内部月刊里见过她，当时大家都在夸部门美女帅哥太多，所以印象深刻。

法医都来了，肯定是命案。

唐锦花的心脏都不觉跳动加快，她蹲在外面等了很久，寒风把脸吹得生疼，路上几乎没了车辆和行人，终于，一行人从酒店里走了出来。

唐锦花蹲在花坛边，又连拍了几张照片。

感谢现在的手机镜头这么牛，能将场景放大三十多倍，甚至能清楚看到衣服褶皱。

唐锦花看到了老公和法医并肩走在一起。

两个从外表上看，都是高冷类型的，只是许嘉允的冷漠里带着强烈的荷尔蒙。

而沈云却相反，一脸的冷淡，似乎只对冰冷的尸体感兴趣，看活人的眼神，也像是看个没有生命的物体。

可别说，这两个人走一起，从表情到身材都挺般配的。

唐锦花放大照片，试图找到点线索，没想到线索没找到，却看到了老公的手放在了法医的身后。

她怀疑像素有问题，或者是照片错位显示，又看了几次，确实，老公似乎搂着法医的腰。

而且低语的样子，很亲密。

在外人看来可能并不亲密，但唐锦花跟了许嘉允这么久，对他的言行语态都很熟悉了，他很少会低着头侧着脸像是将就对方的身高和人聊天。

他对自己说话，都是居高临下，一副两米八顶着天花板的架势和气势……

唐锦花不由酸了，像吃了颗酸柠檬，又看向对面。

这一看不要紧，她老公居然和女法医走到了角落私聊。

这绝不是谈工作的架势，因为那高冷的女法医，竟然伸手帮他整理了一下衣领。

非常自然的亲密动作，像是以前整理过很多次。

没想到自己跟过来，居然吃了这么一个大瓜！

如果是夏天吃瓜还好，这零下好几度的深夜，让唐锦花觉得自己肠胃不适，有点伤身……

她看了一会，觉得脚麻了，太冷，正想起身回车里等，就看到许嘉允和女法医一起上了后面那辆警车。

本来以为两个人会在里面聊案件，结果……那辆车居然缓缓开动，走了……

唐锦花一脸懵站在原地，看了眼手机，老公没给自己发消息。

敢情他忘了今晚是老婆开车送他过来的？

还是案情太严重，没时间给她发消息？

也可能是只是发现线索，开车去附近抓人？

又或者……去法医家……

唐锦花不知道自己该走还是不该走，但她还是能理解遇到突发案件时，是顾不上家人的情况。

所以她回到车里，开了会空调，吹暖一点，把椅背放下来，舒舒服服躺着搜沈云的那篇内部采访的电子期刊。

她看到其中一段采访，记者询问私人感情时，沈云回答："因为工作性质和忙碌，没有时间找对象。"

当然，采访的回答不能当真。

唐锦花又翻看那些配图，有几张是美女法医的家，她家也是冷感的装修风格，像医院一样纯白色，几乎没有装饰物。

也正是因为装饰很少，所以唐锦花一眼看到桌上的一个小摆设——放在一个精致架子上的军刀。

她放大了照片，仔细看着军刀的外形和形状，心里一咯噔：这和许嘉允卧室书架上那柄刀一样!

当然也可能是什么团队纪念品,比如破了个大案,上面一起奖章的。

但再看看另一张照片上的香熏蜡烛,唐锦花证据确凿:她和许嘉允有一腿!

因为也是同款香熏蜡烛。

许嘉允自己卧室的卫生间里有,他的睡眠不好,似乎这款小众的香薰很助眠。

如果说用一样东西是巧合,那两个东西就值得思考了。

加上他俩那么亲密的举止,唐锦花判定,这两人关系不普通。

回头再看看沈云的采访,问到她渴望什么样的爱人时,她没有正面回答,只无奈地说了句,她可能没时间拥有爱人。如果一定要找,希望找个隐形的透明得像空气一样的爱人。

这不是说的许嘉允吗!

许嘉允的婚姻观和沈云一模一样,忙,没空恋爱,希望身边有个透明伴侣……

那他俩为什么不结婚?!

这是唐锦花找到所有证据后的唯一的疑问。

难道因为……他还是喜欢比较 man 的女性?

不对,他根本就不和自己过夫妻生活……

唐锦花带着一肚子的疑惑,往椅背一靠,想着想着,竟然睡着了。

她再次醒来,是被电话吵醒的。

外面有一丝晨曦的光芒,环卫工人已经出来打扫卫生了,凌晨四点的街头,有些荒凉,像末日电影里的场景。

也让被惊醒的唐锦花有那么一丝脆弱,仿佛在末日失去了爱人似的。

不过很快她就调整过来,接起电话,声音里带着几丝睡意:"喂?你要走了吗?"

"我已经到家了?你还在原地等?"许嘉允回家后,发现老婆居然还没回来。

平时她一点也不听话,不服指挥,遵从"灵活作战",昨晚竟然守着他的命令等了一夜,这脑子够灵活的。

"啊……我没收到你消息,以为……"

"你没看到门口的警车都撤离了吗?还需要我通知?你脑子怎么长的?整天都在想什么?"许嘉允的语气有些凶,因为生气。

她居然在车里过夜，真的一点也不会照顾自己。

要是冻坏了怎么办？

"那你临走前发个消息给我不就好了？我以为你们周边查找，还会回来。"唐锦花也被他骂毛了，也可能是刚被吵醒心情不佳，起床气上来，"就发四个字，你先回去，或者两个字回去，那么难？"

甚至一个字，"回"也行啊。

什么男人啊，等了他一夜还要挨骂。

她当然是担心他返回，半夜不好打车，站在外面挨冻！

还问她整天都在想什么，当然是想着他工作辛苦，才等到现在。

那边沉默了一会，似乎意识到自己语气太差，温和了一点："先回来再说。"

"我知道了，你休息。"唐锦花说完，挂断了电话。

她本来想恶狠狠地说"别管我，老子想在哪睡就在哪睡"，但想到许嘉允可能一夜没休息，心里一软，说不出狠话来。

如果不是同行，作为普通的家属，是无法感同身受地理解这份辛苦和压力。

所以，她没法在总队长面前任性，和他继续吵架，消耗他的精力和时间。

尽管心里一万个不爽，她还是开车回了家，轻手轻脚地进了门，然后看到家里的布置，愣了一愣，眼睛发酸。

客厅里放了一束缠着灯的包成心形的玫瑰花，还在一闪一闪地发着光——是这段时间的网红造型，她在朋友圈看过好几个人晒过。

估计他没时间选花，看到什么流行就买了什么。

餐桌上的食物早就冷掉了，一桌美味佳肴，中间还放了个蛋糕……

昨晚为她准备的生日晚宴，原封不动地呈现在眼前。

而她却和朋友们浪到半夜都没回家。

许嘉允有时候对她好得无话可说，让她分不清是做戏给家人看，还是真的关心她。

"发什么呆？饿了？"

猛然，带着一丝疲惫的嗓音在她身后响起。

"饿了就热一下吃。"许嘉允刚洗完澡出来，没说完话，就发现她肩头微微颤抖，他走过去一看，眼里闪过一丝讶异，"哭什么？"

"我没哭。"唐锦花狼狈地低下头，擦了擦眼角，"是刚才风吹的。"

"还在生我的气？"许嘉允很少见到她这可怜的小表情，眼睛和鼻头都红红的，还带着外面的一丝凉意，不觉有些懊恼和心疼。

昨晚要是狠狠心，不让她送自己就好了。

"我可不敢。"唐锦花看到这一桌生日大餐，被感动到。

这是除了爸爸，这世界上第二个为她亲自下厨做生日餐的男人。

但同时想到他夜里居然丢下她和别的女人走了，到凌成四点才想起来她，心里又觉得委屈。

一路上她积攒的不解委屈和愤怒，加上回来后的感动，还回忆到爸爸为她做生日餐，种种交织在一起，就……失态了。

她转过头，想回自己房间去，但却被许嘉允从背后拦腰揽住。

唐锦花愣了愣，没敢动。

"别生气，我跟你道歉，以后不会让你等这么久。"许嘉允在她耳边低低说道，"可你也别这么傻，看到情况不对，半夜了就给我打个电话问一下！"

唐锦花有种毛骨悚然的感觉，温柔低沉的声音像顺着耳朵钻进了皮肤血液里，伴着他刚洗完澡后的凛冽清爽气息，让她头皮发麻，想要挣脱，却又觉得，这种姿势还挺……暖的。

可能因为他只是轻轻揽着她的腰，没有侵略的举动，更像是工作疲惫的一家人互相拥抱打气……

但只是僵了那么几秒，唐锦花猛然想到了那位女法医。

她竟不自觉地代入了沈云，想到他昨晚和那个女人的姿势，立刻伸手拽掉他胳膊，快步走到自己卧室门口。

"我没生气，只是没睡好……我要再睡会。"唐锦花说着，关上门，又想到什么，打开一条缝，看着许嘉允说道，"还有，不用和我承诺什么，你不用对我的选择负责，也没必要和我道歉，是我想跟你去，想偷偷学习点经验……是我的错。"

唐锦花说完，关上房门，一头扑到床上。

这边的床又软又大又暖和，真像最温暖可靠的港湾。

可这样的家，却渐渐让人心底不安，似乎海市蜃楼，随时可能消失不见。

许嘉允走到她卧室房门前，默默站了一会儿，她可不是容易掉泪的女生，也不是别扭的小媳妇，见过她哭，但那是疼痛的条件反射，和今天委委屈屈擦眼泪不一样。

感觉她内心藏着怨气，后面和他说话的态度也像是压着情绪，没有往常的直率。
　　许嘉允一向是很克制的人，今天见她眼角红红的，心里一软，就揽她入怀，没想到把她吓跑了。
　　她最后那句明显想和他划开界限，拉开距离。
　　仔细复盘昨晚的事，许嘉允想到了和他一起离开的沈云。
　　唐锦花在车上睡得浑身发疼，第二天睡到十点多，后面做了一堆乱梦，像梦魇，怎么都醒不过来。
　　等她头疼地起床时，许嘉允已经走了。

第十五章　帮他破案

桌上还是原封不动地放着昨晚的生日餐,她也懒得热,随便吃了点,就开始在网上和他们的系统内部软件查找昨晚的案件。

本地新闻轻描淡写的一句"昨晚我市某酒店发生一起命案,尚未锁定嫌疑人"带过了这件事。

许嘉允很晚才回来,案情依然没有进展,今天早上法医的鉴定报告出来了,死者的死因非常奇怪,是窒息而死,可是却没发现任何导致她窒息的因素。

酒店监控显示了一位戴着口罩的男子进入过死者房间,逗留了半个小时左右,也正是死者的死亡时间。

可如果查不清死因,就失去了指证那个男人犯罪的最主要证据。

所以现在兵分两路,一边进一步尸检寻找死因,另一边追踪这个男人的信息和行踪。

这个男人昨天已经飞往纽约,加上没有找到窒息原因,让这场跨国追捕变得困难重重。

"回来啦?"唐锦花看到他,只是冷淡礼貌地打了声招呼,往卧室走去。

许嘉允见她今天吝啬地连个甜甜的笑容都不给自己,知道她还在为昨晚的事不高兴。

厨房收拾得很干净,只剩下昨晚炖的一碗鸡汤和一碟鹅肝,剩下的菜,被她一天消灭光了,蛋糕也没有了。

许嘉允猜想她把蛋糕扔了。

她这种注意体能锻炼的人,即使吃泡面,也只是两口,主要是吃鸡蛋,更是戒糖,不可能在一天内把一桌饭菜都吃光,外加一个蛋糕。

想到她发的和别人一起吃蛋糕许愿的照片,又想到自己买的蛋糕被扔掉,许嘉允心里也有些不平衡。

但现在两个人情绪都不好,不适合找碴儿,容易擦出火。

许嘉允忍了忍,去做了个菜,平复一下内心。

唐锦花洗完澡出来,看见许嘉允一个人坐在餐厅默默吃饭,那背影有

些孤单落寞，让她突然觉得自己很不厚道——明明休息日在家，却什么都没帮他做。

不像他，只要空闲时间，总会在家做饭，等她回来吃。

"我帮你收拾吧，你早点休息。"唐锦花擦着乱蓬蓬湿漉漉的头发，说道。

许嘉允看了她一眼，因为她的主动，心情好了一些："把头发吹干。"

她总是懒得吹干头发，仗着头发短家里暖和，毛巾随便擦擦就算完事。

"你放那，我收拾。"唐锦花也学着他用命令的口吻说道。

之前别扭的气氛好像因为主动帮对方做事，渐渐消散。

两个人又变成兄友弟恭和和睦睦的"一家人"，唐锦花帮他刷碗时，觉得一天的郁结因为看到他回来消失了。

当然也可能是刚运动过。

运动能分泌多巴胺，让人心情愉悦头脑清醒。

唐锦花现在很清醒地知道两人的合作关系，就算许嘉允外面有个秘密情人之类的，也跟她没关系。

想到这里，她又有点莫名失落，不过很快，她就彻底高兴起来。

因为许嘉允坐在客厅，手机外放了群聊语音。

她竖着耳朵，全神贯注地听着专案组的对话。

"没有勒痕，器官也没有衰竭，也没有挣扎的迹象，这死得太蹊跷了。"

"身上也没有指纹，周围都没有搏斗的痕迹，你说没有留下任何痕迹的憋死，怎么做到的？"

"尸检报告说气管也没有异物，胃里没有反流，气管通畅的情况下，只有勒脖子和捂住口鼻这两个可能，或者说……隔断空气。"

"不可能隔断空气，就算在真空中，人也会有临死前的挣扎，可她身上什么痕迹都没有。"

"把整个酒店房间的空气抽走？没有人能做到的，除非……那人有特殊能力，不是人。"

技术总队的人在你一言我一语的分析，唐锦花听得有点发怵。

但作为新一代的警察，怎么可能迷信这种东西？

唐锦花洗完了碗碟，不知不觉挪到许嘉允身边，站在沙发后，继续默默听着。

许嘉允突然伸手关掉了群聊，转头看了眼站在后面的唐锦花："酒店监控在中午十二点半，看到一个男人提着袋子进了她的房间，逗留了半个小时左右，一点零二分走出来，乘坐下午四点的飞机离开，现在在纽约。"

唐锦花愣了愣，看着他："你……你在和我说案情吗？"

"现在最终的尸检报告还没有出来，但我们查到了这个人的信息和前几天的行踪，他是死者的情人，两个人在一起三年多，但一直是地下情，两个人的聊天信息也调出来了，女生想要逼婚，男方是个有钱人，外面一堆花花草草，不愿意结婚，但有把柄在女方手里，就起了杀心，现在已经可以确定嫌疑人畏罪潜逃，唯一缺少的就是物证。"许嘉允看着她，淡淡问道，"杀人手法一旦破解，就能顺藤摸瓜找出证据。"

"你们说的……更像是突然窒息性休克，还是有很多诱发休克的因素，比如……过敏，或者中毒，等法医报告单出来，但好像过敏性休克死亡在法医尸检时，会缺少特异的病理形态学改变，很难鉴定，我觉得与其等法医的各项检查，不如查一查死者生前有没有什么过敏史，再查查嫌疑犯到底带了什么东西进了房间，尤其是……他订机票的前后几天的行踪要查看一下，那时是他起了杀心的时候，一定已经开始筹谋案件。"

唐锦花果然不愧当年专业第一毕业的警校生，虽然看似大大咧咧又性急，可书本知识和老师带着他们的实践课一点也没忘。

许嘉允听到她这么说，眼里露出一丝赞许，他喜欢的女人，虽然情商低，但关键时刻脑子挺好用的，能在无数线索中精准地找到重点，这种人如果进了技术总队，能让破案率和速度大大提升。

"技术总队已经去查了，他的行踪很正常，包括各种消费清单列表，没有买过药物和危险品，但你说的过敏，还没有查到。"许嘉允说着，拿起手机，发了条信息到专案组，看到沈云也给自己发了消息，立刻站起身。

"但是我想，如果真是过敏性休克，只要找到过敏源，就能找到物证。"许嘉允边说边往门走去。

"你要出门？"唐锦花见他只是回来吃个晚饭就走，觉得他太辛苦了，又要熬夜。

"法医那边发了消息过来，我过去看看。"许嘉允注意到唐锦花脸上闪过的一丝异样，果然提到法医她有反应。

"拜拜。"唐锦花勉强笑道。

"对了，你还年轻，不要心急，只要保持专业和敏锐，像你这么努力的人，早晚会去你想去的地方。"许嘉允临行前，似乎是在夸她，给她打气。

唐锦花第一次被他这么认可，却并不怎么高兴，只淡淡点头，转身回自己房间。

这么晚去法医那里……

挺好的，他不对自己索求什么，保持现状的平静和安宁，是她想要的结果。

但为什么……越来越想离婚呢？

总觉得心里空空的，这里不属于自己，协议的关系像一张纸那么单薄，随时会被风吹走。

最后几天，大家都在调休年假，只有唐锦花还在工作岗位奋战。

她这天又去了顾勋所在的富人别墅区出警，报警人就是顾勋本人。

顾勋说自己的手表丢了。

价值一百二十万的手表丢了。

这价钱……是"数额特别巨大"的案件，唐锦花和丁子易两人带着两个辅警过去的。

"你老公是许嘉允？"

唐锦花绝对没想到，顾勋看到她之后，要求和她单独聊聊，第一句话就是这个。

她有点猝不及防，但很快调整过来，反问："这个问题和案件有关吗？"

"有关，你先回答我。"顾勋把她喊到三楼书房，靠在那一排高耸入顶的书架，穿着白色的毛衣，眉目如画，像文艺片里的男主角。

"对，所以之前和你说过，我们做朋友可以，但不要有其他想法。"唐锦花沉默了片刻，想到黄诗雨说的话，觉得坦白点比较好，很干脆地承认。

"你……你怎么跟他结婚了？"顾勋这两天都没睡好，想着自己看中的东西被人提前抢走，一肚子窝囊气。

他倒是觉得女人结不结婚都不影响自己喜欢，可人家老公是许嘉允。

顾勋因为生意关系，和许嘉允打过不少交道，知道总队长这人油盐不进，做事又滴水不漏，不会给人撬墙角的机会。

"结婚理由和你这次失窃有关吗？"唐锦花继续反问。

"有！"顾勋很肯定地点头，眼里还带着点没睡好的红血丝，"因为知道你结婚，我喝多了，才会丢了手表。"

早知道就早下手为强……

"顾勋，严肃点，我要开执法录像仪开始……"

"你敢吗？你结婚的事连黄诗雨都没说，你不怕全所的人都知道？"顾勋打断她的话，问道。

唐锦花微微皱眉，更爽直地顶了回去："你什么意思？在威胁我？"

她没有暴露婚姻，是因为签了婚前协议，但要是被人拿这个威胁，她可不吃这一套。

顾勋还没深入了解她暴烈的性子，别看她的脸有些婴儿肥，笑起来甜甜软软的，但内心是个刚烈的汉子，宁可玉石俱焚，也不会让人拿捏欺负。

"你怎么突然就发脾气了？我这是威胁的态度吗？我只是想知道你们结婚……你是被他胁迫了吗？"顾勋见她脸色沉下来，不想惹她生气。

"没有，我们情投意合。"唐锦花回答得斩钉截铁，没有半点犹豫。

确实，他俩是"情投""意合"。

对婚姻意见一致，态度合拍，才会见一面就决定结婚。

顾勋听到这句话，又见她坚定的样子，泄了气。

他还是尊重女性的，人家真没看上他，总不能硬抢。

再说，许嘉允能让他给硬抢了老婆？

罢了，还是退一步，当个有趣的朋友，也好过跟许嘉允成仇人。

只是确定了她的心意，顾勋还是有点失恋的痛苦，想找个人诉说……

接下来几天，寻表的警察换成了丁子易和黄诗雨，还有刑大的人，唐锦花去忙其他案件，也可能是故意避着他。

许嘉允也消失了几天，两个人虽然住在同一屋檐下，可是到过年前都没再见面，也没有联系过。

两个人又恢复了名存实亡的婚姻关系。

但唐锦花一直在关注酒店的离奇死亡案件，她猜想可能这几天警方跨国搜捕去了。

当然也可能还在找证据，因为她无权过问案件，从外界新闻上找不到任何消息，刑大的师兄们也不会和大家八卦专案组的机密。

唐锦花大年三十的下午才休假，妈妈早上就来新房这边，给孩子们准备年夜饭。

她看到家族群不知何时改成"一家四口",许嘉允早上五点在里面发了消息,说自己可能要执行任务,不能回来过年,还特意包了红包给三个家人,让妈妈和她多买点好吃的,好好过年。

群里他说话总是冠冕堂皇,体贴入微,二十四孝好老公好女婿,可谁又知道私底下三五天没和她私聊一句,那天说要去法医那边之后,再也没回过家,冷暴力高手……

太会逢场作戏了,唐锦花心里极为鄙视,装作没看到群消息,也不领他的红包。

大年三十的天气倒是挺好,阳光普照,但老人家说,邋遢春节干净年,除夕夜天气好意味着春节会有雨雪,出行不便。

唐锦花刷了辆共享单车骑回家。

她下午本来想帮妈妈一起准备年夜饭,没想到路上又遇到了意外——一辆车停在十字路口中间不动了,副驾驶的女孩子说是听到了车里有小猫的叫声,司机要报警,她正好也在等红绿灯,过去一看,让他们别报警了,自己协助交警打开车盖,又趴车底找了好一会,终于在里面找到了一只卡在底板上的小奶猫。

估计是因为冬天太冷,小猫一直藏在里面睡觉,这会饿了,一直喵喵地叫。

许嘉允从机场回来时,看到了警情通报上的一张照片。

随后消息推送也给他弹出一个小视频——唐锦花钻进车里捞出小猫时,捧着小奶猫,脸上灿烂甜美的笑容,眼里似乎闪着星辰。

他看着看着,也忍不住微微扬起唇角。

眼里永远有光的女生,真美。

想到很快就能回家看到她,想到今晚会在一个卧室,许嘉允的心跳居然加快,有些期盼。

他身边一个相貌威严但又儒雅绅士的中年男人,见他拿着手机一直看着,还罕见地露出愉快的笑容,忍不住瞄了一眼,看到是儿媳妇,忍不住问道:"小花又被拍了?"

许嘉允立刻放下手机,淡淡说道:"她爱多管闲事,现在的人又喜欢围观拍摄……"

"那不是多管闲事,这叫责任心,每个人都能多为社会做一点事,就没你们的事了。"中年男人正是许嘉允的父亲许云峰。

虽然年过五十,可他身材保持得很好,腰背笔挺,看上去不过四十来岁，正是年富力强魅力四射的时刻。

"那是理想国。"许嘉允不太想和爸爸多说，转头看着外面的风景。

唐锦花是独一无二的，他才愿意跟她结婚。

"都结婚了，是不是要考虑一下家庭？每天这么忙，以后有孩子了怎么办？"许云峰叹了口气，"我现在年纪上来，生意上也有些力不从心，回来帮帮我吧。"

生意场也很忙，可比起许嘉允现在的工作，还是自由很多，想陪伴家人的时候，可以推掉不必要的应酬。

"累了就退，反正赚的钱花不完，你就放权给其他人，自己好好享受人生。"许嘉允依然拒绝。

他也有自己想要努力的人生。

许云峰看了看他，欲言又止。

这孩子还是没能从母亲去世的阴影里走出来。

但好在他现在有了爱的人，以后总会考虑到家庭，慢慢改变。

除夕傍晚的城市变空了，一向拥挤的交通变得顺畅无比，从机场打车回来，只用了半小时的时间。

许嘉允和父亲推开门的瞬间，看到正在餐桌边偷吃炸鱼的唐锦花表情凝固。

不是说今天不回来了吗？

怎么不但回来了，还把公公给带回来了？

他就不能给自己留个言，让她有个心理准备？

每次都跟突袭似的！

"爸！爸爸！！来，行李放着，我帮你拿。"唐锦花尽管心里吐槽许嘉允，但脸上早就挂上了笑容，赶紧冲过去帮他们拿着大包小包。

这……这是要在这里住几天了吗？

唐锦花一看到行李的架势，心里就一凉，看了眼许嘉允，甜甜说道："老公，你也来帮忙。"

她不敢透露任何诧异不知情的表情，也不敢透露知情的表情，想把许嘉允拉回房间问清楚什么情况。

"亲家公……你怎么回来了？阳阳这孩子，也没和我们说一声！"唐妈妈也赶紧关了火，走过来打招呼。

"是我没让他说的，想给大家一个惊喜。"许云峰笑着把行李上的两个手提袋递给母女俩，"给两位女士的新年礼物，今年大家过个团圆年。"

唐锦花心里彻底凉了,她不是不欢迎许爸爸回来,只是害怕在家长面前和老公相处。

尤其是晚上睡觉问题……

自从那天喝醉了,唐锦花就难以接受两个人单独在幽闭的空间里相处,更不想再去他的卧室寻找醉酒记忆。

许云峰进门后就像回到自己家,脱去外套,解开袖子衣扣,卷起来,帮唐妈妈在厨房忙。

父子俩这一点倒挺像,上得厅堂下得厨房。

而唐锦花和许嘉允帮爸爸把东西拿到另一个客房,一进房她就给许嘉允扔了个眼刀,压低声音狠狠说道:"你就不能提前给我发个消息,让我有点心理准备?"

"我爸不是说了吗,要给你们惊喜。"许嘉允很平静地回答,但眼神一直锁在她脸上。

"这是惊!"唐锦花被他看得以为自己脸上脏了,伸手擦了一把,看了眼书架摆放的黄铜艺术品,上面像一面铜镜,映照着她光洁干净的脸。

"算了算了,都回来了,你好好陪你爸。"唐锦花认命了,她接受现实的速度和她短跑冲刺速度一样快。

"准备吃饭啦!"外面响起唐妈妈的声音。

两个长辈是真心欢喜,难得团聚,吃一顿热热闹闹的年夜饭,大家都喝了点酒,唐锦花很谨慎地只抿了一点点,生怕今晚再闹出尴尬。

唐妈妈习惯性看春晚,第一次在一起过年,其他人当然也会陪着一起看,都坐在沙发上,吃着点心坚果,看着热闹的节目,倒挺怀旧的。

唐锦花看到中间贺电时,偷偷推了推坐在旁边的许嘉允,给他递了个眼色。

许嘉允立刻问道:"怎么了?困了吗?"

什么啊!他是故意的吧?

唐锦花示意他看看手机。

刚才装作玩手机,给他发了条消息,让他先回房洗澡睡觉,免得自己睡着了打呼影响他。

"锦花今天还工作了一天,是太累了,你俩赶紧先休息吧。"许云峰立刻体贴地说道。

"是啊,不用陪我看节目,大家今天都累了,云峰你也舟车劳顿的,都早点休息。"唐妈妈立刻说道。

"我在飞机上睡了好几个小时，一点也不困。"许云峰笑呵呵地说道，"没事，好久没看国内的春节晚会了，还挺有趣。嘉允，你陪锦花去休息。"

唐锦花无奈地站起身，只好和许嘉允一起回房。

"你就不会看看手机吗？"一关门，唐锦花就郁闷地说道，"让你先回来睡觉，别回头我睡觉打呼吵着你了。"

"你还挺体贴的。"许嘉允这才拿出手机看了一眼，"还是你先睡吧，我正好要处理点事。"

"那个案件吗？"唐锦花一不小心就问了出来。

"你对那个案件这么感兴趣？"许嘉允吊着她的胃口，问道。

"也没有……那你先忙，我去洗澡……啊，睡衣忘了拿过来！"

"自己去衣柜找一件T恤。"许嘉允似乎真的有事，也不管她，拿起书桌的电脑打开。

"那我随便拿了？"唐锦花说着，拉开他的衣柜。

里面的衣服放得也像高级展柜，颜色从浅到深，衬衣T恤外套分门别类井井有条，唐锦花怕又拿了一件什么奢侈品牌，特意看了眼衣服的标，最终找了件没有标的宽大衬衣。

唐锦花洗得很快，但在里面吹了好一会内衣裤。

太失误了，以为他晚上不会回来，她根本就没做好同房的准备，还准备晚上陪妈妈看完春晚一起睡觉说说话……

结果给她搞什么意外惊喜。

早知道男人说话靠不住，她就该和黄诗雨一样去加班，不要这年假了。

洗干净的内衣裤用干浴巾拧一下，吹干就很快，唐锦花重新套上，把他的洗手间尽量整理得像没人用过。

擦地上的水渍时，唐锦花看到放在浴缸边的香熏蜡烛。

和第一次来他浴室相比，蜡烛又短了五六厘米。

这种直径粗度的蜡烛，至少要燃烧三十小时才能下去，当然也可能早就用完了之前的换了新的，算算他在家的时间和洗澡的时间，这大概是洗手间里他用得最多的东西了。

唐锦花忍不住拿起蜡烛闻了闻。

沉香里夹杂着淡淡的薰衣草和尤加利香味，像是和大海相邻的森林的气息。

他身上也有草木的香味，也许就是这香熏蜡烛沾染的味道。

唐锦花想到这，立马放下了蜡烛，迅速收拾好浴室，一根头发丝和水珠都没留下，顶着半干凌乱的头发，套上他宽宽大大的衬衫，走了出去。

许嘉允正戴着耳机坐在窗户边的沙发上视频会议……

大年三十，还在开会！

沙发被他挪动了一点，正对着洗手间，这样电脑的摄像头就怎么也拍不到唐锦花。

沙发边的落地灯散发着温暖的光芒，许嘉允全神贯注地看着电脑，像是没看到她出来。

唐锦花也尽量轻手轻脚，端了个矮凳放在衣柜前，她刚才找衣服时，看到最上面那层放着被褥，想拿下来打地铺。

许嘉允这才抬眸看着她，见她架上凳子也够不着，因为努力踮脚伸手，宽大的衬衣遮不住臀线，那双踮着脚的修长双腿线条像美学大师雕刻上去似的，他不觉喉咙一干，伸手合上了笔记本。

唐锦花只恨小时候没好好吃饭，个子不够高，那被褥就在指尖上方三公分，如果不是许嘉允在开会，她就能跳起来抓下来。

现在怕弄出太大动静，只能攀着衣柜边，试图借力爬上去一点拿下来。

唐锦花怕自己踩到衣柜隔板会弄塌了，回头被他当成拆家的二哈……

够不着！

唐锦花正想着找两本书垫一下，突然感觉身后有人靠近，她还没跳下来，就被人一把搂住膝盖处，把她平稳地托举上去。

唐锦花倒是反应快得很，一把就拽下了最上层的被褥。

许嘉允松开了手，把她放回地面，压住了内心的冲动，将她抱着的被子拿了过去，语气淡漠："你睡床。"

"呃……不占用你半张床，我打个地铺凑合一下。"

唐锦花想到第一次他爸过来，两个人被迫同房，许嘉允大方地让她"上床睡"，也是这三个字，可早上醒来发现他也睡在床上。

她不想醒来再摸到他的脸，太可怕了。

加上想到上一次自己喝醉……

唐锦花只想找个角落默默睡觉。

"床给你。"许嘉允将那床被子扔到沙发边，说道。

"那多不好意思，我睡地上好了，反正我喜欢睡硬木板。"唐锦花不敢觊觎他的床，上面全是可怕的回忆。

"去床上。"许嘉允有些不耐烦了，语气加重，像命令。

"那……好吧。"唐锦花瞄了眼那张铺着深色床品的大床，硬着头皮爬了上去。

长官都发了令，服从就是。

在碰着床的一瞬间，唐锦花顿时忘记了什么尴尬往事，只觉得睡魔侵袭。

枕头蓬松，比五星酒店的床品还要舒适，上面混杂着助眠的淡淡沉香味，她一埋头进去，还没来得及说话，就看到光线暗了。

许嘉允又打开笔记本，将落地灯关了，只剩下沙发一角闪着幽暗不定的光芒。

唐锦花临睡前几秒，迷迷糊糊的在幽暗光线中，感谢地想着，协议老公居然还记得她睡觉不喜欢开灯，还是挺完美的。

听着她几乎秒睡的轻微鼾声，许嘉允真想把她的好睡眠抢过来。

其实两人一房，他知道她的忐忑尴尬，可她不知道，他的无眠和躁动。

爱是克制吗？

许嘉允站在床边，借着窗外微弱的光看了她好久，直到午夜十二点，外面响起烟花和鞭炮的声音，明明暗暗的光线落在房间里，他伸手捂住她的耳朵，外面此起彼伏的焰火，引起许多等待农历新年的人们尖叫。

许嘉允自始至终没有转头看窗外那盛大的烟花。

因为烟花再美，也不如此刻熟睡的面庞。

新春快乐。

许嘉允在心里默默对熟睡的甜美的面容说道，俯下身，唇轻轻印上她光洁的额头。

这是他们在一起的第一个新年，不会是最后一个。

未来还很长，无论有多少黑暗和坎坷，都不再是一个人孤军奋战。

唐锦花翻了个身，轻微的鼾声像催眠剂，让许嘉允到了下半夜也昏昏欲睡。

没有和她运动，居然也能睡得这么快，许嘉允怀疑她本身就是个催眠剂，或者说，她的好睡眠能传染，只要挨着她就犯困。

再醒来时，已经早上八点，她想找灯看时间，不小心按到自动窗帘，黑色的窗帘徐徐打开，外面的光透了进来，只见沙发上放着叠好的被子，

许嘉允不在房间，她仿佛在五星级宾馆享受了一夜。

唐锦花睡饱了，心情也特别好，尤其是早上没见到老公，本来以为会很难熬的两人单独相处，居然变得挺……爽？

她心情愉悦地下了床，把床铺得平平整整，一丝压过的褶皱都没有。

然后她拉开洗手间的门，看到里面正在用卫生间的男人。

两人四目相对，许嘉允淡定地看着她，继续上厕所，几秒后，唐锦花愕然的视线往下移了移，脸上愉悦的表情颤了颤，一把关上门。

许嘉允居然上厕所不反锁住门！

他是怎么做到那么镇定的？不但表情没有一丝变化，连动作都没变，挡也不挡一下！

总之，不愧是长官，心理素质一流，泰山崩于前依然坚持尿完……

换成她在厕所被老公一把推开门，肯定会被打断，紧张地提裤子。

唐锦花正站在窗前努力擦去刚才的记忆，卫生间的门打开，淡定男走了出来。

"我好了，你要用洗手间就去吧。"许嘉允说道。

"好的。"唐锦花没转身，依然看着外面的风景，等着他先出门。

窗外的天光洒在她的身上，宽大的白衬衫像一层白纱，透着清晨的阳光，里面那纤细优美的身体仿佛装着他的宇宙。

许嘉允知道此刻如果走上前，一定能看到她有些羞赧的眼神。

可他忍住了，只在脑中想象一下，就觉得很可爱。

"对了，新年要穿新衣服，我这几天在外面顺手帮你买了一套衣服，刚好你换上，免得爸妈看到你还穿昨天的衣服，说不过去。"许嘉允缜密得很，早就给她买好了礼物，但又怕她拒绝，一直留到现在才拿出来。

"啊？给我买的？"唐锦花有点讶异，她都没给他准备新年礼物。

"试试看。"许嘉允从衣柜的下方，抽出一个超级大的袋子，里面装的可不是一件衣服，而是全身上下内外全套。

"哦，买回来时就让干洗店洗干净了，不用担心贴身穿。"

他把袋子放到床上，补充了一句。

"又让你破费，我……我给你包个红包吧。"唐锦花受宠若惊，可随后就心疼，她知道许嘉允买东西尽挑贵的，要是还礼，她又要血亏！

一次都没穿，能不能给退了？

哦，他已经细心到把商标吊牌都拆了，也洗过了，没法退……

"一家人说什么两家话？送你就是送你的，我出去了，你换衣服。"许嘉允要一步步松弛她的神经，瓦解她的防御。

所以从昨晚开始，他就隐去了掠夺和侵略的欲望，尽量让自己"透明"得像空气。

这不是他们协议上所说的透明感，而是要成为真正的空气——看不见，却悄悄浸入在她的四肢百骸中，无处不在，无法缺少的空气。

先成为真正的家人，如父如兄，之后再成为爱人。

"可……"唐锦花还没说完话，人家就出去了，帮她把门关得严严实实。

大年初一，唐锦花的心情一波三折，她看着床上那堆衣服，还是默默把门反锁住。

尽管她知道自己在某人眼里什么隐私都没有了，可仪式还是要有的。

刚才只看他拿了个大袋子，倒出一堆衣服，现在仔细一翻，居然还有套黄诗雨最喜欢的某性感品牌内衣。

黄诗雨每次换衣服，露出里面成套的内衣，唐锦花都会嘲笑她里面穿得这么美，可没人敢解她的内衣带。

没想到自己也有今天！

许嘉允对她的尺码真是了如指掌，不愧是长官，眼睛跟尺子一样，看过一次就知道穿多大码的内衣。

想到这里，唐锦花打开冷水，狠狠冲了冲脸。

没事，没事，自家老公，看了摸了都不吃亏。

唯一有些不舒服的是，想到自己发现他和法医之间的秘密，就觉得他完美表象下有了一丝裂缝。

而那裂缝随着他对自己越体贴，就裂开得越大，总有一天会把她吞噬了。

许嘉允给她挑的是有些慵懒风的红色毛衣，加上修身的牛仔裤，让她从平时鬼马精灵的街头小子变成了优雅小女人。

唐锦花很不适应地看了一会儿镜子里的自己，撸了撸半长不短的头发，捏了捏嘴唇，让平时偏淡粉的唇色挤压出血色。

她的口红放在客用洗手间，只在见家人时才会偶尔涂一下。

她这皮肤怎么晒都不黑，加上眉眼浓郁，只要涂点口红，就会艳丽很多，显得气色超好。

唐锦花觉得和老公睡了一觉，得显得精神点，要是让爸妈觉得自己和平时没什么区别，那岂不是白睡了！

等她换好衣服洗漱一新打开门，只看见大家都坐在客厅聊着天，见她出来，三双眼睛齐刷刷地看过来，让她压力好大，蓦然有种……小媳妇第一天见公婆的感觉。

成年后，唐妈就没见过女儿穿这么红的新衣服，给她买了她都不愿意穿，只喜欢那些黑白灰，暗淡的颜色，现在这正红色的毛衣衬得她雪肤花貌，终于像个娇艳明媚的女孩子了。

"起来啦？就在等你吃早餐了。"唐妈妈欣赏了一会儿，眼里有一丝笑意，率先站起来，往厨房走去。

"少齐，我来吧。"许云峰急忙站起，跟过去帮忙。

唐锦花一听，公公喊得这么亲昵，看来两个老人家很投缘。

少齐是妈妈的字。

她妈妈当年是大家闺秀，太爷爷还是什么名士，遵从先人的习惯，给孩子起了名，唐妈妈的发小们，都会喊她"少齐"，作为新时代的孩子，唐锦花小时候一直以为少齐就是妈妈的小名，上了高中才知道老妈居然有"字"。

唐锦花很羡慕，当初老爸只是觉得她的到来是美满生活中的"锦上添花"，就随手给她起了个这么个名字，还常常被人当成棉花！

"是不是衣服很不适合？你们刚才都这么看着我，让我压力好大。"

"没有，可能是……太好看了。"

许嘉允不经意地夸了句，对她伸出手。

唐锦花看着那只手，绞尽脑汁想着怎么逃出去。

她甚至想给黄诗雨发条消息，让她给自己打电话，就说所里有事，人手不够，让她去帮忙。

她受不了一家人一直在一起吃饭聊天卿卿我我，过个年像地狱模式。

更地狱的是，许嘉允在吃饭期间又给了大家一个"惊喜"，居然安排了全家出游。

唐锦花又把他"恩恩爱爱"地拽回了卧室。

"你以后可以不要给我惊喜了吗？我能不去吗？"唐锦花面对家长已经很窒息了，还要一起旅游，她都快社恐了。

"你不是说过，就想多赚点钱孝敬妈妈？可平时工作忙得没空陪家人……"

"我知道，但我总觉得……心虚，你懂吗？"唐锦花打断他的话，摸了摸胸口，"你不心虚吗？他们每次用那种'幸福'的眼神看着你时，每次问什么时候要孩子时,我心里都慌得很。"

"为什么要心虚,我们又不是假夫妻。只不过选择的生活方式和别的夫妻不太一样而已。"许嘉允轻描淡写的一句话,让唐锦花的心豁然一亮。

是啊,她总觉得他们之间不算婚姻,结婚证只是用来欺骗家长的手段。

这么一想,唐锦花恢复了自信和元气,点了点头,自我加深概念:"对,我们是一家人,受法律保护的家人。"

许嘉允眼里藏着一丝不易发觉的笑意。

见惯了那些狡猾的罪犯,面对一个感情上一根筋的小姑娘,根本不用多费劲,只要有时间陪她,早就能拿下了。

瞧,至少她现在顺利地被洗脑,接受了他们之间也是婚姻的事实。

一旦把"婚姻"这两个字刻入脑中,家庭概念也会越来越强。

像这样的家庭旅游,也会让她把自己当作家人看待,不会像一开始的相处,尽想着婚前协议上的条条框框,束手束脚,严格遵循协议,像最熟悉的陌生人一样相处。

第十六章　蜜月旅行

许嘉允定的旅游地点是海上的一个度假小岛。

他不会策划行程特别辛苦的路线，一来是考虑家长们的身体，二来，他希望有更多时间和老婆独处。

这是他们的蜜月旅行。

当然唐锦花并不知道许嘉允的真实想法，以为他也是平时太忙，没空陪伴家人，所以趁着年假带父母出游。

坐船去岛上需要两个多小时，唐锦花一直看着外面的碧海蓝天，心里计算着这次费用，她得和许嘉允AA，不然总让他出钱出力，她很过意不去。

但唐锦花一看到这酒店，就知道自己A不起！

AA也得看人工资A啊，这酒店不是一般人住得起的，是那什么很红的七星级海底酒店。

酒店下面几层是海底世界，住一晚两个月工资就没了。

唐锦花患有深海恐惧症，受不了这么新奇刺激的体验，在大堂听到要入住海底的景观房，脸都白了，立刻拽住许嘉允："那个……老公你忘了，我……我有深海恐惧症，咱们能换个上面的房吗？"

"我当然记得，这两间是给爸妈的，我们在楼上。"许嘉允微笑地说道。

唐锦花觉得自己见了鬼，她根本没和许嘉允说过自己深海恐惧的事，他居然还能接得这么顺畅。

"那就好……妈，你和爸一起下去吧，我就不陪你了。"唐锦花连下都不肯下去，被房价和深海彻底击溃。

"我送你们下去，休息半小时，带你们去吃饭。"许嘉允全程安排好了，向导一样专业周全。

"那我在这里等你。"唐锦花要平复一下心情。

这个靠北一点的小岛的海滩特别美，近几年建了个七星级海底酒店，成为富豪明星网红那些人的打卡胜地，唐锦花想都不敢想许嘉允会带他们住这里！

门口迎宾又领进一对衣着时尚的年轻人，那个女孩长得有点眼熟，年纪轻轻但一身珠光宝气，让唐锦花不由多看几眼。

唐锦花为了确认，拿出手机搜了一下，果然是新晋女星赵露娜，身边那个同样招摇的男人是什么富二代，她的男朋友。

最上面的新闻就是富家公子用价值一千多万的钻戒求婚成功的图文。

据说这是某奢侈品牌的传世钻戒，主钻十点三克拉，周围镶嵌了一圈小钻，是奢侈品家最经典的水滴形状。

唐锦花对明星并不好奇，只是因为对方太过招摇，又一直生怕别人不注意到她的手上估价一千二百万的鸽子蛋，连对服务生都忍不住炫耀这是亚洲最贵的钻石，才忍不住多看两眼。

露富可不是什么好习惯。

当然可能是唐锦花当警察的习惯，她对周围的环境和奇怪的路人都很敏感。

不过看看有钱人的爱情，顿时觉得自己老公带她住这么贵的酒店似乎也不用太放心上。

唐锦花再看看自己手上的结婚钻戒，她这是第三次戴上，以前还觉得这戒指有些奢侈，钻石太闪了，现在和那个美女闪闪发光的手指相比，仿佛米粒之光。

"怎么了？嫌这里不好？"许嘉允回来时，看到唐锦花正坐在大厅的沙发里，正看着无名指上的钻戒发呆，问道。

"不是。"唐锦花抬起黑亮亮的眼睛，忍住想吐槽刚才的客人，老老实实回答，"是嫌这里太好了……怕欠你的还不起……"

"那就欠着吧。"许嘉允伸手拉住她戴着钻戒的手，唇边有淡淡的笑意。

既然是和老婆蜜月，当然要订最好的酒店，吃最好的海鲜，睡最舒服的床。

"你这样贫富差距过大的消费水平，对我的工资很不友好，能不能下次作计划之前，和我通个气？我们一起来制定……"唐锦花立刻忘了刚才对女明星奢侈爱情的感慨，回归现实，依然很肉疼。

"行。"许嘉允打断她的话，见她一脸不安的样子，又说道，"别垮着脸，这种消费对我的工资也不友好，是我爸出的钱。"

"你爸买单？"唐锦花瞬间轻松了一点，虽然占老人家的便宜也不好。

"他对出行要求高，无论去哪里，都要找最贵的酒店住下，所以，就

配合一下他吧。"

许嘉允只是安慰她，其实全是他安排的。

他结婚前，桀骜不驯，给许云峰惹了不少麻烦，结婚后，反而"孝顺"了很多。

对许云峰来说，沾了儿媳妇的光，他第一次享受儿子这么贴心的安排。

果然男人得结了婚，心才能定下来，才会真的长大。

"这房间……也太大了！我妈房间也这么大吗？"唐锦花不是不配合，主要看到金钱在熊熊燃烧，她很想打开消防栓，赶紧扑灭这烈火。

"你自己去看看就知道了。"许嘉允说着，走到落地窗边，看着一望无际的大海，海景房也挺美。

"不了不了，我看到海底那些东西，就瘆得慌。"唐锦花走到沙发边，先宣布主权，"晚上我睡沙发。"

"为什么这么怕海底？"许嘉允走到沙发边，问道。

"深海恐惧症，还有原因吗？天生的。"唐锦花见他过来，立刻晃去洗手间，有点傻眼，"全透明的啊！"

"这样视野才好。"许嘉允打开冰箱，从里面拿了一瓶无糖饮料。

"可……洗澡上厕所不就被看到了吗？"唐锦花找了一圈，发现没有什么隐形窗帘，大大的卫生间就是全透明玻璃隔断。

"又不是没见过。"许嘉允说完这句话，就看到她在洗手间脸色难看地扭过头。

唐锦花不记得自己喝醉后的可怕，但早上刚见过他上厕所，这会脑海全是那个画面。

"不过你别担心，晚上我会去游泳，在那边冲个澡。"许嘉允体贴地补充一句。

"下面那个无边泳池吗？我也要去游泳。"唐锦花刚才在电梯里看到屏幕投放的酒店健身楼层，就在大堂后面。

"你？还是歇歇吧，脚踝膝盖都刚好，省着点用。"许嘉允想象了一下她穿泳衣的样子，立刻摇头拒绝。

"也不疼了，你那个药膏特别灵，在哪买的？"唐锦花一直想问的，他给的药上面都没有商标，跟三无产品似的，可用着效果却很好，她之前还怀疑是不是有激素。

"这是部队内部专用的跌打损伤止疼膏，外面买不到。"

这么平常的对话居然有一种幸福感。

许嘉允突然觉得，自己确实应该多陪伴家人，和她在一起哪怕不说话，只看看海，心里也充盈着光亮和幸福。

"能说说部队的事吗？师兄常说部队里的训练比警校要辛苦一百倍一千倍，真的吗？"唐锦花一直忍着好奇没敢多问他的事。

以前他惜字如金，不愿意透露关于自己的一切，但相处久了，陌生的隔阂也消失了一点，尤其是许嘉允绝大多数时候那种家人兄长般的态度，让她觉得再问一次，他不会以"不要打探私事"的理由拒绝。

"这会要准备出去吃午饭了，晚上和你说说。"许嘉允看了眼手表，十一点半。

"真的？"唐锦花喜笑颜开，他居然愿意说自己的过往，她顿时来了精神，终于了解那些喜欢八卦明星隐私的女人们的心情了。

"走吧。"

换以前，许嘉允或许会问她为什么这么感兴趣，把她逗得脸色发窘一言不发。

可现在见她笑靥如花，许嘉允只觉得心湖也在一波波荡着涟漪，像落地窗外的海面，在阳光下闪着粼光。

"等一下，中午吃饭的地方是不是特别贵？"唐锦花突然紧张地问道。

"我爸请客，他挑的位，你去吃就行。"许嘉允瞥了她一眼，知道她囊中羞涩，为了照顾她的自尊，只得把腐败都推给老爸。

"那总不能都让你家出钱啊，接下来行程怎么安排的？找一顿让我请吧。"唐锦花在经济上分得很清楚，虽然是婚姻，可她又没为家庭做出牺牲，不能让男人养着。

"好，明天中午你请。"许嘉允答应得很干脆，免得她吃顿饭都在计算怎么AA。

"看来嫁入豪门也挺烦心的。"唐锦花突然感慨地说道。

今天看到那个女星戴着的价值千万的鸽子蛋，她就莫名想到一句话——欲戴王冠，必承其重。

那钻戒太大了，干起活来不是很碍事吗？

哦，忘了，这样的豪门少奶奶怎么可能干活呢？

"我家不是豪门，只不过爸爸做生意攒了点家底，我又是独子，他赚的钱自然多花了点在我身上。"许嘉允轻描淡写地安慰她，"不要有心理压力，女孩子嫁了人，被夫家照顾是正常的事。"

"可能我还不太习惯……"唐锦花正想说不习惯"一家人"这么相处，

突然被许嘉允一把揽住，把她拽到自己身边，紧紧护住。

几乎同时，拐角有个人冲出来，差点撞到唐锦花。

唐锦花只顾着说话，没注意其他动静，被惊了一下，多看了眼那低头狂奔的人。

"这人……也把自己当明星了，裹得这么严实。"她看到对方口罩墨镜，完全看不到脸，行色匆匆。

来这里入住的非富即贵，大佬和网红、明星很多，大家都是有身份的人，反而不会像去菜市场超市那样全副武装，大多坦坦荡荡甚至恨不得别人认出自己，或者结交几位更高层的人士……

"更像狗仔。"许嘉允松开手，见她对肢体接触越来越习惯，没有下意识地抗拒自己，心情更加好了。

"狗仔？狗仔能住这里？我看他衣着普通，用料也不怎么讲究，跟我平时买的衣服差不多，鞋跟也磨得差不多了，外表太质朴了吧？"唐锦花看到他狂奔到走廊尽头打开房门，眼睛很毒。

"也许公司出钱，住在这里的都是大明星，万一拍到什么头条新闻就值钱了。"许嘉允见她观察力很强，这要是嫁给普通男人，别想在她眼皮底下乱搞。

"那你说是不是已经拍到了？看他跑得这么快，很像撞见了什么，急着赶回去处理。"唐锦花忍不住对他说在酒店大堂看到的那个对前台都要炫耀鸽子蛋的女明星，不知道是不是去拍她。

"那种人恋情已经曝光，没什么太大商业价值，就算是拍，也可能是她自己请人来拍，上上新闻保持曝光率。"许嘉允领着她走进电梯，突然话锋一转，"你羡慕人家戴那么贵的钻戒？"

难怪她今天突然感慨什么"嫁入豪门"。

"怎么可能！我戴这个都没法干活！"唐锦花举起左手，上面的钻戒在电梯间的灯光下闪着刺眼的光，"你说要这时候冲过来几个暴徒，我这一拳过去，自己手指也挂了。"

"哪有那么多暴徒，你天天脑子里想的都是暴力，但实际上，反社会人格加上暴力型人格的市民并没有那么多，大多犯罪的人，都藏在黑暗里，他们胆小懦弱，对这个世界充满憎恨却没有能力反抗，所以，他们也不敢像暴徒一样肆无忌惮地破坏和伤害，只敢躲在黑暗中静悄悄地蛰伏，把自己也变成黑暗的一部分，腐蚀别人。"许嘉允难得说了一大段。

他的拇指轻轻摸着无名指上的婚戒，唐锦花注意力那么敏锐，却没有注意到,他除了工作,每次和她出门都会戴着婚戒。

她的注意力都给了其他人,而对自己,都不愿、不敢多看一眼。

许嘉允并不着急,他知道这次蜜月旅行,一定能促进两人的感情,打破协议婚姻的冰冷关系。

"这倒是,大部分人都是暗中使坏……"唐锦花话还没说完,电梯已经到了一楼,她又看到从对面电梯刚打开,里面站着挽着手的女明星和富二代未婚夫正在甜蜜蜜地接吻。

看到对面那对亲密恩爱的姿势,唐锦花不由默默往许嘉允身边靠了靠。

不然父母看到他俩走路都间隔一米远,完全不像新婚夫妻。

中午是在海边的一艘船上吃的海鲜,对唐锦花来说,一切感受都很新奇。

面对无边无际的大海和开心的妈妈,她也不知不觉放松了很多,只是吃人嘴软,拿人手短,加上家庭出游的气氛太和睦了,让她不由自主地对许嘉允温柔了很多。

午饭过后,大家去海边走了走,许云峰带着亲家母去海边的一家网红咖啡厅喝茶谈人生。

而唐锦花已经迫不及待回酒店健身房撸铁了。

许嘉允陪她练了一个小时,叮嘱她不要跑步,注意脚踝,上去游泳了。

等她大汗淋漓地从健身房出来时,看到两个保安正紧张地往泳池方向跑。

一看这架势,唐锦花直觉出了事,立刻跟上。

"我是警察,上面出了什么事?"唐锦花跟在一个保安身后,先亮明身份,免得被拒绝回答。

"好像打起来了,让我们过去。"那个保安也不清楚情况,只接到消息让去无边泳池处理突发事故。

唐锦花跟着他们跑到外面,无边泳池周围已经聚集了很多人。

一个男人被保安紧紧按在旁边的休息椅上,正在怒吼什么。

唐锦花发现又是那对明星富二代,女明星浑身湿漉漉地藏在男朋友的怀里吓得浑身发抖,左手上的钻戒也不见了。

等她听到那个怒吼男人的控诉,才知道怎么回事:常见的情情爱爱,女孩子为了荣华富贵抛弃了多年的男友,前男友不甘心地跟踪她,来到

了这里，争吵时就动了手。

女星为了不扩大影响，不想报警，只让酒店处理，但她一直急切地看着泳池里，不停对保安喊道："快点下去找，我的戒指要是丢了，你们一辈子都赔不起！"

"你来这里干嘛？人家又不需要警方处理。别去多管闲事。"

蓦然，一个磁性好听的声音在她脑后响起，淡淡警告。

"啊？"唐锦花一扭头，看到了健壮但线条也不是那么夸张的蜜色胸肌，往上是宽阔平直的肩膀，再往上是那张男人味十足的脸。

她看到还带着水珠的性感脸庞，那双深海般幽深的眼里折射着夕阳的光亮，突然心里像是被海面上红彤彤的落日给烫着了，立刻避开他的眼神，往下看去。

啧，往下看是线条清晰的八块腹肌，上面还留下了一些荷尔蒙爆棚的小伤疤……

打住别再看了，她是来看发生了什么意外情况，不是来欣赏老公身材的。

"找到了！"泳池里突然冒出一个人，手里捏着一枚钻戒高兴地喊道。

唐锦花顺着声音看去，那颗价值一千两百万的钻戒，也映照着夕阳的光芒，璀璨夺目。

"看看你衣服汗湿的，快回房间去洗个澡，给你半小时时间。"许嘉允见她还在摩拳擦掌地看热闹，立刻下了命令。

"这个人不是狗仔，是我们今天在楼层转弯的地方碰到的人啊。"唐锦花突然说道。

虽然被按在休息椅上挣扎，但从身高和体型上，她能一眼匹对上最近遇到的有特色的路人。

更别说他虽然没穿外套，可那鞋子的样式和鞋底磨损的样子，和今天差点撞到的人一模一样。

"你真是够好奇。"许嘉允见她还在看那边情况，便走到她面前，用身体挡住她的探究的视线。

"职业习惯嘛。"唐锦花看到他完美的身材，这才讪讪收回眼神，"好像没什么大事，那我先去换个衣服。"

见多了这些情感纠缠的案件，唐锦花很庆幸自己对男人和恋爱都没什么兴趣，也没有前任，感情上像一张白纸，清清爽爽。

落日如巨大的海鸭蛋黄，带着温暖油亮的光，一点点被海平线吞噬。

傍晚的海风渐渐大了起来，从海面吹来一层层厚厚的云，渐渐铺满整个海面。

吃完晚饭，许嘉允带唐锦花去隔壁的欢乐水世界。

那里全是刺激危险的项目，夜里开设的节目更多，加上灯光也是水世界的一大噱头，所以他早就订好票，要和老婆来点刺激的游戏。

确实很刺激。

唐锦花从这破了吉尼斯纪录的海上最大的过山车下来时，腿肚子直颤抖，她不恐高，身体素质一流，失重训练也很少会吐。

但今天冲着深绿色的海面，风带起的海浪，似乎能打在脸上，像是下一秒就钻进了海底，让她想到很多深海的图片，像一个黑洞，把自己吸进去。

加上晚上自助餐吃多了……

许嘉允没想到一个还不如普通失重训练强度的过山车，让老婆脸色这么差。

他扶着她，默契地往洗手间走去。

"可能晚上海鲜吃太多，这么一甩，胃有点受不了。"唐锦花去洗手间吐了一通，走出来的时候，看着没下午那么精神抖擞。

"不舒服就不玩了，回去休息。"许嘉允牵住她冰凉的手，塞到自己大衣口袋，说道。

"那不行，你买的全票，那么贵！必须玩回本才行！"唐锦花心疼自己的晚餐，更心疼他的钱，不能再浪费。

"你出冷汗了，不要感冒，回去。"许嘉允伸手摸向她的额头，上面冰冷潮湿。

"那是我刚才洗手间用水洗了把脸。"唐锦花一把扯开他的手，拽着他就往旁边的飞船走去，"这个看上去挺好玩的，来吧。"

许嘉允很想强制让她回去，可她紧紧牵着自己的手，眼睛像星星似的期盼地看着自己，像个孩子新奇地想试试这些游乐设施，他心一软，就跟上去了。

事实证明，人不能心软，一定要坚持自己的想法。

尽管带她开心地玩了一场，两人关系亲近不少，完全没有之前肢体接触时的僵硬和防备，甚至她会主动拉着他，挽着他，咯咯笑着看着他。

可代价却是——那个精力十足的小强晚上发了急烧。

海上的阴云卷着海浪，闪电劈开浓重的云层，夹杂着轰鸣的雷声，一

场暴风雨就要来临。

唐锦花回来后坚持要睡沙发。

沙发很大，她个子娇小，睡上去和单人床似的，倒也挺舒适。

半夜一声炸雷仿佛穿透了玻璃和墙，直接在耳膜边轰然炸开。

唐锦花猛然坐起身，闪电的光也透过遮光效果极好的窗帘，让屋子里明暗不定。

她烧得有点糊涂，爬起来走到那张大床边，软软糯糯睡意朦胧地开口："阳阳？"

许嘉允还以为自己在做梦。

他睡眠一向不好，但只要和唐锦花一起运动消耗过，就会入眠很快，尤其今晚，她回来后梳洗一下，倒头就睡，也没有喝醉折腾他，听着她匀称的呼吸声，他本来有点燥热的念头，都渐渐沉入梦境。

而且睡得很熟，很香甜。

不然不会等她走到床边还没发觉。

"你怎么了？"许嘉允这才察觉不是梦，他一个挺身坐起，伸手准确地在黑暗中抓住了她的手。

手冰冷，但她的呼吸有些急促，不对劲。

许嘉允顺着她的胳膊摸到她额头，滚烫。

"阳阳，我要喝冰水。"唐锦花声音娇娇软软，像刚烤熟的红薯，渗出蜜汁，"不会开冰箱。"

这里的设备太豪华，那冰箱是在柜子里的，造型很独特，光滑得找不到任何按钮，她下午运动后回来就想打开看看，但失败了。

许嘉允伸手开了灯，看到她穿着长袖长裤睡衣站在床边，被光线刺激得眯起了眼睛，脸颊浮着不正常的红晕，明显高烧烧得有点神志不清。

"先躺下，我去给你拿。"许嘉允起身，见她还没反应过来，顺手就把她抱上床。

"要冰的。"唐锦花觉得天旋地转，脑子更晕了，只想喝点冰水润一下被烤干的身体。

"知道。"许嘉允这么说着，可并没有真的给她拿冰水，而是倒了一杯温水。

许嘉允又给她喂了一杯水，拨通总台电话，让他们送退烧药来。

唐锦花喝了几杯温水，迷迷糊糊中听到他似乎说什么感冒药，她又挣扎着睁开眼睛，看到许嘉允走过来，手里似乎拿着一盒药，立刻拒绝：

"不要……别给我吃药……"

"你烧得太厉害,不吃药就要去医院。"许嘉允端着水,走到床边,"先吃一颗看看情况。"

"睡一觉就好了。"唐锦花拒绝地蒙上头,声音有气无力地从被子里传来,"捂出汗就没事了。"

"一点也不科学,你知道自己是风寒发热还是风热感冒?"许嘉允拽开被子,将她的脸强行捏住。

像他这样的人,控制住别人的身体太容易了,轻松就捏开她的嘴,扔了颗药进去,又喝了口水,往她嘴里灌。

唐锦花挣扎了两下,没挣脱,想推开他的手贴着他脖子上突然撤掉了力道,往他睡袍里面钻。

他身上的温度比自己低,冰冰凉凉的唇和冰润的肌肤相比她高烧的皮肤来说,像一块人形玉石冰块,抱着可舒服了。

尤其是他穿的是真丝睡袍,蹭着特别凉快。

许嘉允被她的手在睡袍里面摸得意志力差点崩散,一把按住她,坐起身,定下心神,哄道:"别乱动了,现在睡一觉就好了。"

今晚又没法睡了!

这么想着,他咬牙脱下了真丝睡袍……

唐锦花这一夜做梦都在找水,在沙漠中拉练两百公里,走进了魔鬼城,怎么都绕不出来。

等她醒过来,屋里只有床头下的夜行灯照着地毯,厚重的窗帘严严实实地挡着光,房间太过安静,安静得她能听到自己的心跳和沙发上轻微的呼吸声。

咦,她不是睡沙发吗?怎么在床上?

还有……唐锦花摸了摸脸边光滑冰凉的绸缎,抓起来,借着夜灯的光一看,是许嘉允昨晚穿在身上的睡袍,不知怎么被她压着。

"还烧吗?"许嘉允到了下半夜她退烧了才去睡了一会儿,但因为精神高度紧张,听到一点点动静,立刻醒过来。

"好了。"唐锦花伸手摸摸头,体温正常,只是喉咙有点疼,嘴唇也胀胀得像干裂了。

她记得昨晚自己找水,喊他帮拿冰水,之后烧得昏昏沉沉,似乎吃了药就睡到现在。

"床头的药再吃一片。"许嘉允在沙发那片阴影里,又说道。

"你睡衣？"唐锦花攥着手里的衣服，推理不出他怎么光着去沙发的。

"你发烧，拽着我衣服不松手，就给你了。"

许嘉允能怎么办？

总不能任她抱着摸一夜吧？他怕意志力瓦解了。

"我……前几天……就那晚在车里睡觉后，感觉有点感冒，可能昨天锻炼完，去游泳时吹了风，受了凉，让你受累了，不好意思。"唐锦花懊恼又内疚，被他照顾了好几次，心里过意不去。

她忘了在老公生病时，自己也去买药，守在门口没怎么睡觉。

"不用和我说客套话，生病了就好好休息。"许嘉允声音里带着困意，"再睡一会，早餐酒店八点半会送过来。"

"过来睡床，那沙发短，你个子高腿伸不开。"唐锦花说着，爬起来，端起旁边的水先喝了。

她出了一身汗，烧虽然退了，但脚下轻飘飘的，走路没平时那么雄赳赳气昂昂。

"别折腾了，继续睡你的。"许嘉允依然窝在沙发里，看着她脚下打飘地往这边走来。

"去去去，别抢我的地儿……"唐锦花快走到沙发边，脚下被什么一绊，一个趔趄，一头往沙发上栽去。

换平时，她身手灵敏，腾挪转移，再不济来个单手翻，后空翻，侧翻……

至少不会眼睁睁地磕到他的脸上。

倒也没磕疼。

因为许嘉允电光石火间，伸手推在她胸口，她的鼻尖正好蹭着了他的脸颊。

但这姿势似乎有点不妥！

许嘉允先发现了，立刻缩回手。

但松手更不妥，她还没来及稳住，身体往下一沉，许嘉允倒是先见之明地侧过头，让她啃在自己的脸上。

好不容易的睡意被她啃飞。

许嘉允这次扶住了她的肩膀，把她推起来，声音里满是无奈："你不睡床，是想跟我一起挤沙发？"

"不是……"唐锦花摔得有点慌，感觉啃得他脸上有口水，下意识的伸手帮他擦脸，看到他穿的是酒店的睡袍，忍不住叨叨着，"我这不是心疼你吗？我个子小，睡这里很舒服，你腿这么长，伸都伸不直，多难受啊。"

"你心疼我？"许嘉允喑哑着声音问道。

夜光灯的光线全打在地毯上，只为了照亮路面。

许嘉允的眼神藏着一丝光亮，像闪电直击深海。

"当然了，你是我老公，不能委屈了你。"唐锦花说着，擦着他脸的手，顺势移到他胳膊上，把他拽起来，"去床上。"

"既然是老公，那一起睡也理所当然，你也睡床。"许嘉允见她竟对刚才那么亲密的接触都没过激反应，就起身把她打横抱起，放回床上。

当唐锦花头挨着枕头时，猛然想到了一个词——特异性脱敏！

特异性脱敏治疗是指确定了使病人发生过敏反应的过敏源后，将过敏源制成各种不同浓度的提取液，给病人反复注射或通过其他途径与病人反复接触。

剂量由小到大，浓度由低到高，以提高病人对此类特异性过敏物质的耐受性。

把过敏原配成药剂，让人能够逐渐适应过敏源，直至产生抗体。

直到当患者再次接触该物质时，不会诱发机体的变态反应，过敏引起的症状也会随之消失或者显著减轻。

这患者不就是她吗！

从对男人的接触过敏开始，竟然不知不觉被抱起来也没跳起来挣脱。

回想第一次被他从医院抱走，她的心情和现在可不一样。

再回想两个人第一次在一间卧室，她尽管看着平静，甚至还是秒睡，可睡着之前的心情也不安了很久，像社恐的人被丢到人群里摩擦。

现在呢？同床共枕啊！

他就在旁边的枕头，呼吸变得清晰又遥远。

百年修得同船渡，千年修得共枕眠……

等等，脑子怎么还浮起白娘子的旋律了？

唐锦花一定是还在生病，居然失眠了，硬挺挺地躺着胡乱地想了一个多小时，觉得自己真的是对他脱敏了。

或者说，变成了老夫老妻。

越来越熟悉对方的气味，越来越习惯对方的习惯，一开始的谨小慎微慢慢消失，和交了个新朋友多了个新家人一样，熟悉之后就忘了距离。

失眠的感觉真是……太痛苦了！

唐锦花自从上了警校之后，很多年没体验过失眠，她每天都会把自己累睡着，养成了挨着枕头就入睡的好习惯。

失眠时，再寂静无声的环境，她都能听到各种声音。

自己的心跳声，许嘉允的呼吸声，还有她每次想换个姿势时，床垫会陷下去，枕头和头发的摩擦声，甚至血液的流动声，深层肌肉时而因回忆紧张绷紧的感觉也似乎有声音……

唐锦花也不知道现在是几点，也许五点半了，生物钟醒了，所以她才睡不着。

那还有三个小时才能起来吃饭，这么一想，感觉肚子都饿了。

就在她想动又怕惊醒睡在另一边的人时，许嘉允突然翻了个身，一把将她抱住。

床很大，有两米宽，他俩是分了两床被子，和老年夫妻似的，一个人裹着一条被子。

许嘉允是隔着被子抱的，依然像脱敏手段，让她一时没有太激烈的反抗，还因为担心把他吵醒，没敢动。

许嘉允不算故意的，他睡得迷迷糊糊的，感觉到旁边的床垫有轻微震动，以为唐锦花又不舒服，就伸手来摸她的头，看看烫不烫。

唐锦花就像个布偶娃娃一样被他搂着，大气也不敢出。

这么憋了一会儿，以为他会松开手翻过身继续睡。

没想到许嘉允居然抱着被子里的她，睡过去了。

他的手臂也真沉，压得她胸口喘不过气来。

唐锦花忍了好久，终于慢慢推开他的手臂，翻了个身，背对着他，偷偷喘了口气。

不料，身后的男人像是梦呓般说道："别动。"

然后手臂往下移了移，拦腰搂着她，长腿也压在她的腿上……

唐锦花觉得自己遇到了有生以来最难以抉择的事，在推开吵醒他和憋着自己不爽之间徘徊了好久，最后……

她听着脑后传来的均匀呼吸声，终于战胜了失眠，也慢慢闭上眼睛，像认命般，睡着了。

这一觉，居然睡到了有人按门铃！

唐锦花听到了门铃声，一睁眼就看见许嘉允那张英挺的熟睡的脸，一个激灵，立刻滚出他的怀抱，狼狈地往门口跑去。

这是许嘉允叫的送餐服务。

已经早上八点半了！

而这么大的动静，许嘉允居然还在睡。

唐锦花不确定他是觉得刚才搂着太尴尬索性装睡，还是昨晚没休息好，真的太累了才没醒……

许嘉允是故意没起。

他是被送餐服务吵醒的，没想到大半夜能抱着她睡得心无旁骛。

然后就看到她急急忙忙跳下床，拖鞋也没穿，光着脚去开门。

许嘉允闭着眼睛回味了片刻清晨的美好睡眠，直到听到唐锦花蹑手蹑脚走过来，才假装被她吵醒，翻身伸了个懒腰。

"我吵醒你了吗？"唐锦花立刻停下脚步，她在找自己的手机，昨晚在茶几上，可找不着了。

"嗯。"许嘉允居然承认，伸手打开自动窗帘，清晨的光争先恐后地涌进来。

外面还在下雨，但许嘉允的眼睛里却烈日当空。

他下半夜睡得特别好，眼神精光灼灼。

"那你要再睡会，还是起床吃饭？"

"你在找什么？"许嘉允用实际行动回答了，他掀起被子起床。

"手机。"唐锦花昨天夜里烧得迷迷糊糊，到现在也精神萎靡，想不起来放在哪里了，"你帮我打个电话响一声。"

她难得两天都没有接到任何紧急任务的电话，当许嘉允打她手机的铃声响起时，下意识地觉得要出紧急任务，神经都绷紧了。

唐锦花终于找到了手机——昨晚她被绊了一下摔沙发上，踢到的就是自己的手机，现在躺在沙发底下。

许嘉允眯着眼睛见她站起来，一脸懊恼郁闷的表情，猜想她手机应该被踢坏了。

"屏幕碎了！"唐锦花心痛地撕下手机钢化膜，上次就摔裂修了一次，现在里面碎成了渣渣，根本接听不了电话，也没法点开其他功能，"我要去修手机，这里哪有手机店？"

"吃完饭，我带你去。"许嘉允早就嫌她手机太老旧，想给她买个新的。

"得快一点，我怕万一有急事，所里给我打电话接不到。"唐锦花性子急，这会一直担心会有临时任务。

"有急事也轮不到你。"许嘉允难得度蜜月，早就打过招呼，没有特别

严重的事情，他不会提前回去。

"说得也是，但还是要随时做好准备。"唐锦花一脸敬业爱岗的表情，心疼地把旧手机放到桌上，"要不，你手机借我用一下，我看看地图，先找最近的维修点。"

许嘉允看了她一眼："你要用我手机？"

"……算了，不用了，我找找酒店地图。"唐锦花突然想到他手机里应该也有许多机密文件，或许还有其他秘密，虽然她不会乱翻，可万一看到了不该看的怎么办？

"给你。"许嘉允解锁了手机，往她面门一丢。

"那我就看看地图找一下。"唐锦花急忙伸手接住，生怕把他的手机也摔碎了。

"随便看。没有秘密。"许嘉允看穿了她的想法，淡淡一笑。

那些工作上的机密文件都需要密码，她想看也看不了。

"就用一下地图。"唐锦花嘴上这么说着，可看他转身去洗手间，完全不担心她乱翻手机，心里浮起一股温暖的安全感。

他说没有秘密，就像把自己完全袒露在她的面前，不止是交换信任，还让她的心更加安定。

最终让她感觉，协议婚姻给的安全感，和真实的婚姻并无差别。

唐锦花一眼就看到首页上两个微信号，上次黄诗雨还对她说，男人如果有小号一定不是好东西。

唐锦花知道他那小号，只是为了协议婚姻，加的都是家人。

但想想这么久，居然还没加上他的大号，唐锦花一瞬间有偷偷把他大号微信加上，没事窥屏看他朋友圈的冲动想法。

不过许嘉允这样冷淡无趣的工作狂，估计朋友圈和她差不多，都是什么提醒新型诈骗之类的警告。

他还在洗手间，唐锦花坐在沙发上，不敢回头，怕从透明的浴室又看到他毫不避讳地当她的面上厕所。

对他的脱敏就是从这些日常的点点滴滴积攒而起。

唐锦花打开地图，看到附近都是大酒店和一些咖啡店海鲜城，那些生活超市和一些渔民住在岛的北面，有二十多公里的路程。

唐锦花研究岛上的公交出行和骑行路线，她准备自己去店里修，让许嘉允酒店休息或者陪爸爸妈妈。

昨晚又折腾他照顾好久，唐锦花歉意得很，顺便还找了找有没有什么礼物店，想买点小礼物聊表心意。

正在搜着，突然地图页面顶上闪出一条新消息，接着又闪一条。

那个名字让唐锦花微微一愣，刚刚的安定和安全感一下被击碎。

"沈云。"

许嘉允的微信设置的消息提醒，能看到对方的内容。

"昨天晚上睡了，没看到消息。"

"你又失眠了？"

唐锦花怕自己知道的太多，立刻关掉手机，放到茶几上，站起身喊道："许嘉允，你好了没有？我要先吃饭了！"

"你饿得很？等我一起吃。"许嘉允的声音从洗手间传出来，三分命令七分宠溺的语气。

"我查到手机卖场，在北边，二十三公里，门口不远有公交车……"

"坐公交车？"许嘉允看着窗外的大雨，又从镜子里看了眼背对着洗手间的小女人，她精神还不太好，估计会反复发烧，不能累着，"别忘了你还是病人，药吃了吗？"

"我吃点饭就好了，不要吃药。"唐锦花满不在乎地说道。

"为什么那么抗拒吃药？不是什么病都一定要人体自愈……"

"因为今天是大年初二！"唐锦花有点委屈地打断他的话，昨天是大年初一，讨个好彩头，新春第一天就吃药，会一年都不吉利的！

许嘉允愣了愣，大年初二？

他终于明白过来，没想到现代孩子还有过年的讲究，跟老一辈人似的。

"你抓犯人时会看老黄历吗？"许嘉允又觉得有点好笑，平时这孩子可是英勇无畏不信鬼神的党员！

他洗完脸，走出来问道。

唐锦花没回答，已经将餐车上的两个大盖子打开，看到里面两份新鲜营养的早餐。

牛奶，水果盘，还冒着热气的牛排，和蔬菜沙拉，她这边还多了一碗小米粥。

"又不是让你吃毒药，沉着脸干嘛？"许嘉允走过去才发现她脸色不佳。

唐锦花觉得自己可能因为生病，才会情绪低落，这会体温又升高了。

连牛排都没那么香了，味觉缺失，她只吃了粥喝了杯牛奶，就放下了

筷子。

"就吃这么点？"许嘉允见她连肉不想吃，看上去也无精打采的，不放心地叮嘱了一句，"一会把药吃了。"

"别管我。"唐锦花放下筷子，语气很差地来了句，说完就站起身，拿着手机往外走。

"你去哪？"许嘉允很少见她这么情绪化，早上刚醒时她还挺好的，当然也可能是这会烧又起来了，加上手机屏碎了，又被"吃药"的事弄得不开心，看她的表情和眼神都跟平时不一样，很不耐烦的态度。

"去找我妈。"唐锦花走到门口，顺手拿起外套和包，穿鞋的速度快得很，套上短靴就走。

"我陪你去。"许嘉允还没吃完，但放下了叉子，起身说道。

"不用。"唐锦花头也不回地关上门，飞快地往安全出口跑去。

这个酒店主打的是海底房，所以楼上最高就三层，离海很近，伸出去的落地窗可以看到大海就在脚下。

他们在三楼，去一楼大厅走安全出口比电梯还快点，但重要的是，唐锦花觉得许嘉允会追到电梯间，她不想被追上。

许嘉允在电梯间没有看到唐锦花，又见电梯的数字都停在三楼没动，才察觉到不对劲。

她是故意躲着自己呢。

为什么？

早上起床时，她并没有因为同床而表现出异常情绪，只是正常地害羞，但又坦然地接受，还借了他手机看地图……

难道是因为他手机有什么见不得人的东西？

不可能，他的私生活一向简单干净，没有任何不检点的地方，工作上是严厉了点，可……工作上也没有关于她的东西啊。

他对王斌说的那句春节安排好老婆调休的事也给删了，怎么想都不明白她为什么情绪陡变。

很快许嘉允就了然于心，他看到沈云给他发了消息。

八点四十，她正在搜地图的时间。

昨晚唐锦花发烧，他让酒店送药时，没有自己要的退烧药，他特意看了药的说明书，见到可能有过敏症状，他平时就很谨慎，加上这次关心则乱，过于担心，就给沈云拍了照片过去问情况。

沈云是医学生，又是法医，业务能力一流，他一急，就去问她这个药能不能吃。

　　沈云第三句话是："你发烧了？这药一般针对风寒引起的急烧，有可能引起过敏，只对某些本身就容易过敏的体质来说，比如春天会花粉过敏起疹子，你不用担心。"

　　随后见他没回，沈云还发了一条消息："你什么时候这么怕死？吃个药还要问医生？"

　　许嘉允看着前几条消息思索片刻，眼里闪过一丝欢喜，如果她因为别的女人的短信而误会，会不高兴，就意味着她现在已经在不知不觉地在意自己。

　　对自己有着超过协议的感情。

　　再想想昨天，她半夜睡醒，那么自然而然地说"我这不是心疼你吗"，那句话没有一开始结婚时的客套和虚伪，能感受到是发自内心的关心。

　　果然万事万物相通，运用一下心理战术，诱敌深入，像他这种没什么追女经验的人也能轻松拿下老婆的心。

　　老婆会吃醋了！

　　海面狂风暴雨，而许嘉允心情却比往日还要明媚。

　　但是不对……她有深海恐惧，应该不会去海下房间。

　　考虑到她碎屏没法接电话看消息，许嘉允立刻给唐妈妈发了消息，随后先去一楼。

　　果然她没去找妈妈，大厅的服务员一看到身形高大俊朗的男人，立刻上来告知刚才女士离开时特意留言，自己出去一趟，不用担心她，很快会回来。

　　许嘉允看了眼地图她搜过的地方和公交线路图，立刻让酒店的车送自己去最近的公交站。

　　外面的雨夹着雪花在飘，纬度靠北的海风云变幻莫测，昨晚还下起了冰雹，还电闪雷鸣，这种强对流天气要是换在古代，那就是不祥征兆啊！

　　唐锦花一点也不迷信，但她还是觉得今年会不顺。

　　大年初一天象异常，晚上发烧，还吃了药，顺带发现老公半夜和情人聊天……

　　从来没有这么不顺过啊！

　　不顺到她想一个人静静。

　　公交站离酒店不远，唐锦花借了酒店的伞，走过去刚看到公交车远远

过来，就见另一辆车从面前掉头，车窗滑下，露出许嘉允的脸。

"上车。"许嘉允对她喊道。

唐锦花没想到他竟然追到这里，她犹豫了一下，摇摇头，指着公交车："我坐公交，你们赶紧走，别挡公交车道。"

许嘉允见她不肯上车，和司机说了句话，推开车门走下来。

雨还是很大，夹杂着雪和小冰雹，砸在他昂贵的衣服上，唐锦花看到就肉疼，赶紧举着伞迎上来。

"你跟过来干嘛？我一个人就能去修好，你陪陪家人……"唐锦花举着伞挡在他头上，语气带着埋怨。

"你就是我要陪的家人。"许嘉允一把抓过她撑伞的手，语气依然很平静，但却笃定温柔。

唐锦花看着他的眼睛，那里面不再是淡漠疏离，却让她感觉更加危险，像深海的火山，喷发出熔浆，吞没了她的灵魂。

"……要错过公交车了。"唐锦花猛然回过神，从那致命的危险中逃离，如同虎口逃生，用力抽回手，把伞丢给了他，返身就上公交车。

许嘉允也紧跟着她上了车。

大年初二的公交车很空，只有两三个乘客。

唐锦花走到最后一排坐下，许嘉允也跟着坐到她身边。

两个人都没有说话，唐锦花装作看着外面的风景，见雨渐渐全变成了雪花，大雪纷纷扬扬地洒在天地间，很快路边的景观带都染上了白色。

公交车因为大雪挡着视线，也越开越慢。

"像不像白首到老？"许嘉允突然低声问道。

唐锦花又是一愣。

"你不是迷信寓意吗？"许嘉允的手，轻轻放在她的手上，不等她挣开就收紧了。

"呵……"唐锦花唇边露出一丝苦笑，但随即用力点点头，"对。"

"你放心，我会对我们的人生负责。"许嘉允又说道。

"负责你自己的就行，我自己会对自己负责。"唐锦花试图抽回手，可被他拉得很紧，于是放弃了。

"唐锦花，你知道我为什么会和你结婚吗？"许嘉允突然问道。

"因为我们方向一致，达成共识……"

"不对，因为你是我要找的人。"许嘉允打断她的话，"这世上有那么被逼结婚的，不想恋爱的，丁克的，只爱工作的女强人……那么多形形色色的女人，为什么一定是你呢？"

是啊，为什么是她呢？而不是沈云？

唐锦花也曾想过这个问题，直到现在也没想明白。

"第一眼看不上的人，根本不会有想和她白首的冲动。"许嘉允目视前方，继续说道，"无论是协议婚姻还是平凡的婚姻，人总是想选择和喜欢的人走下去，你我都不是任人摆布的善茬，怎么可能会轻易将就？"

唐锦花有些震惊地看着他英挺的侧脸，试图从他幽深的眼睛里找到谁才是肇事者。

"你……你这是什么意思？"

表白？

还是说她当初第一眼看上了他？

"我说得很明白了，你选择了我，我也选择了你，我们的婚姻虽然有协议基础，但并没有任何强迫和不开心。"许嘉允转过头，看着她，"换句话说，这是两相情愿两情相悦的婚姻，你说是不是？"

"呃……你问我？算吧。"唐锦花当然必须点头，他们是合作伙伴，当初愿意结婚肯定是觉得对方合适啊。

"那就是了，既然你喜欢我……"

"等等，这算哪门子喜欢？我们是利益共同体，跟感情没关系。"唐锦花有点糊涂了，差点就被他忽悠地点头。

"那你为什么选择我，只因为观点相同？如果我是个又老又丑60岁老男人，愿意和你签婚前协议，你也会同意？"许嘉允犀利地反问，"好吧，可能你觉得跨度太大了，那就用你身边的男性友人对比，你身边那个天天跟在屁股后的丁子易如何？"

"这个……我可以考虑。"唐锦花没注意他说丁子易的语气有点吃味，她只客观地觉得丁子易性格太黏人，看到美女就献殷勤，根本不适合当老公，可如果他和许嘉允一样……

不，他俩不可能一样。

这世上不可能再有第二个许嘉允。

回忆初次见面，她迟到两小时，还穿成那样去相亲，可他神色不动，波澜不惊，仿佛大海，有默无声息吞噬一切的力量，风和日丽时又那么美，确实是她不讨厌甚至有点崇拜的类型。

"真的可以考虑？"许嘉允眼底微微一沉，像极了昨晚强对流天气到来时的海面。

"我想知道你和我说这些到底什么意思？"唐锦花觉察他不高兴了，立刻拉回话题，试图从他嘴里抢回话语权。

"表白我的心意。"许嘉允眼神蓦然一柔，叹了口气，"你看不出来吗？我对你，是有心的。"

早就有心了。

只是想不到婚后这颗心渴望得越来越多。

"果然！我就猜你是在表白！"唐锦花眼里豁然开朗，一脸"原来老子真有魅力啊"的单纯得意，"还以为你想诓我……"

"诓你什么？你这反应是不是太过分了？"许嘉允见她根本就不明白自己的心，无奈地伸手揉揉她的头发，却发现她额头又开始烫起来。

"其实你不用哄我，当初我们结婚，不就是为了婚后避免现在这种情况？"唐锦花挡开他的手，笑着说道，"不用和我解释什么，也不用担心我管你，都是成年人，都知道自己想要什么。"

说到最后，她有些喟叹。

虽然在自己的感情上有些迟钝，可唐锦花在其他事情上敏锐得很，感觉应该是许嘉允发现她看到了沈云发的消息，特意跑来安慰。

后院安顿好，老婆哄好，彩旗不倒。

"啊，到站了，走，修手机去。"

许嘉允还想说什么，可公交车停站，唐锦花立刻站了起来说道。

"别修了，我送你一个新的，当新春礼物，给你冲冲霉气。"许嘉允跟着她下车，两人撑着一把伞，往旁边的手机卖场走去。

"呸呸呸，大年初二，别说那个字。"唐锦花可不想再让他破费。

拿人手短，时间久了她会有种被他包养的错觉。

所以也会有今天早上看到沈云消息后的不适应和落寞感。

"你又烧起来了，我让你吃药，你偏不听，一定要让我像昨晚那样喂你吃才行吗？"许嘉允见她脸色不正常的潮红，在白色的雪花中像一朵带刺的粉色的玫瑰。

"昨晚？"唐锦花昨晚烧得迷迷糊糊，依稀记得被强行塞了颗药，她不肯吃，被捏着鼻子灌水。

哦，似乎……还有点其他印象？

唐锦花猛然脸色更烧，火烧云一样，想到了自己在沙漠中找水的过程。

"所以，你是自己吃，还是我喂？"许嘉允居然带着那药，从口袋里掏出来，对着她晃了晃。

他今天已经对她表明了心意，可她并不相信。

她是个行动派，也只相信人的行动和付出，不吃嘴上那套表面功夫。

许嘉允并不挫败，他比唐锦花更懂人心和人性。

只不过，在公交车上想先给她打个预防针，铺垫好两人的感情基础，再一步步攻城略地。

而且要不断强化她的内心认知：他们是互相看上眼才在一起的。

时间久了，很多人都会忘记自己当初那一刻的心情，可如果有个催眠师一直告诉她，故事是从他们互相深爱，一见钟情开始，那么对方就会坚信，一定是相爱的。

再加上亲密行为，这种心理暗示，就是所谓的洗脑。

"我自己吃。"唐锦花憋了一会儿，见他捏着药，不知怎么就抠开一粒，往他自己嘴里送去。

这……这什么意思？光天化日之下还想强……吻老婆？

唐锦花立刻抓住他的手，就着他掌心就把药给吞了。

"乖。"许嘉允笑了，感觉到手心像是被猫咪蹭了一下，软软的让他想抓住它。

唐锦花不再说话，只觉得缺失的记忆被强化了一次，让她觉得协议婚姻快被自己糟蹋完了。

她很郁闷地去咨询修理手机屏时，许嘉允已经买了个最新款的手机递给她了。

这让唐锦花很恼火，她正试图和修手机的人讲价格，刚刚把价格杀到五百换个国产屏，许嘉允就过来说，不换了，让她一点面子都没有。

"我这里面有很重要的资料，我得把资料都调出来。"唐锦花一路上都在生气，想再杀回去把屏幕修好，继续用老手机。

"有什么重要资料，我帮你导出来。"许嘉允本想带她在北部找个餐厅单独吃饭，可唐锦花现在拒绝单独用餐，坚持回去找妈妈，只得陪着回来。

"反正，我不想买新手机。"唐锦花没想到自己有一天，还会为这种事闹脾气，恨不得现在就把买手机的钱转给他。

她无论如何都舍不得买这最新款的手机，而且之前的手机挺好用的，尤其拍照，拍证据时用专业摄像头，能放大好几十倍……

当初就是用那个手机拍到了沈云和许嘉允……

想到这里，唐锦花警惕地收好旧手机，那些照片还没删掉呢，万一真被导出来，她偷拍的事就没法洗了。

只不过，她不知道很快那些照片就被许嘉允发现了。

因为他已经注意到她在意沈云。

"你心疼钱？"许嘉允一语中的。

"您老人家知道我们之间的贫富差距就好，我想攒点钱养老容易吗？"唐锦花觉得跟着这种败家子一起生活，早晚要被吃空。

"夫妻婚后的财产是可以共同支配的，我们虽然有婚前协议，但并没有涉及到婚后财产的具体分配，所以你可以用我的工资卡养老。"许嘉允见她一天都没露出灿烂的笑容了，表情和外面的天气一样又冰又冷，有些怀念她往日阳光般的笑颜。

"不要，只要别逼着我和你一样消费水平，我就能养活自己。"唐锦花闷闷地说道。

"大年初二，碎碎平安，你又收到了新礼物，是不是应该高兴点？"许嘉允很不喜欢阴沉着一张小脸的唐锦花，她就适合露出甜得齁人的笑容，仿佛盛夏的骄阳，让人想到在球场挥洒汗水的年轻人。

第十七章　我养你

大雪还在飘飘扬扬，景观路上已经积了一层雪，天地间银装素裹，更衬得眼前这个有名的海底酒店造型独特，在深蓝色的大海里面像一颗鸡蛋漂浮着。

许嘉允很想用暴露疗法将唐锦花的深海恐惧症治好，可惜，她现在身体不舒服，他也舍不得下狠手。

"你为什么怕深海？"许嘉允跟她回房时，问道。

他对她从小到大的资料了如指掌，倒是没有提到深海恐惧的事，不过她小时候游泳成绩很好，后来就一落千丈。

等等，后来……是什么时候开始？

海洋馆血案！

忽然想到了什么，许嘉允的眼里闪过了一丝难过和心疼。

"就是害怕，我自己也看过心理医生，没用。"唐锦花摆弄着新手机，坐在客厅沙发上苦笑，"我很少承认自己不行，但这个……真不行。"

"喝点热水。"许嘉允给她倒了杯水，递过去。

他大概知道了唐锦花为什么害怕深海。

入住时见她轻描淡写地提醒，以为只是普通的讨厌，不少女孩子看上去天不怕地不怕，但有深海恐惧症很常见。

正常人都会本能排斥危险幽闭的地方。

许嘉允藏起眼中那一丝深深的怜惜和难过，他经历过她的恐惧，却无法替她承担她的伤。

"休息一会，我来安排午饭，你想吃什么？"许嘉允很体贴地问道。

"说了今天我来请，别跟我抢。"唐锦花这一刻，感受到"小家"是什么。

不同于长辈毫无条件的爱和呵护，婚姻的感觉，真是奇妙。

"哦，忘了和你说，上次的案件，多亏了你的提醒，我们调查到，死者确实对一种花粉过敏，但她在国内并没有发作过，所以从一开始就没找到她的病历。"许嘉允看了她一眼，将她手里喝空的水杯拿走，"我们调查了她和男友去国外旅游的行程发现，她在巴西时曾因过敏住院，找

到了决定性的证据，判定这次是谋杀。"

"那凶手还在国外，抓住了吗？"唐锦花立刻来了精神，问道。

"当然会抓住。所以，送你手机也好，带你旅游也好，你都不用放在心上，就当是一起赚的年终奖，安心地收着，也开心地玩，如果一定要和我分得很清楚，那么以后我的奖金直接转到你卡上，自己去买。"许嘉允见她一直对新手机和请客的事耿耿于怀，说道。

"我又没做什么……都是你们在忙，可能我只是旁观者，就提了点自己的想法，你没嫌我多嘴，愿意和我分享案件，就已经是给我奖励了。"唐锦花心里很感动，第一次深深觉得两人是同行也挺好，至少有共同话语。

许嘉允深深看她一眼："你要求太低了。对老公要求越多，他才会变得越好。"

"不敢不敢，我觉得已经很好了。"唐锦花露出了甜甜的笑容。

她还没见过哪个男人主动要老婆提要求的，十分怀疑许嘉允是不是有被虐倾向。

也许她见多了太多不幸的婚姻，对男人不抱什么期望，只要面子上过得去就行了，想想他和法医的事，唐锦花更觉得男人不可信。

许嘉允安排午餐，唐锦花在一边熟悉新手机，把软件全给装好。

这几天居然所里一直没事，去年刚上班那会，过年时候根本没有休息，节假日大家都更忙，她年假第二天就接到紧急任务回去上班了。

有几个好友给她发发新春祝贺，还有顾勋，就发了个新年好。

给黄诗雨回了几句话，唐锦花觉得发烧烧得现在还头疼身上疼肚子疼，一动也不想动，对许嘉允软绵绵地说道："中午你带爸妈去吃吧，我不舒服也不想吃，想躺一会儿。"

许嘉允见她这模样就知道她最好歇着，他点了点头，摸了摸她的脑袋："我给你带点吃的回来。"

唐锦花这会没强撑，捂着肚子爬上床，没一会儿就睡着了，许嘉允默默看了她一会儿，才轻手轻脚地出了门。

但可能因为神经衰弱，她没有平时雷打不醒的香甜，迷迷糊糊睡了两个小时，做了一堆乱梦，在小米粥的香味里醒了。

"醒了？"许嘉允不知什么时候回来的，一直坐在床边的扶手椅上看着她。

见她醒了，打开窗帘和灯，外面的雨雪已经停了，甚至有点阳光从云缝中漏出来，灰蓝的大海也变得明澈了些。

"睡醒了！不过没睡好，头更疼了。"唐锦花很少在他面前示弱，以前就算不舒服也会强忍着，可现在却渐渐放开很多，哪里不对直接和他说了，懒得隐瞒。

"把药吃了。"

"不不不，我觉得这个药不对，吃了难受。"唐锦花立刻拒绝。

"你是小孩子吗？这么怕吃药。"许嘉允边说边倒了杯水，拿出药走过去。

唐锦花见他拿着药过来，立刻拽起被子挡住嘴，坚决拒绝："我怀疑你给我吃的是毒药，不要，不吃！"

"那你就跟我去医院。"许嘉允也觉得这药效果不行，她吃了两颗，也好好休息了，脸色还是很差。

"不……"唐锦花想从床那边跳下去，刚站起身就觉得有点不对。

许嘉允也看到了——她睡裤上一片血迹。

床单上也晕染了一点，唐锦花看到后尴尬地站在床边，难怪她偏头痛加肚子疼，胸口也胀痛，总觉得哪里都不对，原来是姨妈来了。

随后她更尴尬地看着许嘉允给酒店服务打电话，让他们送卫生巾和换床单。

听到他语气平静地说"请送几包卫生巾过来"时，唐锦花恨不得钻地毯下面，总觉得最丢人的时候都被他看到了。

"肚子疼吗？"许嘉允见她一直站在旁边捂着肚子，问道。

幸好昨晚没给她喝冰水，幸好昨晚他在她身边。

想象一下如果昨天夜里他出差或者分房睡，她烧糊涂了他也不知道。

一想到这里，许嘉允心里就有点揪住，像有什么在里面撕扯，很想每天晚上都能看到她在身边……

"有点。"唐锦花的脸都涨红了，像遮羞布被风吹掉了一样，依然尴尬地杵在那里。

"先坐下。"许嘉允拿了块大浴巾，给她围住在腰上，说道。

"不不不……我等服务员，别把浴巾弄脏了。"唐锦花努力缓解一下尴尬的心情，默默对自己说，裤子红了而已，这没什么。

想想那天晚上喝醉了，人家该看的早就看光了，她在他面前跟裸奔没什么区别。

所以很快她就心情平复下来，也没那么不好意思了。

"弄脏了就换一条，浴巾有身体重要吗？"许嘉允不悦地皱起眉，直接把她打横抱起，重新放床上。

"也没疼到不能忍，不用躺着。"唐锦花现在对他的公主抱都快免疫了，她的适应能力太好，在这种日日夜夜陪伴下，对他整个人都系统脱敏。

"以前疼吗？"许嘉允一只手按着试图起来的她，另一只手放在她的小腹上，试探地揉捏了一圈。

里面是紧实清晰的肌肉线条，揉了两下，她也没什么反应。

"不疼，偶尔太累了会腰酸。"唐锦花突然一把按住他的手，憋着笑，"但你把我弄痒了。"

"你体脂太低了，生理周期容易出现问题，女孩子还是长点肉比较好。"许嘉允现在觉得她要是肉肉一点更可爱。

"我又没低到不来大姨妈。"唐锦花警惕地看着他，总觉得这人是饲养员，每天拿高热量的美食诱惑她，想把她养成猪。

见许嘉允盯着自己不说话，那眼神又像无形的手，在自己脸上肆意地游走，唐锦花第N次觉得被他的眼神侵犯了，脸不由又升腾起热浪。

他沉默不语眼神冰冷地盯着别人时最可怕，有股泰山压顶的巨大力量，让人觉得自己是个犯人。

但当他眼里有那么一丁点儿欲语还休的温柔暖意时，就像被严寒冰封的雪原透露出那么一丝翠绿撩人的春色，这种可怕就会升级成诱人的魅惑。

许嘉允挺喜欢这样默默看着她，觉得她每一寸肌肤的纹理都够他在上面迷失很久，这种感觉从未有人给过他。

"怎么不说话？别这么看我，你眼神不正……我怀疑你心怀不轨！"唐锦花果然忍无可忍地先反击，没几个女人能受得了他这么注视。

"对自己老婆心怀不轨，不是很正常的事吗？"许嘉允见她羞恼地跳脚，才笑了，淡淡反问。

"……这不正常，你对我有兴趣？"唐锦花被他那春色撩人的笑弄得心里一慌，头皮发麻地问道。

"跟一个女人天天住一起，能当和尚，那不是男人，那是佛祖。"许嘉允忍不住逗她。

"你在我心里就是佛祖啊！"唐锦花往后缩，姿势防御起来，"再说，我又不管你，你想要女人，自己外面找去，只要别搞到所里……"

"这是什么话？"许嘉允脸色猛然一沉，"让你对丈夫有点要求，你就是这样要求的？还是你觉得我这么没底线的人？"

"可我们之前签协议……"唐锦花见他脸色突然变冷，有点很委屈郁闷。

许嘉允站起身，自己端起那杯给她倒好的温水，一口气喝了下去灭火。

"这是第二次，如果你再说一次，外面找女人之类的话，你就要承担自己不负责任言论的后果了。"许嘉允顺下了这口气，才冷森森地说道。

唐锦花没想到他这么大的反应，想到第一次买了避孕套开了句玩笑，他似乎也很不高兴。

这人心虚！

以唐锦花"老警察"的经验，一旦对方对某个话题表现出格外的敏感和抵抗时，百分之八十意味着他心里有鬼。

"叮咚。"

门铃终于响了，服务员拿着卫生巾站在门口，另外一个房间清理的服务员也推着小推车等在旁边。

唐锦花松了口气，许嘉允冷着脸时还挺让人窒息的。

换完衣服，唐锦花受不住他的冷脸，说道："……我出去走走？"

"先吃点东西，我陪你出去。"言简意赅的三个字，许嘉允收起手机站起身。

"其实我想一个人走走。"

"不行。"许嘉允打碎了她的念头，"你觉得让生病的老婆一个人出去放风正常吗？"

"只要别告诉他们就行，我就咖啡厅坐一坐，透透气。"唐锦花说着就想溜。

"一起去。"许嘉允如影随形。

唐锦花无语地看着他，她想一个人静静就这么难。

真怀念上班的时候，不用天天对着他，快乐又自由。

当然现在也不是不快乐，只是这个快乐和单身自由的快乐不一样。

和他在一起时被照顾被细心对待的快乐，成分更为复杂，不再是纯粹的快乐，可又比纯粹的快乐多了甜蜜的感觉。

唐锦花试图分析这种原因，可是用理智和逻辑很难解释这类似幻觉的感觉。

她只觉得这种难以操控的情绪，很危险。

危险得会将她整个人吞噬。

出于本能，她想摆脱这种危险，回归正常的情绪。

但许嘉允并不给她这样的机会。

他已经像毒液，渗进了她的血液，正沿着每一条血管和毛细血管肆意破坏她的防御机制。

"大海真美。"唐锦花坐在顺着海面延伸出去的露台，感慨地说道，"也很可怕。"

"美丽的东西往往藏着危险。"许嘉允给她点的是姜茶，自己喝着咖啡，淡淡说道。

"你第一天帮我点饮料时，我就觉得，你和大海一样。"唐锦花喝了口热乎乎的辛辣的姜茶，突然说道，"美丽又危险。"

"我对你没有危险，你是我的盟友，不是吗？"许嘉允笑了，反问。

"盟友要是翻脸才是可怕的敌人，知己知彼。"唐锦花叹了口气，"可你知道我为什么还是愿意和你结盟吗？"

"总比猪队友强吧？"许嘉允故意说道。

他当然知道原因，那天她喝醉了，摸着他的脸和胸肌说了无数次——因为他长得好看啊！

人类繁衍的本性：会本能地寻找强壮健康美丽的异性伴侣保证下一代优秀的基因。

"那倒是，我对你的要求只有一个：不拖后腿。"唐锦花看着他硬朗英挺的轮廓，差点就说了实话。

因为第一眼就觉得这男人真有味道，也很可靠的样子，一点也不像需要相亲才能找到老婆的人。

她不是黄诗雨这样的花痴，但哪怕她是个荷尔蒙爆棚、没什么雌激素的运动狂魔，也会在看到老公时，觉得这个异性赏心悦目，不是无性别的"人"。

这种突然意识到自己是个"女人"的感觉，颠覆了她以往对其他男人的感觉。

"那么，年终考核，你觉得我拖后腿了吗？"许嘉允问道。

他俩平时各自太忙，也许没有时间多聊天，感情才升温得太慢。

"还行吧，如果你没有在工作上给我穿小鞋的话……给你一百分。"唐锦花很大方地打分。

"你还在计较援藏的事？"许嘉允看了她一眼，摇头，"所以，你'十佳'都没报,是觉得我会给你穿小鞋?"

"啊……那个啊……我确实觉得你干扰了我正常工作,所以十佳什么的,没什意义。如果不能援藏,不能快点立功,我这三五年内,只能做小基层,进不了刑大。"唐锦花苦笑。

"基层不是挺好?每天都能接触到各种警情,可以第一时间去现场处理,积攒大量的经验……"

"我当初也是这么想的,可是你知道每天大多都是些鸡毛蒜皮的小事,要不然就是诈骗出轨打小三,再大一点的,上面的人立刻过来接手,能学到什么经验?劝架的经验吗?"唐锦花郁闷地打断许嘉允的话,"像我去劝架,还被投诉好几次,没劝成架,自己就受不了和人动手打起来了。"

而且现在都提倡"枫桥经验",小事靠警方就地调解解决。

"所以,你被投诉这么多次,还想着去援藏,你这么冲动的性格,觉得上头能同意吗?"

许嘉允趁机给自己洗白,免得老婆总在这件事上和自己过不去。

"真不是你拦下来的?"唐锦花觉得这事和他脱不了干系,但自从看到他和法医走了,又觉得他没必要强留自己在家里,她去援藏最快也要一年半载才能回来,他一个人在家多自由啊。

"先把自己的本职工作做好,别每天就想着立功升职。"许嘉允像一个长辈上司谆谆善诱,"只要耐心等待,努力往前走,早晚能走到你想到达的地方。"

"你居然会对我说这种话。"唐锦花突然"噗嗤"一笑,脸上如阳光乍现,耀眼夺目,"你居然会给我灌鸡汤,太反常了!"

平时总喝到他的毒鸡汤,今天的纯老母鸡汤有点油大,让她喝不惯。

"你还记得那天感谢你救了她女儿的出租车司机吗?"许嘉允深深看了眼她的笑脸,不等她回答,继续说道。

"我以前确实经常说一些让你泄气的话,在你遇到困惑和困难时,泼你冷水,但外在的声音并不能抹杀你为这个世界做的努力。现实或许有很多黑暗和不公,可因为有你这样的人在守护,才会变得越来越好,你是那些家庭和人们的英雄,所以,不管你有没有立功,你都是英雄。"

"是无名的英雄,是平民的英雄,也是我心里的英雄。"许嘉允说到这里,补充了一句,顿了顿,"所以不要觉得基层的工作很无聊,你能看到的人生百态,接触到的大小纠纷,刑大未必能碰到,不要羡慕他们解决的是大案要案,你每天解决和拯救的那些小小危机,就是在扑灭一个个

小火苗，为社会的安定做出的贡献，并不比我们小。"

唐锦花一脸见鬼的表情看着他，这人平时总打击别人，今天会说人话了啊！

"你是不是也发烧了？"还承认她的工作比他伟大，唐锦花不太相信自己的耳朵。

"我只是说事实。"许嘉允端起咖啡抿了一口，苦涩的浓香就像这人生啊。

苦是基调，香是后味。

大多数的人生都是苦的，都在拼命努力的往人生里加点糖和奶，让日子过得芬芳甜蜜些。

他呢，已经找到了自己的蜜糖。

也想成为她的糖罐子。

你保护这个世界，我保护你。

这句话，许嘉允没说出来，也不需要说出来。

他会用实际行动来表达。

"你可真讨厌。"唐锦花转过头看着浩瀚无边的大海，眼里有一丝泪光。

真讨厌，说人话时，还挺感人的。

她一定是生理周期太脆弱了，情绪容易被影响。

"我以后努力让你不讨厌。"许嘉允又愉快地笑了。

他今天笑容有点过分温柔，唐锦花看得心里发麻，这就像活阎王突然露笑脸，可怕。

而且他每次含笑看着她，唐锦花都有种被冒犯戏弄的感觉。

"最近好像很太平，所里都没说人手不够紧急集合。"唐锦花扭头不看他，找着话题说道。

"过了初三就不太平了。"许嘉允很有经验。

"你说是不是那些罪犯也要挑黄道吉日啊？新春三天绝不轻举妄动。"唐锦花一个信奉科学和法律的年轻人，大年三十后三天都会严格遵守老一辈的叮嘱，不说晦气话少碰晦气活，相信一年之头很关键。

许嘉允摇摇头："是因为这三天，都在家人身边……"

他的话还没说完，手机突然震动起来。

唐锦花也很久没听到他手机震动，就像警铃一样，刚刚放松的精神立刻紧张起来。

许嘉允看了眼来电，眼里的笑容顿住，起身走开接电话。

他很少避开唐锦花接电话，尤其是知道他的身份之后，他甚至会偶尔放外音，不介意她听到聊天内容。

唐锦花见他回避，第一反应是，是不是在接情人的电话，所以要避开老婆。

想到这里，她的心里就有种难以言喻的酸味。

那种完美的表象又再次被打破，像此刻风平浪静的海面，突然起了龙卷风，让她美好的心情也跟着七零八碎。

"我有事，马上就要走。"许嘉允没多久返身回来，对她说道，"你好好照顾自己，等肚子不疼了，和爸爸妈妈好好玩玩，还有两天的假期，不要浪费。"

"出了什么事？"唐锦花问道。

虽然她猜到问不出什么原因，许嘉允的工作基本上都是保密的。

至少一开始什么风声都不会透露。

"局里有事，我赶最近一班的船回去，你好好休息。"许嘉允说着，拿起放在椅子上的外套，就要走。

"那……再见。"唐锦花想说什么，但最终什么都没说，对他挥了挥手，继续喝姜茶。

姜茶似乎变得辛辣无比，呛得她喉咙发疼，眼睛发酸。

这该死的生理期，真是令人讨厌，好像五脏六腑都被牵动的发疼。

但为什么疼呢？

许嘉允以前也经常接了电话就几天不出现，她也并不喜欢和他单独相处，总觉得不够自由。

难道有一种感情，是愿意为自己套上沉重的枷锁，锁在对方身边？

许嘉允走了几步，突然返身折回，走到她身边，伸手捏住她下巴，低头就凑了上去。

姜茶辛辣的味道，在海风中飘散。

唐锦花愣了几秒后，猛然推开许嘉允："你干嘛？"

"吻别啊，度蜜月的夫妻不都这样？"许嘉允看她脸色涨红，笑得有点痞气流氓，捏了捏她那胶原蛋白满满的脸，手感很解压，"有事给我打电话，走了。"

唐锦花拍掉他的手，还没想好怎么凶狠地骂他，人家就大步流星地走了。

她憋了好久，手机突然震动了一下，一看是许嘉允发的消息："姜茶的味道挺好。"

唐锦花差点没把手机拍碎，这人占了便宜还卖乖，行为越来越嚣张！

她发了个拿刀的愤怒表情过去，恨不得立刻把他拉黑。

什么意思？走之前还不负责任地撩她一下。

唐锦花越想越气，可看着对面空荡荡的座位，又觉得心里空荡荡的。

她伸手把他没喝完的咖啡拿过来，一口气全喝下去，觉得自己被他的举动牵着情绪是不正常的。

这种不正常，让唐锦花警铃大作。

好像有人触碰到以前从没有的禁区，她第一次遇到这样的情况，竟不知道该怎么解决。

尤其当她回到那张大床上，感觉屋里还有他的气息，她竟然希望他能够回来继续和她度假。

哪怕单独相处时有些尴尬，也比现在心里空空的好。

唐锦花罕见地又失眠了。

回到家后，看着熟悉的家，心里那股空荡和寂寞更加明显。

许云峰回来后就去了国内公司处理事情，而唐妈妈也继续经营小书吧。

唐锦花没忍受多久的寂寞，正月初五刚回来，晚上就接到紧急通知，去所里上班了。

黄诗雨已经连加了好几天的班，一张鹅蛋脸看着都清瘦不少。

但她一看到唐锦花，立刻扒掉她的新大衣，拿在手上仔细翻看，惊叫起来："秋冬秀场的高定大衣，你怎么买到的？"

"你看错了吧？我妈给我小商品市场买的，什么高定？高仿还差不多。"唐锦花懊恼自己走得太急，没换外套。

好在戒指一回去就取下来了，不然准又会被黄诗雨追问。

"不可能吧？小商品市场能买到质量这么好的高仿？让阿姨下次也帮我带一件！"黄诗雨真佩服还有人比她能淘到好东西。

"行了，还不快点上车先去星海。"唐锦花见她还跟进更衣室，一直逮着许嘉允送的大衣看，赶紧赶人。

这次接到的报警是星海大酒店婚宴抢亲。

但并不是抢新娘，而是抢新郎！

新郎的前女友气势汹汹地领着三十多人过来，直接把婚宴给砸了，酒店的保安全出动了也拦不住，只能报警。

唐锦花他们两辆警车刚赶过来，就看到新郎跟着前女友从酒店走出来，坐上了前女友的路虎，把哭得撕心裂肺的新娘丢在大厅里。

现场还在一片混乱，新娘的亲友们和新郎官的家人也起了冲突，见女儿还没嫁过去就被抛弃在婚礼上，当场打了起来。

晚宴变成了爱情的火葬场，唐锦花和小伙伴们处理了整整一晚，才将这场大型互殴现场给压下来。

"你说什么是婚姻？"唐锦花处理完后，疲惫地问道。

"爱情的坟墓，就是婚姻。"黄诗雨筋疲力尽地躺在更衣室的长椅上，只想歇一会。

"那什么是爱情？"唐锦花今天看到这混乱的场景，心里对"前任"这样的生物充满了"敬畏"。

她看到新郎官上了前任的车，丢下穿着婚纱的女孩时，突然想到了自己如果会举办婚姻，许嘉允会不会也有很多前任出现？

毕竟许嘉允长得那么帅，又有能力，天生就吸引女生。

说不准他选择和自己隐婚，不办酒席，也不让周围的人知道，就是为了避免出现这样的状况。

这一刻，唐锦花觉得自己一点也不了解许嘉允。

不知道他的生活圈，没见过他的朋友，两个人除了工作上有交集的地方，私生活完全是分开的。

曾经她觉得这样很好，可现在，却开始想了解他的所有故事。

危险的警报再次在她脑内拉响，提醒她不要好奇心那么重，去了解不该了解的人。

"爱情？爱情就是大脑的幻觉。"

爱情是大脑的幻觉？

她对许嘉允有幻觉吗？

唐锦花心里突然一惊——有！她对许嘉允有美好的幻觉。

幻觉他是个完美的老公，只属于自己的完美老公。

"不过你不用担心你会有这样的幻觉。"黄诗雨见她在那一脸沉思，笑了，"内心没有欲望，魔鬼就无法引诱你，你以前不是常这么说吗？你道心坚定，对男人都没欲望，不管谁引诱你，都不会动心的。"

"是啊，我道心坚定，要什么爱情？面包不香吗？自由不香吗？"唐锦花回过神，立刻附和。

可她发现，魔鬼已经不知不觉地侵入了她的心。

"顾勋过年期间找你了吗？"黄诗雨想到唐锦花对顾勋这样的脸都毫不动心，就觉得这世上没她能看上的男人。

"好像发了个过年祝福的话，这种祝福的消息太多了，我都没回。"

唐锦花知道顾勋不会再来缠着自己。

"啧，你真想把青春奉献给岗位啊？"黄诗雨换好了衣服，看着警容镜里两个美丽英气的女孩。

"这是完成自我价值，不止是奉献。"唐锦花纠正。

两个人走出去时，外面又飘着雪，果然邋遢春节干净年，大年三十那天天气太好，春节期间一直有雨雪。

已经快十二点了，末班车还有几分钟到，唐锦花陪着黄诗雨站在公交站台下，突然觉得这么冷的雪夜，有点寂寞寒凉，确实觉得如果有个同行的人互相陪伴和温暖，是很奢侈的幸福。

"人为什么需要爱情呢？"唐锦花抬头看着纷纷扬扬的雪花，突然再次问道。

"还记得我们上人体学和神经学时，老师说过大脑中有一个区域叫边缘系统，是帮助我们影响、产生和感应各种情绪。活跃在边缘系统中的小分子神经递质，就是我们体内的情绪管理师，爱情所创造的神奇体验就是由它们调控。"黄诗雨觉得今天闺蜜和往日不太一样，可能是晚上看到新娘被抛弃时，心里有所触动，"就是PEA，这种超级兴奋剂会刺激神经，让人感觉到坠入爱河时的美好……"

"得了吧，运动也能分泌很多PEA，而且还能由我自己随意掌控。"唐锦花打断黄诗雨的话，在站牌下开始小跳步暖身，"如果只是迷恋苯基乙胺的感觉，那一会我就跑回家去，看看是不是只要运动就不需要爱情了。"

黄诗雨还没问完，就见那道穿着黑色毛衣内搭的女生，加快脚步，箭一般地消失在雪夜里。

唐锦花一口气跑了十多公里，到家时，衣服头发上都是细碎的雪花，可她一点也不冷，只觉得内心有把奇怪的火在熊熊燃烧着。

运动确实提高了身体的兴奋，让她的注意力高度集中，神经系统变得更加发达，似乎身体里的一切都被强化了，包括内心对许嘉允的感觉。

唐锦花气喘吁吁地打开门，一进门，地暖的温暖迎面扑来，她身上的雪花全融化了，湿漉漉地贴在头上和脸上。

唐锦花进门就脱下湿掉的毛衣，换鞋时猛然发现许嘉允回来了。

她拿着湿漉漉的毛衣，撸了撸湿答答的头发，尽量放轻脚步，也没开客厅的灯，熟门熟路地往洗手间走去。

但没走几步，突然许嘉允的房门打开，屋内的光洒出来，他站在门口，看着蹑手蹑脚的浑身都湿透了的女人。

"我吵醒你了吗？"唐锦花立刻停下脚步，离得还有几米远，可因为PEA的飙升，她嗅觉神经灵敏万分，都能闻到他身上熟悉的洗发水味道，还有那股香熏蜡烛的松木花园的气味。

"没有，我也刚回来。"许嘉允伸手打开客厅的灯，顿时家里亮如白昼。

"哦，那就好，我先去洗洗。"唐锦花顺着墙角就往洗手间走去。

"你今天怎么了？工作不顺心？"许嘉允在她进洗手间之前，突然喊住她，问道。

"没有，我只是……跑个步。"唐锦花说着，走进洗手间，把门关上。

她回忆到两个人之间皮肤的触感，想到他的眼神，想到他身上的味道，这一刻变得那么清晰。

他们之间那些温暖又微小的细节，也像镀上了一层耀眼的光芒，或者说……像有着晚饭的香味，带着一层油亮的脂肪，让她的胃抽动，分泌出酸溜溜的灼热的胃液，烧得她五脏六腑都难受。

唐锦花迅速冲了澡，她忘了拿衣服，冲完澡直接拿大浴巾一裹就出来了。

以为许嘉允又回去休息了，可一开浴室的门，厨房的香味飘过来，她才发现许嘉允在煎牛排。

那股熟悉的香味，勾得她胃里心里都难受的味道，就是最初他给自己煎的那块牛排的味道。

"正好我也没吃饭，一起过来吃点再睡。"许嘉允见她裹着浴巾站在浴室前呆呆地看着他，说道。

"我不吃了，回来路上吃过了。"唐锦花从牛肉的香味里挣脱出来，立刻返身回房。

她锁上门，又发了会呆，试图理清自己到底为什么对许嘉允回不到从前的"相敬如宾"，一定是因为他的那个吻，让她失眠的那些过去……

"笃笃"，许嘉允敲了敲门，问道："你真不吃了？"

"不吃，我睡了。"唐锦花随便套了件睡衣，就想爬床上去。

"好吧，我战友从澳洲寄回来的新鲜牛肉，肉质细嫩多汁，本来想给你尝尝……"

"啪！"

门把手转动打开，唐锦花顶着半干的头发看着他，幽幽问道："煎了两块？"

"嗯。"许嘉允见她听到美食就两眼放光的样子，忍着笑点头。

唐锦花跑去餐厅，看到牛排和煎鸡蛋早就躺在盘子里，等着她宠幸。

她抗拒不了这诱惑，站在桌边，拿起刀叉就开吃。

狼吞虎咽，风卷残云，等许嘉允坐下准备开吃时，她已经吃得只剩一个空盘子，拿去洗手台冲盘子。

"感谢款待，确实……很好吃。"唐锦花洗着盘子说道。

她长得甜美，可什么动作都又快又准，行云流水，一气呵成，中和了那娇娇柔柔的甜，多了一丝帅气。

看她最后一下甩盘子收水，能治愈强迫症。

"你今天还在生理期吧？"许嘉允慢条斯理地切着牛肉，突然问道。

"……你问这个干嘛？"唐锦花抽开柜子的手微微停顿，敏感地反问。

"外套呢？"许嘉允不答反问。

"怕淋湿，放所里了。"唐锦花听到他说外套，神经更加绷紧。

要她还衣服？那……她一会给黄诗雨发个消息……

"你就这样跑回来的？"许嘉允只是见她回来时浑身都湿透了，拿着毛衣，也没看到外套，心疼她。

"不能跑步吗？"

"你生理期还没完全结束，发烧才好几天？深更半夜下雪天跑十多公里，你疯了？不要命了？"许嘉允终于开始兴师问罪。

他今天回来得也很晚，十一点多到家，发现老婆还没回来，就问了一下王斌她的工作情况。

那时候她们已经快收工了，许嘉允原本想去接她，可又觉得刻意过去又会被她躲瘟神一样躲开，就洗了个澡，在家里等她回来吃夜宵。

结果算算时间，她没搭公交，也没打车，却整整迟到了半小多时才到家。

许嘉允甚至担心地开了定位，追踪她的位置，怕她半夜遇到什么突发状况，陷入危险。

"我想做什么都是我的自由。"唐锦花瞥了他一眼，她可从没管过他。

"你要是再生病,半夜发高烧,谁会来照顾你?"许嘉允就知道她会这么说,他尽量克制着心中的怒气,平静地说道。

"不会的,我身体好得很。"唐锦花说着,往房间走去,一脸困倦,"我先睡了,你吃完不用收拾,明早我来收。"

"你还不明白吗?我让你爱惜自己身体,是为了我自己。"许嘉允在她身后叹了口气,根本吃不下牛排,他今晚因为她迟半个小时回来,脑补了几百种犯罪场景,紧张不安到监控她的行踪。

唐锦花停下脚步,转过头:"你不用担心,我不会让你照顾的,就算出了什么事,我还有我妈妈,还存了点钱可以找护工……"

"唐锦花,你真是榆木脑袋,我是怕照顾你吗?"许嘉允站起身,走到她面前,一脸无奈,"如果你生病或者受伤,我会心疼。你明白吗?我心里会疼。"

唐锦花倒退两步,她已经分不清此刻身体里面分泌的多巴胺是运动的原因,还是因为"爱情"。

总之,这一刻迷幻的感觉,让她想到他亲上来的那一瞬间。

心脏不受控制地剧烈跳动,血液在加速,所有的感官神经灵敏度都放大了,即使退了两步也能感觉到他呼吸时的气流在振动。

更不敢看他的眼睛,仿佛他眼神像一张网,把她严严实实网住。

"因为我们是家人吗?"唐锦花终于摆脱了那气流的侵扰,也鼓起勇气,抬起头,看着他的眼睛问道。

"当然,你是我家人,也是我妻子,我会关心你,也会保护你……"

"你最近总是对我说很肉麻的话,我想知道具体原因是什么?出于什么目的才言行越来越过分?"唐锦花打断他的话,很怀疑他目的不单纯。

她不相信许嘉允真心喜欢自己。

在结婚之前,她和许嘉允在网上和电话里聊过好几次,反复确定,确定对方是自己最佳的婚姻"搭档"才领证的。

那张婚前协议就是证明。

而且自从发现许嘉允和法医的秘密后,唐锦花更加认为他表现出的完美是一种假象,他还和顾勋透露他俩的婚姻,这一切都更像是——他只想维护这段和谐的婚姻。

哄好老婆,不希望她被别的男人抢走,也不希望她打搅自己和情人之间的事……

唐锦花是用自己的侦探逻辑去推演他这么异常的行为。

"因为……"许嘉允手机响了起来。

"因为我喜欢你。"他在接电话前，说出最后四个字。

"我知道你喜欢我，我也在努力作为你最佳的婚姻伙伴，尽量和你好好生活，但你能别没事撩我吗？不管发生什么事，我都是你妻子，这下你能放心了吗？"唐锦花也在他接电话前，迅速说完，不等他回答，转身回自己卧室里。

唐锦花幸好晚上跑了十多公里，不然准会被许嘉允弄得睡不着。

当初他俩结婚前，就互相看上眼，所以什么"我喜欢你"这种话，根本就是废话。

如果互相嫌弃，怎么可能领证？

但她并不开心。

因为她在许嘉允的旧车上，发现了一瓶香水，和一个记事本，还有一个避孕套。

记事本是法医的，上面简单地记录一些案件尸检的结果和日常提醒，比如约会……更像是丁子易用来装老警察用的小本本。

香水是很女人味的香奈儿五号，没有拆封，直接放在礼盒里，看上去是许嘉允准备送她的礼物。

不管怎么样，这三样东西都证明沈云和许嘉允的关系不一般。

这周有个表彰大会，上次她和同事们破获了一起盗窃案，上头特意过来表扬。

但唐锦花总想着许嘉允和沈云不可告人的秘密，她看到表彰大会上坐着的许嘉允，就一阵反胃，简单地说完情况，惜字如金，不想再开口。

许嘉允那晚出去之后，又是两天没回来，第三天在厅里的表彰大会，他到得挺准时。

他当然注意到唐锦花的不对劲，因为她面色冷峻，直直扫射过来的眼神，不回避不躲让，就像看着犯人似的。

这次唐锦花发现，他戴着婚戒来的。

以前没怎么注意过他的手，他回来锻炼身体和做饭时，总会把戒指取下来，她以为他出门也会取下戒指。

去年他第一次去所里借用办案区时，也没见他戴戒指，所以姑娘们都以为他未婚。

许嘉允轻轻转着婚戒，大概知道她为什么变得这么快。

自从沈云出现后，她的情绪一直不好，现在更确定了她的心病。

不出任务时,他经常戴着这个戒指,尤其是从今年新年开始他更一直戴着,竟然也习惯了手指上多个金属圈圈的感觉,这种心甘情愿被套住的感情,可能她还不明白。

同样被表彰的还有大年三十救火受伤的民警,和一个休假在家,徒手搏斗抢劫歹徒的年轻民警。

表彰大会一结束,唐锦花就急匆匆赶回去继续上班。

唐锦花下班前出了个警,被耽误了整整三小时。

忙了一晚上,回到家又是深夜,她一开门,就看到许嘉允正坐在沙发上。

好像特意在等她。

唐锦花和他点了点头算是打招呼,径直往自己房间走去。

"吃晚饭了吗?"许嘉允站起身,问道。

"吃了。"唐锦花一脸疲惫,并不想和他多说话,"我先休息了,晚安。"

"你是不是对我有什么意见?"许嘉允知道对她这样的人,只能单刀直入地对话,故意问道,"我不在家这两天,发生了什么事?"

"我对你能有什么意见?"唐锦花反问,顿了顿,随后说道,"哦,唯一的意见就是,我那天说过了,不用刻意花时间和精力在我身上,你不用担心自己老婆跑了。"

"你是不是对我有什么误会?觉得我对你好,是别有用心?"

"与其说别有用心,更不如说我喜欢我们以前的关系。"唐锦花看了眼他手指上的钻戒,"你戴着婚戒去表彰会,是什么意思?"

"只是忘记取下来,再说,我戴着婚戒又不影响你。"许嘉允举起左手,看着上面的婚戒,"而且,还能挡挡烂桃花,也挺好。"

"那就当我没问,我要睡了,困死了。"唐锦花想想那些女同事每次议论许嘉允时候如狼似虎的表情,觉得他确实需要挡挡。

但一想到他和法医之间的勾当,又觉得他只是个伪君子,心里更嫌弃。

"先把晚饭吃了。"许嘉允挡住她的路,命令的口吻。

"说了吃过了,我要去睡觉。"唐锦花正在嫌弃他,听到他用这样的口吻和自己说话,更加不爽,继续往前走,见他不让路,直接用肩膀撞上去。

然而,许嘉允还是没躲避,她像撞着一块带着弹性的钢板。

"许嘉允，你干嘛？"唐锦花火了，她本来就是急脾气，对他一肚子意见，只是遵循婚姻协议不想过问他的事，现在忍不住了，一拳就往他胸口捶去，"别挡路！"

她这可不是女孩子撒娇的小粉拳，至少也有三十斤锤子这么重，狠狠砸过去。

"让你去吃饭。"许嘉允知道这是重拳，伸手攥住了她的拳头，往下一扭，硬生生地扯着她去餐桌边，"吃完再睡。"

他对她的行程了如指掌，她从所里回来根本没在路上停留过，没时间吃晚饭。

"我说了不吃，就是不吃，牛不喝水你强按头也不行！"唐锦花的倔脾气上来，简直比九头牛还难拉，她试图甩开许嘉允的钳制，结果太用力……直接把餐桌的桌布给扯掉了，给她留着的一碟咖喱牛肉饭和一杯鲜榨蔬果汁，撒了一地。

许嘉允看着地上一片狼藉，脸色也有些难看，沉默了片刻才说道："我只是不希望你饿出毛病来。"

说着，他说完，蹲下身，开始收拾地上碎裂的杯碟。

老警察几乎都有胃病，因为工作繁忙，不能按时吃饭给饿出来的。

唐锦花过了好一会儿，勉强控制住莫名的怒气，也蹲下来想帮他收拾，可被许嘉允制止："你别动，小心碎玻璃划伤手。真不想吃，就去休息，这里我来收拾。"

他的话音未落，唐锦花就缩回了手，一道血痕从食指上蔓延开。

许嘉允立刻握住她的手，扯过餐巾纸给她缠住伤口："你为什么总不听我的话？举高点，我去拿药箱。"

唐锦花坐在沙发上任他清理伤口，熟悉的消毒药水的味道刺激着她疲惫的神经，她突然说道："许嘉允，我们离婚吧。"

许嘉允正在给她贴创可贴，听到这句话，心脏微微一缩，抬头看着她，才发现她的眼圈不知何时红了。

"你说什么？"许嘉允和她说过，不要提到"离婚"这两个字。

"如果能回到从前就好了。"唐锦花眼里似乎有很多很多的委屈，也有很多很多的无奈。

看着他深海般的眼睛，她像是被吸进去，沉入恐怖黑暗的海底，无法呼救，也没人会来救她。

她知道一切都回不去了。

每次看到许嘉允时，她的心里就像被什么拨动着。

刚才看着他认真帮自己处理伤口，她就想到他隐瞒自己的一切——她知道那样不对，她不该对他的过往和任何秘密感兴趣。

可她内心却渴望知道他的一切，渴望得到他的一切。

那一瞬间，唐锦花知道他们之间真正问题所在。

那就是，她爱上他了。

她会关注许嘉允的一言一行，会发现他旧车里的秘密，会为他的一个吻一句话而失眠几天……

会和闺蜜讨论什么是爱。

只因为她自己不知不觉陷入爱里。

她违背了他们之间的约定，动了心，想更多地拥有他，想要独占他，想要过问他的一切，这种不受控制的感情太可怕了。

唐锦花要在失控之前，解决掉问题的根源。

"你要和我离婚？理由呢？"许嘉允语气不明地问道。

"嗯，因为你让我感觉到了痛苦和困惑，所以，我要和你离婚。"唐锦花咬了咬牙，抽回自己的手，说完立刻站起身，逃也似的回到自己房间，锁上了门，生怕许嘉允来打搅她。

可是，许嘉允并没有来敲门，也没有给她发任何消息，第二天一早就消失了。

唐锦花也收拾自己的东西，准备先搬出去住。

她想一个人静静，给自己足够的空间和时间来思考自己和许嘉允的事。

许嘉允连夜处理毒品的后续，是他们顺着这条线，揪出了一条更大的鱼，这可能是近两年来沿海地区最大的海上贩毒案，专案组不眠不休地忙碌起来。

唐锦花连着几天都没收到许嘉允的消息，他就没回过家。好几次都想给他发消息，又忍住了，渐渐陷入了恐惧里。

恐惧失去他。

第十八章　她是他的糖

阴雪连绵的春节，终于短暂地放晴了几天。

天空被雨雪洗刷得碧蓝清透，像是一块完美的翡翠，天气却更加寒冷。

这只是春天来临之前的最后挣扎。

情人节这天，恰好是正月十五，她整整一周没见着许嘉允。

她打听到了，说是上头在忙一起特大跨国贩毒案，这边警方和边境缉毒警察联手办案，估计没有三五个月，许嘉允是没时间回来的。

正月十五唐锦花回娘家过节，晚上要值夜班，所以陪妈妈吃了晚饭就匆匆打车赶去所里。

似乎只有工作才能让她忘了许嘉允那个偷心的魔鬼。

可偏偏，那个人跟真的鬼一样，半夜十二点，出现在派出所女厕门口。

唐锦花刚拉好裤子走出洗手间，看到走廊边站着的人影，差点没一脚踹过去。

"你……你怎么来了？"唐锦花比见了鬼还惊吓，定下心神，急忙看了眼周围，怕被同事们发现，把他扯进女厕所——今晚值班的只有她一个女生，其他同事都是男的。

"给你送点夜宵。"许嘉允看上去有些疲惫，眼圈发青，青色的胡根也好几天没刮了，带着几分成熟沧桑感。

"你不去休息，给我送什么夜宵？还有你来之前能不能发个消息？我要是不在所里……"唐锦花的话还没说完，就见许嘉允的手机振动起来。

她识趣地闭嘴，看着他接电话。

在女厕所和老公见的这一面，让她真切地感受到为什么许嘉允找不到老婆了，这种十天半个月不回家也不和家人联系，老婆住院出院都不管的丈夫，确实没什么存在价值。

许嘉允接着电话，眼神也一直锁在她脸上，像是怕漏看了一秒，她就消失了。

唐锦花被他看得浑身不自在，觉得对他眼神过敏，默默扭过头站洗手池前等着。

不用抬头看镜子，唐锦花也觉得他的眼神从镜子里依然锁在她脸上，就跟她脸上开了花似的。

许嘉允只偶尔才简洁地说两个字，突然走到唐锦花背后，从她腰后一把搂住她。

纤细却蕴含着力量的腰，依然没有一点赘肉，但隔着警服，许嘉允还是感觉到她瘦了。

准确地说，是掉肌肉了。

她这几天一定没有好好休息，掉肌肉了，显得瘦了。

唐锦花正在看保洁阿姨每天都擦得发亮的水龙头，突然被他从后面搂住，心脏似乎骤停了几秒。

许嘉允磁性的声音从她耳上方传来，淡淡应了句："好的。"

她听到他说话时，胸腔传来的震动，像是也震着她的五脏六腑，她想挣脱出去，又怕打搅他听电话，只能僵硬地杵着，不敢发出声音。

许嘉允从镜子里直视着她有些羞恼的脸，心里越发得痒，那句"我好想你"，却哽在心里吐不出来。

他一向不喜欢表达自己的感情，只对她明确地说过"我喜欢你"，"我在乎你"。

可能她不明白他的喜欢有多深，但他知道，那爱超过了深海的深度。

唐锦花却不认为他是个不善于表达情感的人，相反，她一直觉得他很会玩弄人心，偶尔大大方方表达自己的喜欢，可有时又从不明说，只用这种渴望和藏情的眼神凝视着她，让她心里非常地不爽——又在撩她。

撩得她刚刚平静下来的心情又起了波澜，他的温柔他的无礼他的专制他的完美和不完美，都在她脑子里闪现。

就在唐锦花受不了，右手攥住他的手臂往下拉，试图无声地挣扎出来时，许嘉允接完了电话，主动松开了手。

他今天的亲密行为不知道为什么显得很绅士克制。

一旦占便宜的事能做到克制，好像就变成了"盗亦有道"，这人令人钦佩似的。

许嘉允将放在洗手台上的袋子递给唐锦花，只丢下一句威胁："乖乖在家，好好吃饭，别等我回来收拾你。"

他每天无论多忙，晚上都会看一下客厅的监控，唐锦花每次回来得都很晚，从来没下过厨好好做过饭，每天就煮几个鸡蛋，吃个速冻食品之

类的，晚上也经常起来，去楼上露台发呆，让他很心疼。

唐锦花很无语，他好不容易回来一趟，半句好话都没有，抱了一下，丢了盒巧克力和一个手表在厕所就匆匆走了，让她好一会儿没回过神。

没一会，她手机响了，许嘉允发来的消息："情人节快乐。"

然后又发了一句："你同事知道了。"

他这段时间忙特大贩毒案焦头烂额，大部分时间都在海上和边境两头跑，根本没时间管她。

今天凑巧回来处理线索，特意绕了下路，在派出所停留了五分钟看望老婆。

至于礼物，他早就让人帮自己准备好了，因为知道自己忙起来没空去订花订餐陪她。

唐锦花大吃一惊，知道什么了？

她正要问清楚，接到案件要处理：一对小情侣情人节开房，因为房事不和谐加上男孩子没给她买心仪的礼物，两人吵得不可开交，女生一怒之下报警称被强奸了。

今晚这种案件多得很。

有女孩子没收到礼物闹分手，两个人大街上吵架，出车祸的案件；

还有情人节陪情人开房，遇到老公也带着小三来酒店的修罗场……

唐锦花忙了一晚上，都快忘了许嘉允最后那句话，只得出一个结论：千万别过什么情人节，没有情人是最安全的！

第二天一早，交班时，她发现所有人看她眼神都怪异的，尤其丁子易，一脸崩坏又狗腿的表情，看到她大喊一声："嫂夫人！"

他以前总喜欢和唐锦花开玩笑，想做她的备胎，苍天可鉴啊，他是真不知道唐锦花有老公了！

别说老公，全所都没人知道她有男朋友！

她是所里有名的四大光棍之一！

昨晚，忽然各种小群在传她是许嘉允的媳妇，许队特意来和她过情人节，大家都不相信，毕竟不信谣不传谣是所里的优秀作风，

可是就在大家互相试图辟谣时，发现了越来越多的证据，之前他俩的亲热互动，甚至他俩蜜月，有海岛同事信誓旦旦地说这两个就住一间房，还带着家长……

这种事一旦暴露，是无法在同事们面前隐藏的，连结婚证都能给直接调出来，没有任何掩饰的机会。

唐锦花几乎是仓皇逃离——赶在黄诗雨上班前先跑，不然会被打死。

她想搞清楚是不是许嘉允故意泄露出去的，如果是，她可以起诉离婚了。

不，在那之前，她要问先质问许嘉允。

果然没跑五分钟，黄诗雨的电话加视频无情地杀到。

唐锦花顾不上闺蜜，先给许嘉允发了条消息："不忙的话，打个十分钟电话。"

许嘉允的电话立刻打了过来。

他当然知道怎么回事，昨晚他来看她，没避着人，而且，所里早有人对他们的关系怀疑了。

只是他故意坐实。

"我们的条约呢？最熟悉的陌生人呢？你昨晚就不该来，你说你是不是故意的？"唐锦花气急败坏地问道，"现在同事都知道了，我怎么解释？你违约了，我们离婚！"

"我说过，不要提这两个字。"许嘉允不疾不徐地开口，他一向是掌握节奏的人，对付唐锦花这种急脾气的人很轻松。

轻敌，急躁，没有婚姻也是战场的觉悟，注定会成为别人的俘虏。

"因为你毁约在前。"唐锦花急得跳脚，站在公交站后面，质问，"你是不是插手我的工作？"

"证据呢？"许嘉允反问。

"我……会找到证据的。"唐锦花咬牙，"你还故意暴露我们的婚姻。"

"你有证据吗？"许嘉允还是这句反问。

"情人节这么特殊的日子，你来单位找我，就是故意落人口实！"

"那是因为……"许嘉允顿了顿，终于说道，"我想看看你。"

他俩好多天没见了，就不允许自己想老婆吗？

"唐警官，没有人证物证就指控别人，我是不是说过这样不专业的习惯会葬送你的职业生涯？"听到那边沉默了，许嘉允又说道。

"那你和别的女人不清不楚……"老实说，唐锦花被他那句"想看看你"打动了，但是随后想到了沈云，觉得他渣，终于祭出杀手锏。

她一直不想提法医的事，总觉得那是情感禁区，不愿意面对，也不想拆穿完美老公的面具，打碎曾经美好的回忆。

"我和哪个女人不清不楚？"许嘉允的声音淡定地像一粒小石子沉入大海里，没有一点涟漪。

289

"沈云。"她再不想不愿沦陷在他那忽远忽近不干不净的情感里。

"爱"的痛苦，比身体的伤让人更难忍受，她撑不住了。

听到这个名字，许嘉允倏然一笑，她终于承认了！

可以想象到电话那边她狗急跳墙的样子，实在太可爱了。

"她？只是普通朋友，怎么不清不楚了？哦，你要是不相信，可以让沈遇作证。"许嘉允之前就发现她对沈云很敏感，感觉到一丝醋味。

但没想到真的看她吃醋了，竟然这么开心。

这段时间工作上的疲惫似乎被一扫而空，他甚至想掉头回来当面看看她吃醋的表情。

"你们用同款香熏蜡烛，还有……"

"你为什么一开始不问我和沈云的事？"许嘉允打断她的话。

"那是你的事，跟我无关。"

"但你明明不高兴了，明明已经影响到了你的个人生活，为什么不能坦诚地问我？"许嘉允忍住内心的兴奋，不急不缓地继续说道，"是因为你心里有鬼，不敢问我？"

"我有什么鬼？你真会颠倒黑白！有鬼的人是你。"唐锦花怒气冲冲，被他的话套进去了，快忘了自己打电话的初衷是什么。

"因为你发现，你在意我的私生活。你不敢问，你害怕面对我的感情。"

"胡说。"

"你爱我。"许嘉允笃定温柔地说道。

这三个字，像破风的箭，又狠又准地射中她的心脏。

唐锦花像是只被打中的老鹰，在空中失衡地盘旋了半圈，轰然砸到地上。

"爱？哈……你从哪里看出来的？"唐锦花试图用最轻松的口吻来回答这个问题，可嗓子干巴巴的，显得语气也很紧绷。

电话那边的男人就像测谎仪一样，即使看不到她，也能冷冰冰地精准地分析她的情绪，让她有种挫败和被偷窥的愤怒。

"不然为什么要躲避我？回避我们之间的问题？你提出那两个字时，一直不肯认真地去解决问题，这不是你的性格。"

那两个字是"离婚"，许嘉允不肯说出来。

"……我……没有！"唐锦花被这三个字吓到了，像被人看透了所有的秘密，不知道该怎么回击。

她嘴皮子没许嘉允利索，说不过他，只想揍人。

"不需要因为被我说中就恼羞成怒。每个人都是欲望的产物，梦想和贪欲，爱与不满足，各种各样的欲望充斥在生命里，推动你去做每一个选择，你是警察，看到过太多被欲望控制而犯罪的人，我以为你比大多数人都会正视自己内心的渴望。"

"许嘉允，你知道我内心渴望是什么吗？想要和你离婚，是我最大的渴望，我不想再和你过日子，不想看到你这张高高在上的脸，不想再被你当新兵训话，我的人生不要你指手画脚，就算我对你有点期望有点失望，那也跟你没关系，我是个自然人，是完全独立、自由的人，我有权利选择我的生活！"唐锦花口不择言地反击。

吵架比运动累多了！

"哦，有点期望？那对我的期望是什么？为什么不敢说出来？"相比她像个被踩到尾巴炸毛的小猫，许嘉允从容淡定地像个询问机器，只抓重点，替她回答，"是因为你觉得你对我的期望是非分的，对你来说，是不道德的，是逾越我们的婚姻协议，所以宁可当个逃兵……"

"我不是逃兵！我怎么可能当逃兵！"唐锦花像是被他连射三箭，箭箭穿心。

"这还不是逃兵？承认喜欢我，也期待我对你一心一意，就那么难吗？"

许嘉允感觉到了她的崩溃，再欺负下去，估计她真的要跑了。

"许嘉允，你……你什么毛病，非分之想……太可笑了，是因为你先不遵守约定，给我生活带来一堆麻烦，这和我们结婚的初衷背道而驰，我才决定离婚。"唐锦花咬紧牙关，怎么能承认对他有非分之想？

怎么能轻易被他拷问出内心真实的情感？

这人就是把自己当犯人来审，她一定要坚守底线，不让他得逞。

许嘉允心情无比愉悦，听着她愤怒的声音，觉得她就像是树枝里半青半红的水蜜桃，青涩，可带着旺盛的生命力，元气满满，坚毅勇敢，有对未来的无限向往，唯独却对他的感情胆怯。

他知道那种胆怯是因为那些未知的易变的情感，他昨夜就想逼她认清自己的真正感情，只是时间太紧张。

原本应该好好等待，是他没有控制好内心的欲望！

"那我和你道歉。"许嘉允沉默了片刻，才轻声说道，"是我的错，我让你困扰，没能及时传达我的心意，让你难堪，对不起。"

"别……别这样！你不用和我道歉。"太诡异了，唐锦花听到他蓦然温柔的语气，头皮发麻，"你只要和我解释清楚你的用意，以及，好好考虑离婚问题，就可以了。"

"我和你说过，我喜欢你，我以为你能理解我的心意，可没想到你到现在都还不清楚我的表白。"许嘉允叹气，"所以，我就只能做个实验。"

唐锦花愣住："什么实验？"

她很快反应过来，想到那些小细节，是沈云？

以许嘉允这么腹黑闷骚坏的性格，是可能做出来的。

"是你先注意到她的。"许嘉允声音很无辜。

"你什么时候发现我注意到她？你监视我？"唐锦花第一句话不打自招。

回忆起来，自己从没有露出过破绽，甚至没在他面前提过沈云，也没和任何同事闲聊过她，只是翻看了她的采访稿留一点心而已。

如果这都被发现，只能说明自己的一举一动都在他的监控里。

"别这么紧张，你才是把我当成罪犯吧？还是你有受害妄想症，看谁都是坏人？"许嘉允听到她一连串的反问，觉得她的职业病也挺可爱。

"那你怎么会知道……"

"因为你说梦话。"许嘉允当然不会告诉她，他只要怀疑上了，随便查查就清楚了。

她摔坏的手机里还有偷拍的他和沈云的照片呢，浏览历史也有沈云，看上去很介意的样子。

"我……说……说什么梦话？"唐锦花猛然想到他带自己度假的那两晚，也是她对沈云的事最放不下的时候，难道是那时候日有所思夜有所梦？

"你确定想知道？"许嘉允听出了她的心虚，反问。

"不，不用了！"唐锦花怕自己在梦里说了什么让人受不了的骚话，果断拒绝。

"你那么介意沈云，甚至要因为她和我离婚，以后，如果不是工作必须，我不会和她见面，你不用担心，我和她不是情人关系。"许嘉允故意一直没说，就是为了煎熬她，让她认清自己的感情。

当然这过程他也不好受，好几次在深夜想给她打个电话，都硬生生忍住。

"你们……没有关系？她在你车上留下了不少东西。"唐锦花还是不太相信。

现在倒像是站在悬崖边准备往下跳，却发现，悬崖下不是深渊，而是美景如画的小山坳。

"如果一定要说有关系，我想想算不算前任……"

许嘉允一说到"前任"两个字，故意顿了顿，声音前所未有地温柔，像一汪春水包裹着她："被领导在酒局上介绍过一次，应该叫'相亲'？"

"你俩相过亲？"

"不犯法吧？你在我之前，相亲过三十五次。"许嘉允越发觉得她像一颗甜蜜的麦芽糖，融化在他的心底。

"你调查我！"唐锦花自己都记不清相亲失败多少次，他居然知道。

"当然，结婚对象一定要考察清楚，谁会像你一样，看对方长得好看，不摸清底细就嫁？"许嘉允笑意更浓。

"我不是因为你长相……我是那么肤浅的人吗？！"唐锦花又不是黄诗雨，只要对方长得帅就可以，想到他事先调查过自己，她就有些气急败坏，"我是因为和你观念一致才结婚的，现在你对我说这个，你这是骗婚！"

"嗯，允许你逮捕我。"

他的声音迷人又甜蜜，她戒糖很久了……

不该沉迷这种糖分带来的快乐。

唐锦花心里清晰地告诫自己，不要被他花言巧语骗了，要查证后再考虑。

可是许嘉允用那比世间最轻软的真丝还要柔软的声音，笑吟吟地继续说道："我和沈云被领导撮合过，但大家都很忙，我也没放心上，她中间约过我几次，知道我睡眠不好，送过我助眠的香薰，我想，大概她对我印象不错。后来，调到这里，有些案件要和法医打交道，见面的机会比以前在军队时多了，算是朋友，仅此而已。至于车上的东西，那辆旧车我借给沈遇开了半个月，里面的东西估计是他落下的，你可以问问他。"

许嘉允之后就没开过那辆旧车，不过他在唐锦花对沈云介意后，曾在家里和车上都检查过让她吃醋的"敏感源"，旧车上的香水应该是沈遇想送给前妻的礼物，但没送出去，估计沈遇和他一样，还没来得及处理，遇到突发事件，工作就忙忘了。

至于笔记本，是沈遇接妹妹时，无意间落下的，沈云习惯简单记录日常，其中有一次约许嘉允去某大酒店吃饭。

套套嘛，许嘉允是坚决不会承认自己新婚后放在里面的，为的是"不时之需"。

和新婚妻子的不时之需。万一某天唐锦花心血来潮，或者两人开着旧车去野营……

他经常开的那辆车，放了一盒，幸好没被唐锦花发现，不然以她遵守协议不过问他的私事的性格，可能会默默被醋死。

"你应该解释一下婚前调查过我的事。"唐锦花见他对沈云态度坦坦荡荡，憋回一肚子的疑问，反正他说的可以去查证是不是真的。

现在更大的问题是，他"骗婚"的事，怎么就婚前调查她了？

本来妈妈以为自己"骗婚"，没想到啊，她一个目光如炬的黄龙民警，居然被别人骗了。

"因为早就对你上心了，才会想着怎么和你结婚。"许嘉允本来想回家当面好好说这件事，但最近实在太忙，怕案子结束，老婆真的提交了离婚协议跑了。

唐锦花沉默了片刻，似乎在努力整理他们相遇前后的各种细节，最后很挫败地问道："你什么时候盯上我的？因为……我被投诉太多次？"

她不记得之前和许嘉允有过什么交集，在相亲之前，他俩完全是陌生人。

如果一定要说有交集，那就是工作上也许有交叉，许队调过来时，可能关注到她是个刺头小兵？

"这是我的秘密。回家我再告诉你。"

"你秘密有点多，倒是我，老底都给你查得清清楚楚，我妈都不记得我相亲次数，你居然知道，你这个人太可怕了！"唐锦花越想越心惊，万一许嘉允是个坏人，她的处境从一开始就很危险。

"乖，等我回家。"许嘉允那边有事，乱糟糟的声音中夹杂着两声巨响，他说完就挂断了电话。

唐锦花紧张地攥着手机，她此刻涌上心头最大的感觉是——担心。

担心许嘉允那边有什么突发情况。

那巨响声，是撞车了？爆破声？还是什么？

在生死面前，她的小情绪全消失了，什么都不重要，重要的只有一件事：他能安全回家。

这一刻，她清晰地看到自己内心深处的愿望和渴望。

不是离婚，哪怕在婚姻的牢笼里，她也不怕。

她只希望身边的人都平平安安，都够回到自己的小家里，在这烟火人生里折腾着，不甘着，哪怕拌嘴吵架，也会牵着手，向一个方向冲着。

唐锦花的手机再次响起，还是黄诗雨。

她这次接了。

"去年十月，你身上的味道变了，就是结婚了和男人住一起了吧？你要是没把我当朋友，以后咱俩断交！"黄诗雨暴怒的声音从电话那边响起，她晚上睡得早，早上做完家人的早餐，才看到这么劲爆的消息，等她赶到单位，唐锦花已经跑了。

黄诗雨愤怒了，她曾无数次憧憬和闺蜜互相当伴娘的那天，结果唐锦花背着她直接结婚了！

再想想，许队来过几次，晚上来找唐锦花，同事们还议论过，当时唐锦花说是因为被投诉的原因，她居然信了！

谁会没事半夜过来处理投诉？

黄诗雨愤怒闺蜜的隐瞒，和自己的蠢！

"没有告诉你，因为签了婚前协议，不想让这段关系影响大家的工作和生活，真不是故意的。"唐锦花心里挂念着许嘉允那边的情况，语气都虚了很多，歉意地说道，"你知道我……肯定不会对你故意隐瞒这种事。"

"真有你的！"黄诗雨一时找不到语言，站在院门口，咬牙切齿，"真有你的！你瞒了我多久？把我当朋友了吗？这种好事都不告诉我？！你是怕我觊觎你男人？在你心里，我算什么？"

"婚前协议……"

"别跟我说什么婚前协议！"黄诗雨气极反笑，"你还真是好公民，遵守协议，一点口风都不给我透！"

"对不起。"唐锦花这会态度好得很，既然大家都知道了，她先哄好闺蜜再说，"我先回来吧，当面给你道歉，你不要生气。"

"我当然生气，你搞间谍的吗，这种事还能瞒这么久！"怒归怒，黄诗雨咆哮发泄后，倒是替闺蜜开心，总队长那可是全局少女的梦啊。

因为太有魅力，大家也私下打听了不少他的事，似乎没有任何花边新闻。

"我先回来。"唐锦花现在也需要闺蜜，她怕一个人回去，对许嘉允那边的情况胡思乱想，更加紧张。

刚好她也不是逃避的性格，现在不如回单位，万一有什么意外或者增补人手的事，她还能第一时间得到消息。

虽然在电话里被许嘉允咄咄逼人地问出心里话，但她也知道，有的东西就像贫穷，是瞒不住的。

无论离不离婚，她都清楚，作为盟友房东的许嘉允其实无可挑剔，是她的心意变了。

她的心，已经无法忍受他作为房东而存在。

是她不满足，所以才会各种不满意，才不能忍受这样的婚姻。

就在刚刚，她听到了房东的再次表白。

他喜欢自己才选择的她。

唐锦花一整天都在消化这件事和担心中度过。

包括同事们的狂轰滥炸。

准确地说，是被狂轰滥炸了整整三天，在这三天里，她不知道给黄诗雨道了多少次歉，请她吃了三天的晚饭，还是被黄诗雨各种嫌弃。

而且为了市里世界级的春交会，所有人都忙得不可开交。

三月，城市已经春意盎然，草长莺飞，虽然深夜还有几分寒意，但那几丝冷风已经挡不住春天温暖的脚步。

这几天许嘉允也没有给她发过消息，唐锦花已经担心到得吃安眠药才能睡着，甚至开始向师兄们打听贩毒案的动向。

刑大的师兄们也忙春交会忙得头晕，又无权打探上面的事，只说总队的精锐还没回来，配合和支援边界的缉毒警察破案。

终于，这天早上刚上班，唐锦花听到同事们激动地议论着本市历时两个月破获的特大跨境贩毒案，心里咯噔一下——许嘉允回来了？

总队这次立了大功，连根拔掉一起海上贩毒案，这个案件的触角长到境外那边的毒贩老窝，新闻上详细播放了这次特大案件。

唐锦花是在新闻上看到许嘉允的。

他很少在公开场合露脸，这次穿着警服，晒黑了八度，但警帽下的眉眼冷冽得像刚打磨出来的龙泉宝剑，换了制服后的样子，太吸引女孩子注意。

黄昏时分，黄诗雨坐在副驾驶上，一边刷许嘉允的新闻一边数落她："你肯定是怕我抢你男人，瞧瞧，长得太帅了，这么好看的男人都应该上交给国家，而不是便宜你这么不解风情的人！瞒着我！呵，你可真会瞒……"

都几天了，还要被她揪着小辫子不放，唐锦花停好车，控制着自己不去瞄黄诗雨手机里的男人。

新闻发布会都开完了，他人也该回来了，怎么还没有给自己回消息？

不管怎么样，许嘉允安全回来了，她心里轻松了好多，哄闺蜜更有耐心了。

不过她的话没说完，就听到拐角处磁性的男人声音传过来。

"是我让她保密的，不要怪她。"

唐锦花惊吓地转过身，看到大厅门外站着一个笔直挺拔的男人。

许嘉允不知什么时候来的，微笑地看着门边停车位上的两个女警。

"没……没怪她……"黄诗雨也被吓了一跳，顿时脸红，想到他可能听到自己说给他生孩子的话，无地自容地想钻地缝里。

她平时不近男色的女神形象没了！

"因为担心影响她工作，一直没告诉大家，抱歉。"许嘉允走过来，语气难得诚恳，"她一直觉得隐瞒了最好的朋友，很内疚，是我的责任，应该早点公布的。"

"你不用道歉，这是我的朋友，我自己能解决。"唐锦花的表情很精彩，但更多的是自己都没察觉到了喜悦。

终于回来了！活着……好好地回来了！

"都是一家人，分那么清楚干嘛？再说，我没生气，我是太开心……你可终于嫁出去了，太好了！"黄诗雨在片刻尴尬后，立刻挤出笑容来，深情地看着唐锦花，满脸写着祝福，努力地飙演技，"什么能比人生大事解决了还让人高兴的？还是这么优秀的对象，我比自己嫁出去还开心……恭喜恭喜！"

当着帅哥的面，黄诗雨哪能批评闺蜜隐瞒结婚的事，现在她只有魔幻的感觉，好像是两个平行世界的人，突然站在了一起。

这种感觉就像伏地魔和神奇女侠突然结婚了。

"呃……那什么，许队回来了，你们好久没见了吧……你们聊……我……我先回去回复一下工作。"黄诗雨偷偷看了许嘉允一眼，见他毫不掩饰温柔爱意地盯着唐锦花，不由又打了个哆嗦，已经脑补了今晚闺蜜怎么伺候许队的大戏。

"你怎么也不回我消息，直接过来……影响很不好。"唐锦花比黄诗雨更尴尬，自从婚姻暴露后，他这是第一次来见自己，瞧大厅里那些同事们激动兴奋的八卦眼神，快把她捅成筛子了。

"怎么不好？我是合法探望。"这次许嘉允竟然没有生气，甚至还带着笑意，问道。

"可我还在工作……"唐锦花话音未落,就看王所走了出来,给她使眼色。

"小唐啊,你赶紧回去换个衣服,下班了啊。"王所笑眯眯地说完,先溜了。

"去换衣服,我等你。"

唐锦花又看了看他,觉得很多天没见,他似乎哪里变了。

脸上挂着如释重负的笑容,眼里没那么多隐藏的情绪,这会一直对她笑,害得她都找不到前几天联系不上他时的怒火,也忘了要和他清算什么秘密,对同事们偷瞄八卦的眼神也不在意了,只觉得……真好。

他脸上的笑容不是矜持的,假模假样的,高深莫测的,而是清澈得像高山潭水,透着灿烂耀眼的阳光,在春风下荡漾着一圈圈的光芒。

许嘉允不止是笑容变了,自从再次表白和确认了她的心意之后,整个人也松弛下来,没有之前冰冷客套的距离,也没有长官咄咄逼人的气势,有的只是作为丈夫的温柔。

唐锦花在换衣服的时候,再次被黄诗雨反复压榨隐秘婚史,她用从没有的飞快速度穿好衣服,逃离同事们的八卦,冲向门外。

"瞧啊,小唐老公来了,第一次见她这么迫不及待地下班……"

"小别胜新婚嘛!"

同事们笑着打趣,只有黄诗雨恨不得隐身跟上去,仔细观摩是怎么小别胜新婚的!

夕阳像个硕大的咸鸭蛋黄悬在马路的尽头,从一片高高低低的楼间流淌着金光,一直淌到了警务大厅门口,让唐锦花想到了许嘉允的眼神。

那温柔注视她的眼神,不再有任何遮掩和隐藏,就像这春天的夕阳,暖意融融地要融化万物。

那是宠爱啊!

想到这两个字,唐锦花后背发麻地打了个寒战。

大厅前门被所有人注视着的传说中的老公,等她出来,毫不顾忌外人眼光地一把搂住她。

"穿得是不是太少了?"

刚才她穿着警服,他忍住了抱着她亲热的冲动。

那些前台接待人员,只听说她和总队长结婚,但几乎没有同事亲眼看到她老公过来接她,如今传说中的老公真的来接她了,在大门口不顾身份,就这样亲密地一把抱住,又是揉头又是摸脸,满脸宠爱的样子,只看那对在夕阳下的身影，羡慕地眼睛都红了。

"哪里少，这几天热了……你先放开我，大庭广众，注意形象。"唐锦花没想到他一点也不顾及形象，堵在门口搂搂抱抱成何体统啊！

"我好想你。"许嘉允不理会她的挣扎，低头就亲了上去。

"许……"唐锦花没想到他还能当众做出这种事来，猝不及防堵住了嘴，骇然睁大眼睛。

好在他只是浅浅一亲，几秒后就松开了手，转而摸摸她惊呆的后脑勺，宠溺地笑道："让你担心了。"

这几天唐锦花知道他在外面执行任务，不敢打搅，又很焦虑，每天克制着只早晚发两条消息给他问情况，他知道她在担心，还给沈遇发过消息，想打听他人在哪里。

看她这短短几天消瘦又没睡好的样子，就知道还失眠了。

丁子易和几个辅警刚好回来，看到门口的一幕，嘴都合不拢了，他看到了有生以来，最无法想象的场景。

他"大哥"花哥变成女人了！满脸娇羞无措的样子……估计这辈子看不到第二次了。

唐锦花只想快点逃离这个修罗场，她以后在同事们面前还要不要面子？

嘴唇上残留着那触电的感觉，余温尚未散去，热浪一阵阵侵袭着，她瞬间就出了一身汗，阳春三月热成了三伏天。

"见鬼。"唐锦花惊悚又慌乱地攥住他的手腕，硬生生拽下来。

被他亲吻的时间像是凝固住，周边同事们的声音和动静消失不见，此刻，时光又流动起来，夕阳里的风从众人身边穿过，金色的光铺满万物，一切又鲜活无比。

唐锦花看到一群同事走出来，笑着闹着对总队长说着些尊敬又打趣的俏皮话，让她死死扣着许嘉允的手不知该怎么放。

黄诗雨也下楼了，看到这么劲爆的一幕，差点从最后一节台阶上滚下来。

有生之年，能看到铁打的好友被男人搂着亲……黄诗雨都激动得想替她回亲一个。

唐锦花眼看着同事们出来得越来越多，她顺势拽着许嘉允往外走。

唐锦花没看到他的车，跑出去一段距离，缓解刚才的燥热，批评道："当着那么多同事的面……你给我点面子好吗？随便就亲亲抱抱，你以为

我是谁？"

"你是我妻子。"许嘉允见她脸色绯红，艳红的脸颊比夕阳还美丽，不急不缓地补充，"合法妻子。我想对你做什么都可以。"

唐锦花瞪着他，很想说他俩婚姻协议算是彻底破碎了吧？

但……好几天没见，她发现许嘉允瘦了很多，比电视上还要瘦，消瘦的脸颊让整个人变得更为锋利，让她很心疼。

"你腰怎么受伤了？"唐锦花注意到了什么，伸手往腰后摸去，果然鼓了一块出来，是敷贴，惊诧地侧过头看了眼，挺严重的，估计至少是刀伤。

"是不是应该炖鸡汤给我补补，尽尽妻子责任？"许嘉允看到她眼底担忧焦虑的神色，捏了捏她软软弹弹的小脸，笑着问道。

别说妻子责任，就算是房客，看到房东受伤了，也会嘘寒问暖几句。

难怪他也没开车过来，估计腰伤不舒服。

唐锦花立刻叫了辆车，陪许嘉允先回家。

"你们总队很少会在一线处理危险情况，发生了什么意外？"唐锦花还真定了生鲜送货上门，给他炖鸡汤。

她厨艺差得很，但炖鸡汤是最没技术含量的，直接把鸡洗干净了扔汤锅里，定个时，别烧干了就行。

"嗯，遇到暴徒了。"

"普通暴徒能把你伤这样？"唐锦花不相信，拿着水果刀跟拿枪姿势似的，站在料理台边削着水果，问道。

"你没看案件经过吗？那不是普通罪犯。"许嘉允不想聊自己的伤，只想先和她弄清一件事，"上次电话里面说的事，你应该想清楚了。"

"是，我想清楚了，咱俩的协议婚姻结束了！"唐锦花削着苹果走到他面前，认真地看着他的眼睛，"但是，你要知道，我不是你想怎么安排就服从命令的人。如果继续这段婚姻，你要对我忠诚坦白，别给我双标，否则，你早晚死在我手里。"

许嘉允见她抚摸着水果刀锋利的边缘，一张英气的脸上杀气腾腾，仿佛下一秒就要把他割喉，忍不住笑了，丢下手机，坦然地靠在沙发上，张开手臂："平权战士，你准备让我怎么死？"

唐锦花正在认真想着让他挂掉的一百零八种方法，许嘉允突然就暴起，一把搂住她的腰，将她的手扣住，把她按倒在沙发上，伏在她耳边低低说道："还在想什么？杀人犯法，不要和老公动刀动枪。"

"你注意伤口！"唐锦花没想到他受伤了动作还这么快，她挣扎了一下，被他在耳边吹得身体发软，说话也没力气了。

他俩之间，像经历了寒冬黑夜后，遇到了不可阻挡的春天，融化了山顶的积雪，万物勃发，无法被意志力阻挡，一切生命轰然绽开。

"比如，你可以用其他方式压榨他……"许嘉允在她耳边，用只有她听得见的耳语，说道。

唐锦花想骂他流氓，还是发不出声音，只觉得他的呼吸里像有着无数的小蚂蚁，顺着她的耳膜钻进脑子里，一点点啃噬着她的理智，顺着每一根血管往身体里钻，那种痒意，让她变得虚弱，不知应该怎么才能阻止。

"咕噜咕噜"……

鸡汤烧开了，炖锅里香气四溢。

唐锦花像融化的冰块，陷在沙发里，只剩下激烈的心跳声。

许嘉允无声地勾起唇角，将她手上的水果刀拿走，站起身来："厨房要被烧了。"

"让我做饭，就要承受厨房被烧了的后果。"唐锦花躺在沙发上，看着天花板，喃喃说道，"让我当老婆，也一样要……"

"尽夫妻义务，我懂。"许嘉允冲她露出意味深长的笑容来，"我随时可以尽。"

"你伤成这样，还想尽义务？真不要命了！"唐锦花见他起身，担心他腰伤，立刻跳起来，飞快地去把鸡汤火关小。

"你这伤到底怎么弄的？现在哪里还有暴徒？"

唐锦花让他趴沙发上，掀起衬衫，看到除了后腰一道刀伤，后背也有蹭破皮的皮外伤，刚结痂，伤口新鲜着，看上去应该是昨晚留下的伤，没超过二十四小时。

"地下酒吧赌场多的是，喝醉的，输红眼的，嗑了点药的，什么事都能做出来。"许嘉允本来今天应该在医院连住几天，可他也觉得医院闷得很，又不想让唐锦花跑医院照顾他，就出来和她回家。

"以后要注意安全。"唐锦花看着他的侧脸，鼻梁很高，骨相极为优秀，尤其瘦了几分之后，五官更显错落有致，深邃的眉宇间带着一股非常男人味的坚毅和英挺，更显得那眼神深如大海，将她淹没。

这时候才知道为什么每次自己受伤他都要生气。

看着他的伤，她也恨不得以身代劳，恨不得他别干了，在家做饭，她

养他。

"你心疼了？那亲亲。"许嘉允的笑容很宠溺温柔。

饶是唐锦花这种钢铁汉子，也被他语气里的炽热熔浆炼化了，脸上"咻"地一红，拉上他的衬衫，站起身："文明点。你们执行的也是秘密任务？"

"我们经常执行秘密任务。"许嘉允见她难得害羞，考虑到自己的伤，忍住继续逗她的心情，"你会害怕有一天我回不来……"

"呸呸呸，说什么晦气话？这里是文明法治社会，你以为在什么地方？"唐锦花打断许嘉允的话，收好医药箱，突然想到什么，"你这伤是不是应该住院？偷跑出来的？"

"住院有老婆陪睡吗？"许嘉允慢吞吞地起身，对她露出魅惑勾魂的笑容，"当然要借着工伤回家抱媳妇。"

许嘉允也越来越不隐瞒那点心思，眼里写着炽热的爱意。

"那就起草一份新的婚后协议，公平公正公开。"唐锦花一向爱憎分明，行动果断，既然许嘉允表白得清清楚楚，和法医之间也是清白，人家也知道了她喜欢他，那就没什么好扭捏的，"婚后协议我起草好了发给你看看，希望你没有意见。"

唐锦花是行动派，既然想清楚了自己的感情，那就顺应自己的心来。

"好。"

"还有个重要问题，你什么时候盯上我的？"唐锦花见他神色坚毅，没有任何动摇和怀疑，抿着的唇角显得唇线锋利坚决，她问道。

开始清算他的秘密。

职务上的事，他守口如瓶，唐锦花能够理解，可以不问，但对她预谋已久的私事，必须问清楚。

"跟我来。"

许嘉允吃了苹果，带着她上楼，走进书房。

这是许嘉允的工作禁区，她偶尔进来找本书就走，从没刻意逗留过。

许嘉允打开密码锁的抽屉，拿出一本厚厚的书，递给她。

唐锦花看到里面的照片，脑袋轰了一下，只觉得血往上涌，涌得她眼睛都变红了，眼前全是一片血色。

这是警方内部调查的案件手册，当年电子网络不发达，没有大数据时，很多案件被整理集结成内部书刊，里面详细记录某些很特别的大案，也有当时的侦破手法和只有警方知道的细节。

这本书包着封皮，可因为被翻了太多次，内页发黄发卷，格外老旧。

厚厚的书，只记录了一个案件——十六年前海洋馆暴徒袭击惨案。

因为当时死伤人数太多，整整记载了一本书之多。

第一页就是当年的照片，极具冲击力的惨案现场，一个九岁穿着白裙子的小女孩，一身是血地抱着死去的父亲。

唐锦花看着那张照片，红的眼睛控制不住地湿润了，立刻伸手将那本书合上，半晌也没说出话。

相片上的小女孩脸上还能看出几分现在的影子，婴儿肥的脸蛋圆圆的很讨喜，眼睛大大的亮亮的，可却被泪水掩盖。

那是唐锦花。

许嘉允默默抱住唐锦花，知道她看到这个一定会难过。

"我没事，都过去了这么久了。"唐锦花在他怀里闷了两分钟，终于哑着声音说出话来，"我早就走出来了。"

只是再亲眼看到现场照片，她深埋的悲伤就抑制不住地涌上来。

那场暴行让新闻一片默哀，现场照片不准往外发，只能看到到处是掉落的鞋子包包各种玩具，浸泡在鲜血里。

那时是暑假，去海洋馆的，大多是父母带着孩子，原本快乐的亲子出游，变成了活下来的人最痛苦黑暗的回忆。

"想哭就哭，在我面前不用这么坚强。"许嘉允揉了揉她的短发，他这次出去，帮她报仇了。

唐锦花看上去那么热爱工作岗位，每次都冲在最前面，面对罪犯甚至经常控制不住冲动，想想如果自己的爸爸身上插着刀躺在身边，大概很多人也会恨不得杀光坏人。

"不，我哭够了。"唐锦花从他怀里挣脱出来，再次看向手里翻得发黄的书，鼻子发酸地忍着悲伤情绪，跳过第一页的照片往后看了两张，忽然愣了愣。

这本书每隔几页就是当年警察拍的照片，她在后面一张现场照里看到一个半大的少年。

相比那些吓傻了和痛哭哀号的人群，他的表情还算镇定，眼里虽然有惊恐，可已经超出常人镇定，他正抱着两个五六岁的孩子躲在一个水箱后，直直地看着警方的镜头。

没错，那个少年是许嘉允。

比她大七岁，当年刚刚十六岁的许嘉允，五官几乎没什么变化，比现

在只是多了几分嫩生生的稚气，那直直看向镜头的眼睛，依然锐利。

"你？"唐锦花惊讶地看向许嘉允，"你……你也在这个案件里？"

照片下只写着救下两个小孩的幸存者，没有写名字。

唐锦花一直不愿回忆当年的细节，因为太受刺激，她一度选择性失忆，只要看到海底就会喘不过气——深海恐惧症就是在海洋馆的馆底留下的阴影。

幸好她有个温柔而强大的妈妈，也幸好她遗传了这种坚韧的性格，在心理医生和妈妈的帮助下，她顺利成了一名小警察，离除暴安良的梦想更近一步。

现在看到十六岁的许嘉允透过纸张，直射自己脸上的目光，唐锦花冰封的记忆"啪嗒"一下解锁，九岁那年的风又开始吹动，鲸鱼在头顶游过，大白鲨的牙齿像锯齿一样，但没有那群蒙着脸拿着管制刀具冲进来残杀弱小孩童的暴徒可怕。

爸爸当时将她护在身后，和几个反应过来的家长们反抗暴徒，可是……

"是，爸爸救了我。"许嘉允温柔的看着她，第一次和她相亲时，就对她说：我们是一样的人。

后来相处的日子，他经常说他俩是一样的。

只是她不知道，他们不止是工作一样，当初对婚姻的观念一样，他们的过去也曾重叠过。

"这些年，我们抓住了他们所有人。"许嘉允又对她说道。

当初从她父亲胸口拔出的那柄刀，上面刻着的花纹和图腾，让调查员推测是一个神秘组织所为。

但他们不远万里去调查数百次，一次次无功而返，而这一次，经过了他们十六年一批又一批警察的不懈努力，终于抓捕了当年所有的人。

许嘉允心疼地看着她，她的眼睛依然那么明亮，仿佛被暴雨洗过的天空，仿佛死亡和黑暗从不曾伤害过她，生命始终如花绽放。

"为什么不告诉我，让我跟你一起去？为什么不让我加入这个专案组？"唐锦花吸了吸鼻子，红着眼睛看着许嘉允，"你早就知道我是……"

"是，我知道，所以才不能让你去。"许嘉允粗糙的指腹擦着她脸上的泪水，眼里满满都是她不敢多看的深情。

"你怕我冲动？在你心里我就这么鲁莽？"唐锦花也是有职业精神的，

虽然大多时候有些急躁暴躁，可真遇到大事，她能沉得住气。

"我不想你时时刻刻想到这个案件，不希望你沉浸在过去里。我只希望你能每天早上开心地去上班。而且，这里面的人有的去了国外，身份复杂，也极为危险，这次案件会单独再开一次发布会……"许嘉允不告诉她任何关于这个案件的信息，因为知道一旦透露出来，她绝对日日夜夜都会想着十六年前父亲的惨状。

哪怕给她一个其他案件，她都日有所思夜有所梦，几天没睡好，每天沉浸在别人的案件里不能自拔，如果让她插手当年和父亲有关的案件，恐怕她会不眠不休高度紧张持续悲伤……总之，绝对会变了一个人，再也看不到她灿烂阳光的笑容。

"你当时……一个人？"唐锦花忽然想到了他的妈妈，不敢乱猜测。

从许爸爸那里得知他妈妈因为意外去世了，但并不是在暑假，而是他生日前夕出的事，但许嘉允当天也在现场，他是一个人，还是和亲朋好友一起去的？

"那天，表姑家的孩子闹着要去海洋馆，我带他们一起去的。"许嘉允顿了顿，表情依然冷静，"但他们没能回来。"

他那时已经十六岁了，兴趣早已转移，并不喜欢海洋馆，就在休息椅上研究最新出的电子游戏，表姑带着表妹去看大白鲸，然后就出事了。

一片混乱中，他试图去找她们，可人群仓皇逃窜，四下都是惨叫和鲜血，他没有找到，迎面碰到蒙着头拿着管制刀具的暴徒。

一个中年男人伸手拽走他，用自己的胳膊帮他挡了暴徒迎面一刀，那人就是和其他几个成年人试图抵御暴徒的唐锦花父亲。

他高声喊着"这里危险快带孩子们逃走"，将身边的女儿也推给他……可他却没抓住。

许嘉允经常梦到这一幕，他总记得那个中年男人将女儿交给他时希冀的眼神，也总是梦到小女孩滑溜溜带着血的胳膊挣脱他的手，哭着扑向爸爸的身影。

现在这个梦应该再也不会出现了。

"活下来的人要更坚强，我们以后会杜绝这种案件再发生。"唐锦花没想到他也失去了亲人，虽然是表亲，但一起去海洋馆，却没能一起回家的感觉，她知道有多痛苦。

见许嘉允虽然语气平静，但看着她的眼里藏着深深的愧疚，她不擅长安慰别人，深吸了口气，很钢铁硬气地拍拍他的胳膊，给他打气。

唐锦花其实不再嫌弃自己每天处理那些鸡毛蒜皮的小事，抓捕凶犯固然是重中之重，但是在犯罪的开始就制止，基层的筛查保护，防患于未然，阻止悲剧的发生，才是更重要的事。

"等一下，我想给我妈打个视频。"唐锦花又抹了把眼泪，拿着手机低头下楼回房。

许嘉允紧紧盯着她的后背，眼里像撒了一湖的星子，在黑暗中闪着慑人的光。

过了好一会，唐锦花才眼圈红红的走出了房间，见许嘉允还在客厅等她，她往洗手间走去："你先吃饭吧，我洗把脸就来。"

"不用回去陪妈妈？"许嘉允体贴地问道。

"她想一个人守着老屋，安静待一晚，不让我回去。"唐锦花洗脸很快，擦完脸看到镜子里的自己哭得气色很差，拿起口红抿了抿嘴唇，让自己精神点。

今天确实值得庆祝，她要精神点，感谢这十六年来警方的努力，终于将那场案件里的所有罪犯都抓捕归案。

许嘉允已经将鸡汤的火关了，一抬眼看到唐锦花走过来，眼神晃了晃——她只是涂了个口红而已，可是配上发红的眼圈和刚哭完有些娇弱的情态，像夏日挂在枝头的水蜜桃，让他的心跳加快。

他拉着她坐在落地窗边，默默依偎着，看着外面的夜空。

"所以，你找我的秘密，就是因为……海洋馆？"

不知过了多久，唐锦花彻底平静下来，问道。

许嘉允说早就看上她了，又说喜欢她是个秘密，现在她大概知道了。

"是。"许嘉允这次没有任何隐瞒，十六年前的案件已经了结，他心底的包袱也放下了。

"那时候大家都是小孩子。"

两个人都凑巧是这个案件的受害者，难道那时候就被他看上了？

不可能，她当年才九岁，许嘉允又不恋童！

"你完全不记得我了？"许嘉允有点失望，以为她看到案件照片后，至少对自己有点印象。

毕竟从小到大他颜值在线，小时候也是美少年，女孩子都喜欢看他。

"不记得。"唐锦花当时个子小，只顾着爸爸，发生那件事后，甚至一度选择性失忆。

"十六年前，你爸爸这里替我挡了一刀。"许嘉允指了指手臂的位置，他记得清清楚楚,"他把你塞到我手里,让我带你走,可是你跑了,我身边还有两个小朋友,不能回去救你,我只能带他们躲起来……"

"所以你是内疚还是报恩才找我的?"唐锦花眉头微微皱起,她不要什么以身相许的报恩婚姻。

"不是,我以为你也死了。"许嘉允微微摇头,"但又抱着希望,希望你和爸爸还活着。"

"直到我有权力调查这件事,找到了当年案件的现场图片,看到你还活着,我才开始找你。"许嘉允低头凑到她那艳色的嘴唇边,像是醉了一般呢喃,"一开始只是想知道你现在的生活好不好,有没有什么困难需要我帮忙,后来发现……你只有找男人比较困难……"

"实事求是点!我那是对男人没兴趣,哪里困难了?"唐锦花忍不住辩解。

她外表甜美无害,温柔微笑时活脱脱清纯可爱的初恋模样,上学时一直有人偷偷喜欢她,只是一直对感情没开化,也没遇到自己喜欢的人而已。

"结婚不困难?"许嘉允眼神深深锁紧她,问道。

在遇到自己之前,她是黄龙派出所有名的"相亲狂魔",而且一次没成,他如果自己不委屈点成全这段婚姻,那她恐怕要单身一辈子。

"那是我妈逼的,我根本就不想结婚。"唐锦花为了应付操心她的老妈,要不然也不会抓个"志同道合"的人闪婚。

她看了看许嘉允,依然坚持地问道:"所以你是来报恩的?"

"相处这么久,你难道不知道我是个以自己为中心的人?"许嘉允笑了,伸手捏了捏她的脸,"我这样的人,怎么可能会牺牲一辈子时间报恩?"

唐锦花愣了愣,这倒是,他某些时候自大又自私,从不会顾及别人感受。

"也怎么可能为了一个人,委屈自己?"许嘉允捏着她脸的手变得温柔起来,指腹往她脖子下划去,唇也贴了过去。

唐锦花打了个冷噤,这才发现他眼里的火花。

哦,那不是火花,那是压抑太久涌动的岩浆,此刻喷薄而出,淹没熔化了她。

一直梦到她,一直牵挂着她,到了后来,找到她,默默关注着她,陪伴着她的成长,如果那些过去都不算爱,只是一种守护,那和她结婚后,

每一次相处的点点滴滴，都汇集成了汪洋大海。

他从没那么迷恋过一个人的笑容，就像向日葵忠诚地站在泥土里，抬头仰望太阳，渴望着阳光洒满身上。

甚至渴望到想占为独有。

许嘉允依然记得那一天，她去皇宫KTV办案，借顾勋的怀抱挡了一下脸，他只要想到顾勋的手搂在她的腰上，就无法释怀。

如今，她问是不是喜欢她，岂止是喜欢？

有一种感情，因为太过沉重和珍惜，所以深藏在心里，不愿轻易吐出那个字——"爱"。

心底翻涌的炽热，让他的嘴唇和手都变得滚烫，清晰地感觉到怀里的女孩在微微颤抖。

那份爱，再也无法抑制……

春天真是最美好的季节。

春雨连绵了一夜，第二天，成为真正夫妻的两人默默坐在餐桌前，唐锦花依然狼吞虎咽快速解决早饭。

"我请假了。"她吃完才说道，"你受了伤，又不住院，我请假照顾家属。"

许嘉允有点意外地挑了挑眉，没想到有一天，自己能比她的工作还重要，还真是感动。

"就请假一天。"唐锦花被他看得有点不好意思，清了清喉咙说道。

"和你结婚前，我去过爸爸的墓。"许嘉允无声地笑了，放下筷子，走到她身边，把她拉到沙发上，搂着她舒服地窝着，才开口。

"你……你什么时候去的？"唐锦花惊讶地问道。

昨晚的信息有些多，但对每天处理无数突发事件的唐锦花来说，很快就能一样样地捋清楚。

"忌日那天，只要我在国内，也有时间，我都会过去看看，你和妈妈一般早上十点过来，妈妈喜欢买一束黄色的菊花，你经常提着果盒。"许嘉允见唐锦花看跟踪狂似的眼神看着自己，唇角浮起一丝淡淡的笑意，"最早的一次，你还在上高中，看上去发育得不太好，个子小小的，腿细细的，那时候你还会穿裙子，我以为是你们生活太辛苦，吃不到什么肉……"

"不是，我身高随我妈！"唐锦花打断他的话，瞪着他，昨晚还没细问这些就忙着伺候他睡觉了，"你这是跟踪我多少年了？"

现在孩子们营养好，科学运动，身体发育得快，像唐锦花一米六五的身高在新生代的警队里不算高，大多都是黄诗雨这种身高。

"不是跟踪，我只是关心你。"许嘉允纠正她的话，"偶尔回来看看你。"

加上那几年他很忙，经常执行任务，任务的危险系数也高，不知道哪一天就死在异国他乡，所以从没有在她生命中出现过，只是那时候就给她存了一笔钱，万一自己有什么事，希望能照顾到她母女俩。

"偶尔？"唐锦花不太相信，想到婚前就被他调查得一清二楚，这可不是"偶尔相亲"。

"嗯。"许嘉允哪有空每天出来去她学校旁边蹲守。

在她上警校那几年，偶尔有假期，他会去他们学校里面的咖啡店坐着喝一杯咖啡，或者让学校领导带过去，远远看看她们训练。

说是偶尔，因为一年也就一两次假期，假期长则个把月，短就三五天，他几乎都会去学校附近看看她。

那种感觉很奇妙，看着一个小姑娘渐渐长大，在少女的青春期，每一次看到都觉得变化很大，像看着一棵树拔高，抽出绿芽，孕育着花骨朵儿，然后绽放，出落成亭亭玉立的少女。

当然，他对一个小姑娘没有非分的想法，只是纯粹的关心和怜惜，随着她渐渐长大，感情才越来越深重。

"不过，后来就成了习惯，只要一有时间，我就会去看看你现在的情况。"许嘉允揉了揉她的头发，像逗弄猫咪一样，把她揉了一番。

想保护她一辈子的感情，在很久之前就萌芽了，只是单纯的保护，把她当做自己一个任务，并不知道能不能给她幸福。

在很长一段时间，无论执行任务还是训练，他都会期盼着假期的到来，心底有了长长的牵挂，直到她警校毕业那年，他受了重伤，以为自己再也无法见到她，生死的那瞬间，他才有了明确的目标。

如果活下来，他要和她结婚。

"你才是一直偷窥我生活的人。"唐锦花没有浪漫细胞，习惯用工作眼光来看待事情，觉得挺可怕的，要是这人是反社会人格的罪犯，恐怕早就把她拐走拴起来……

她侧着头试图避开他的手，被他手指勾着下巴轻挠，很像她平时看到警犬，抱着它的头抓下巴。

"不算偷窥吧，毕竟没进房间和浴室，什么也没看到。"许嘉允笑了，

见她想躲开，索性伸手揽过她的腰，抱上去揉。

"你是不是驯过军犬？"唐锦花越发觉得他揉自己时很像摸狗顺毛，想站起来逃走。

"你怎么知道？"许嘉允从过去那些长长短短的回忆里走出来，微笑问道。

"你以为我傻吗？早就觉得你把我当动物来驯！"从喂食和训练开始，唐锦花就感觉到了，她推开他的手，"别揉了，我去收拾一下厨房，你不吃了？"

从第一次见面，唐锦花隐隐感觉他在半软半硬地要求她按照自己的规则来。

平时不触及他的底线还好，一旦她轨道跑偏，这个人必定会心狠手辣地对付她。

许嘉允短促地轻叫一声，似乎被她压痛了伤口。

唐锦花差点忘了他的伤，急忙问道："你腰还疼吗？药放哪了？我给你拿。"

"不用了，我早上自己换了。"许嘉允笑着捏了捏她的脸，衣服下摆挡住了伤口，顺便辟谣，"我可没驯你，我是宠你。"

唐锦花被他清淡但认真的话弄得后背发麻，赶紧站起身："那我谢谢您了。这就报答你，给你去洗碗刷锅买菜做饭。"

这叫宠？那要是他的敌人该多惨啊。

许嘉允笑着看着她走到厨房里，仔细回想，她仿佛已经存在自己身边很多年。

只知道一定要和她结婚，唐锦花是他的目标。

他对目标，会投入全部的精力，直到成功消灭这个目标。

而此刻，那股让他依恋的感觉又从心底浮起，就像劫后余生来学校里看她打球时的感觉——真实的温暖，鲜活美丽的生命带来的珍惜感。

他想到昨晚，她那柔软的发丝在他手上缠绕着，密密麻麻，像一张网，紧紧地将他的心也缠绕着，让他想到一句话，爱情从来都是一种束缚。

甘愿用最宝贵的自由来换取爱，守护他心中最美好的灵魂，大概，这就是他能给的所有的感情。

自从母亲在给他买生日礼物那天，遭遇车祸之后，许嘉允再也没有听过谁会那么亲热地喊他"阳阳"。

许嘉允看着她忙碌的背影，觉得她像一颗甜蜜的麦芽糖，在心里渐渐融化，融到他的血液里，闪着金色香甜的气息。

他也要做她的太阳，不要太热烈刺眼，灼伤她娇嫩的肌肤，也不要太冷淡萧瑟，冰冻她热情的内心，他想做春天里最温暖的阳光，当她在岗位上守护他人时，他也在背后守护着她，给她最明亮的拥抱。

许嘉允又想到了海洋馆那张照片。

小女孩白色的连衣裙染满了鲜血，无助彷徨恐惧地看着这个凶残的世界。

她的眼睛多么单纯清澈，世界在她眼中怎样，就倒映着怎样的光芒。

之后，她努力向着阳光生长的样子太动人，是他漫长岁月里最温暖的回忆。

也成为他生命里唯一的救赎。

雨早就停了，外面的阳光灿烂，碧空如洗，明亮的光线塞满了房间。

他知道，仅仅活着是不够的，还需要自由，阳光，爱，和一点花的芬芳。

唐锦花就是他的花，他的阳光，他的自由和爱。

十六年后，他重新牵住了这个女孩的手，站在她面前，为她挡住所有的黑暗和危险，再也不要放开。